不悔录

刘兆林 著

作家出版社

目 录

序　知识分子、作家和体制　孟繁华　　　1

引子　暖雪浴　　　1
第一章　　　7
第二章　　　64
第三章　　　111
第四章　　　183
第五章　　　233
第六章　　　263
第七章　　　290
第八章　　　322
第九章　　　351
跋　　　392

刘兆林论　彭定安　　　393
机关文化和文化机关各色人等　刘兆林　　　408

序　知识分子、作家和体制

孟繁华

90年代以来,知识分子题材的小说创作又繁荣起来。但这个时段知识分子题材的小说与此前的同类题材发生了极大的变化。在现代文学史中,鲁迅、茅盾、巴金、郁达夫、张天翼、丁玲、路翎等,都创作或塑造了不同的知识分子形象。这些形象,或是张显个人主义,倡导民主自由,意在开启民智;或是表达在大变革时期知识分子的苦闷彷徨,揭示这个阶层的软弱矛盾;或是书写知识分子在历史紧要关头作出选择时的犹疑不决……知识分子的形象在中国现代文学史上真是万花纷呈丰富又生动。这与那个时期知识分子的自由和独立性相关。进入共和国之后,知识分子作为工人阶级的一部分获得了存在的合法性,但这个阶层的不洁、可疑和问题,仿佛是与生俱来的。于是,对他们的整肃、改造就成为一个"长期的任务"被坚持下来。知识分子们努力地检讨、忏悔、自我改造,努力接近新的文化和文学的实践条件。林道静就是这个时代知识分子文学形象的典型,她在人生导师的教导和参加革命的具体实践中,完成了身份革命,然后成为一个凯旋的英雄;进入80年代,这个阶层从炼狱中再生,痛述苦难和表达忠贞是这个题材写作的基本诉求。我们在大墙内外、旷野边地,看到的到处都是"忠亦诚"坚贞的身影。事过境迁之后,这些"忠诚"的"知识分子"们似乎已被彻底忘记。

上个世纪末,准确地说是自《废都》始,知识分子题材的小说又一次被改写：在市场经济或商业霸权主义的支配下，知识分子优越的精神地位开始塌陷，他们明显地感到了不适。庄之蝶的精神破产，形象地阐释了知识分子在这个时代的精神地位和心理状态。当然，《废都》也从某种程度上真实地表达或揭示了知识分子的复杂性或先天缺陷。它当时引起的广泛争论还集中在道德层面，这也反映了批评界眼光和视野的局限。但此后，关于知识分子题材小说的繁荣则是不争的事实：《高老庄》《沧浪之水》《经典关系》《作女》《我的生活质量》《桃李》《所谓作家》《所谓教授》等等，都从不同的方面反映了这个时代知识分子的生存或精神状态。它的丰富性和生动性大概也只有五四时代可以比较。在这些作品中我们发现，丧失了启蒙话语之后的知识分子，认同了各种文化或世风。做官和经商是他们普遍的选择，即便生活在院校做了教授的知识分子们，也试图最大限度获取现实利益。他们曾经热衷的启蒙、人道主义、国家民族等大叙事已经为购车、购房、博士点、一级学科、学科基地、科研经费等小叙事所置换。因此，谁是今天的知识分子从来也没有像当下这样被严峻地提出。

现在，我们又看到了一部以知识分子为题材的长篇小说，这就是刘兆林先生的《不悔录》。刘兆林先生是80年代以来著名的作家，特别在80年代的军旅文学创作中产生过广泛的影响，他的《啊，索伦河谷的枪声》《热闹雪国镇》《父亲祭》等作品曾传诵一时。后来，他做了一个省作家协会的主要领导。事务性的工作使他必须以创作的代价来支付，因而较长一段时间，文坛逐渐消失了他以小说作品发出的声音。但刘兆林显然在工作和散文随笔写作之余，做着可能的创作准备。当我看到长篇小说《不悔录》打印稿的时候，证实了这一看法并非虚妄。《不悔录》集中书写了一群作家的故事。故事的背景是体制建制里的作家协会。作家协会本来是一个群众团体，它的工作被认为是：鼓励和帮助作家深入生活，提高思想和艺术水平，组织推动文学创作、理论批评和研究活动；扶植培养各民族文学创作的新生力量，发展壮大社会主义文学队伍；积极贯彻"百花齐放、百家争鸣"的方针，提倡创作题材多样化和各种艺术风格、流派的自由竞赛；加强同台湾作家、港澳作家和海外华侨作家的联系和团结；积极开展中外文学交流，扩大同外国作家的联系等。但是，群众团体在体制不断强化的过程中，已逐渐演化为正统的官方组织，主要领导的级别以及它的组织形式及宗旨，和体制内的其他组织并没有本质的不同。作为"群众团体"已名不副实。

《不悔录》以"自叙传"的形式，生动幽默并带有反讽意味地叙述了作家柳直进入不惑之年到"作协"一年间的特殊经历与心路历程，主要是他同"作协"主要领导和与"作协"相关的人与事的微妙关系。它的主要人物是"作协"副主席柳直和"作协"党组书记盛委、作协主席铁树。但这些主要领导们，特别是书记和主席，每天做的和想的基本是权力斗争，副主席柳直也只能是忙于应付毫不重要的琐屑事务和在书记、主席间的平衡术。这些主要领导只对权术之争感兴趣，他们最不关心的大概就是文学创作了。这些人无论在"作协"内外，基本不谈文学。书记和主席间是互相诋毁甚至公开表示不睦；副主席柳直也不是有自信心和正义感与鲜明立场的作家。在"开舞会""发稿件""选作协新大楼地址""换届"等所谓的"主要工作"中，他们各怀心事，钩心斗角、恩恩怨怨。"作协"的日常生活和特殊时期的没落状态被刻画得跃然纸上淋漓尽致。作家们也不是怀有使命意识和旺盛创作力的群体。在《不悔录》中，竟没有看到一个作家写作或作协出面认真讨论一部作品。因此，这部长篇小说的主要价值或意义，就是在日常生活中揭示了作家或知识分子，在权力体制中逐渐暴露出或被诱发出的丑陋和虚伪。他们不仅丧失了文学的想象力和创造力，而且膨胀了比普通人还要丑恶的利欲熏心。但它却不是以喜剧或漫画的方式表达的，它虽不乏幽默与反讽，却是传统的现实主义方法。

作品客观地呈现了几个典型人物，叙述者虽然没有对"作协现象"直接地作出批判，但他通过主人公不乏自审意识的对"作协"日常状态的客观表达，已经隐含了批判的立场。他在最后一语双关地看到了"曙光",即表明了他的希望与批判态度。因此,《不悔录》以小说的方式再次提出了体制以及知识分子在这个时代的真问题,它的叙述貌似平和,但却有绵里藏针、震慑人心的艺术力量。我可以肯定的是,这是当下关于知识分子题材以及体制问题最重要的小说之一,它一定会引起读者和批评界的广泛关注。

2005年1月18日于中国文化与文学研究所

引子　暖雪浴

因为我喜欢雪，北方才多雪的，不然，本不到下雪时候的北方，怎么会提前下了一场雪呢？那是专为我下的一场大雪啊！

那雪，也没打个招呼，比如先阴上一时半晌的，再让风报个信儿什么的，便忽然兴起，铺天盖地就来了，像是天外扑来浩浩荡荡没完没了的白蝴蝶群。那些无穷无尽的白色精灵，落我头上，脸上，肩上，手上，鸭绒般绵软，鸟羽般温柔。它们落满了路，落满了树，落满了田野及河谷……所落之处竟然有绿芽儿慢悠悠地长出来。这不是暖雪吗?!穿开裆裤时就听老人讲过，天是会下暖雪的，谁遇上这种雪，并能雪浴一番，便会有大喜事来临。我环顾四周，没有人影儿，只一群白鸟儿栖在刚冒出绿芽儿的树上暖雪浴呢。天赐良机，我何不学那鸟儿也雪浴一番啊！

我就从容地脱了衣服，一头躺进雪里，任欢呼着朝我飞来的暖雪们覆盖全身。身上身下，都是雪了！遍身肌肤赤裸裸直接与暖雪接触，清爽得我格外聪明，以往学过的东西，想复述什么就可以顺嘴而出。我触景生情，就想朗诵描写雪的句子。"千山鸟飞绝，万径人踪灭。孤舟蓑笠翁，独钓寒江雪。"这是柳宗元的《江雪》诗。"从绝顶到山顶，银白的雪包裹着青碧的山肤，上头不露一丝缝隙，下面镶着一道花边儿。雪色明净，纤尘不染，同日光相辉映……富士山因有雪光而愈见神韵风流。"这是日本散文家德富芦花《富士戴雪》中的句子。苏联作家普里什文的散文诗《初雪》这样写雪:"树桩上蒙着洁白无比的台布,白杨树的小红叶,躺在雪白的台布上,仿佛一个个染雪的茶碟。沼地飞起一只山鸡,随即隐没在风雪里。"写雪的名著一本一本被我想起来。川端康成的《雪国》、邦达列夫的《热的雪》、小林多喜二的《防雪林》、三岛由纪夫的《春雪》,还有《多雪的冬天》《远山在落雪》《雪的29种飞翔姿势》……我想一本,雪就往身上落一层。身上的雪落一层,我就又背诵一段关于雪的句子。身上的雪越来越厚,当厚到我的眼睛往天上看去就像从一口白色的圆井底下往上看时,天变得一盘大月亮似的。雪的蝴蝶们,在大月亮里轻歌曼舞的时候,我却诵起毛泽东的咏雪词来。"北国风光,千里冰封,万里雪飘。望长城内外,唯余莽莽;大河上下,顿失滔滔……"这一下不要紧,雪们变得雄浑起来,天上的地下的都雄赳赳气昂昂不暖了,不软了。我念一句,它们就冷一分。我便又朗诵毛主席的长征诗:"……更喜岷山千里雪,三军过后尽开颜。"反而更冷了。我再朗诵长征组歌:"……雪皑皑,野茫茫,高原寒,炊断粮,红军都是钢铁汉,千锤百炼不怕难……"谁知越这样朗诵竟然越冷。我想百年不遇的暖雪是过去了,再浴下去会冻坏的。于是我一跃而起从厚厚的雪下面站出来。一脱离雪的覆盖,更加冷了。雪已经停止,起了小风。遍地是厚厚的洁白,我的衣服被雪埋到哪里去了?雪太厚,眼睛怎么也看不出哪儿放了我的衣服。我在大约放衣服那地方赤脚踢了一阵,没踢着,便以那地方为圆心,以脚为犁,一圈儿挨一圈儿地翻耕着厚雪。我越耕越快。厚雪在我脚下翻着白色的浪圈儿,迅速扩大着,就像白亮亮的湖面投了石子而泛起了一圈圈儿涟漪。

涟漪扩展到好远了,还是没找见我的衣服,但我的身子却跑得暖和了,而且脚下也觉得发暖。雪又开始变暖了!我又投身到深深的雪里,腾腿击臂,翻滚迭跃,时而仰泳,时而侧泳,时而蛙泳。那雪就像水的泡沫,使我游得轻松自如。雪又变冷了。这回冷得我有些发抖,我不得不跳出来,又去寻找衣服。

找得已经失望了,无可奈何又往雪地一躺,却忽然发现,衣服在前边一棵大树上挂着。我一跃而起，跑过去一看，却是被倒悬的一个极其苗条且异常雪白的裸体抱着。那裸体背朝我，垂下一头瀑布般的女性白发。我已冻得顾不上其他了，一跳一跳地够着。当我手触到抱衣服的胳膊时，又发现那光洁的雪似的肉背，竟是蛇的皮肤。那雪蛇还发出轻轻的勾魂摄魄的乐曲声，像是为枝头那几只鸣唱的白鸟在伴奏。我本来是非常怕蛇的，可这有着蛇皮肤的极其苗条的裸体，却不仅没让我产生丝毫恐惧，相反竟有极想接触的亲近感。

没等跳三下，衣服自动掉我脚上了，雪女蛇也不见了。我急忙穿了衣服，这时真有个女人远远朝我跑来，并且喊，你跑这儿躲什么清净？单位分给你新房了，叫你本人去领钥匙！原来是妻子。

我急忙往回跑，也不等妻子了。一跑上大路，我就招手拦了辆黄色出租车。司机看一眼我不干净也不高档的衣着，不大愿拉的样子，问了一声去哪儿。我趾高气扬说，去军区司令部。司机迟迟疑疑，问，去军区司令部怎么走？其中明显含有盘问的意思——就你这样的，上军区司令部？嗐谁呀，老子见多了，啥样坐车的没见过。越是穷嗖嗖反而瞎吹呼的都是怕挨宰。你值得一宰吗？

我很不耐烦地说，我就在军区司令部上班，按我的指示走就是了。待车子按我的指示开起来的时候，司机还一脸的狐疑，是不是在想，司令部打扫厕所的，起码也穿军装啊，你四十岁的人了，穿着男不男女不女的衣裤，不是骗子也是司令部下边再下边的维修队水暖工，或扫厕所的临时工。

我肯定不是骗子，但也说了点小谎。我是军区政治部的，而不是司令部的。之所以这样谎说一下，是因为老百姓并不懂军区机关分什么司、政、后，甚至连省、市机关的一些工作人员也都这样，他们把军区机关统称为司令部，就如一般老百姓也不知省、市机关还分什么省委、省政府和市委、市政府，也统称为省里、市里或政府一样。

车开起来了，司机还带点嘲弄的口吻问我，首长是参谋呀还是参谋长？我火愣愣说，不是参谋长也不是参谋，是干事。他又问干事和参谋哪个大。我急眼了，反问他，你爹和你妈谁大?！

司机见我不高兴了，又改口说，当官儿这套我不懂，是不是当完干事就能提拔当参谋呀？

我一气骂道，干事是爹……

这样一骂，车开得飞一样，雪像对车轮毫无阻力了。

黄色甲壳虫似的出租车，汽艇一样劈雪向前，激起美丽飞扬的雪浪，直向军区机关驶去。

到得机关一看，真的分了新房，我虽然已是文职，也按标准分了套师职干部住宅，还给我们单位分了新办公室。更让我激动得想高呼万岁的是，首长当场宣布又给我们文职干部授军衔了，并且当场发了军装。我重新穿上已脱了两年的军装，政治部中将主任亲手给我戴上两杠四星的大校肩章。我顿时不再有文职干部低人一等的感觉了。我热泪盈眶，举手向中将敬了个特别标准的军礼。中将也特别标准地还礼后又和我紧紧握手，并且亲自将新宅钥匙和办公室钥匙一同交给我。奇怪的是，主任握着我的手说，你要带领作家们好好干，别辜负上级的信任。

我既受宠若惊又丈二和尚摸不着头脑，我不是领导，顶多能多做出点成绩来，促动大家好好干，绝不是带领。我这样心里嘀咕的时候，中将主任有点不满意了，冲我说，为什么还不行动？要从此带出一个好作风来！

我揣摩，是不是要让我当领导了，不然为什么忽然授我大校军衔呢。于是我立即跑步出发，按照钥匙牌上写的门牌号址去看房子。首长关怀所产生的精神力量，竟使我跑出了比公共汽车还快的速度。跑了老半天还没到，却到了皇陵公园。我又看看钥匙牌，不错，就在皇陵公园里面。这座公园不仅在全市，在中国北方也是占地面积最大的。它比邻省以水的面积而著名的湖光公园和另一个邻省以冰雕闻名全国的英雄公园都大。它是以古迹和林木面积综合优秀而著名的。除开围绕陵墓修立的城郭、亭台及众多石雕不说，光是陵寝前立那块功德碑，就够向外来人炫耀一番了。碑身高两丈多，驮碑的龟石是天然一块巨石雕刻而成，在全国是少有的。据说当年运这块巨石，就是选在冬天雪后，人工浇出两千多里的冰道，用数十匹最剽悍的马和特制的巨大木爬犁拉来的……公园里成片成片的参天古松，许多都在三四百年以上。大片古树之外，还有大面积的形形色色婀娜多姿的新树。树林间是散步的绝好去处。以往有南方朋友来，我就弄辆自行车陪他们到林间兜风，可以采野果，还可以野餐，可以弄出许多诗情画意和山趣野情来。我们的中将主任，能想到把作家们的办公室安排到皇陵公园里来，真是太英明了，真该喊他万岁了。我怀着难以抑制的激动走进公园。因为大雪忽然而至，爱雪的人们还没来得及前来欣赏，所以公园里暂时空无一人，使得卖票人和收票人，都看着我的大校军衔连连说请进吧请进吧，买什么票哇，能赶雪来，就是给我们寂寞的公园添生气呢！

雪后的皇陵公园，真是不同凡响。这时若有南方朋友来，定会惊呼北方万岁的。北方四季鲜明，冬就是冬，夏就是夏，冬天必有豪迈的雪，夏天必有火热的阳光，而春天温暖秋天凉爽，一年四季都爱憎分明。南方呢，那种模棱两可似是而非含含糊糊没有雪反而下雨的冬天叫什么冬天哪。我甚至想到，给南方朋友打电话，约请他们到皇陵公园我们新分得的办公室来喊北方万岁吧。

待我按钥匙牌找到门牌号一看，立刻心里也进了雪似的，着实凉快了。主任怎么把看守陵墓那栋青砖古房分给了我们。这栋房子在森严的古城郭里边，紧靠着阴森森的功德碑亭，两侧是成排僵立着默哀似的高大石兽。我们一伙解放军作家，若是住进这里，不成了封建帝王的守墓人吗？我原以为是公园花木丛中的新楼房呢！

想高呼中将主任万岁和想请南方朋友来高呼北方万岁的激情，如刚摘下的水黄瓜花，忽然被烈日暴晒，蔫了。

激情是没了，但你还是军人，不能不执行命令。我无可奈何将第一把钥匙揣起，又按第二把钥匙牌所指示的方位去看分给我个人的新宅。

街上的雪也不守身如玉了，逐渐变得要向车辆和行人屈服的样子。我也不跑了，又在路旁招手打车。同是那种甲壳虫似的黄色出租车，司机却下了车，规规矩矩往我眼前一站，甚至有些战战兢兢问："首长有什么指示？"我说我要坐车。他这才如释重负说，你这么大首长还坐我这种出租车？我以为犯了哪条交通规则，您要训我一通呢！

出租车按我钥匙牌指示，跑了好远的路，最后在皇宫门前停下了。

我很不高兴地说，我没闲心开玩笑，皇宫我看过二十多次了，大雪天又让我来发哪门子思古幽情？司机说钥匙牌指示的就是这里。

我心里像又撒了把雪，情绪更加冷落地进了皇宫。坐落于大门两侧的诸王亭一一过了，大政殿过了，又往西拐，寻来问去找到了皇帝的寝宫。万没料到，分给我的住宅房，竟是皇帝的寝宫。这寝宫，文物价值是没说的，若让我住，实在太骂人了。宫里宫外，从上到下，每一寸面积都花费了太多的宝贵材料和时间，造价昂贵，却显得小气，而且不实用。除了显示富贵，于现代居住需要，真是天大的不合格。尤其这儿还是，皇帝和娘娘妃子们花天酒地糜糜烂烂的所在，更加令我不快……我想发作，想把心中的不快倾吐一下，又找不到倾吐对象，便泄气地一躺，想歇息一下。马上，从窗户和门缝儿就呼呼吹进风来，风里还夹了雪。我喊，怎么搞的，住人还这么冷！

忽然来人给我盖了羽绒被子。古人说得真对，饱暖生淫逸。身子一暖，就生起闲心来了，而且闲心一生，就有女人向我靠拢。待靠近了，也感觉到身体的温暖，睁眼看时，又是暖雪浴时卷走我衣服的雪女蛇。这次只是感觉她身材苗条，完美无比，披肩白发和润泽的白脸庞一同散发着微热，朦朦胧胧的，像一朵雾中白花，却怎么也看不清她的眼睛。我便也闭了眼，她和我靠得更紧更暖。

忽然一声雪天惊雷，把我暖时生出的闲心惊飞了……

第一章

1. 妻子圆梦

惊飞我闲心的,不可能是雪天的雷。雪天哪里有雷?醒有所思,睡有所梦。那是大夏天的中午,忽然风雨交加,雷声骤起,进入我梦中,才变成雷雪交加的。我不是说因为我喜欢雪,本不到下雪时候的北方便提前为我下了一场大雪吗?如果我不是喜欢雪的北方人,梦中的雨怎么会变成雪?

梦中我在皇宫睡暖身子生出闲心向我靠拢的那女人,其实是我妻子。她听我白日梦中说冷,就抱了被子给我盖上。我们一同在午睡,我觉冷她也同样觉冷是一定的。我们盖了同一条被子后,我觉暖她也觉暖也是一定的。我们用一条被子取暖,所以会紧挨着,而暖中的紧挨,会生出闲心来也是正常的。但梦中向我靠拢和我相挨的人,为什么不是妻子,而且形象也与妻子不沾边儿呢?以前妻子发现这种梦时总要认真盘问一番,我也总谎说是她。最近有一次我如实说不是她,她却只是笑笑说,看你们解放军被《三大纪律八项注意》管的,白天装得规规矩矩,梦里就不注意第七项了。我说梦里也不犯法也不犯人,注意个六?她把口径比以往更加放松了,说,现实生活中没事就不错了,梦中犯点规矩真不算什么,现实中,一点事没有的人哪有啊!

妻子能这么说,在她的道德观念,已属巨变了。至于怎么变的,我还没摸透。她是检讨过去对我这方面的监督呢,还是她也想有点事儿了?当时我没心思往这方面琢磨,只被夏天白日梦中的雪激动着。那是个重阴天,刮着很冲的西北风。我家住在一栋厢楼的最高层,而这栋楼,又是和另一栋正楼连成丁字形,我家正是丁字一横一竖的相连处,很兜风,东西两侧的窗子又都开着,阴天的西北风灌进来直扑身子,我这个从小伴雪长大的家伙,能不梦成是雪吗?

我下床推严窗子,搅了我午睡的风和雷雨声,一下都被推到窗外了。才下午一点多钟,部队机关两点半上班,还可以躺一大会儿。

妻子仍心情不错地试探我,梦里是不是又想违犯第七项。我那些天一直很烦躁,没心思扯什么幽默,冷冷淡淡说,你不放宽精神文明建设标准了吗,还查什么梦里的事!

妻子却兴致很浓,不知哪天练出来的,也会幽默了:你这是白日做梦。打个喷嚏的工夫,就往"第七项"上碰,比现实有事儿都严重!

我讽刺她说,我严重的话,你更不轻。梦里情景证明,肯定是你先往我身上靠的,是你在往"七"上碰!

妻子说,我一不是解放军,二不是男的,第七项是"不许调戏妇女",管得着我吗?

我说,其实真梦见你了,你喊我到单位领新房钥匙。我把梦见的荒唐说给了妻子。

她说,荒唐什么,这梦正是你目前心境。你想想,这几天你总发牢骚,骂把你们改成文职干部,文不文武不武的,都不如老百姓了。自从变成文职干部,你一见军衔就闹心,能不做梦都想着授衔吗?分房子的事,这些天家里外头紧吵吵,所以你就梦里也想呗!

我忽然察觉,妻子不仅比以前幽默,还比以前有思想了,便浓了和她说话的兴致,说,我没想的事儿梦里怎么也出现呢?

我把梦见蛇身美女并且紧紧相挨的事,忍不住也说了出来。

她说，这有什么怪的！这跟你一向嫌我不白、嫌我不苗条有关呗，所以潜意识里总想又苗条又脸白的女人，而哪个女人能苗条过蛇？你也不是没看过《白蛇传》，所以产生想当许仙的念头也很正常！不过，可得小心，不能光看苗条和白，还要注意，有没有毒。没毒的是白娘子，是仙，有毒的就是美女蛇，是妖精了！

妻子的确比以前宽容了，深刻了，所以我也伏在窗前，学她的思想方法想事。我盯住窗外雨中一棵大树想，大树真了不起，风来了不躲避，不弯腰，也不动摇，在属于自己的那块土壤扎了深根。夏天生出遮天蔽日的绿叶，供人乘凉，多炎酷的烈日，都不能使它离开身下那块土地。秋天，风刀霜剑把它的叶子砍得一片不剩，它仍寸步不移。冬天它也坚贞地站在风雪里，抗得住严寒而不被冻死。我哪，也该是一棵这样的树了！二十三四年的军龄，一套套新绿的和洗得发黄的军装，穿来换去，就像春夏秋冬周而复始的一茬茬树叶。我已在军营这块土地扎了根，虽没像大树那样挪之必死，但也挪动不得了。何必被军装上有没有那几颗虚荣的星儿，弄得时常生气发火呢？

我正圆着自己的白日梦，部里朱秘书忽然来电话，真的说分房方案定完了，叫我马上到机关签房号去。

我问："朱秘书哇，怎么个签法呀？"

"按级别。"

"那我排多少号哇？"

"你是九号，"朱秘书还用讨好的语气说，"你前边的八个号是：干部部李副部长，宣传部邢副部长，咱们部马副部长……"那语气分明是说，你紧挨所有副部长后面，享受领导待遇呢！

我忽然又来气了，打断朱秘书的话说："我比李副部长邢副部长和马副部长晋师级都早哇，而且我还是正师级，总该排在他们副师级的副部长们前边哪，怎么能排在所有副部长后边？"

朱秘书说："你是文职，文职不能排在领导之前。"

我说："这不是分房吗，又不是开会坐主席台？"

"嘿呀算了，其实就是个楼层高低的事……"

9

"你反映没反映过我们的意见?"

"啊……没……反映也没用,不就是个楼层高低的事嘛……"

"楼层高低说明很多问题!"

"我现在只负责通知你来签字,别的我管不着。"

"那我不签了,先找主任反映一下情况再说!"

关于分房这等事,若在以往,打死我也不会想到找主任的,找的话,也会是一级级找起。这都是改成文职以后逼的。接完电话,我立即坐到电脑前,噼里啪啦将自己的心情记录下来:"二十三四年的军营生活,我经历了五次军装变换,有的是变了颜色不变样式,有的是变了样式不变颜色。就在既变颜色又变样式,中国人民解放军恢复了军衔,军装变得最为美丽耀眼。这次,我这曾为穿军装而咬破中指写过血书的人,却变成了文职军人,这对我的感情,不能不说是个极大的伤害……"我想给分管我们的副主任写信,反映一下文职干部的意见,我只有用笔才能表达得准确和充分些,当面和用电话说,我会因太激动说砸了的。

2. 盛委求我

老乌龟般待在床头终日无所事事的黑电话机,忽然伸出一只铃声的大手,使劲揪我耳朵,把我从梦中拽醒了。

"喂,哪里?"我用力睁开死黏的眼皮,冲抓过的话筒冰冷地问过去。

"老柳吗,柳直同志吗?"没回答却反问我的声音有点耳熟,一时又想不起是谁。不过我断定,是比我年纪大,比我地位高,并且还是掌权管事的人,不然语气不会这么果断,有点命令式的。但因耳熟,我的话变暖了些。

"我是柳直。"我换成年轻人对长者的语气,"您是……我怎么听着耳熟?"

"上个月我们还在一起开过会！"

"耳朵还记着，可我这破脑袋——真不够意思，您是……谁呢？"

"你这个作家越当越大了，开始好忘事了。我是盛委！"

"哎呀！盛老师啊，真是没想到您能给我打电话！"

"有困难了，有困难就得求解放军啦！"

这个被我称为盛老师的盛委，是省文化厅超龄的老厅长，该退休而没退，因工作需要，前不久被调到省作家协会任党组书记。按说，在省政府当过厅长的人，谁也不会再到作协这样的群团部门当头了，虽然级别相同，但权力太小啊。可盛委与别人不同，他以前还任过一个市的市委副书记呢，因喜爱文学艺术工作，写过几篇文学评论，而心甘情愿地当了有政治雄心的人不屑一顾的文化厅厅长，而且后来还虚兼了省作协副主席职务。所以他不仅和作协主席是朋友，在作家圈儿里也算有口碑的人。现在他是屁股坐在作协的领导了，有事求到我一个部队作家，哪好说半个不字呢！我忙应道："您说吧，盛老师，我一定尽力而为！"我不肯叫他书记而叫老师，是让他明白，我愿意帮他办事，不是冲他的职务，而是冲他把作家当朋友。

"有这个态度就好办。"他说，"你在部队都享受什么待遇，比如：工资、住房、医疗、差旅……方面的待遇？"

我想他是先探听一下我的实力，再掂量一下求我办的事是否能成。我就既不吹嘘又不让他感到有推托之意，尽量准确地说："我只是文职正师级，住房标准虽然和部长们一样，也享受干诊医疗，出差也坐软卧，但是一点权没有，办事都得靠求熟人！"

"那正好，待遇还是这个待遇！"他说得很认真，但我没有听懂他的意思。

"盛老师……您的意思？"

"哈，你不说一点权没有吗？现在天上给你掉下一个权来，我想你应该接住！"他由于说得急，咳嗽了好几声，还不待喘匀，又说，"直说吧，想调你进省作协领导班子。你不是兼职副主席吗，现在让你当驻会副主席，掌的是副厅级的权，工资还照拿正厅的，也就是你现在正师的，等于是平调了。怎么样？"

"求我掌权？"我吃了一惊，"那不得脱军装吗？"

"就是这个意思。作协班子不是出了特殊情况吗，撤职了两个，我来后还缺一个！"

"一个大省，缺十个省长还用犯愁啊？"

"地方的事不像部队，我不说作协出了特殊情况嘛，内部很难找！"

"那就从外面找呗。"

"所以才找到你！"

"我不行。"

"我看你行！"

"我什么时候让您看见行了？"

"去年作协主席团会，你发言谈自己挂职师副政委的体会，不就坐我对面谈的吗，我一字没漏，都听进去了，会后你写成一篇文章，我也一字不漏看了。你越说自己不行，我越认为你行！"

我万没想到，老资格的作协党组书记是求我掌权。说老实话，我像个老处女突然遇了有地位的人求婚，虽然还没来得及想这桩婚事是否能成，但心情绝不是难过。我惊中有喜说："我是部队的人啊！"

"我不是说有困难来求解放军吗？你认真想一下！"

"部队哪有自己想的，都是一切听从党安排！"

"省委也是党嘛！我现在也是作协党组书记了嘛！如果你本人同意，我们就以省委名义向部队商调。这既是地方党委向部队求援，也是我党组书记个人求你！"

多年作家圈里混的，总认为当文人和当官是泾渭分明的两回事。我说："我是作家，掌权不就是当官了吗？！"话里还含有这样的意思：作家当官，似乎与宋江被朝廷招安是一个性质。

"嗨，作家协会的副主席，还能不是作家嘛！你不想想，论当军人，部队是正规军，地方是民兵。论当作家的话，作家协会才是正规军，部队是民兵！"

盛委嘴上像长了把有灵性的木槌儿，我嘴上则像挂了面木讷的小铜锣，一下下都被他敲到点子上。我一时再说不出别的理由，退了一步问："作协不是动迁了吗，什么时候能有自己的楼哇？"我一直觉得，一个没有独立办公楼的单位，其中的人，也是难有独立地位似的。

"楼你不用担心，省政府已经批准立项，四千平方米的面积，九百万元的资金，接近一千万了。地点已经看好了，离你们军区不远。联建伙伴也找了，咱们立项、选址，联建伙伴再投九百万，两家可各得七千平方米房子，一年半就能完工。图纸是请一个学过建筑的作家设计的，风格是改革开放式的，外表是蓝色。懂吗，蓝色！蓝色是海洋的颜色，蓝色就象征着我们作家协会走在改革开放的前头，率先引进西方文化中有进步意义的成果。到时候，省作协有中国特色的现代化办公楼建成了，所有工作人员都躺着办公，也用不了。你知道七千平方米意味着什么？意味我们自己超额多建了三千平方米，一少半啊！了得吗？这一少半我们可以出租。到时候，作家体验生活呀，出书哇，开作品研讨会啦，出省出国访问交流等等，经费都不用愁了。现在因为缺人，对你才是个机遇，明年你再想来，不仅不欢迎了，也没空位了。今年上边让作协安排一个人，让我给顶回去了。但我要你这样的！"

盛委一番话，直来直去，而且他已开始使用"咱们"二字，把我说成是一个班子的人了，能不让我感动吗？我还从没遇到哪个领导求我掌权呢。当兵不久，团政治处主任找我谈过话，说要树立长期战斗的思想，要服从党安排。当时我想，一个解放军战士，这话还用说吗？不久就下来一纸命令，让我当干部了。主任说的长期战斗的思想，就是指当干部要准备在部队长期干。从那时起，我就从没想过转业的事，因而，工作成绩和级别，在同年兵里一直是领先的。我说的仅仅是级别领先，干的和喜爱的，却多是被人指挥的业务工作。而盛委突然向我抛来一个信任的大球，且使用了"求我"二字，分量实在太重了，以致使我没那么大力气一脚将它踢回去。青少年时期我尝了太多求人的苦涩滋味，母亲曾说过，若我长大也能有本事帮求到的亲友就好了。其实母亲说的本事，就是当个小官儿掌点儿小权什么的。所以我再怎么清高，遇了盛委这样的诚心相求，也不能不受感动的。谁能不因被人看重而感动呢，尤其是盛委这样老资历的领导，亲口求我到省作家协会去当正规军，而且是副领军人物。士为知己者死，这句古话在我心中还是有位置的。我说："盛老师，谢谢您的信任。容我考虑考虑，怎么也得向领导请示一下！"

"不过，只能给三天时间，就三天！"

"三天可以。不过，如果还是不行，您一定谅解啊。"我说的是实话，我知道，即使我自己同意了，部队领导的态度我是一点没把握的。

"关键是你自己，只要你自己同意，剩下的工作由省委来做。"他说的是省委，而不是作家协会，也不是他自己，这使我觉得这是党的需要，而不是他个人的非组织活动。我说："那好吧，三天之内一定回话！"

盛委用一半朋友一半领导的口气又叮嘱了一句："一定别让我失望！"他再加重语气强调，"最好早点过来，把那个撂着的权，赶紧掌起来！"

3. 佳槐和铁树

我已不年轻的心，忽然间生出两双翅膀，分别向不同方向飞翔开了。在盛委书记限定的三天里，我消耗了似乎比三年还多的心血。首先，我在家躺了一整天，回头清理以往的脚印。当初，自己是咬破手指写了血书，才得到入伍通知书的。二十三年的军龄了，因为没得到军衔，因为分房等事被轻视，就决定转业，这不有违自己初衷吗？但是，眼下一冷一热两种对待我的态度激烈对比着，我又想象一番到作协当正规军的前景，尤其盛委描绘那栋蔚蓝色的作家大厦，活生生在我眼前晃动着：在那栋正规军的新大厦里，该有我副领军人物上好的办公条件和被高看一眼的人格待遇……妻子也帮我思考了一整夜。她说我，你已经不年轻了，加上有点儿成就，其实已经成了领导的负担。不给你个重要点的位置吧，觉得对不住你，想给吧，又没位置，你已经让人为难了。还有，评职称，论成就你该评正高，但你们单位，正高职数有限，给了你，你们主任佳槐心理不平衡。要是给了佳槐，你心理不平衡。你转业一走，这个矛盾也就没了。这就是"树挪死，人挪活"的道理。再说，也不是你同单位闹了矛盾，自己要走，而是省里特别需要你。这么好的机遇送上门了，再拒绝，你肯定是没出息了！

可以说，是妻子帮我下了大半个决心。这大半个决心下定的时候，已是夜间十二点多了。我对妻子说，我得马上找佳槐商量去。妻子说，三更半夜的，你找什么佳槐？明天不行！我说，怕天一亮自己再变卦了。于是我就在被窝里抓起床头老乌龟般无所事事的电话："佳槐呀，我想现在去跟你商量个事！"

佳槐是我顶头上司，也是老大哥。他军龄和年龄均大我十岁，但我们从不互称职务。他犹豫了一下，反问我说："妈的，有点困，明天行不行？"

"明天……有点不行！"我又赶紧补充说，"要不咱们到你楼下喝咖啡，就不困了？"

"什么事呀，非得今晚不可？电话说呢？"

"电话说不清楚，肯定你也会认为是大事！"

"那你来吧，就到我这里喝茶吧！"他说完真的打了个长长的哈欠。我顾不得这些了，匆匆穿了衣服，骑自行车飞奔而去。

佳槐听我说明缘由，困意顿消。他双眼由蒙眬变得放出光来："这事的确不小。你的心情我理解。但我也很矛盾。我既不想让你走，又不想不成全你。可你想想，就是我同意让你走，并且帮你再往上边去说，这事可能成吗？我看，可能性不大！"

"成不成是一回事，现在必须回个明确态度！"

佳槐毕竟比我多吃了十年军粮，又有个领导职务，他反问我道："问题是省里态度你还不很清楚。"

"怎么不很清楚？盛委书记说得很清楚，他说就看我本人愿不愿意了！"

"你看得简单了。"佳槐掐灭烟头，又点上一支烟说，"盛委是书记不假，还有主席呢！铁树是主席，他什么态度？铁树跟你我都很熟，他为什么没跟你我打个招呼？何况盛委刚调作协，而铁树已在作协十年啦！"佳槐说的省作协主席铁树，可以说是我和佳槐的共同朋友，他比佳槐小五岁比我大五岁。"会不会因为书记管干部，所以才盛委出面呀，问铁树一下不就知道了吗？"我不以为然说。

"不能乱问，万一他俩还没统一思想，反倒给人家制造了矛盾。人事方面的事，最容易造成主要领导之间误会。"

我说："要不，咱俩一块看看铁树去吧，听说他还在住院！"

"也好。以探病的名义摸摸底，如果他也同意，你再表示同意不迟。如果他并不同意，你最好就打消这念头算了。"

第二天，打听好了铁树住院地点，我又买了一大兜上好的鲜荔枝，和佳槐一同去了。

我们省的作家协会很早就是独立的，与省文联平级，所以党组书记和主席都是正厅级，铁树理所当然住高干病房。他已不是十年前初到作协只是作家时那种神态了，也许管事多了必定容易干着这事想那事，或跟你说话却瞅着别人，他看见我们进屋后，忙从床上坐起来，一边寒暄着叫我们坐，一边眼还瞄着自己手上那本书的封皮儿。我也瞄见了，那是一本外国总统写的书，不免心下闪过一个念头，铁树已是一方领袖了。以前他也是普通作家，但文笔厉害得很，作品连获全国大奖，加上有组织能力，又赶上选拔年轻干部的机遇，所以只几个箭步，就跃上主席兼党组书记的台阶，并且作为文艺界的党代表当上省委委员，这就一下子与同代人拉开了很长很长一截距离。在作家们眼里，铁树已是文艺王国的当朝皇上了，但据说铁树自己并没觉得省委重用了他，理由是，他的一个同学朋友已是分管意识形态的省委副书记，还有一个同学是副省级市的市长，他才是个正厅级省委委员，算什么呀！原先他还有工夫到我家吃饭，把酒论文学，后来逐渐忙得身不由己，慢慢我们也几乎断了来往。铁树只当主席，而没了书记的职务，仅是几个月前盛委来了以后的事，原因当然是他带的班子有两人被撤了职。而据铁树的朋友们传，是铁树要求省委派盛委来帮他补台的，他一身病，又要写作，只好让出党组书记的大权给盛委了。但谁都懂得，省直各厅局的党组书记有一二百个，而省委委员却寥寥无几。

今天铁树一见我和佳槐，口气里虽还满是老交情，但用词明显比以前大了。"二位大手笔好久不见了，今天怎么这等清闲！"

"听说你龙体欠安，才来看看嘛！"我说。

"我龙体也不是一天半天欠安了。"铁树说，"二位肯定是辅导业余作者很忙啊！"

他说的业余作者是指女作者，这种不带恶意的玩笑，在文学圈儿中都明白。我说："部队就那么几头蒜，哪像地方，有那么多业余作者可辅导哇！你龙体欠安是不是辅导业余作者累的呀？"

"是不是辅导累的，只有龙体知道，反正他妈欠安了，一欠安竟是两年半。"

佳槐说："以为你早出院了呢，哪知道你对医院这么有感情。"

"我们真是他妈鸡犬之声相闻，病死不相往来呀。"

"那说明大主席联系会员不够哇！"

"你们两位师级副主席，屌毛会员哪，半斤对八两，彼此彼此！"

见面的第一层寒暄，算是由铁树用"彼此彼此"做了个不分高下的小结。我和佳槐这才在仅有的两个沙发上落了座。铁树还在他的床上坐着，这既可表示他已没沙发坐了，也可表示他本来就不必下床。我也就继续充大说："知你龙体欠安，我们买了点妃体最需要的东西，杨贵妃最喜欢这东西！"我一边往外拿着荔枝，一边同他斗嘴，意思是，我只是来看望你，并不是来求你。我说："这病房，从设施到服务，看去都不及部队的干诊病房。"

铁树说："这很可能，部队最能搞花架子，表面的东西肯定比地方强，但我敢断言，用药和治疗，肯定比地方差！"

佳槐则开始附和着说："铁树说对了，部队确实不怎么给用好药。"

我不愿随便被铁树灭了威风，便玩笑着继续说："那是部队人员身体好，用不着好药病就好了。你看佳槐，一星期就出院了，你却住有两年半了!"

铁树说:"你们佳槐是泡病号,家不在这儿没人伺候,苍蝇尥蹶子踢了他一下,他乘机就住一星期,为的是享受部队女护士高质量服务!"

铁树的嘴和他的文笔差不多,挺厉害,但我并不惧他,无顾忌地继续和他针锋相对说:"反正不管军、地,准是官升病长。咱不当官儿,也没你们那些病,也摸不准你们到底为什么住院!"

"你小子文章长进不小,嘴儿皮子练得也可以了。"铁树拿了一颗我递过去的鲜荔枝,边剥着皮儿边说我,"你他妈拿着师座的钱,还嫌不是官儿呀?"

"谁都管我,我谁他妈也管不着,屌官儿?"

他冲佳槐说:"有千里马在,你这个伯乐得睁睁眼,张张嘴,给说说话呀!"

佳槐说:"我眼早就睁着,但部队这一段,总他妈吵吵精简整编,有位置的还不知弄哪儿去呢,我往哪给他张嘴?"

我乘机向铁树抛出探测气球说:"听风声,部队可能又要精简,我们文职军官说不定会被减掉一批!"

铁树说:"部队不要你,我要!"

"这可是你说的,真有那一天,我就上你那儿去!"

"去吧,你们军区,去五个六个专业作家,到我那儿吃大锅饭去,暂时还吃不黄。"

铁树这话表明,他还是欢迎我去的,但也说明,盛委没同他商量过调我的事,他目前欢迎我去,只不过是当专业作家,所以其他也就不好深说了。他却说:"一个人若在一个岗位上工作了十年,还说他很称职,那这个人就完了。他怎么能还称职呢,他水平早已提高许多了,应该称职更高要求的工作岗位了。"大概他是刚从手上那本外国总统回忆录里读来的,随口说说,倒又给我的心理天平往转业方面加了颗砝码。

离开医院,佳槐帮我分析了一下情况。"看来现在还只是盛委自己的想法。不过你若表示同意去的话，他肯定是要同铁树商量的，调个进班子的人，必定得党政一把手都同意。现在看，盛委同铁树商量的话，铁树不会不同意，他没有理由不同意。"他停住脚步，我们都扶着自行车站在医院路边。他深入分析说："现在关键是你和我了。你的长远打算不知想了没有。你想，铁树才比你大五岁，作协这地方，他至少还可以干二十年，甚至更长一点儿，这等于说，你当主席的可能性，二十年之内是不会有的。那么发展前景，就是当党组书记了，因为盛委现在已经六十二岁，即便是群团机关，书记顶多也只能干到六十五。就是说，三年后，你有可能接他的班，他想让你去，肯定是选你做他接班人。"

我连忙插断佳槐的话："党组书记我怎么也不能当，当了书记还叫什么作家？书记当得再好，顶多只是作家的朋友。我只愿意当作家，而不能改当作家朋友。主席我也没想当，管事的副主席也只是想试试，四十岁的人了，不能被人管一辈子，还是个二等被管的。体验体验管人的滋味，就当作家体验生活了，如果体验得很不是滋味，就他妈拉倒。当一个管过人，再被人管的人，也懂得应该怎么被人管了嘛！"

我的话大概说得太透彻了，尤其后边几句会刺激到佳槐，所以他脸色和语调都有些严肃了。"现在难的是我。你想，让你走，我要背多大黑锅呢？外界会认为我既压住了你，又容不下你，把你排挤走了。"他索性用脚放下自行车梯，双手都脱离开车把的束缚，有点像毛主席在延安窑洞讲演那样，用右手先扳倒了左手的拇指，又扳倒了食指，眼光非常明确地直刺着我。"不支持你走，你现在又接不了我的班。我不是没提过辞职申请，上边不同意！就算我再申请一次真的同意了，主任的班，是你接还是副主任接？咱们党的干部政策是'台阶论'，得一个台阶一个台阶来。副主任岁数比你大，军龄比你长，越过他，直接让你当主任，可能吗？"他又扳倒了拇指。"那么退一步说，就说先让你接副主任班，起码也得我到五十五哇，那就是五六年以后了！五六年是多久？谁知道哇！上中学时有篇课文，叫《三五年是多久》，太令人咀嚼了嘛！"他把摁在一起的左右手一块晃了晃，头点了点，又摇了摇，摇了摇，又点了点，才停住。"实质呢，是我真舍不得你走，铁树不会真心欢迎你去。即使哪天盛委同他统一了意见，并且由他出面来找你谈，他也不会是由衷的。你的年龄，对许多人都是个压力，对我是，对他铁树也不例外。"佳槐说得兴奋了，又扳倒一个手指，"不过结果我基本已经看到了，你一走，立刻会产生一个不大不小的新闻效应。效果会是，我佳槐凝聚不住人才，他铁树招贤引能，你哪，两方面的舆论大概都会有：一方面，会说你是人才终于被起用了，另一方面，也可能会说你不念部队多年培养之情，去奔官了。而盛委呢，伯乐虽然是他，但他什么美名也得不到，不是他不想得，也不是别人不让他得，是他的年龄、位置及所处环境决定了的。他是个官儿，而他现在的环境是作家协会。当官必得在衙门里，才能抖开威风。作家协会，不仅不是衙门，甚至可以说是官儿们的泥沼，举步维艰。而作家协会对铁树呢，则等于河流上拦起的一座水库，他既可以在其中游泳，又可以在里边打鱼，甚至可以兴风作浪。你去的话，可以游泳、打鱼，兴风作浪不可能，你没有兴风作浪的条件。不当主席，就没法兴风作浪。我已跟你说了，当主席十五年内没可能！"

我也用脚放了车梯，脱出双手，握成两个拳头："既能游泳，又能打鱼，我就十分满足了，还兴什么风，作什么浪啊。现在我急需你一个字，或两个字，即，走，或不走?！"

"心情我都说透了，剩下的两个字，只能你自己说了。"

"非你说不可。"

"实际上，你自己已经说出来了。"

"那也得你说。"

"我已经说透了。"

"还没透。"

"怎么没透？"

我把拳头还原成两片手掌，而且拍了一下。"职称问题也令你挠头！一级作家评给你评给我？评给谁你心里都是个病。所以我一走，你好几个难题可以迎刃而解！"

"话既然说到这份上了，咱们定个君子协定。"

"怎么定法？"

"人走茶不凉。对外口径，一律是，工作需要，双方党组织商调的。"

"这也是事实。"

"就这么着吧，我请你喝酒去！"

"态度？永不翻案！"我捉过他的食指，同时将其他指头也掰开，握了握说，"我请你喝酒！"

于是我在第三天晚上，给盛委回话说："想好了，到你的'蓝楼'当正规军去！"

盛委说："那好，你就等信儿吧！"

4. 等中的故事

等待是很折磨人的事，要是等待一个不确定的结果，就更加折磨人。我悄悄等着的时候，省作协召开的那次理事会，尤其加重了我的心理折磨。后来回想一下，理事会之所以选在我决定转业后很快就开，肯定是盛委想先给我一个展示机会，不然，怎么会轮到我这个兼职副主席，主持半天惊心动魄的大会发言呢。

会上，我先宣布了一条规定，主要是每人发言不得超过二十分钟。我所以宣布这条规定，是因为老作家太多，他们资深名高，一说话往往半小时都是最短的。有两位七八十岁的顾问因病不能到会，事先交了发言稿。我本应将两篇书面发言念完，再宣布自由发言，但恐怕发言中间出现冷场，所以把书面发言留作冷场时补空了。没想到，我宣布发言开始的话音未落，便平地忽地长出一棵大树似的，有人举着手站起来，声若洪钟道："我——我发言！"

平地忽地长出的这棵大树，竟是七十多高龄的著名诗人流火，作协主席团顾问。他的诗曾插上音乐的翅膀到处飞扬，因此他的名字虽不是家喻户晓，但在省内文坛人人皆知。我以前只在会场上见过他几面，他的名字在我心中是有分量的。他站立着的高大身材和高高举起的左手，加上洪亮的声音，都在我眼中生了光彩。我不由得对他的支持生出感激之情，连忙说："请您老儿到台上来发言！"

老诗人流火，穿戴像朴实的农民，举止像果断的军人，我话音未落他已离开了座位。他抓起麦克风便扔出一句结结巴巴，但斩钉截铁四座皆惊的话。"我——认为，铁——铁树刚才的工作报告，水——水平很不高！"他腰杆笔直地站着，直呼铁树其名，"主席"和"同志"字样都没用。我想，他再怎么资重名高，铁树毕竟是主席啊。我还没见过谁在大会上这样批评领导哪。

"我——认为，啊，我是说我——认为，我不管他……他别人怎么认为，铁树他……他的报告成绩讲得过多，问题讲得太……太少，而……且，成绩里有些是在美化他……他自……自己，问题讲得避重就轻。你……你比如，他……说，我们省这两年在全国有影响的力作不多。何……何止是不多，有吗？有的人不务正业，干脆不……不写作了。不写作能有力作吗？不……不可能有！不要说力作没有，非……力作也没有。什么原因？领导不得力，领导带头不写作。他……他铁树这两年就不写作嘛。有人说他在写长篇，这也是在美化他……他嘛！他长篇在哪里呢？他……他到现在连中篇都没发表过嘛，他写……写什么长篇？问题浮皮潦草就说了那么几句，领导班子建设重……重视不够，抓……抓得不紧，出……出了点问题。仅仅是重视不够，抓得不紧，出了点问……问题吗？吃喝玩乐不……不抓嘛，塌台了嘛。盛……盛委同志来……支台补台嘛，不塌台他……他能来支台补台吗？"老诗人的话把我心提到嗓子眼了，并且越提越紧。我惊奇，作协的人真是太敢想敢说了，和部队比，简直是两个天地。我也疑问，这是不是太民主化了，毕竟是理事大会，再怎么着，也要维护主席的威信哪。也许真正的诗人情绪都这样？我见过不少诗人，在酒桌和其他小会上说话，比这还不留面子。可现在是正儿八经的理事大会，还是我主持会，他说出这么严重影响领导威信的话来了，我该怎么办呢？尤其他批评主席的同时，还把书记抬出来了。

"我们作协领导作风问题很……很大，"老诗人根本就不看我的脸色，仍慷慨陈词，"必……必须引起足够重……重视，深刻认识问题的严重性，危害性……否则……"我想，我再不表示一下态度就是失职了。恰好我发现他的发言已超过二十分钟，便乘机朝他指了指表，并在他"再发展下去就坏……坏……"处插断说："开始我已宣布了规定，每人发言不得超过二十分钟，现在流火老的发言，已过了三分钟，流火老您……是不是……打住吧？"

他看一眼手表立刻朝我致了一下歉意："对……对不起对不起，过时了，不……不说了不说了！"说罢朝我点点头，又向大家说了声谢谢，大步流星走下讲台。还没等我说下边谁接着发言，一张白白的女性的脸从坐着的人群升起来，是《北方作家》的女编辑作家鲁星儿。不待流火坐下，她也平地长出一棵树似的站起来了。她我熟悉，是全省较有名气的中年作家，虽属女性，但比许多男性还要阳刚直率，似乎不会用温柔的语调说话。据说她常常埋头写作，编稿，近乎两耳不闻窗外事。前年作协开代表大会，刚在会上致完祝词的省委书记赶巧在电梯里碰见了她，并主动和她说话。她看看省委书记说，我怎么看你有点面熟呢？省委书记说了自己的名字，并说曾在她签名售书现场见过她，但她实在想不起来了，便问省委书记是哪单位的。这事儿在全省文学界传为笑谈。这个直来直去的鲁星儿，说话也如自己的身材一样精短。大概是为了节省时间不至于超时，她上了台没等坐下就开口了："我完全赞同流火同志的意见。我认为，流火同志说得还很不透，他照顾了铁树的面子。他铁树，年纪轻轻，当了主席，就不好好写作了，在医院泡了两三年！他是有病，但我认为也有泡的意思，不泡为什么不好好在医院治疗，却经常跑出来赌博！麻将常常一打一宿，把机关工作人员拉上一块打，人家不愿打，还得强装笑脸陪着他，打得机关干部和家属有苦没处诉，老干部劝他别打，他还当耳旁风。还有，他把个女护士调到身边来，弄得满城风雨，大家都跟着不得消停。这些事，作家圈里不稀奇，都是自己不嫌丢人就民不举官不究了。可他铁树，不是一般作家，他是领导干部，而且他自己家人闹矛盾，影响大家工作了嘛！"女作家鲁星儿自己停住话，往台下瞅瞅，又看了看表，然后对我说了一句，"柳直同志你别害怕，我没超时！"

鲁星儿的举动令我吃惊，她连省委书记是哪单位的都不知道，却对本单位领导这等关注。我还奇怪，作协老作家对铁树有意见可以理解，鲁星儿这样的中青年作家也对铁树如此激愤，我一点都没料到，我真是害怕了。流火是老辈著名作家，他公开指责铁树是凭老资格，可鲁星儿资历和名气都比铁树小哇。要在部队，如此重要的大会，一开头就有人这样发言，不要说二十多分钟，两分钟就该是重大事故了。但地方的事我一点也不懂，我真的不知该怎么应付这局面了。我紧张地看着台下，期望从大家的反应中拿定一个主意。

铁树低着头。发言开始不一会儿他就低下头了。他低着的头，是用张开的左手在额头和双眼处支撑住的，右手搭在透明的玻璃茶杯上，食指和中指夹着的烟，不时送到嘴边吸一口，吸时，头并不抬起来，吐出的烟，就像从犯风的锅灶口倒呛出来的，弥漫住整个头，因而，他的表情是怎样的，我根本看不到。他左右两边，都空着两三个座位，隔着空位近距离而坐的年轻人居多，说明外市的中青年作家和他较亲近，但公开场合也都保持一定距离。盛委在铁树前一排右侧端坐着，手里只有烟没有茶。他腰身不挺自直，看不清喜怒的脸上，一双半眯着也让人看不清神色的眼睛，直视着自己吐出的烟雾。他左右只各空了一个座位，周围隔空而坐的老少都有，细看一下老同志偏多，似乎说明，目前他的人气比铁树旺点儿。他俩谁也不往台上关注我一眼，都在期待我什么呢？佳槐坐那位置，距盛委和铁树都不远不近，他倒是全神贯注看着台上，但看不清是看我还是看发言的人。他身子和头不时动一动，让我感觉他也不知如何是好了。其他我熟悉的和不熟悉的男女理事们，也没有谁给我以明确的希望和暗示，也许他们也都是头一回经历这样的场面,也不知如何是好了。我只好按我自己的思想方法行事了。鲁星儿的发言时间一到,我一秒不差抓过麦克站起来,开始念因病没到会一位老作家肖老的书面发言,以扭转局势。肖老的稿子,既针对了全省文学工作现状,又有理论色彩,就是拿到刊物发表也难挑出毛病来,而且也绝对不是没有倾向性。开始我念得有些紧张,很快就从容不迫了。接着我又念了不能到会的名誉主席朱简的书面发言。朱简是德高望重的小说家,他的名望已在全省作家圈内形成这样一种作用:即使反对他的人,也没谁敢公开表示出来。他稿子里有这样两句话:"作家不应该对官衔感兴趣,而应对时代和火热的生活抱有极浓厚的兴趣,否则,注定是没有出息的。"念完整个发言稿,我特意把这句话重复了一遍,然后引导(其实是调和)说:"朱老的这个意思,铁树主席的报告里也谈到了,看谁自告奋勇,就这个问题再谈一谈?"

好一会儿没有反应,我只好自己打圆场说:"前面发言的都是省直的,下面该各市同志发言了,看谁说说!"我是想,外市作家发言,谁也不会直接指责铁树的。这时我注意到,我说完这两句话后,铁树把托着额头的左手移开了一会儿,看我一眼又放回原处。盛委也在盯着我。佳槐,以及和我熟悉的不熟悉的理事们,都注视着我,没一个人左顾右盼,更没人交头接耳。

出现了静场。我急得用眼光和盯着我的佳槐交流了一下,并用下巴做了个请他上台的示意。他摇了摇头,同时手指了指自己的领章,然后朝挨他而坐的北良指了指。我明白了他的意思,是说我们是军人,不宜搅到矛盾里去,而北良既是地方作家,又是外市的,而且和盛委、铁树及作协老同志们关系都不错,尤其还是我的老同学。于是我点名说:"北良是滨海市专业作家,他主动要求挂职深入生活好几年,而且出了好作品,是不是掌声请他发言!"

北良朝我摆了摆手没站起来,佳槐却连忙往起推他,并且带头鼓起了掌。我乘机也鼓掌,马上台下不少人也跟着鼓掌。北良只好上台了。大概是他挂职锻炼的结果,在没有准备的情况下,竟讲得沉着而有新意："我觉得，作家的兴趣应该广泛些，体验生活的面也应该宽些，才能写出反映社会生活比较广阔比较丰富的大作品来。这样，就应该，不仅对当平民百姓感兴趣，也应该对当官感兴趣。对谁不感兴趣，就写不好谁。可以说，这两年我对当官比较感兴趣！我现在挂的职务，就是个实在官职，市政府人事局副局长。不当当这个副局长，我就体会不到领导干部的甘苦，当了才明白，一当领导，做什么事就不由自己了，做好事做坏事，都不那么简单，都不那么容易，都左右为难了。当官和不当官，大不一样。不当官，你就是个可以按自己意愿行事的人，当了官，你就没法按自己的意愿行事了，你就是个按方针政策和上级指令行事的人。一徇私情，一感情用事，你就要犯错误。你不徇私情，不感情用事，亲人和朋友又会说你不够意思，不是人！其实当了官儿，真就不是个正常人了，说不是人也对。是神是鬼是仙是坏蛋是……总之他不是常人，是官了。官就不能跟常人一样，跟常人一样就不能当官。文学作品，不把当官的复杂内心世界写出来，而只是简单地丑化或美化，那都不是大作品。我只体验了两年当官的生活，感受还不算深，写出来的官员形象还不够复杂，不够丰满。我们的文学作品，如果不把官的形象写透，那我们的文学，批判和歌颂的功能就都难以充分发挥。所以，我既赞成朱老的意见，作家要对时代抱有浓厚兴趣，但我也不全赞成他的意见。即，我还认为，作家对当官也应感兴趣。生活之树长青的说法很对，但对于作家，只有写作才是永葆青春的法宝！"

北良这家伙说得妙啊！我真的不认为他圆滑，确实是妙！他既把谁都批评了，又把谁都肯定了，见解又是极新鲜的。他说完后，我索性又借题发挥了一通说："一年前，我也到部队的一个师挂职副政委，回来后想法就不一样了。没当领导的时候，一开会，坐在下面总好交头接耳，或者看看书，鼓捣鼓捣别的。当副政委自己主持会了，从台上往下一看，谁谁在说话，谁谁在传纸条子扯淡，就生气了，所以现在在参加什么会，都自觉不再闲扯了。我认为北良的见解既新又深，新在把作家深入生活的领域扩展了，深在把作家体验生活的理解又推进了一步。一个作家兴趣太单一，生活面太窄的话，的确写不出大作品来。下边谁就深入生活问题继续谈谈？"

接下去没再出现冷场，也没出现谁再批评铁树。散会后，我既没主动和谁套近乎一块走，也没谁靠近我来说说笑笑。我差不多是最后走出会场的。我边走边想，作家协会这么不简单啊！甚至想，盛委调我的事，如果不成，反而更好。

我正这样想着，在走廊拐弯处铁树主动向我走来。他一手端水杯，一手夹烟，深吸一口又吐出去说："站一会儿，我和你说个事。"

我以为他会说会主持得怎么样，但他只字没提会的事，开门见山说："你认真考虑一下，作协班子里不是缺个人吗，你要能来的话，就不再物色别人了。我看你就来吧！副厅级，不少老作家干一辈子都没弄上。你别听他们说不能对当官感兴趣，都是吃不着葡萄说葡萄酸！"

他没提盛委。会不会是盛委提过要调我他并没同意，今天忽然又同意了，或者是盛委一提出来他就同意了，是盛委叫他同我谈的。他没说这个过程，我也就装作不曾知道什么了，何况他也没有贪天功归己有的意思。所以刚在心里闪出的念头又逃掉了，竟半句虚伪也没有说："可以考虑！"

铁树边在前面走边回头进一步说："考虑什么？就来吧，北良和你的发言，都把其中道理说透了。进班子，你就当任职体验生活了！"

说话间就走到饭厅了。我不想让盛委看见我和铁树在嘀咕什么，借和别人打招呼果断和他分手说："好，我干！"

很微妙一个话题，如此轻易就谈完了，加上顺利渡过了会议险情，我心情又变得轻松些了，没用谁劝就喝下几杯白酒。喝了酒就更加轻松。和佳槐一块走出饭厅时，佳槐站下和一个年轻女人说话，我竟也凑了上去。他俩说说笑笑间，我也嘻嘻哈哈插话。那生动活泼的女人，把手上正吃着的饼干给了佳槐两块，也顺手给了我一块，马上又给我加了两块说："你这么年轻，吃一块不行，能者多劳，再帮我多吃点！"

这年轻女人脸白得奶汁儿浸出来似的，身材也少有的苗条。披肩发很和谐地衬托着她奶白的俊脸，加上往我手心放饼干时手掌柔软地一碰，让我下意识想到梦中见过的雪女蛇。她还像是从小吃奶油饼干长大的，每句话都带有饼干的甜味儿，眉目也有些甜，轻轻松松就把一个好意送给你了，不由得让你生出还想和她说下去的想法。离开她以后我问佳槐："这女的是谁呀？"

　　佳槐很吃惊说："你真不认识呀？她就是会上流火和鲁星儿指责铁树调来那人！"

　　我十分惊奇说："真就不认识！"

5. 不能坐等

　　不多几天，盛委又一次给我打来电话，说省委已派人正式商调我了。从第一次电话到第二次电话，中间盛委从没找我啰嗦过什么，连铁树跟没跟我说这事儿都没问过。上次他临时叫我主持理事会发言，事先和事后也都只字没说什么。他之所以打第二次电话，说是及时给我打打气，怕我夜长梦多变卦。我电话里对他说，我就顺其自然了，变不变卦全在省作协！他说就想听我这句话，就放了电话。这给我感觉，他和铁树都是大丈夫，的确与好施小恩小惠讨弄人情的俗常之辈不同。后来，军区干部部公务员小俞，从侧面证实了盛委的话。小俞是文学爱好者，他说他亲眼看见的，省里来人说调我是当厅级领导。厅级领导在一个公务员眼里当然是很了不起的，所以他告诉我时，既神秘又报喜似的。他还告诉我说，干部部部长对省里来人没说行也没说不行，只说我是军区的重要文化人才，得跟文化部研究研究。我想，既然想好要走了，就越快越好。等久了，到头再走不成，反而里外不是人。我就当什么也不知道似的，故意找机会和我们文化部长碰面，可他只字没提这码事。又过了些日子，他仍是不提。不让我走的话，跟我谈谈也好哇，可他个部长却没事似的。他没拿我当回事嘛！

这有点激怒了我。

我不能坐等了！过去的半辈子，几乎都是在等待别人选择中度过的，这回，如果我同意了别人的选择都实现不了，我可就是永远也没出息的货啦。我终于去敲文化部部长办公室的门。我之所以敲他办公室门，而不敲他家门，因为我不是找他送礼求官，我只是光明正大向他请求放行。这对大军区的部长来说，不仅不是难事，而是喜事。以往叫谁转业，那要费多少口舌啊，甚至得答应许多条件才行。我主动请求走，不是帮他部长大忙吗？但啥事一挂了求字，你就显矮了。求虽是个主动词，结果怎样求者却是被动的。盛委居高临下求得了我的允诺后，被动者又是我了。我将阿Q哲学改造了一下，自己安慰自己说，你是以追求者的姿态去求部长的。

部长很忙。我刚敲他门时，他正接电话，没有喊进。等电话一停我马上又敲，他刚说完请进，电话又响了，他又抓起电话。我想我这样成全下去不知要等多久，何况他已喊过请进了，我就在他讲话时进去了，并且自动坐在他面前的沙发上。

有我听着，部长说话的语气就变了，简短而严肃起来，并且很快说，先这样吧，有客人。他放了电话热情对我说："坐，坐，老柳！"说着起身给我倒水。

我也不客气，并且故意比以往有些放肆地开起了玩笑："没经部长允许就已经坐一会儿了，是不是得重新站起来再坐一遍啊？！"说着我和他一同笑起来。

"跟你们作家说话真得小心，稍不留神就被抓辫子！"他将一捏儿茶放进涮过的杯子，往里加着开水说，"品品我的毛尖，南方一个朋友送的。"

我仍开玩笑，其实是硬撑着想求人而又不矮人一头："还是当官儿好哇，烟、酒、茶都有人送，而且都是上品。"

"你大作家是得着便宜还卖乖吃，工资比我部长高，还拿稿费，得了奖还有奖金。"部长边说边把斟满的茶杯递给我，"你的烟、酒、茶也不是没人送吧？男的女的崇拜者到处都有，他们不送烟茶之类，难道送你们金银财宝？"

"作家的崇拜者呀，不是找不到工作的毛头小伙，就是不怎么幸运的中年人，自己都困难得很，还敢奢谈什么金银财宝？连普通烟茶都买不起！"我开始喝茶，"一点可怜的稿费，差不多都倒贴给所谓的崇拜者了。人家叫你一声老师，你好意思不留人家吃饭？我们又不像部长，有招待费，不管是谁，吃喝跳舞全报销！"我没使用吃喝嫖赌全报销这个流行说法，那玩笑就开过分了。

部长也开始喝茶。"大作家把话说轻了，是吃喝嫖赌全报销。但那不是穿军装的小部长，而是地方的大老板们。至于你们作家的倒贴，大概都贴给女崇拜者了吧？"他边喝水边得意地笑起来。

我也陪他笑。"部长虽不是作家，好像对这方面事挺内行嘛！看来咱这个作家当得不行啊，没女作者崇拜嘛！"

"别谦逊了，我就接过不少次这类电话，甜甜的女声，说的比唱的都好听，一口一个找柳作家，找柳老师，谁听了不妒忌呀！"

"并没谁找到我嘛，是不是都被半路打劫了。"我又笑。

"没文才就没魅力，想劫也劫不住啊。"部长也笑。

"有权力就有魅力，自己的崇拜者怕还忙不过来吧！"

"权是枷锁，有了权就没了自由，何况是《三大纪律八项注意》范围内的一点点小权。谁比得上作家，人类灵魂工程师，无冕之王，什么自由没有哇！"

"那是掌权人廉价施舍给作家的高帽子。自由当然是好东西，也不过是戴着脚镣跳舞的自由，而且是在桌面上跳。"

"毕竟是可以跳舞哇，我是戴着枷锁又没跳舞的自由。"

"世界是怎么了？"我还笑，"怎么谁都变得站这山望那山高啦！"

"看来大作家已经看上哪座更高的山了吧？"他也还笑。

"我不会像部长那么多才，到哪座山都能用武。"我是暗指他根本没搞过文化艺术这一行，却没费太大事，就把刚倒出的文化部长位置给谋到了。我笑得有些冷了："我一个文字匠，整天低头看稿纸，眼光短，看不到哪儿去，再看也看不出没出息的文坛！"

"文坛也有高低处嘛!"他也笑得有点冷了,"人往高处走水往低处流哇!"

"我不是水呀,部长。"我不笑了,"我是人,部长。要是有高点的地方需要我去,我想去,不算错吧?"

"我们是人不假,老柳!"他也不笑了,"但我们是军人,而且是,党员军人。党员军人该往哪个高处走,该服从谁的需要,这道理老柳你是老同志,不会不懂。"

我又笑了笑,但已是名副其实的冷笑了。"部长啊,我不敢和你攀战友,但我们毕竟早就认识,而且也不算太见外,我就不绕弯子了。"我加重了语气,"省里商调我的事,你知不知道啊?"

"知道是知道了。但是……"

"但是不予理睬?"

"不是不予理睬。你想你是一般人吗?"

"不是一般人是一般作家。"

"不是一般作家是著名作家!"

我又笑一下,虽不太热乎,但再继续耍清高而不把表示比部长矮的那个"求"字说出来,怕是不行了。我说:"著不著名这不重要,重要的是,我来求你,部长。"

"著不著名这很重要,因为你著名,我就左右不了你了。你想,就是我同意了,军区首长能同意吗?"

"我在军区首长那里不著名!"

"司令员给你的书写过序,还不著名?"

"写序和著名没关系,那是组织安排的。那些演员,首长并没写序,可是首长总把他们挂在嘴上。而我们,和给写过序的首长走碰了头,没人介绍一下,他们也是不认识的。"

"这牢骚你也不用发,别看走碰头不认识,报告一打上去,他肯定批评我为什么不懂保留人才!"

"就算能把我当个人才,就算首长能批评你不懂保留人才,不就是受一次批评吗?为下属受一次批评,下属会感念你一辈子!"我已不仅说"求",而且使用了最没尊严的"下属"二字。

"工作本来就没成绩,再因放走能出成绩的下属而受批评,你想,那仅仅是受批评的事吗……啊……啊,说走嘴了,你怎么是我的下属呢,你是军区首长的下属!"

"高帽怎么戴都行,但我是下了决心才来求你的。你放心好了,我不会说是不被重用才要走的,更不会说是被排挤走的,也不会说是和谁闹了别扭走的,就是地方一个并不重要的部门急需我这么一个人而已,就这么简单一回事!"

"但这回事儿并不那么简单。咱们这儿不是也需要你吗?"

"但并不是急需!"

"是呀,是没有马上急需的岗位提拔你,但我们也不是没考虑将来怎么使用你,这我相信你不会认为是谎话!"

"我相信你这不是谎话,但我也相信这话等于是废话。将来你调哪个军当政委或调总部当部长一走,留下的,就是一个美丽的空头儿支票而已。二十多年军龄的老兵了,这点经验我还没有哇!"

"我这个年纪了,你想还可能有机会提拔吗?没了!我三十年军龄的老兵了,也该有这点自知之明。"

"不想提拔还怕什么批评啊,怕批评就是还想提拔。"

"你老兄还是没当过官儿呀。不想提拔不等于不怕降职嘛!你没想想前任部长是怎么回事?不就是因表扬了一个不该表扬的作者,而且还想把他调到军区来,结果自己先被平调到下边部队去了吗?"

"平调怎么是降职呢?"

"平级调到下边任职,其实那就等于降职啦。我们党的干部,除非政治斗争中上了贼船,或刑事犯罪的,其他有降职的吗?我不求进取但也不能求退步是吧?"

"部长能跟我把话说到这份儿上,已让我感动了。但是部长,我把话说到这个份儿上,你也应该受点感动了。老同志这个请求,并不是太难为你,不会让你降职的。再说呢部长,你在任期间根本就没什么其他岗位可以使用我。其实你非常明白,原样保留我就是你的心病，现在有了一个解脱你的机会，你何苦不顺情说个好话呢!?"

部长又给我添了水。"你说的都是实话。你能这样跟我实话实说，说明你没拿我当外人，所以我也不拿你当外人了。这个报告我不好打呀！打就说明我愿意让你走。"

"就说我自己坚决要走的嘛！"

"你自己坚决要走就说明我没有凝聚力嘛！"

我把部长刚添了水的杯子摸弄一下，苦笑说："部长的凝聚力肯定是有！就不能打个既证明你有凝聚力，又说明我是因为地方急需才想走的？军委主席不是很强调军民共建吗？就说这是军民共建的需要。一个文学大省人才济济，反而向我们部队要人，不说明你手下更加人才济济吗？跟凝聚力没关系！"

"不管说得怎么好听，从我这说出让你走，就说明我没水平。容我考虑考虑，报告怎么个打法，是加强他们地方建设好些，还是加强咱们部队建设好些。反正你是属于加强的因素，香饽饽，篮球，谁都抢。"

"人生难得当一次篮球，机会一过，三两年马上就是永远的足球了。叫你部长，显着我外道，郑重叫一声战友，我求你一定打了这个报告吧！"

"好，好，好，"部长已经起身，开始眼望电话机了，"好，好，好。"

我也只好站起来，连说："谢谢，谢谢，谢谢！"

6. 带女兵头像的电话

没想到，我去求人，人家反倒送我礼物。临出门，部长从他大办公桌里拎出一台特别精致的小电话机来，绿色的。"夜光话机，挺好玩的，晚上不用开灯，躺床上就可以打。大作家写累了，玩玩电话挺解乏的。"他把绿色小电话机递给我。

我对电话机向来挺感兴趣，尤其功能特殊而又有观赏价值的，更为喜欢。这台小话机太少见了，不仅颜色少见，造型我根本没见过：乌龟壳式新型坦克炮！听筒由炮塔和炮管儿组成。一拿起听筒，炮管儿就从炮塔里弹出来。炮管儿上印有一特别漂亮的女兵头像，那头像脸也很白，不禁让我眼一亮，仔细看了一下。头像旁，是可记十个常用电话号码的活动卡片儿，比我床头那台老乌龟似的旧电话显然强百倍，不用说我很喜欢。我却说："小东西的确很可爱，可我不能夺人所爱呀！"

"是我送你的，怎么说夺人所爱？"

"足见大部长可爱的东西太多了，这般精美之物都不喜爱。"

"莫不是作家们都把自己不爱之物送人的？"

"哪能。己所不欲勿施于人嘛！只是我来求你帮忙，连句好听的空话都没送你一句，反倒是你送我爱物，不成道理嘛！"

"作家们就是太能联想，你想哪去了啊！这东西是挺好玩，但我肩膀上这几颗破星儿，像贼眼似的，什么它都盯着，使你不得安生。"他拍拍话机，"这是香港一个老板特做的，不多几台，专送大陆军队朋友。我这身份，直接也不可能得到，曲里拐弯落到我手了，办公室和家里都不敢用。你是作家，工作需要，体验什么生活谁也说不出什么。就这么个简单的道理，懂了吧？"

"懂了懂了。"我收下话机又连说了几遍谢谢，才离开部长的办公室。

可是回家跟妻子一说，妻子指点着绿话机讽刺我："这是傻子都能看明白的事儿嘛。你求人家，人家反而送你礼物，那就是这事儿不给你办，但又不和你伤感情。"

我也讽刺妻子："女人的头发长短真和男人不一样。非得求人才送礼物？我这种轻易不肯低头的文人，认真去求他，那就是向他弯腰低头了，再要我送礼，那不等于让我跪下给他磕头吗？"

"我看你就是书呆子一个，你等着吧，看不跪下磕头人家能不给你办？"妻子说完在日历上画了个记号，"我这话，是公元1992年7

月7日星期六晚上说的,两星期试试,看人家是怎么办的!"

两个星期过去了,妻子在日历上画了记号那天,果真仍没动静。部长这老伙计怎么搞的,行不行给个信儿,我好往下采取措施啊。我想打电话问,妻子说,你以为你是军区司令员哪,可以用电话指示部长?是部长领导你!晚上你上人家串个门吧,不行我陪你去。

我总觉得,事情不会像妻子说的那样。部长他虽然和我没有多大交情,但他还是拿我当回事的。他没当部长的时候,我们曾经一块下过基层采访。不在一个部相互就是平等的,谁也不领导谁。他是新闻采访,我是创作采访,对象一样,角度不同。有时被采访的人对我们作家更尊重一些了,晚上喝酒或打扑克时,他就会放弃新闻话题而多谈谈文学。当然所说的文学,也不过是他上学时或刚当兵时也写过诗歌、散文或小节目什么的。记得有次,他还打电话叫我到他那时候所在的部去过一趟,给我念他刚写的一篇小小说,叫我给提提意见。我不仅提了意见,还动手帮他作了些修改,并且推荐到一个文学杂志发表了。这件不足挂齿的小事,从我的角度看,说明机关里我还有文学爱好者朋友,或者说,作家在机关干部眼里,还是有那么一点点小位置。从他的角度看呢,则成了他后来到我们部当部长的一点小小资本。调他到我们部当部长前,他特意提醒干部部,听听我的意见,看他是否胜任。我当然谈了他胜任的看法,我的看法当然也成了很重的一个砝码。不管怎么说,有名气的作家都说他有文学才能,他到我们部当部长,不就是懂行的嘛。有这么件往事维系着,我就总是觉得我们之间不必客气了。我还是没按妻子的说法办,但我也没全按我自己的想法办,毕竟妻子的预见已显示了小小的英明。我把原想往办公室给他打电话,改成往他家打电话了。用妻子的思想解释,私事求人上家里效果好,上家里显着关系近一层。那么往家里打电话,不也显着关系近一层吗。

"看来得认真管你叫部长了!"我努力套着近乎,"部长啊,我是用你送的绿电话跟你说话哪。这电话好用极了,夫人直说一级有一级的水平,部长的东西就比穷酸作家的东西高明。不过她也说了,高级是高级，上边印个漂亮女兵头像，是不是分散精力呀。夜间在被窝里打电话她也不回避，一同听一同看，容易引导当兵的想'八项注意'的'第七项'！"我自觉玩笑开得心虚无力，但还是强撑着，故意笑出像是很坦然的声音来。

部长则说："所以我就没敢用，而送你了嘛，作家不是'第七项'注不注意问题都不大吗？"

"这可是部长说的，一旦啥时候没注意到，部长你这话可得再给说说！"

部长说："这好说。不过我听着你好像不是为这事给我打电话的吧？"

我说："既然部长认为这事好说，那我只好问问不好说那事了。放我走的事咋样了？"

"这事你说对了，的确不好说。还没等我提呢，前几天开办公会，主任就讲了一通保留人才的话，我还怎么提呀？"

"看看，果然照夫人的话来了。我把绿电话拿家那天，夫人就说了，领导给你送东西，就是不想给你办事，必须你到领导家去送东西才行。部长啊，那我现在就到你家去了，和夫人一同去！"

"玩笑开开可以，可别真这么扯。咱们之间也扯这个，就说明我这个部长当得太臭了。现在看出来了，你是真心想走，我也不好不成全你了。我给你点点步吧，你倒是可以上分管文化工作的周副主任家串个门，好好磨磨他，把理由说充分点。大道理强调军民共建，小道理提提往里进人的事。周副主任原来那个军的业余作者庞克，他想到你们创作室当专业作家，找我和周副主任说过。周副主任和庞克私交不浅，而且，周副主任很爱惜文学人才。"

"那找他我不就更走不成了吗？"

"那要看你会不会做工作了。你想，你和庞克都是人才，一般说来他会都想留的。但庞克在军里已没法再待下去了，军龄太长了，没合适的位置安排他，他又不想干别的，非当作家不可。军里已两次把他列入转业名单，都是周副主任说话给留下来的。周副主任答应，军区这边一有空位就调他进来。目前的形势是要精简，哪能倒出空位？他会上强调保留人才，很大方面是指保留庞克，当然他压根儿没想到你会要走。"部长连打了两个喷嚏，"他妈的要感冒！"

我说："感冒太好了，我好借机买点东西去看你，不然没法表示一下。"

"别闲扯了，我快点说完马上出去有事。"部长抽了抽鼻子，"庞克想进来当专业作家，你这个专业作家想出去高就。放走你，进来他，不也符合保留人才的方针吗？庞克能跟他说上话，你不是和庞克也很好吗？你如果和庞克一起去看看周副主任，最妥！"我很惊喜，也忽然对部长有些叹服了。"非常感谢部长指点，怎么感谢法儿，到时候你说了算。现在你再具体指点一下，去他家要不要带东西，什么时候去好？"

"周副主任爱才不爱财，带别的东西反而会让他觉得你庸俗。不过他喜欢名著，带套有保存价值的文学名著，再带本你自己的新作最好。名著最好是你朋友当责任编辑的，这样可以说是朋友送的，这就没有送礼之嫌了，他就会没有一点负担收下，而且会连声说谢谢。"

我已真的产生谢谢部长的想法了。"部长你怎么不早教导我呀，大上星期直接上你家先实践一下，听听你怎么连声说谢谢我，我不就可以少耽误半个月了吗？！"

部长也高兴了，带有了卖弄的口味。"自古都说书是秀才的礼，不管买的还是自己写的，送书就没毛病。但这要看是谁了，给赵主任送书就不会有这效果，他没念多少书，送书还可能让他误认为讽刺。送什么要因人而异！"

我虽然觉得他有点儿卖弄了，还是连连发出了感谢声。"谢谢，非常感谢。部长啊，你喜欢什么就直说了吧，别再让我费脑筋琢磨了！"

部长又打开了喷嚏。"我得走了，时间到了！"他放下话机前重点强调了一句。"一定不要再琢磨给我送什么了，你记住，别让周副主任认为我想放你走，认为我没有凝聚住你就行。"

7. 诺贝尔奖获奖作家丛书

我按部长出的主意,把庞克邀请到省城。我俩带了我花钱买的一套"诺贝尔文学奖获奖作家代表作丛书",还带了我新出版的一本小说集,他前我后,进了周副主任家院门。我俩是以作家拜访将军的名义,提前和周副主任约好了才去的,当然是庞克打的电话。我为分房子的事已给他写过信了,并且得到满意的答复,现在又为自己转业的事上门找他,会让他反感而找借口不见的。有庞克保驾,就不至于了。

周副主任家离我住的那栋楼不远,两个大院之间只隔一条宽阔的大马路,和几栋别单位的大楼。但马路车流日夜不息,并且路两旁隔有铁栅栏,过往就不方便了。虽然前不久路上架起了一座天桥,而且天桥正好架在两个院大门口,几乎成了专为沟通两院而架的,我还是极少往那院去了。不是舍不得力气,而是那道栅栏的作用,就如人心一旦生出一层隔膜,就会影响思想沟通一样。原来我在那院住过的,那时住的都是团职以下干部。后来每调来一位主任,就要加盖一栋小楼,加来盖去,那院便成了将军宅院了。

我和庞克提了用塑料袋装着的书进了大院,再拐到周副主任的小院门口。站住脚后我俩对望了一眼。我对庞克说,一切听你的了,包括叫门的事。

庞克把绿门上的绿信报箱右侧一块绿色胶皮掀开,按了几下,我才发现那下面是门铃。我说,庞克你真行啊,你对周副主任家了如指掌啊。庞克说,了如指掌也白搭,这老头特倔,他要认为不符合原则的事,你咋说也不行。说话时,大门上的小门开了,出来一位戴中士军衔的小战士,他刚要开口问我话,忽然发现了庞克,忙向我们敬礼,让我们进了院。周副主任正在屋门前给一畦辣椒浇水,他浇的是四川那种寸把长但却极辣的烈性椒,想必他很爱吃这种椒的。他身材瘦小精干，说话声音细却尖硬。他见我们提着东西便探测扫描似的盯了两眼，开门见山冲庞克其实大概是冲我说的。"你们来坐坐我欢迎，要是想求我办事带了什么东西，那就先把东西放在门外，走时再带回去，啊？小庞！"

"副主任，我们一不是求你办事只是来唠唠嗑，二不是给你送东西。"庞克边说边敞开塑料袋让周副主任看。"我们作家朋友来串门，顺带了本自己写的书，还有外国作家的名著，怎么也不能算送东西呀副主任！"

副主任放下水壶搓了搓手。"现在书贵得一本一二十块钱，你这一兜还不得一二百块呀？书价我知道！"

我连忙把部长教给的话重复了一遍。"是我一个朋友送我的，他是这套书的责任编辑！"

周副主任缓和了口气。"拿来就拿来吧，难说是送的还是买的，你们把买的说成送的我也没法查。"他转对小战士说，"接过去吧，接过去吧。以后听说出了特别值得收藏的书，告诉我一声就行，我自己去买。当然你们送自己的书我是很高兴的。"

进了会客厅，周副主任竟从衣架取下军装穿了，并系好风纪扣才坐下和我们说话。庞克却非常随便说："副主任哪，在你家你还穿什么军装啊，多热呀！"

"你们穿着军装嘛，我怎么好搞特殊？"他说着还指了指庞克的肩章，"看你这三颗星脏的，要是带兵的上校，不定带出一群啥子窝囊兵呢！"他看了看我的着装，"还不如文人着装整洁！"

庞克这家伙真机智，迅速就把情况展开了，而且极其自然。"要不我怎么老让老首长把我改成文职呢，你也不给当回事！"

"我怎么不给你当回事？"周副主任正了正衣襟，"没机会嘛！"

庞克说："有机会你也不会当回事，你怕人说你往身边调老部下，我理解这心情，尤其当副职的领导，既怕群众说，还怕正职批评呢。"

"你小庞又来这一套了。你就是个文职干部材料，我调你来当文职干部，看他谁敢说什么？就他娘的倒不出编制来嘛！"

庞克忽然故意打岔，好让副主任放松点警惕。"副主任你看天有多热呀！你快把军装脱了吧，我们也好脱了！"他三两下脱了军装，让我也脱。我看看周副主任，没马上行动。

周副主任说："脱吧脱吧，咱们都脱。"他这才和我们一同脱了军装。庞克及时接了周副主任的军装，并且摸了摸那颗金灿灿的标志即少将的星儿说："副主任这颗星真亮！"

周副主任说："小庞你把你的肩章让公务员小李给擦一擦，用去污水一擦就亮！"

"好，好，拿去小李。"庞克把军装递给中士公务员，"副主任哪，我可是你一手培养的，你总叫我努力成为大手笔，我没忘按你的话在努力，你也时刻别忘你许下的愿啊！"

"把功夫用在实干上，真成了大手笔就不用自己推销自己了，哪儿都去抢你了！"

"确实是这么回事副主任，柳直不就因为成了大手笔军内外都抢他嘛！"庞克从塑料袋里拿出我带给周副主任的那本书。"我肯定能达到柳直的水平，到时也出本这种高规格的精装书送你指正。"等周副主任接过书，庞克巧妙转了转话锋。"不过他没调军区前还不如我现在这水平呢。专业和业余，发展速度确实大不一样。"

周副主任没反驳庞克的话大概就是赞同了，他开始翻着我的书同我说话。"我从《解放军报》上看过你这本书的评论，评价还是不错的。再努力，成更大的手笔，你应该写一部超过当年广州军区《欧阳海之歌》的书！"

没等我答话，庞克说："其实他这部书艺术水平已超过《欧阳海之歌》了，甚至可以说大大超过了。"

"影响不行，光在文学爱好者中产生影响那不行。《欧阳海之歌》几乎家喻户晓了！你们应该写一部有这样影响的小说。"

庞克："我写，调我当专业作家，我保证三年写出来。"

"真正的力作五年都不行，应该是十年磨一书。你这本用了多长时间啊？"

我说："积累素材和酝酿的时间没法计算了，真正写也就一年吧。"

"要想写大作品必得沉下心来，耐得住寂寞，多修改几遍。"

"我赞同您的说法，可是总部有人强调要多出作品快出作品，迅速为部队建设服务。"

"总部谁这样说？"

"一位上将！"

也许"上将"这两个字的分量太重，周副主任沉默了一会儿，但还是不赞成那说法。"上将这话属于下策了，和他的军衔不符。迅速配合的任务，应该由某些文学样式去完成，像散文、短篇小说、报告文学，还有新闻通讯。这都是完成战斗任务的。而长篇小说这东西，是完成战役任务，或者说战略任务的。你打个辽沈战役没两年行吗？解放战争没四年行吗？抗日战争不打八年能胜利吗？急功近利地让你们迅速拿出大作品，那就等于抗日战争的速胜论！"

我连连点头表示赞同，上校庞克却使用激将法来刺激他的老首长。"尽管上将的话属于下策，下级还是得照办，毕竟那是上将的话呀！"

周副主任显出一脸的不以为然。"有的上将能力很强，这不假，但急功近利，求进太快了，不是好事。当作家和当将校不一样，不能绝对服从命令听指挥，得有自己的主见。上将也好，中将也好，或者我这个少将也好，你们作家总得把我们的话和你自己的具体情况相结合吧？你总得把建设有中国特色的社会主义理论，和你自己具体创作实践相结合吧？不然你怎么能成为一个有自己特色的军队作家呢？"周副主任的话使我产生了不是一般的敬意，尤其两年后他关于上将的话得到了印证，上将被免职了，那敬意便不仅保留至今而且更加浓重。

我正默默表示敬意的时候，周副主任却忽然搓起了手说："班门弄斧了！班门弄斧了！应该是听你们给我讲讲课。"他拿过我们送他的"诺贝尔文学奖获奖作家代表作丛书"，翻看着说，"怎么没有丘吉尔卷？唯一一个国家元首获过此奖！"

我说这套丛书好多本，现在只出了一部分，以后发现丘吉尔卷时一定给他弄来。对丘吉尔的重要获奖作品我并没看过，只读过他的一篇《我与绘画的缘分》和几篇讲演辞，觉得他的文笔恢弘而富有激情。周副主任并不是向我卖弄而是出于喜爱，找出他自己剪贴的丘吉尔获奖时瑞典皇家文学院的颁奖辞。他不是让我们看，而是亲自为我们读起来：

"……现在许多人认为，作家一般都是非常细腻的人，丘吉尔却不是这样。他认为现实生活中的阴暗面是存在的，但是世界的道路及目标为阳光、星光及旗帜所引导，它就在眼前。他的散文就如同竞技场上的赛跑运动员一样，盯着目标与荣誉而前进。他说出的每一句话都意味着事物成功的一半。在精神上，他像一名维多利亚战士，尽管遭逢暴风雨践踏，仍在风雨中屹立着、抗击着。

"丘吉尔的显赫成就不仅体现于政治而且体现于文学……在历史上很少有一个领袖人物在政治与文学两个领域同时收获丰厚，同时又与我们这般接近……

"丘吉尔的作品，内容丰富多彩而且颇具刺激，因此很能抓住读者……他在学校时就是一名问题学生，在骑兵团里虽身为中尉但……他的描写才能更为出色。他笔下的战争场面斑驳陆离，无与伦比。危险是男性最古老的情人，激战正酣，年轻的军官被激发了全部想象力与洞察力……骑兵出击了，那一次丘吉尔险些丧命黄泉。

"……要论激动读者的幻想，丘吉尔再现历史战争场面恐怕就无人可及了。拿普兰汗战役来说，读者简直被书中的描写搅得神魂颠倒，一道道弹光把人群密集的广场划分成一块块人祭的刀俎，血肉横飞的徒手格斗，骑兵团雷霆万钧般的出击。于是当你放下书的时候，你发觉自己出了一身透汗，但你这时仍在想象自己排在身着红色军装的英国骑兵的最前排，端立在死者和伤者为伍堆成的'人山'面前，装上弹药，射出照亮夜空的礼炮。然而，丘吉尔并非仅仅是一名军人和军事史作家——

"尽管遭逢过种种困顿，第一次世界大战仍大大拓宽了丘吉尔政治活动与写作领域。他的历史作品中糅合了历史力量与个人作用的各种因素。他很清楚自己说了什么。他以自己深刻的经验准确地估量历史事件的动机。他曾亲历战火，冒险犯难，这给他的写作提供了一种背景和动力，使他的语言具有了一种内在的力量，震撼人心……"

周副主任读得动了感情。真没想到他还有如此细腻的文人情感，这与我原来理解的少将大不是一回事了。我不仅明白了庞克何以能成为他的朋友，也理解了他读丘吉尔的用意。他是希望我们能成为大一点的作家，同时提示我们，当大作家没有足够的积累是不可能的，这积累不仅是文化素养的积累，更重要的还有人生经历的积累。对他这番心思的理解，反倒打消了我刚见他时的矛盾心理，我等于在他这里进一步找到了要求转业的理论根据：我的人生阅历还太单一，应该像丘吉尔等人那样，不仅有当兵的经历，还应有地方生活的经历。我很动情地向周副主任表示，一定要很好读一读丘吉尔的作品，并且以敬佩的口吻问："您是将军，为什么这么喜欢文学呢？"

"好将军不仅应该喜欢文学，而且应该善于运用文学来完成自己的使命。俄国的苏沃洛夫元帅，中国的陈毅元帅、毛泽东主席，方才提到的丘吉尔，还有拿破仑，古代的辛弃疾、岳飞……多了。我不过爱好一点而已，只是读，前些天读了一本美国作家写的《第二十二条军规》，黑色幽默的代表作，是黑色幽默吧？"

我更加佩服这位将军。就是作家圈里不少人，也没读过这本书，甚至连黑色幽默作何解释都不知道。庞克当场就说他没看过这本书，也没听说黑色幽默。我便连说是黑色幽默。周副主任又说："最近一届茅盾文学奖评选，萧克将军不是获了荣誉奖吗？是荣誉奖吧？还是提名奖？"我证实是荣誉奖，周副主任转了话锋。"荣誉奖就是不够奖，其实这是文学家们对将军的照顾。遗憾！中国没一个获诺贝尔文学奖的。全国没一个将军获茅盾文学奖的。咱们军区也没有获茅盾文学奖的。你们应该有这个雄心。这不是一日之功，需要一茬一茬打基础，形成传统。环境和氛围很重要。"他忽然想到上次我和他说的事。"住房分配方案采纳了你的意见，不知落实了没有？"

"落实了，作家们非常感谢您，我也非常感谢。"

"还有其他困难没有？有就别不好意思说。我在这个位置上就是干这个的，既督促你们好好干，又得帮你们解决问题。"

是我说明来意的时机了，但我又难于开口了。周副主任如此关心我们，我却要求走，这有违我平时的处事准则。我一时脸红心跳，嘴欲张又张不开，怔住了。庞克见我这等窘相，忙替我说："老柳他倒没什么困难，不过遇到一个具体问题需要他回答，他一时难于回答。其实并不难回答，他不予理睬也可以，但我认为那不对。"

"什么问题你说说嘛。"周副主任看着我，"开门见山说。"

我便把事情简要说了，但省略了向部长提出转业要求这一节。我说完，庞克便乘势大发议论。"从哪个角度看这都是好事！从柳直个人看，说明他是个大才，省里都来抢，真要抢去了，对他今后发展会有大好处的。一个人什么领导职务没当过，对生活理解就太片面了，会影响他成为大作家的。我还当过连长、营长呢。从军区的大角度看，说明部队是大学校，培养出的人才多，省里作家比军区多多少倍，却找到我们的作家去当主席，了得吗，我们军区了得吗？"

周副主任听后脸色并没起什么变化，平静地问我："是这么个情况吗？"

我说是这情况，而且省里态度非常诚恳。庞克又把军民共建的意义说了一通。

周副主任说，军民共建得首先把咱们自己建设好才是。

庞克则说，咱们自己肯定建设得很好了，不然人家省里当将才要的人，在咱们这儿怎么只当兵用呢？

周副主任又问了一些情况，我一一说了。他说，你们部里怎么没向我报告此事呢。

又是庞克替我说了我自己难说的话。"部长只考虑他自己工作得不得力呗。不重用人家，有人重用又不放人家走，这就心胸窄，目光短了。是人才就应该军地两用，我们不是提倡了好多年培养'军地两用人才'吗？现在又搞军民共建！"

"你怎么想的?"周副主任问我。

庞克抢着替我回答:"当将的材料谁甘心当兵啊?二十三四年军龄了,一个兵也不让带,搁谁心里也不会平衡!"

周副主任制止了庞克的话。"我是问柳直,不是问你庞克。"

"自己是块什么材料我倒没认真想过,不过我现在倒是愿意开阔开阔视野,尤其还是到作家协会!"

周副主任又问庞克:"那你为什么戴着上校军衔还想要来干文职呢?"

庞克:"要是让我去当作协主席,我也不要求来当文职作家了!"

周副主任问我们俩:"你们今天就是为这事来的吗?"

我说是。庞克说不光为这个。

周副主任问还为什么。庞克说主要不是为柳直走不走,而是为他庞克能不能来。

周副主任说总之是个好事,容他考虑考虑再说,并且说主要是考虑怎么使用我。他还说谢谢我送书。临走他还送我俩一人一盒龙井茶。出了屋门,他又叫公务员摘了一大把他种的小辣椒让我带上了。我心里当然是热辣辣的非常感动。

离开周副主任家,我和庞克站在过街天桥上说了不少赞扬他的话,还分析了一下前景。庞克认为不放我走的话,也能重用我一下,所以,放不放我走,他当专业作家都有希望了。我不明白这是为什么。庞克说,放我走了当然就腾出一个编制,不放我走,重用我一下的话,就该是,不把我的顶头上司调走就是把我调走,这自然就空出一个编制。不过他又叮嘱我不能放心等待,得抓紧,周副主任还有半年就离休了,他说离休后也要写部长篇小说呢。

我把情况及时通报给部长。部长说那就等着吧。

我等了半月不见动静,就再次鼓起勇气电话催周副主任,他家人说他到一个集团军检查工作去了。我忽然想到那个集团军政委是我战友,何不找军政委战友帮个忙呢。一想到这个战友我更急了,人家已是带一个集团军的少将了,我还经常在为芝麻大一点儿事儿请示一个

45

大校，而且常常得不到及时答复。我以最高效率把电话从军里转到师里再转到团里，直到夜间十点多钟才在一个营部把军政委战友找到。我一点都没绕弯子就跟他说了实情，连私心杂念都说得很透彻。我说，"也等于征求你的意见，你说不该走我就不走，你说该走，就帮我跟周副主任说个情。"他说："我考虑一下，机遇和年龄太重要了，你这个年龄，在哪儿都正是好时候。我会以最快的速度给你回电话！"

他的话，让我又一次体会了战友的含义。我还没开始等呢，第二天晚上周副主任就直接给我打电话了。他说得非常直率，以至让我对他也有了战友的感觉。"你的情况我都知道了。光当业务骨干重用你，有些可惜，我和李政委共同认为，该让你发挥更重要作用。但目前你们这个行当论资排辈风挺重，马上没有机会，李政委说放你走吧。不过事也不那么简单，放你走还有三关要过，我这关算第二关还不在其中。第一关是你们部长，他当然听我的，但这小子办事不利索，他会跟军区首长直说是我要放的。按程序应该是他打报告请示我，我再往上请示。理由充不充分关键在他那里，他进步心挺切，怕挨上边批评，轻易不肯担这个责任。你要做些工作，明确说求他，但理由一定让他从'军民共建'角度说，并巧妙向他渗透一下，上边有人在帮你忙。上边是谁不要告诉他。另外，你跟省里有关人说说，让他们通过省委某个领导给我打个电话，就说这是找我们'军民共建'！"

我不由得感叹，以前总以为，许多当官的很清闲呢，其实任何一件微不足道的小事，他们都要耗费多少心血啊！我开始对当领导的事打怵起来，但箭已离弦，只有力争早早中的了。

8. 江雪

一天晚上，带女兵头像的电话忽然响了。我拿起绿色听筒，里面传出的真是女兵声音。"喂，柳直呀，你干什么呢?"是我的同事，女作家郑江雪。她用和以往极不一样的语调说："你自己在家吗?"

我说是，我正看电视。她说你别走，我马上到你那儿去！我让她等我看完一个电视节目，那是一个朋友编导的节目，嘱咐我看完了说说意见的。

郑江雪不容商量说，看什么破电视呀，我有急事跟你说，我马上去。

她比我小十多岁，可我们一起当作家已有十多年了。她聪明漂亮写作刻苦，年龄小，知名度却不小，在全军上上下下，知道她的比知道我的多。但她拿我当老大哥对待，并且我们的友谊在妻子那里也已取得了很深的信任。

她果然很快来到我家。进了屋只是喘，一时说不出话来。我说江雪你是不是中举了，乐得范进似的？我知道她肯定不是乐的，但我总好和她开玩笑说反话。

江雪拍打两下和她此时脸色极不协调的蜡染衣裙，急得有些结巴着说，我都要气死了，你还开玩笑。我跟你说，今天是星期几？你可得给我作证，这家伙太缺德了，他把我当成什么人了？！

我反而越发想笑说，江雪你坐下慢慢讲，是总在电话里向你求爱的个体户抢亲了咋的？

江雪正色说，你再开玩笑我可生气了！他太不是东西了！他赶不上个体户呢，个体户还懂礼貌，知道打电话表示求爱呢，不同意还不敢乱说乱动呢。他他妈竟敢居高临下直截了当跟我说下流话！

我还是忍不住和她开玩笑说，谁呀，谁这么勇敢，敢和郑将军放肆。我平时不开玩笑时叫她江雪，开玩笑时戏称她郑将军，是因为她认识的将军很多。部队女作家太少，在几乎清一色的男性世界里能受到些特殊待遇是可以理解的，说是男性文明对女性尊重也可以。但也有个别人以为凡作家都是多情的轻薄将军，酒后对江雪表示了轻浮，而被江雪像教训士兵样教训一通的，我因之给她起了个外号，郑将军，平时叫的时候她从来不恼。

江雪使用了在我听来是她最为愤怒的语言，但还是没说出名来骂，看样子是不屑让那名字从口中出入一次，免得玷污了她的嘴。

江雪接着骂说,他也不照镜子瞅瞅,他是个什么东西。他这个癞蛤蟆太恶心人太小瞧人了,我肯定饶不了他,我要告他,让大家都知道他的丑恶嘴脸!

她骂了一大气,终于平静些了才坐下。这时我忽然注意到,本来就很白的江雪加上一顿气,脸更加雪塑似的了。她身材虽不高,但属于小巧玲珑式的苗条,就连生气时眼也是蒙眬的。怎么搞的,自从被妻子解析了雪女蛇后,对以往熟视无睹的人都有了新发现。我收住玩笑,开始严肃问她到底骂的是谁。

她说,你绝对想不到是他,是那个工作水平不咋的,却想玩花花心眼的家伙。她咬了咬牙最后还是用职务代替了名字,她就是不肯让这名字从自己的嘴出入,仿佛那名字能弄脏她嘴。原来她骂的是,我正要去找的文化部长!

江雪说部长找她谈话,谈了一大套要积极深入生活,多开眼界多长见识之后,忽然说作家跟一般人不同,应该体验各种生活,交各种朋友。他说他愿意和江雪交朋友,见江雪笑着说部长和我们交朋友那当然好哇,他便说黄色录像带你也应该看看,看没看过大不一样。他见江雪默不作声,以为默认了他的说法,又用低俗的语调和眼神进一步引诱说,他家就有黄带,不反对的话他请她到家去看,还说妻子出差了,就他自己在家。江雪说她怎么也没想到,一个部长竟低俗下流到这种程度,气得什么话都说不出来了,骂了一声混蛋,起身跑出来了。

江雪要我一定为她作证,说要向军区领导告他的状。我也很气愤,但我总有点不大相信,说是不是江雪白天睡觉做了个梦,醒来把幻觉当真了。我还举我前几天白日做梦的情景劝慰她。她生气说我是个窝囊菩萨,老好人,没有正义感。她气得要哭,嫌我不帮她的时候,我妻子回来了。她又向我妻子诉说了一遍,并从女人的立场说,他们男的,不是流氓坏蛋就是胆小鬼,连柳直都不敢给我作证!

我妻子先是生气,后来也被江雪说乐了。妻子说,他这么大个部长太不像话了,是得教训教训他。但你让老柳作证,这不是气糊涂了吗？他当时又没在场怎么作证啊？

这一提醒，江雪又结结巴巴说，那你俩给我作证吧，证明我今天气坏了，不是部长耍流氓，我怎么会气这样呢！她说她今晚就给首长写告状信。

妻子站在女人的立场对江雪表示了支持，但妻子还是退了一步劝江雪，告部长的信可以严厉点写，写好后不要交首长，而是交部长本人，让部长看后认个错，作个保证，以后绝不再干这种缺德事就行了，他以后还得生活和工作，还得替他老婆孩子想一想。看来妻子真的成熟了，若在十年前或者五六年前，甚至一两年前，她都不会这样说的。前些年她截获我和一位女战友的信时就险些交给我单位领导。但江雪毕竟年轻，而且未婚，她理想化色彩极浓的思想方法，使她非常坚决地说，她一定要把告状信交给首长，并且还要散发到机关各个部去。她说她是把我和妻子当成最好的朋友才来让我们作证的，如果连我们俩都不愤恨，都不支持她，她就太失望了。

我答应了替江雪作作证明，也撤销了阻止她把上告信交给首长的态度，但我也向她提出了一个诚恳的请求。我希望她晚两天把信交给首长，等部长把我转业报告打上去，她再交，不然可能使我转业报告的正确性受到怀疑。

江雪认为，这么个小人掌权的环境，不值得留恋，坚决支持我走，她既出于友谊又明确说带点交易性质向我做了保证，可以等把我的转业报告打上去，但只能等三天。我说以一个部的名义打的报告，三天来不及。

江雪当我妻子面就不分里外地责备我，好像她是我家一员似的，说，你怎么这么笨哪，我告他这事儿你就不会利用一下？你现在马上就可以给他打电话，说我要告他，说你正在做我工作不让告，然后就提你的转业报告叫他明天给打上去，他保证给打。他这种小人，一叫人抓住把柄，办事就痛快了，不然磨磨叽叽讨厌死了。

我说这不等于讹诈嘛。江雪说，对他这种流氓小人，就得讹着点，正常方法不好使。她说，看一个男人怎么样，男人们看不透，只有女人看得最透。我是看透他了，他肯定不是个值得尊重的家伙，你下不了决心我帮你打。江雪真的马上要替我给部长打电话。我不同意。妻子却同意了。妻子说让江雪先吓唬吓唬他，但别太过分了，然后再自己说。

江雪到我卧室拿起话机时，却惊叫起来，问这电话是谁给的。她这一问我脸热了。被她认为流氓小人的人给我送礼物，会被她误解我们有什么不磊落的交易，不然当部长的为什么给我送礼呢。我知道一两句话也说不清楚，就又想用幽默这润滑油润滑一下了事。"太阳从西边出来了呗，部长送穷秀才礼物，大概是搪塞我转业的事吧！"

江雪说一个月前部长就要给她这个电话机，她都接过来了，可听他说话别有企图，便没有收。她说他又转念送给我肯定为了遮掩一下尴尬。她骂了一句这家伙太无耻，才抓起电话。

"我是郑江雪！我用你送人那部女兵头电话机跟你说话呢，你听明白了吧？"

听筒那边支支吾吾几声，江雪单刀直入说："柳直转业的事首长已经同意了，你赶快以部里名义打报告好了，马上就打！"

我怕江雪说得太不像话，忙抢过话机。"我是柳直呀，江雪在我这里！"

部长的惊慌从听筒里都听得很明显。"你转业的事周副主任怎么个想法？"

事已至此，不容我再啰嗦其他了，我如实讲明情况，然后直截了当说："这事夜长梦多，必须趁热打铁，马上把报告打上去，这不还涉及庞克吗？还涉及军民共建！一耽误就是一圈！"

部长连声说好，说一定以最快速度办，我又叮嘱一定在两天之内报上去，他也答应了。

江雪说，这家伙太差劲儿，不信你等着，我走以后他肯定还得来电话倒打一耙的。

我不希望江雪把事儿弄大，就说天挺晚了催她早点回家。江雪走后，部长果然又打来电话，说他今天找江雪谈话了，要求她多下部队扎扎实实体验各方面生活,广交朋友,多开眼界。她却不高兴了,嫌我不懂创作乱指挥,还说她眼界够宽了,不想开什么低俗的眼界了。她年轻不成熟,你当老大哥的要多开导她点。你的话她还比较听!

部长并没问江雪说没说他什么,而是问江雪对我转业什么态度,这倒叫我觉得江雪不如他宽容了。我相信江雪不会造谣说谎,但她爱憎过分鲜明,好恶极端敏锐,也可能把一般问题看得很重。所以我不想在他们的问题上采取旗帜鲜明的态度。就说我是老同志了,我自己下的决心,我不会受其他干扰的。同时我也说了江雪虽然年纪不大,但格调是很高雅的,值得我们尊重。之后,我又透彻地重申了一下马上打我转业报告的背景和意义,他都答应得毫不含糊。

第二天部长真把报告打上去了,而且送出前让我看了一遍。就在那天晚上,江雪也打电话告诉我,她的上告信已在快下班的时候交给了周副主任秘书。我说我以为过两天你就会消气拉倒了呢,你怎么这样沉不住气呢!她说是秘书把我的报告送上去之后她才送的,不会影响我的事。我说部长不一定像你想象的那么坏,如果他再没别的言行就算了,怎能真的告那种状呢,即使真的说了那些话,也得给人留个改过机会呀!

江雪又批判了我一通老好人后说,她不但把告状信送给了首长,而且还给每个部的部长送了一份,免得他们官官相护。

9. 分水岭

八月一日,是中国军人最重要的节日。万没有想到,我转业的批件,竟在这个节日头一天传下来了。当时我还把批件当成节日礼物捧在手上,生怕不翼而飞,后来索性贴在自家墙上,供起来似的欣赏着。那天晚上我很久很久不能入睡,好不容易睡着后,又作了一个长长的梦,竟是二十多年前我写血书,得到入伍通知书的情景——

我突然闯进县武装部。接兵部队领导都愣住的一瞬间,我突然一口将右手中指咬破了，还使劲甩了甩，抓过会议记录本写了四个血字：我要当兵！惊叹号我是狠狠顿出来的。

接兵部队首长拿过血字问我："你是红卫兵团团长，我不明白你为什么非要当兵不可？"

"你明不明白你们为什么非要征兵不可呢？！"我大声反问他，实际是责问那些说我政审不合格的家伙们。

"好了！"部队首长拿着血字问我，"还有要说的吗？"

我已从他口气里听出他决定要我了，便说："如果你们没有要问的，我就没什么要说的了！"

我攥着流血的中指坐到收发室的火炉旁等着，竟然睡着了。梦中，一只手把我揪醒。部队首长说："快点儿给家里报喜去吧！"我哆嗦了一下，连忙向这位接兵的首长深深鞠了一躬，好像这是告别学生时代从此将永远使用军礼的最后一个鞠躬礼了……

八一节早晨，醒来好一会儿了，我仍闭眼回味着与现实正好相反的梦。睁开眼时，最先看见的，恰巧是昨晚自己挂在墙上那张红头批件儿。我细细凝视那批件：留给首长批字那地方，记录着两位少将和三位中将的意见。措辞各有不同，但最高首长终于批示了这样的意见：

像这样的人才应该尽力保留。鉴于政治部已经同意，我也只好下不为例了。1992年7月30日。

我真的转业了吗？墙上一纸红头批件告诉我，是真的转业了！

我不肯从刚做过梦的床上爬起来，仿佛那床就是当初和现在的连接点。我躺在上面使劲儿想，当初和现在的我，是怎么一回事呢？我这是怎么啦？从写了血书参军那天起，二十多年了，好多东西都是爱得最深反而不可得。青春期时爱得令我战栗的是另一个人，可我得到的，只是她一记重重的耳光和深深的伤痕！我初恋的人，当年为了从军，追随我到部队，喂了近两年猪，也没能如愿，最后怀着那个烫人的热望，冻死在爬往战场的路上了。现在，我却费尽心机，实现了与初衷截然相反的目的。我又流出了眼泪，这才发觉，自己心底有伤啊！那些极力请求放行的举动后面，深深隐藏着能得到部队挚意挽留的期望。如果有一个首长能找我认真深谈一次，表示非常需要我，我是能够留下来继续奋斗的。现在我只好转移到另一个天地去了。对于自己热爱多年的老环境，这毕竟是个离异。只要是离异，原因一定是感情有了裂痕。

墙上的批件，一会儿清晰一会儿朦胧，偶尔电光似的一闪，忽然又黑雾般的一阵翻腾，后来又静静地还原，上面的字，再缓缓变幻成一滴滴透明的红色水珠。我分明感到了，那不是水珠，那是感情深处的伤痕新渗出了血滴，滴滴答答的，又变成一颗颗金豆豆。金豆豆滴来滚去的，一共只有十六颗，那是五位将军肩上的十六颗将星。又多了八颗，那是部长肩上的八颗校星。二十四颗金星，旋转成一团。我明白了，我已经脱离了自己所属的队伍，我是在进行离队前的洗礼啊。我心隐隐作痛着，打开电视机，屏幕上出现的是，从相貌上一看就让我反感的那位军委秘书长，他在宴会上祝酒。我冲他骂了声去你妈的吧，将电视关了。

八一节这天，我躺了绝不是一上午，那是漫长漫长的，二十三四年的岁月啊。我感觉，那不是躺在床上，而是躺在向自己遗体告别的灵柩上。一个新我，在向旧我的遗体告别。我听到了新我为旧我所致的长长的悼词。那些悼词让我流了许多泪水。我泪水模糊着，翻开了1968年刚入伍时的日记。新兵连生活结束那天是这样写的：

> 一场短暂而漫长的风暴过去了，我从心灵到肉体到服装经过这场风暴的撕扯之后，都发生了巨变，从头到脚，从里到外，身上的每一根纤维都是新的。从家里带来的汗泥、虱子和头发中的灰尘，被军营的热水一夜之间冲洗得无影无踪，连在家乡最后喝的那点生水，也被滚热的浴水蒸作淋漓的透汗，付诸浊流了。咬破的手指已经愈合，同家人、同同

学、同老师的牵连已经割断，苦辣酸甜的心情已经归于平静，我从四分五裂的虚幻状态变得具体了，简单了，集中了。不管怎么说，那变化对于我，是翻天覆地的。经济上不再受制于家庭，也不再有自己衣食温饱的担忧，由原来被父母称为儿子，被弟弟妹妹称为哥哥，被老师称为学生，被社会称为红卫兵，一变而被人民称为战士，被小朋友称为叔叔……尤其一个小朋友无限崇拜地叫了我一声叔叔，我摸摸他的头后，他竟对妈妈自豪地喊起来："妈妈——解放军叔叔摸我的脑瓜儿啦！"那声喊，真正使我的心灵产生了一次跳跃。我分明感到，我青春鲜红的血液，在那一刻忽然变成绿色了。我变得大度严肃起来，肩上有了沉甸甸的责任感。而这一切变化，都是营门带来的。军营的大门啊，你是我人生长途的转折点、里程碑、分水岭……

10. 从"八一"到"金豆村"

仍是八一节那天。中午，电话铃响，我躺在床上不想去接，再次响了，我仍不接。妻子去接时，我厉声嘱告说，不管谁找，都说我不在。妻子拿起电话却马上喊我去接。我指责她说，不是说好了不在吗。她说，是江雪找你。我说，我没说江雪例外呀。她说，快去接吧，我都说在了。我感觉出，妻子这段时间格外尊重我男女方面的交往。

江雪说今晚八一剧场有舞会，邀我去跳舞。我不是不愿和江雪跳舞，而是很愿意，若是平常，我会高兴极了的。可是今天，我却骗江雪说我病得很厉害，就差没住院了。江雪还开玩笑呢，她说你可真贪心，嫌自己过节不够本儿，还生出一个病儿子，俩人过双份儿的。她肯定不知我已被批准转业，她压根就没相信我能被批准，她也没想到我会下这么大的决心。她其实是不希望我走的。

我还是谢绝了江雪,这在我是破天荒的。我几乎从没拒绝过江雪,如果今天不是八一,或者不是去八一剧场,我就是真病了也会去的。真病的话,或许会因此好些呢!可是今天我实在很怕去八一剧场,那是军人们欢乐的天地,已不属于我了。何况又生出个江雪告部长的风波,我还违心掺和什么呀!江雪长叹一声,说我太不争气了,她以为,我就是不敢公开在八一剧场和她跳舞。

下午我独自在家,受不了电话烦扰,待左邻右居走净了人,便下楼去散散心。下到一楼门庭时,外面进来一个青年妇女。我刚要和她擦肩而过,她把我叫住了,问我是不是在这栋楼住。我以为是街道检查卫生或检查安全的,便随便嗯了一声。那一声既无力又心烦,赶忙要往外走。她急切地叫了我一声解放军同志,没等我回声,她又向我打听,这单元住没住一个第五中学的女老师。这我不能不停下了,因为我妻子就是五中的。我问她要打听的女老师姓什么,她说不知姓什么。我说不知姓什么你怎么知道她住这儿。她说见她进过这楼门,骑绿自行车,车座儿挂的是五中的牌儿。

"你认不认识她啊?"我盘问道。

"我的一个朋友认识,我有事想直接找找她。"

"她不在家,你有什么急事我晚上可以转告她。你是……?"

"我是……你……是……?"

我看她吞吞吐吐的,就直截了当说:"我是她爱人!你……?"

她一下惊讶起来。"啊……啊……你是她爱人?!我……我找你也行!"

她这几句摸不着头脑的话,倒让我烦乱心情集中了一些,我这才认真审视一下她。这一审视,又使我吃了一惊。平心而论,她明显有某种让我振作之处,但我一时没有找准,究竟是她中等偏高的苗条身材让我振作,还是她不大不小显得忧郁苦涩很是蒙眬的眼睛,抑或是她椭圆而又白细润泽似乎好吃且入口即化的脸,让我振作。她的让我振作之处还有衣着。她穿的是白色连衣裙,脖上围一条乳白色纱巾。这个苗条且白衣白脸眼睛忧郁朦胧的女人,又使我敏感地想到梦见过的雪女蛇了，但绝没让我产生反感，并且有一种安全与稳定感。她的口音稍带点当地味儿，挺好听。

她也审视着我。从她眼光逐渐发亮脸色泛起些微红润光泽看来，她对我非常意外，而且绝不是坏的意外。我俩不由自主地相互审视的瞬间，我预感到有意外的事情发生了。我情绪集中并且振作了一下，用让她十分信任的语气说："有什么事你说吧！"

她一开口就让我感觉是个诚实人。"看你是个解放军我放心了！"她用有求于我的抱歉眼神看看我，"不知你是不是有急事，要是没急事我想和你谈谈？！""谈谈！和我？"我不是反感，但心底升起疑团。

"你爱人认识我爱人！"她说。

"他们是一个单位的吗？"我问。

"不，不，一个单位我还能不知你爱人姓什么吗？""那他们怎么认识呢？"

她说："我先告诉你我是哪单位的吧，然后再说他们怎么认识的。"她掏出工作证让我看了。"我工作可忙了，我说这个是让你放心，我绝不是闲着没事胡搅蛮缠的家庭妇女，我也绝不是找你麻烦来了。这几天我心情特别不好，跟别人又说不出，就想跟你说说，跟你爱人说说也行。今天一见你，我就有信任感，现在就觉得和你说最好，不想跟你爱人说了。"

我被她的直率和诚恳打动，忘了自己的伤痛心情。"那么到我家说吧，我家在六楼。"我已转过身，要领她往楼上走。

"到你家不好，过会儿你就知道为什么到你家不好了。"她说，"如果你信任我的话，我想咱们到外面谈比较好。"

"外面？天阴得这么厉害，外面好像下小雨了！"

她因为我误解了她所说的外面而笑了笑："我不是说到公园或什么露天地，我想找个方便地方坐下来好好谈谈。"毕竟我对她还不了解，不过凭经验和感觉判断她是个好人而已，轻易就跟这样一个女人到外面坐下来谈，一旦被什么人看见了会误会，所以我犹豫着试图改变她的主意说:"我不知外面能找到什么比我家更方便的地方。"

"以后我会到你家里来的,不过现在真的不方便,容易引起你爱人误会。"

"她得几个小时后下班。"

"往往会出现偶然情况,我想跟你谈的就是最近偶然发现的情况。"

"那好吧。"我又想了一下,"你具体想到什么地方呢?"

她略为想了一下,说:"现在办事一般上饭店,联谊交往上舞厅,今天我们不是办事,也不是联谊交往,但是比较一下,还是与交往靠得近些,所以我说到舞厅比较合适。"

"到舞厅?"我说,"我这一身军装怎么到舞厅啊?"

"我们不跳舞,舞厅可以不跳舞光坐着,谈话也方便。到饭店不吃饭,人家是不会让你坐那儿谈的!"

"不跳舞进舞厅也不好。"我说,"部队有规定,不准穿军装去地方营业性舞厅。让人看见会误认为是去跳舞呢!"

"上八一舞厅,军人上八一舞厅坐坐,不正合适吗?"

我刚忘掉几分钟的八一节又被她提醒了,不仅心里又掠过一丝伤感。"今天是八一节,八一舞厅军人太多。"我想了想说,"这样吧,我换上便服,咱们到地方舞厅。"

"那太好了!"她表示完惊喜,催我快些回屋换衣服。我走了两步又回头问她:"要不还是在我家谈吧,确实没关系的!?"

她坚决地摇摇头说:"不行,快去换吧!"

我一边猜着她为什么这么怕到家谈,一边换好了衣服。我骑了自行车跟在她后面走,顺便提醒她说:"我不怎么到地方舞厅去,你最好找个既朴素又雅致的地方。"

"乱糟糟的地方我也受不了。我去过一回'金豆村',那地方挺好的。"

金豆村舞厅我也去过,差不多是全市我到过并且感觉最好的舞厅了。她能想到金豆村,这让我更增加了一层好感。要不是因为八一,她提出的八一舞厅我也会同意的。要让我选择的话,也会是这个结果的。

我就在她的安排下,坐在了金豆村一角光线柔和的茶桌前。她问我想喝什么饮料,没等我回答她就先声明了,她从不喝咖啡,只喝果汁。

"工作时我总是喝咖啡,现在不工作,我就喝茶吧,果汁的确是女人爱喝的东西。"我说。

"还是给你来咖啡吧,虽然不工作,现在却需要你像工作那样集中精力,认真对待。"她说。

我点过头,她便向服务小姐要了咖啡和芒果汁,而后舒了口气。可以看出她这几天一定是很疲倦的。我本来急于想知道她要谈的内容,又忍住了。相对而坐的我们之间,出现短暂的沉默。我趁机注意了一下周围。田园牧歌的曲调下,慢慢轻舞的多是中年人,青年人也有,但看上去都是较稳重那种。我喜欢这种既开放又不狂野的环境。

"正式介绍一下吧,我们互相还不知道姓名呢!"她说,"我姓姚,叫姚月芬。其实我让你看工作证时你就应该知道了。"

其实我看她工作证时只注意了一下她的单位,并没注意名字,现在不知道相互姓名的确影响往下交谈了。"我姓柳,柳树的柳,叫柳直,弯直的直。"

"噢,所有柳树都是弯的,你却叫柳直!"她又暂时忘却了忧郁和焦虑。

"你是月亮的月,芬芳的芬吗?"

"对呀,姚文元的姚。"

"现在还主动和姚文元套近乎的人可是不多。"我逐渐有了想开开玩笑的心情,"月亮都是冷清无味的,你却叫姚月芬,想把月亮摇出芬芳的味道!"

"噢,想必你是弄笔杆子的,比姚文元还能咬文嚼字!"她说,"不瞒你说,我没见你前心难受得很,现在听你说话,好多了。"

"没想到我的话还有药用,那我就主动多说点。你不觉着现在咱们像一幅画吗?夏天的夜晚,柳树上面一轮月亮,微风轻轻地摇着柳树，也摇着月亮，不知是柳树还是月亮散发出来的，总之有一股芬芳的气息弥漫着……"

"嚯，比姚文元有文采，但没有'四人帮'味儿！你是不是不会打枪，专门咬文嚼字的啊？"

我发现她已连着用了三次"嚯"字，想必这是她一惊喜时的口头禅了。"你真行，很会判断人！"

"嚯，你当我的上级就好了，准提拔我！"她又用了嚯字。

我也模仿她使用了嚯字："嚯，我要当你上级，你准主动汇报情况，现在连一个单位都不是，你就找我谈情况了！"

她不再嚯了，而是笑笑："说正事吧，不然你该继续笑话我了。"

"不是笑话你是谢谢你，要不是出门遇上你，我现在正该是独自难过呢。"

"你心情也不好？"

我笑笑："男同志无所谓，你说吧！"

"你爱人跳舞……你知道吗？"她问得十分小心。

"知道。我鼓励她跳的。"我甚至有点替妻子辩白的意思，"她原来腰腿疼，跳舞跳好了，心情和身体从来没这么好过！"

"她有舞伴了，你知道吗？"她有点惊异于我的不以为然，"她心情好是因为有了舞伴儿吧？"

我更加不以为然："没舞伴儿怎么跳舞哇！"

"嚯，看你把我笑话的，我还能不知道跳舞得两个人？"她强调说，"我说的是固定舞伴，甚至不跳舞也是伴儿那种！"

对此我也没表示出吃惊，不过我已猜到她说的舞伴是谁了。"你爱人……现在就是她的……伴儿？"

她郑重地点点头。"我找你就是想谈谈他俩的事！"

我这才显出重视，说："这其实也是咱俩的事！"

她脸上忽然显出痛苦，甚至眼圈都红了。"我家老穆可不像话了——他叫穆川亲，是单位管车的。他可不像话了，你爱人是老师，肯定不知道他的情况。我说的意思是，你家老师可别跟我家老穆学坏了！"

"至于那么严重吗?"

"我不骗你老柳,真的不骗你。我家老穆太不像话了,他做了坏事我说一句都不行,打人,打可狠了!"

"他做什么坏事了?"

"他跟什么人都跳,太不像话。"

我想象不出她丈夫不像话的程度来,听得用心了,因为这关系到我妻子。

"跳完舞还往家领人,这我不骗你,真的往家领。"她不知是被骗的还是怕我不相信,一再使用"不骗你"几个字。"我发誓骗你不是人。上周六上午,你爱人在不在家不知你还记不记得,我敢肯定她不在家!"

见我点了头,她又说:"我不是故意监视他们,真的不骗你,不是。周六上午十点多钟,我忽然回家拿一份材料,到家开不开门,先还以为钥匙拿错了,再三检查没错,我才想到可能屋里有人。一敲门,果然听见屋里有忙忙乱乱不是一个人的动静,却不开门也不应声。我血就涌上脑门了,紧敲了几下。"她表情更加难过,"等开门一看,屋里是两个人,我家老穆和你爱人。他俩都红头涨脸的。老穆既没打夜班也没病,大白天不可能在家睡觉。你爱人我是第一次看见,老穆只支支吾吾说是老师,来借点东西。我看老师不像坏人,但她不知道我家老穆是什么人哪。我怕闹出事来,压着火和老师客气了几句,老师急忙就走了。我劝我家老穆几句,他把我连骂带打,我一点都不骗你,我身上现在还有被他打青打紫的地方呢!老柳你别误会,我不是来告你爱人状的。我是来提醒你,帮帮我的忙,慢慢做做你家老师的工作。你还是别误会,我不是不让他们来往,我是想让老师影响他学好。其实他自从认识你家老师以来,就不怎么和乱七八糟的人来往了。"

我插问道:"怎么肯定是我爱人呢?"

"不瞒你说,我注意他们好长时间了。我发现他们成了舞伴以后,跟过你家老师几回。两三次我都见她进了五中校园,还两三次见她进了你家那栋楼。她剪短发,圆脸尖下颏,脸不算白,但也不黑,身材不算苗条，稍微儿有点儿胖，但挺好看。好穿浅蓝色水洗布衣服，骑飞鸽牌绿自行车。"

"嗯，是她。你说她去过你家，我没听她说过，不过我想也可能。她自从跳舞以后有些变化，以前她几乎没有交往，所以我还为她的变化高兴呢。她不会交坏人，这我非常相信她。夫妻之间不能监视，得靠信任。"

"让你笑话了，我家老穆不像你，我对他失去了信任，实在放心不下，所以才监视的。那天他在家里插门的情况，已证明我没监视错！"

"我不是批评你，我是说我自己。"

"我家老穆像你这样就好了，别看他自己这么做，要是有男的找我，他能把我打死。认识你真高兴，还是部队的人有教养。我想求求你，以后多帮帮我，不是帮我报复他们。你是解放军，我信着你啦！"

"马上就不是了！"我说，"巧得很，昨天刚刚批准我转业，今天出来散心就是想调整调整情绪。"

"怎么让你转业呢？"她问时脸上立刻升起疑云，说不定她会联想我会不会是犯了错误才被淘汰转业的。

我简要说明了一下情况。她问我转到什么单位，我说了单位，她忽然又是一声嚯说："我一个女同学在作家协会，从医院调去才一年！"她怕我不信似的解释说，"我同学是高干病房护士，作协主席在高干病房住院，和我同学成了铁杆朋友，后来就调作家协会去了。"

我忽然想到流火老诗人和女作家鲁星儿指责铁树调来那个女人，一说长相，果然是她。姚月芬因此忽然和我熟人了似的说："这下好了，我可以叫我同学跟你们主席说说，照顾你点！"

尽管我并不需要小姚同学曲线照顾，毕竟刚转业就多了一份关系，因此高兴起来说："简直是上帝安排，还没等我报到，就有人照顾啦！"然后我又叹了一声说，"虽说是自己要求走的，但真要走了，也挺难过的！"

"我理解你了。我算是第一个欢迎你的人！"她举起芒果汁说，

61

"以饮料代酒,欢迎你!"

我端起咖啡杯说:"谢谢,刚转业就遇到一个欢迎的人,我心情好些了!"我和她碰了杯,喝下一大口咖啡。

她说:"虽然你转业了,毕竟是部队培养的干部,还是比老百姓可信!"她的话让我高兴,加上咖啡的作用,我兴奋了说:"来点啤酒吧,算我过最后一个八一节,也庆祝我们的相识。凭直觉,我认为你是个诚实人,我相信我们能把这点矛盾处理好!"

她积极响应说:"我平时不喝酒,今天是该庆祝一下。你坐着,还是我做东儿!"

我没和她争,由她要来两听雪花啤酒。喝了酒,她说:"其实我心里很矛盾,我不希望你转业。你是军官的话,我家老穆会更惧怕你的。"

"你别把事情看得很重。我们一定会共同处理好的。我说的共同,也包括他们俩。你想,你爱人由原来接触乱七八糟的人,变成光接触我爱人了,我认为这是个进步,因为我爱人是遵纪守法的老师。而她过去思想过于守旧,她能出去跳舞,能和你爱人交往,这也是她的进步。这样看的话,你就不该上火难过,而应该庆幸才是。"

"你真行,部队干部真会做工作。"她拿起啤酒杯,"你还不承认你的话比药好使呢,我一大块心病这会儿全好了一样。谢谢你!"

我们碰了一下杯,她说:"咱们跳个舞吧,今天认识你心情太好了。"

"我也是。我请你!你既是我以军人身份最后一个请跳舞的,也是我被批准转业后最先一个请跳舞的。人生难得一'最',你已是我的两'最'啦!"

"噢,我都被你说得心花怒放啦!"她又举起啤酒,"人生也难得一醉,我说的是醉酒的醉!"

我们兴奋地碰了杯,极愉快地走下舞池。

那一支曲子是《梁祝》,舒缓柔曼的调子似有一种魔力,一下子浸透了我们已被啤酒和咖啡溶解了的身心和骨髓,四肢以及通体逐渐汽化成温暖的云雾。我们像两团连在一起的透明的云，慢慢地慢慢地在无风的山谷里移动。后来就好像化作了一团云朵，我幻觉似的感到，有一丝微风掠过耳畔，那微风里夹带了一个十分十分细弱，却特别特别清晰，又非常非常缥缈的声音："他——俩——就——这——样——跳——过——！"

　　不知我是怎么了，这时我不仅没丝毫往坏处想妻子什么，反而升起一种莫名的幸福与骄傲感。早先榆木般固执而沉重的妻子，曾极认真而过分地监视过我男女关系方面的事，我与外省一个女战友的信件被她截拆过。我承认，我和女战友的关系很暧昧，而且是背着妻子的。这个问题以前我们弄得很别扭，很压抑。现在她真的也能在《梁祝》的旋律中，和一个男友化作一朵透明的云了吗？这让我减轻了以前对她的负罪感。怪不得她悄悄变得温柔了，而且也变得比先前年轻漂亮了。

第二章

11. 铁树和他的女人

转业手续办了,但省里对我的任命文件还没下来。按说,这空当我在家待着就是了,哪头的班也不用上。可是,盛委书记一再催促,说办了转业手续我就不算部队的人了,就归作协管了,先以主席团副主席身份上班,完全名正言顺。他还特别强调,建办公楼以及好多文学活动,都急等着我去帮他落实呢。我不是想偷懒耍滑,觉得还是任命文件下了更名正言顺,尤其铁树并没这样期望我。不管怎么说,铁树是主席,我们认识还早于盛委。按在部队的说法,盛委和铁树分别是党、政一把手,相当于部队的司令员和政委,都是我的顶头上司。而且我听到一些风声了,说他俩之间已有了矛盾,这我从上次理事会已看出了端倪。我提前过去上班,总得铁树也知道才好。我便又去医院看铁树。

看病人不带点东西是说不过去的。夏天水果满街是,谁都不缺,我买了一盒贵重的西洋参,这小东西保健提神,对作家最是好东西。可我到医院时铁树却没在病房,那个被流火和鲁星儿说成铁树小老婆的年轻女人却在。开理事会那次我在作协机关门口见过她一面了,并且对她有个极深印象,尤其是她俊白的脸。因没人介绍,也许还因为我的长相平庸，她并没记住我。她问我是谁，我也没跟她解释，只说是部队干部转业到作协了，还没上班，也没提她同学姚月芬认识我的事。我怕她误解我和小姚的关系也如她和铁树那样。她主人似的热情告诉我，铁树到病友那儿打麻将去了。她说着急的话就给我找去，不急就等一会儿。我说那就等一会儿吧。

她说作家协会没什么好工作了，不知我能分到哪个部门。我只说可能是当副主席，她很意外，说，你这么年轻就来当副主席，走的什么后门啊？

看来她并没什么城府，几句话就坦荡荡开起玩笑了。我也开玩笑说，走别的后门还能来看铁树主席吗？

她说，前几年你说走铁树后门还差不多，那时候他是书记兼主席。现在盛委书记来了，别说他是铁树主席呀，就是钢树主席也不可能说了算了。我说，我也不知谁说了算，反正是作协要我来的。她说，再不就是你上边有人。我说，上边没人，不信你问问铁树主席就知道了。她说，听你一口一个铁树主席，把他这么当回事儿，可能是上边没人。我说，确实上边没人。她说，那就是你特别有才。我说，有什么才，就因为作协缺人。她说，你叫什么名儿我还不知道。我说叫柳直，军区的。她一拍大腿说，我知道了，铁树提起过你！说你挺能写，写过什么……什么来着？想不起来了。我说，是写过一些，但不如铁树主席能写。她说，铁树写的都是政治小说，没意思。对了，想起来了，他们好像说你写的有意思，老百姓愿意看。我说，铁树主席的作品你看过吗？她说，看过几篇，没意思，以后看看你有意思的。我说，还是铁树主席写的重要，只不过你不关心大事罢了。她说，你这个人说话真有意思！我说，其实咱俩说过一回话了。

她惊讶说，咱俩说过话？在哪儿呀？

我说，开理事会那天，在会场大门口，你在吃饼干，我和佳槐碰见你，他跟你说话，你给他饼干吃，还给了我三块。我说挺好吃，你说好吃就多吃。

她说，是吗，想不起来了，光记得和佳槐说话了。

我说，佳槐是我领导嘛，记住领导记不住领导的部下，这很正常。

她说，哎呀妈呀，你嘴真行，怪不得让你来当副主席，往后说话得小心点儿啦！对了，那次大会上有几个家伙骂我了，说我和铁树好。这用他们管吗，我们好是公开的，又没偷着。他们年轻时不也和别人好过嘛，不过是偷偷摸摸的，有什么资格说我们！你说呢？

我一时语塞。她说，我知道你不好意思直说，作家有几个没——什么的？啊……我不是说你！

我笑了。她说，你笑什么，我说的都是实话。以后你就知道了，那帮老头子难伺候，嫌我照顾铁树多了，照顾他们少。他们要是主席我就多照顾他们，谁让我是老干办保健员呢！

我更笑，笑她太有口无心了，自己说是老干办的保健员，还说谁是主席多照顾谁。

这时铁树在我笑声中进屋了。他说，你小子什么喜事笑这样。

我收住笑声，但没收敛笑容说，也没什么大喜事，转业手续都办完了，来向你汇报一下。

铁树从冰箱里给我拿出水果。铁树的那位一拍大腿说，看我这臭脑子，忘了给客人拿水果吃了。她俨然同是这间病房的主人，马上把铁树手里的黄桃接过去，转递给我。

我乘机掏出带来那盒西洋参递给铁树说，咱用土里长的换你树上结的，这东西写作时嚼上一小块，特别来灵感。

铁树接过西洋参，领情地瞧了两眼说，你这不是一般土里长的，是外国土里长的呢！土里长的洋东西，个儿小，身价却极高贵。这东西我吃过，是他妈管用。他说着掰了一小块扔进嘴里，表示已实实在在领了我的心意，又指着递给我的黄桃说，烂桃子是中国树上结的，吃一车也不他妈提神。又开着玩笑对他那位说，赵同志，你是不是给我们柳大作家敬杯茶呢！

我这才知道铁树这位女的姓赵。小赵说铁树，茶该你敬，你不知道柳作家背后多维护你呀，一口一个铁树主席。我说了一句你的小说没意思，他好顿批判我。

铁树说，这回好了，有敢批判你的了，不然全听你批判我了。他说完果然按小赵的说法亲自给我泡茶。

我吃着黄桃，铁树嚼着西洋参，小赵拿过西洋参盒看。吃的嚼的坐在沙发上，看的坐在床上。

铁树问我，这些日子忙什么呢？

我说转业手续过五关斩六将都忙完了，又得一笔稿酬把286电脑升级成386了，摆弄386呢！

铁树说，你小子后来居上，已经386啦？我那台286买快两年了，总是一天打鱼三十天晒网，到现在，放那儿还等于是块未开垦的处女地。

我说，你事儿忙，领导哪有亲自学电脑的。你三十天晒网，总还有一天打鱼呢，不错了！

铁树说，你算说对了，当个破领导就有一堆破事。我这还住院呢，总是不断有人找。等你报了到，往副主席那把椅子一坐，就有体会了。叫我说，谁要犯了错误，惩罚他，才让他当领导。咱们党呢，恰恰是犯了错误才把你从领导岗位上撤下来！

我说，部队和地方工作差别那么大，许多事都不明白。比如相互之间的称呼，部队是什么职务就称呼什么职务，顶多对不是直接领导者前面加个姓，副的就是副的，正的就是正的。地方可倒好，正的副的一样叫。真要把副的区分出来，反倒像不尊重了似的。

铁树说，这我倒没注意，你想得挺细呢！

我说，已经是老百姓了，不想细点，冷丁没法工作呀！就说对你吧，总不能铁树铁树的直呼其名吧？还有这位——我指指小赵——都不知该怎么称呼法。

铁树说，这也没一定之规，大致有个约定俗成吧。比如你对我，光就咱俩而言，直呼大名，或在姓前面加个老字，本来都可以。但在有些场合就得变一变。机关大会上，你提到我名的时候，后边总得加上主席或同志二字吧，不然就会被误解，不是你不谦逊就是我没威信。但是换一个场合，比如说作家们开会，直呼其名就比称职务更让人高兴，因为作家不看重职务，而看重名气，越直呼其名，越说明他名气大。年纪大点的，你不妨在名后边加上老师二字，这就表示他不仅名气大，而且令人尊敬。对那些行政干部，你最好什么时候都把他的官衔给呼出来，他们最敏感这个。

我说，那咱们就算约定好了，我就根据不同场合称你铁树、铁树同志、铁树主席。我又转对小赵说，咱俩怎么称呼好呢？

她说，我啥官儿不是，叫我小赵也行，叫我名也行，我叫赵明丽，愿意亲切点就叫明丽！

我说，叫小赵吧，你年轻，这么叫本身就很亲切了，会上就叫小赵同志。你叫我老柳或柳直都行。

她说，你是副主席，是我的领导，我怎么也得叫柳老师呀。看你和铁树的关系，叫柳主席就外道啦！

铁树忽然拍了下脑袋说，我这臭脑子还给忘了，这位赵同志前几天同我打过招呼，说你的一个朋友是她同学，指示我照顾你，看来从现在起我就得落实赵同志的重要指示啦！

小赵也脑子呼啦一下开了窍似的，一拍大腿，说，哎呀，闹了半天你就是我同学小姚朋友啊！我是跟铁树说照顾你啦！

我做了亏心事似的，脸呼啦一热，洗清白说，不是我朋友，是我爱人朋友。那天赶巧我说转业到作协了，她说她同学认识著名作家铁树主席！

铁树说，不管她是谁朋友，反正我不敢不落实赵同志指示是了。

我赶忙拉回话题又问铁树，对盛委怎么称呼好。铁树转了转眼珠说，一视同仁呗，我就叫他老盛或盛委同志。

我说，你们都是正职，又是多年老朋友了，这样叫当然很自然。我年轻又是副职，又不很熟，这么叫恐怕不够尊重。他不是作家，我私下叫他盛老师，开大会叫他盛委书记，小会叫他盛委同志，这没什么不妥吧？

铁树说，这没什么妥与不妥之分，看他本人愿意听什么了。

我说，私下叫他老师比较自然。

铁树说，那你就叫老师，反正谦逊没坏处。

我试探说，部队已不把我当劳动力使了，我该琢磨琢磨到作协工作的事了，也不知怎么个分工法？

铁树说，这边可指望你当壮劳力呢，一上套就别想清闲了，趁两不管的空当，抓紧多写几篇东西吧，往后你就是业余作家了。

看来铁树和盛委的想法很不一致，盛委急着催我上班，铁树不希望我早来上班。我又不能按铁树的说法办，只好硬了头皮说，早晚得过来，先过来熟悉熟悉情况吧，一旦正式分工，好马上适应岗位。

铁树嘬了嘬牙花子说，具体分工得省委任命下来才能研究，但研不研究，反正得是协助我抓文学业务方面的事。你是作家出身，别的，比如盛委管的党务工作、行政工作、后勤工作，你也不擅长。

我想，听他这么一说，我就是他的助手了，但盛委怎么考虑的呢？我说，地方的事我真一点不懂，盛委管什么？你俩谁是我的直接指挥——

我话没说完，又进来一位妇女，穿一身黑紧身衣服，裤子是接近体形裤那种年轻人穿的线裤。她体形是年轻人的体形，看脸却是中年偏老，脸相和体形裤明显地不谐调，脸黄得粗糙而憔悴，可以看出因涂了油脂而有些润泽，明显地让人感到是在往俏里打扮，仿佛秋天的一棵榆、杨之类的树，想与春天的一株什么花在争艳。她一进屋我便感到气氛变得异常了。

铁树问她，没下班就过来了，有事吗？

她说，没事我就不能过来看看你呀？别人这不也是没下班就来看你吗？

铁树一脸的无奈说，好好，我给你介绍一下。

穿紧身裤的女人说，屋里总共就三个人，你们两个（指铁树和小赵）扒了皮我也认得瓢，不用介绍。就这位小伙子我没见过，这是谁呀？她话里的旁敲侧击味道，使我猜到十有八九是铁树的老婆。那次理事会后，我已听到一些她的情况了。

69

为了缓和气氛，我主动站起来自我介绍说，我叫柳直，部队转业的，马上要到作协上班了！

她惊呼了一声说，你就是柳直呀，听铁树说过，没想到是个年轻小伙子！我也向作协新来的领导自我介绍介绍，我姓栾，栾丽惠，铁树明媒正娶二十多年的老婆。她边说边乡下爽快人那样哈哈笑着问铁树，我没介绍错吧？介绍不对的地方你补充，啊，你纠正！

铁树爱搭不理看了看自己的老婆栾丽惠，没正面回答，而对我说，老家一块儿出来的，现在是堂堂正正的国家人事干部。其实你们电话里说过话！

栾丽惠说，是正式人事干部不假，但人不人事干部，咱都得干人事。现在社会风气太不好，不干人事的人越来越多，这还了得。你说是不是呀小柳？没想到你是这么年轻个小伙子，媳妇一定画上人似的吧，放不放心你呀？一定得让媳妇放心，手下的群众才信任你。你转业到作协当领导，不是普通作家了，得让群众放心，小柳！

我忽然在心里将这位栾大嫂和自己妻子一比，瞬间产生一种自豪感：妻子虽不白不苗条，但也不这么黄而憔悴，不这么粗鲁没文化啊！铁大主席做没做过美女蛇的梦呢？

也不用我回答，栾丽惠就发泄一样继续对我说，小柳你怎么来的？自己来的还是谁陪着来的？当官儿了，是不是也要找个陪着的？现在他妈兴起这个来了！当了官儿就弄个不清不白跟着乱转的，怎么称呼都闹不明白……

白而苗条且十分俊气的赵明丽霍地站起来，一脸怒气出去了，门被她摔得当一声重响。

12. 盛委和他的妻子

探望铁树的第二天是星期日，盛委打电话叫我到他家串门儿，而且说要在他那儿吃晚饭。我想，盛委属于长辈了，他不邀请也该去看看的，而且该和妻子同去才显得敬重，何况他没有铁树那样的家庭纠纷。但盛委家也有特殊情况，妻子乔小岚比他小十七八岁，也就是说，他妻子和我妻子同岁。盛委前妻病故不久，乔小岚前夫也病故不久，他们是新重组合的一个家。乔小岚也是外向型性格，但她的外向，既不同于铁树妻子栾丽惠的外向，也不同于铁树那位小赵的外向。这三人，说话都心直口快。不同的是，乔小岚打扮更大机关工作人员化一些，行为更风风火火一些，但说话比栾丽惠和赵明丽都显得有文化。前几天我和盛委一同去参加一个会，她搭车，见盛委在车里抽烟，就当我和司机面说，咱家老盛太坑人了，一天喷云吐雾的，全家人都得跟他在烟雾里生活，满嘴是烟臭味，能熏死人！说得盛委尴尴尬尬不好吱声。我说这叫自己一不怕苦二不怕死，也培养亲人一不怕苦二不怕死！乔小岚就说我，柳直你就吹捧你们领导吧，以后熏受不了了，你就不吹捧了。她那性格，见一次面就是老熟人了。我担心和妻子一同去他家吃饭的话，她总说些让盛委尴尬的话，我和妻子会更尴尬，便借口说晚饭已有安排，只能饭后去了。晚饭后一进盛委家，乔小岚就一见如故说，哎呀呀，你俩都这么年轻啊，我有几张今晚的舞票，咱们和老盛一块儿跳舞去吧？！这么年轻不跳舞，既白瞎了我的舞票，也亏了你俩的年龄。

我一点思想准备没有，不知所措看了看盛委。看的同时心里不由得又是一阵惊叹：怎么他妻子也是一张白得耀眼的脸，一个苗条动人的身材啊！他前妻是个什么样子呢？

盛委没有吱声，我只好反问乔小岚说，盛老师哪能跳舞啊？

乔小岚说，你可不知道哇柳直，他可爱跳了，多年管文化工作，常在河边站哪有不湿鞋的。去吧，你们这么年轻，不跳舞太不像话了！

我说，我不会跳哇。

乔小岚说，没关系，我带你，带不好的话，你就和老盛坐那儿聊，我和小老妹儿我们跳，你们看！

我被她不容抗拒的热情所感染，说，你问盛老师吧，他说去我们就去。

盛委说，想跳舞那好哇，要跳咱们就马上走。

我们四人竟都骑自行车去舞厅了。乔小岚说，骑自行车去跳舞，这在老盛可是头一回，这是你们来他高兴了！

乔小岚对我妻子一口一个小老妹儿的叫，其实她俩同岁，根本看不出谁年轻，不过差别在于，一个是六十多岁人的妻子，一个是四十多岁人的妻子而已。她如此说，倒使别人感觉她更年轻了。

到了舞厅，我们先坐下闲聊一会儿，问各自的孩子怎么样，单位福利如何等等。我当中学教师的妻子有职业病，见了谁，准是三句话过后便问人家孩子在哪学校上学，学习成绩好坏，完了再问问上班远近，领导心黑不黑，再就无话了。我则向盛委问了在铁树那儿没来得及问的军、地一把手有何不同的问题。其实我特别反感一把手这个词，一听这说法，我不是联想到小说《爬满青藤的木屋》里那个断掉一只手的主人公李幸福，就是想到《水浒传》一百单八将排座次使用的第一把交椅的说法。最不能令我容忍的是，现在一些人干脆就简称成"一把"了，纯粹就是第一把交椅的意思，难听死了。但什么游戏都得有个规则，参与之前必须弄清规则，起码要做到不犯规。多年军队生活使我养成这样的习惯，要听直接领导者即顶头上司的指挥。我一个副职面对两个正职，怎么个对待法呢？部队虽然两个正职，但顺序和叫法是一清二楚的，军事指挥员是一号首长，政委是二号首长，并直接简称一号、二号，其他领导一直排到八号，毫不含糊。地方的群团组织就弄得含含糊糊。

"盛老师，部队的领导都排了号，一号、二号、三号，直到八号。"我郑重但很自然地向盛委请教说，"地方叫一把手、二把手……真有意思！"

"还是部队严格，部队好。"盛委说，"部队什么事都弄得一清二白，要不怎么把你从部队调来呢！"

"地方不也清楚吗？"

他愤愤说："纸上都清楚，真干事就糊涂了。比如作协这种群团单位，有些人就迷迷糊糊，稀里马虎，谁是一把手都弄不清。弄不清一把手的单位,早晚要乱套。"他把这话的真理性又扩大了一下,"也别光说作协,大街上随便拽住一个老百姓问问,都以为省长官儿最大,省政府衙门最大,出租车司机很多不知道省委、市委,怎么知道省委书记、市委书记是一把手哇!其实在中国,不管什么单位,都是书记是一把手。不过这个屌体制……许多事儿一把手说了还不好使!"

乔小岚插话嘲弄说:"你们听听,这么大个一把手书记,还说脏话!不听他说了,柳直我请你跳舞了!"

我担心她把盛委惹得难堪,忙说:"什么脏话不脏话的,这叫领导没官架子!"

盛委没理乔小岚,继续说:"真是个屌体制,书记连党代会代表也不是,副书记却是省委委员,到底谁管谁呢?"

乔小岚说:"你个正厅级大书记,不许说脏话,跳舞。柳直我请你跳舞!"

盛委说:"跳舞都是男的请女的,乔小岚你倒好!柳直你请乔小岚,我请你家小黄!"

到底是一把手,总有一句话解决矛盾的能力。我们便在他指挥下双双下了舞池。我一看盛委的舞姿,除了跳法是老式的,但水平确实不低,热情也比我高,使我不由得又想到部队了。书记相当于部队的政委,可在部队,政委绝不可能带新上任的下属到舞厅谈工作。一年前我到老部队代职师副政委时,开始对部队情况不了解,晚上几个独身干部想和我一起去跳舞,我想这也是联系群众的机会,就去了。事后师长、政委多次在机关大会批评跳舞的事,我赶紧找政委解释说是我带他们去的。政委差不多给我上了一堂政治课。他说部队有两件事必须常抓不懈,一是禁酒,二是禁舞,尤其师以下部队,一放松就成"九五部队"——喝酒跳舞的部队了,那还了得!这样一想,我越发觉得当了半辈子解放军,转了业才解放了。其实,我这点初级跳舞水平,就是被改成文职这两年才学会的。

我在乔小岚热烈奔放的情绪带动下,舞步忽然有所提高。我联想到感染力这个词儿。盛委有个感染力很强的妻子啊，他的六十多岁而不显老，很大原因是妻子感染的吧？但是，他再不显老也毕竟远不如妻子年轻了，乔小岚对跳舞的渴望和她跳起来的热烈劲儿，肯定也与盛委的年龄有关。

我发现，自己妻子的舞姿也比以前大有长进，简直可以用飞跃来形容了。妻子已经变得开朗、大方、朝气蓬勃，与从前判若两人了。她不用我指点就一次一次热情请盛委跳，从从容容也如乔小岚一样边跳边说说笑笑，感染得盛委也很振奋。我暗暗有种妻子给我争了光的感觉，同时想到，她一直瞒着我结下的那个舞伴。看来，妻子舞伴的妻子，姚月芬说的情况是属实的。妻子有了不同寻常的舞伴后，真的变得宽容、温柔、大方，让我更加喜欢了。所以我尽量克服心底也曾不由自主产生的妒意，不仅不嫉恨她的舞伴，反而暗暗地有几分谢意。我还想到前几天刚一同跳过舞的姚月芬，心情愈加轻松欢快。转业真好，才几天工夫，就尽情跳两次舞了，现在竟和自己单位的一把手同跳，舞伴就是一把手夫人！

盛委不跳了，坐下来抽烟。我对乔小岚说咱们也歇会儿吧。乔小岚说不管他，他岁数大，累了，咱们没累。她说时还调皮地捏了一下我的手。出于对盛委的尊重，我还是拉乔小岚停下来，我说我也有点累，都出汗了。

我坐到盛委身边和他说话。两句话后，我们就不约而同说到单位新建办公楼的话题。我说，没新办公楼的吸引，我也下不了转业的决心。盛委说，我六十二了，正常该休息了，实在找不出人，才被派到作协的，顶多干到换届拉倒。我要不把楼撮起来，就等于没政绩。我这三年肩负的其实就是三大任务，造屋，换届，三定。造屋是生存建设，换届是班子建设，三定是机关建设——改革机构，定岗，定责，定人。这三样事弄透亮儿了，我就扔下你们，开拔了！

我重复一遍他的造屋、换届、三定，表示我在领会他的精神。

他又点上一支烟。他的抽烟，与铁树的抽烟，很难分出高低，都是接力赛似的一根接一根。他说话时，的确可以闻到烟油子味，巧的是，后来听铁树那位小赵也发这方面感慨说："抽烟人嘴真臭，铁树是大烟鬼，熏死人！"想着他们俩抽烟的形象，我忽然感到，抽烟人一般好动脑筋，智商都高，而且思想尖刻好斗，最如此的就是鲁迅先生。

盛委说："作协这种群团机关和班子，不加强建设，非烂掉不可。而这种建设，文人们自己又不胜任，这已是实践证明了的，四个人撤职两个。这就得加混凝土，掺沙子，换血。你就属于掺进来的沙子换进来的血。别看你是作家，但你是军队作家，受过训练，懂规矩。目前咱们三个，是党、政、军、群'三国四方'式的三结合，我原来在党委干过，后来又到政府，铁树就是群团出身，你是部队的，下步四个职数配齐了，就该是，党、政、军、群四结合，不然改变不了什么，也巩固不住什么。"

我像听政治委员分析形势似的听得很认真，听完顺便问了一句："还得调个人来吗？"

"情况不是很乐观，光调咱们俩来不大好弄。"盛委说，"我得给你提前打打预防针。"

"一个作协有那么多事吗？"我问。

"原来我也这么认为，可事实证明，盲目乐观了！"盛委说，"横躺竖卧人不少，但兵不精将不强。老铁空有个铁名，一身病，住院两年了，开个会都得等下午三点钟以后。是事儿都指不上他不说，我好多精力都用在给他擦屁股调解矛盾上了。上次理事会你也看到了，不光是老同志意见大，他自家后院也老起火。他老婆和小赵成天给我打电话，写信，她们两个互相告状，告到我这不解决问题，就往省领导那儿告，省领导再把信和电话转我这儿来，闹得黑白不消停。"他吸了一会儿烟，继续说，"他要是一般作家，有点事大家也不会大惊小怪这么闹腾。他是主要领导，省委委员哪，不是闹笑话的，自己不严格点，事儿就摆不平了，说话也就不好使了！"

乔小岚："你管那么多干啥，人家家里的私事！"

盛委："他老婆不是总告状吗？她俩不是老打架吗？他是党员领

导干部，人家就找你党组织解决嘛！"

乔小岚："栾丽惠真是的，要搁我，自己没魅力就让位！"

盛委："你现在不是有魅力嘛，没魅力时也不这么说了。"

乔小岚："早没魅力了，你要有别人，咱保证不闹。"

盛委："因为我不可能有人——不是我不想有人——所以你这美丽的空话也用不着验证了！"

我打岔说："实践检验真理，以后走着瞧吧，现在跳舞！"

乔小岚："跳舞！跳舞！"

四个人又都走下舞池。

13. 三人行

省电影家协会放一部新片子，盛委、铁树和我不约而同都去了。这种事儿不同于开会，不管正式的非正式的，谁得着信儿自己去就是了，不用票。散场时我先碰见了铁树，他说先不回医院，到办公室取点东西，问我搭不搭车。我说好吧就势也到你们办公室看看。他说我的话有语病，应该说到我们办公室看看才对。我说我现在还没有办公室，他说正好过去掂兑一下。

我俩在门口等司机的时候，见盛委也出来了。他同我俩打声招呼说走哇，还等什么呢？

铁树说车不知哪儿去了。盛委和我们一同等到人散净了，铁树坐那台上海车还没来。盛委说，先坐我的红旗一块儿走吧，先送铁大主席后送柳直。

我说，我正想搭铁树车参观参观办公室去呢！

盛委说，你怎么能说参观参观呢，应该是检查检查啦！走吧，我们一块儿陪你检查检查！

铁树看看表又看看大门外，仍不见上海车的影，嘟囔了一句熊玩意又扯什么蛋去了，才同意坐红旗车一块儿走。

红旗和上海是分别保证他俩用的,我听司机都是说盛书记的车和铁主席的车,或说盛书记的红旗和铁主席的上海。在作家眼里,坐这样的车也有点特殊化,可听说在厅局级干部眼里,当时坐这两种车很掉分儿,怎么也得弄台奥迪坐坐。由此可见作协与其他重要机关的不同了。

我们三人一同坐进盛委的红旗。盛委坐前座儿,我和铁树并排坐后座。盛委说,前边的座儿宽松些,我个子大,岁数也大,搞点儿特殊化坐前边了。

铁树说,那你就在前边搞特殊化吧,你有资格搞,我们没意见。

我说,我俩儿个子小,用不着搞特殊化就挺舒服的,没意见。

铁树说,舒服倒不舒服,只是没人家有资格搞特殊化,所以没意见。

我说,反正我不怎么坐轿车,这么坐着挺好的。

盛委说,没意见就行,我不管你们舒服不舒服了,反正我这岁数得死在你们前边,那时候咱们是两个世界的人了,再有意见我也不知道了。

铁树说,谁先死还不一定,我他妈挨两回刀了,还等着挨第三刀呢,阎王爷就不行先照顾照顾我?

盛委说,那好那好,先死这个特殊化我不跟你争了,顺其自然。

司机说,各位领导我给你们提个意见,这个事儿最好别开玩笑!

我说,拥护,坚决拥护。心里却想,这真是两个要强的人啊,为了争个高下,连死不死都不在乎了。

下了车,进门时仍是盛委在前,铁树次之,我在后。关于走路的前后顺序,文人们是弄不清楚的,也没有弄清楚的意识,往往只是心里觉得自己比别人强,走路的顺序和饭桌的座位并不在乎,不过名字排靠后了可不行,文无第一武无第二嘛,凭什么把我名排后边?!盛委铁树我们仨,之所以能自然地走出顺序来,因为我们当中没有纯粹文人了。如果我不是到师里代职过副政委的话,还会是文人想法的,常常为了节省时间而走在领导前头。现在不了,懂得了官员走路的先后，是有一定之规的，这有助于维护领导核心的威望，有助于领导班子的团结，尤其在公开场合绝不能走越了位。

盛委和铁树的办公室紧挨着，按顺序是盛委、铁树、机关党委、内务部、外务部、人事处、老干办、事业发展部、理论研究部、《北方作家》和《文坛纵横》编辑部等。他俩开各自办公室门时，我在走廊站着，不知该进哪屋好，几乎他俩同时说道，到我屋坐会儿吧。正好这时机关党委那屋的门开了，我一个先转业到作协的战友王求实探身叫我，他是机关党委专职副书记。我便高声说，正好我挨屋参观一下吧！

我就先低后高看了转业战友王求实的办公室，接着是铁树办公室，最后才进了盛委的办公室。这三个办公室面积相同，都是由两间屋子打通而成的，桌椅差不多，只是盛委和铁树的沙发是真皮的，而王求实的是人造革的。

我到盛委屋时，铁树也陪着过来了，这使我很高兴，三人坐一块说说话心里没负担，省得在这屋坐长了在那屋坐短了，引起亲谁疏谁的误会。

盛委坐他的办公桌前等于是正位，铁树坐南侧靠窗的沙发，我坐北侧靠墙的沙发，我俩是侧位。我说，办公条件比在将军府时好多了。

盛委对这话很感兴趣说，在将军府时太不像样子了，几个头头挤一间屋，连个沙发都没有。

铁树却说，原来房子挤不假，可是自己一个大院，综合环境宽绰，而且名气大。现在动迁租借的房子，不仅难找，综合环境挤巴。

我岔了岔话题说，真有意思，一个作协机关，搬来搬去却没摆脱军事环境。看来我这辈子是逃不出军营这张网啦！

铁树说，纯粹的文人单位，却离不了武人的住所，弄好了文武双全，弄不好，就文不文武不武了。

盛委说，肯定文武双全，下一步搬进自建的新大楼，铁大作家文界大名鼎鼎，柳大作家武界鼎鼎大名，我一退休，二位在新楼里坐镇，还不文武双全？

铁树说，这难说，柳直一转业就不在部队了，他还武什么？我不是挨刀就是挨针，离不开医院，在医界倒是越来越知名了！

盛委说，知名就比谁也不知道强，你有病不假，但这不又多了个壮丁嘛，咱们无力干的事就抓壮丁。柳直，你是壮丁，肯定抓你的事就多，这没办法，谁让你是壮丁呢！

我说，既然你们把我定为壮丁了，抓我我没意见，出力气我也不怕，啥事只要你俩商量好了，力气现在我还有。

盛委说，到底是解放军大学校毕业的，态度不错，像壮丁样儿。既然表了态度，就得给任务，早点上套拉车，你说呢铁树？

铁树说，那是呀，你坐镇拿总儿，给他柳直哪根绳套，该你书记考虑。

盛委说，我还没认真考虑，分工的事儿需要党组会正式定。不过我看，目前刊物问题较大，《北方作家》是作协机关刊物，是门面，柳直有必要把主编兼过去。铁树你看呢？

铁树嘬了一阵牙花子。我已注意到了，凡不好直说意见的时候，他就先嘬一阵牙花子。他没说同意也没说不同意，只说还没考虑这问题。

我说，我只以为让我当副主席，兼《北方作家》主编，我可没思想准备，再说现在有主编啊，让我去顶替，这不闹矛盾吗？

盛委说，那么明天正式开次党组会吧，柳直兼主编这是一个事，还有正式组成新楼基建办公室的事，还有成立一个创收公司的事，怎么样？

铁树说，开吧，明天什么时候？

盛委说，上午怎么样？

铁树说，上午不行，上午有个作品讨论会我得参加。

盛委说，下午呢？

铁树说，下午可以，不过得三点以后，每天的滴流输液都是下午三点完。

盛委说，那就三点二十分开吧。

铁树说，好吧。

盛委说，那就定死了，明天下午三点二十准时开！

我说，没我的事吧？

盛委说，怎么能没你的事呢？！

我说，我还不是党组成员，还没资格参加党组会！

盛委说，党组成员肯定要是的，只不过任命文件还没正式下罢了。

我说，文件没下就名不正言不顺呗。

盛委说，党组让你参加党组会还名不正言不顺？就算副主席列席党组会，总可以了吧？

铁树说，文儿没下那是早一天晚一天的事，参加会没什么不顺的。

我这才说，那我三点前准时过来。

盛委说，你在家等着，让红旗去接你。

我说，不用，自己来肯定晚不了。

盛委说，不是晚不晚的事，你是副主席，过来上班必须车接车送，这是规定，你不用管了。

我又谦让一番，待铁树也说了这话，我才答应坐车上班。

铁树又说，不一定红旗接，上海也行，哪车有空哪车接，都行。

盛委说，我和柳直家顺道，以后上下班我和他同车就行，不用再派车了。

铁树说，柳直来上班还没办公室呢，就先在我屋加个桌子吧，我每天在医院的时候多。

盛委说，我和柳直顺道，并且天天同车来上班，我俩一屋商量什么事方便。

铁树说，怎么着都行，看柳直自己愿意怎么着吧！

这等于冷丁把我推到刀刃上了，我脑门子呼地一涨，但瞬间忽然想到机关党委副书记王求实那屋来。我连忙说，我在求实那屋吧，他那屋正好也是大屋，还有张现成的闲桌子，再说你俩都是正职，我和你们谁一屋都不合适。

他俩都龇了龇牙花子说，那就随你便吧！

14. 三缺一

第二天上午盛委的红旗车就接我一块上班了。我在王求实那屋安顿好了办公桌,然后他又陪我各屋转了转。转到老干部办,看见了赵明丽,她有点惊喜地说我,这么快就来上班了!

我说今天党组开会,是来参加会的。赵明丽说今天肯定开不成党组会了,有啥事赶紧办事去吧。

我说昨天当面定的,今天开,盛委书记和铁树主席两人亲自定的。赵明丽说铁树老妈病了,他回老家看老妈去了,怎么也得四五天回来。

我哦了一声,又看了看她屋里的东西,心想,看来铁树的每一行动小赵都了如指掌。又想,定好今天开党组会,他能走吗?党组会能说推就推吗?铁树走盛委知道吗?

午饭后,铁树妻子栾丽惠打电话问王求实说,铁树回老家是不是带姓赵的一块走的?求实告诉我,姓赵的就是铁树老婆指赵明丽的代名词。求实说上午小赵还在呢,不能吧?铁树老婆说,她那是打马虎眼呢,不信试试看,这几天保准见不着这婊子了。铁树老婆顺便向求实诉了有一个小时的苦,都是骂小赵的,也有四分之一骂铁树。求实告诉我,他隔三岔五就接一次这样的电话。

下午快两点的时候,盛委才接到铁树通过司机转给他的一张纸条:"盛委同志:家母病重,回老家一趟,大约四五天回。急,来不及面告,请谅。"

下午三点二十分的时候,我,求实,另两位处级党组成员都到盛委屋集齐了。盛委念了念铁树留的条子说,会今天开不成了,等他回来再开吧。

几个人散去后,回到自己屋我问求实,以前也是缺一个人就不能开会吗?

求实说，其实开党组会就是正、副书记两人在商讨，他俩一致了其他人也不反对了，他俩不一致的，别人一是不好吱声，二是吱声也没多大用，所以党组会就是他俩利用其他成员统一意见的会。求实又补充说，不过，你跟我们处级成员不一样，你的意见也很重要，因为他俩不一致的时候，你倾向哪边哪边就是多数了。

一星期后铁树才回来，他把母亲带到省城来治病了。治了不几天他母亲就去世了，直到办完丧事，党组会才开上。不过会前铁树的一句话又让我为难了。他母亲遗体火化那天我没照面，我从心里不愿意参加这类活动，不光是他家的这类事，谁家的我也不去。但是求实提醒我，主席母亲的丧事你不照个面，在地方那就是很不给领导面子了。所以晚上我还是过到铁树家看了看。

铁树正在书房睡觉，他老婆栾丽惠出来开的门。我管她叫过栾大嫂后，问铁树在不在，她说，这是你柳直大兄弟问的，我不能说不在了，他嘱咐我谁找都说不在。你进屋先坐着，我给你叫起来。

我连说没啥事儿就是来看看，睡觉就改天吧！

她说改天他也是这么嘱咐，不睡觉他也不愿人来家找他，他原不这样来着，现在官升脾气长啦，臭毛病越来越多啦。

她连说带拽把我让进屋里，给我倒茶时我才注意到她黑衣袖上戴了黑纱。她两三声就把铁树从书房喊过来。铁树的确睡眼惺忪的样子。我问了问他母亲的病说，岁数也到了，没遭多大罪就咽气了是喜事，病得很痛苦又死不了那才叫倒霉哪！

铁树说实情倒是这么个实情，可事儿不能这么说，人们不是还讲究个虚伪的孝道嘛。

我说那的确是虚伪的孝道，我父亲去世时我就很高兴，因为他活着太痛苦了，而且所有亲人都跟着痛苦。

铁树妻子说，柳直大兄弟净说大实话，叫我看，咱妈的去世也真是喜事，屯子人不都讲红白喜事吗，咱妈八十多了去世就是喜事！

铁树说，这话人家柳直说说还可以，你当儿媳妇的一说，就容易让人觉着不孝，没听乡下人说婆婆和儿媳妇是天敌吗？

栾丽惠说我这是安慰你呢,想让你别为这事孬作坏了身体,你倒说我不孝,我一门儿添油加醋让你愁眉苦脸地上火,就孝心了?

铁树不再和她说,问我党组会开没开。

我说,你不在哪能开呢。他说,我不是信不着你,我提醒你一句话供参考。《北方作家》主编你不能兼,整个编辑部一大帮子人,各揣心腹事,你冷丁来根本摆弄不了!

我说,我对这事确实也没兴趣,不过我当了这么多年兵,不是讲服从领导吗?你们一定要妥善商量,不管怎么着,意见统一了,我愿意不愿意都好办了。实在让我兼的话,我也只能挂个名,原班人马都别变才行。

铁树说,能挂名的话就能直接兼了,名你也别挂。

所以后来盛委又提及此事时我没有答应,就不了了之了。但盛委脸色很不好看说,你既然来了,总得干点事呀!我们俩,一个老家伙,一个病号,指望你这个壮丁挑重担呢。主编以后再说可以,但总得先考虑干点什么,把机关活跃起来呀。我在市委干过,算是从党委机关来的,你从军区来的,还从省人大来了一个内务部主任,可是,既然已来了一拨子人,却不见一点儿生气,叫那些看热闹的怎么说?

我说,机关都怎么回事我还不摸头脑,你指个方向!

盛委说,你找机关党委、内务部、工会了解了解,机关活动都由这三个部门出面搞。

我说,作家协会还有这么多部门哪!

盛委说,还有几个呢。人事处和机关党委、老干办,都是我来以后跑编制新建立的。加上原来的内务部,人、财、物,这些事是我分工管。几个刊物和外务部、理论研究部,这些文学业务部门的事,归主席分管,等于是铁树的事。你来了,应该是管管他分管这方面的事,可铁树长年住院,急着让你来,就是想让你赶紧把他管的这些工作抓起来。现在看,急也不行,一是不好强行分工,二是铁树也没放手让你干的意思,三是,我也看出来了,你目前也不想在他不放手的范围内放开手脚。那么就先在我的分工范围内做些事吧。我年岁大了，活跃机关的事也不行了，目前我分管的事你先参与着，其他等任命下了再说吧！

15. 求实和辛秘书长

机关党委专职副书记兼人事处长王求实，我早就熟悉，是极正派的老实人。他如实对我说，往后，你日常工作接触最多的，除了盛委和铁树外，还有两个人，一是内务部辛主任，二是我。按作协私下的说法，我是铁树的人，辛主任是盛委的人，连盛委和铁树都是这么想的。其实我看，谁也不是谁的人，辛主任不过是盛委调来的，但他也并不真听盛委的，他私下和铁树和小赵关系也很不一般。

我问求实，人们凭什么认为他是铁树的人，求实说了一件事。1989年动乱时期，铁树因自己的特殊身份不好抛头露面表明态度，便以养病为借口待在医院不参加任何活动。而参加了各种游行活动的作家们对他没个公开态度大为不满。为此铁树做了个私下的姿态，即以连续六个月不交党费来对付那些指责他没姿态的作家们，并让几个亲近的人往外传。动乱结束后清查时，有人揭发铁树故意连续六个月不交党费表示自动退党，但工作组检查作协党费交纳情况，铁树竟一个月也没少交。原来是求实暗中月月替他交了。为此铁树非常感激求实，自然把求实当成了可信的人。其实求实就是心地善良，若这事不出在铁树而是出在别人身上，求实也会这样对待的，这我非常相信，他在部队就做过不少这类事。求实又特别提醒我说，你得注意点，机关现在有传你是盛委人的，也有传你是铁树人的，你小心别让他们在两个领导之间传出事儿来。

对此我很感激求实。我和求实在同一个办公室待得很和谐。他比我大八九岁，但我们在部队时的级别关系差不多就是这个样子。我刚来，电话差不多都是找他的。找他的人都叫他王书记，听口气似乎都以为他这个书记和主席同级别，相当于党组书记呢。我每接一次找他的电话，就跟他开一次玩笑说，人家问我是王书记办公室吗，我说是，又问是王书记秘书吗，我说是，人家便说那你请王书记接电话！求实接完电话，若是公事他就向我汇报一下，若是私事他就又开一次玩笑说，现在是最自由最混乱的时候，什么书记、秘书长、经理、会长、主席、主任，分不出大小来。书记里边，还有支部书记、党组书记、党委书记，分不清大小不说，还分不出真假，能叫大的没人叫小的，不仅叫，现在又给我配了个厅局级副主席当秘书！

有次我俩刚开过玩笑，我又接一个找辛秘书长的电话。我说作协没有秘书长编制，所以不可能有秘书长。可是对方十分嘴硬说，肯定有，你赶快给找去吧。我说肯定没有，他坚持说肯定有，而且不久前还通过电话。我生气放了电话，当笑话跟求实说。求实说，肯定是找内务部辛主任的，他不刚从省人大调来吗，架子和口气都大得很，肯定在外面说自己是秘书长了，他下步有这个打算也没准儿。不过，那可要有热闹看了。

我不明白怎么会有热闹看。求实说，他来才两三个月，光说大话，办事没一点儿准儿。他跟盛委出去办事，总介绍老盛是市委书记兼文化厅厅长，而他自己则是秘书长。是不是领导有这个打算谁也不清楚，他可是有意让机关的人都产生这个感觉，动不动嘴里就露两句省里领导找他了，真假不知，但不少人都觉得他是吹牛。

我正和求实议论辛秘书长的由来，辛主任就来了。他也没敲敲门，也不知是用手推的还是用脚踢的，反正他进来时门的响动很大。

他叼着支烟，径直走到我办公桌前，也没个称呼就对我说，盛书记指示我，给你单独安排个办公室，还交代我安排好你的工作用车。小车就那几台，红旗是盛书记的，上海那是铁主席的，还有一台伏尔加是专门保证老干部的，剩下就是一台面包车了。办公室呢，阴面还空一间小屋，大屋和阳面屋，就现在你和求实这间了，你看你有什么想法？

辛主任简单一个亮相，便印证了求实对他的评价。我心里很不舒服，他这哪里是向我汇报工作呀，分明是在向我布置工作。就算你是秘书长，也领导不着副主席啊。我说，车的事盛委同志说过了，让我和他

85

坐同一台车上下班，我们顺道。我故意把盛委二字和同志二字都说得较重，潜台词是，让他明白我虽然年轻，也是懂得机关工作规矩并能和盛委随便说话的师级或厅级干部，没你拿我当小伙子吩咐的份儿。

我又说，平时用车派哪台都行，车是交通工具，保证完成任务的，不管派哪台，以不耽误事为原则。如果有时串不开了，我乘公共汽车，骑自行车，或者走都不在乎。这些话里也有潜台词，即我对坐车并不感兴趣，但工作用车必须保证，这和年岁大小无关。

他口气仍没怎么改又对我说，那就尊重你的意见。办公室呢，你对自己的办公室有什么想法？

我心下暗想，这老同志架子是太大了，俨然他是领导嘛！我判断他在省人大时一定也是个不称职的家伙，没法安排才把他甩作协来了。我说，我办公室这样挺好，跟求实在一起熟悉不少情况，但也确实有必要调一下，现在互相干扰。

不待我说完，辛主任又插断我的话，问，那你说怎么调呢？

我说，我搬到阴面小屋去，单独装部电话就行！

辛主任说，大屋子是特意给厅局级领导改装的，那时候你没来，就让求实用了，现在你来了，盛书记的意思是你在这屋，求实上小屋。他说时特意回身看了看求实。求实连忙说领导不说我也打算搬了，只是觉着一时没屋子，现在有了我马上搬。

我说，按说我在这屋求实搬过去可以，但我考虑还需要过渡一段时间。这屋求实的电话太多，我在这屋就等于给求实当秘书了。我刚来，一时半晌没多少电话，还是我搬出去好。

求实说，把这部电话移走，再给你安部新号不就解决了吗？

辛主任说，电话一时解决不了新号，只能暂时接个内部号。

我说，先把内部号给我，再有一年多不就进新办公楼了吗，到时候一总换。

求实说现在换也行，一个月就顺过来了。

我说一个月可顺不过来，那样的话我起码还要给你当半年秘书。

求实又说，那就把内部号放阳面大屋，还是你在大屋。

我说你这屋首当其冲，谁来都先到这屋问事，太闹。小屋虽然是阴面，但在最里头，肃静，又和盛委、铁树同志挨得近，我愿意在里面。

辛主任说，就这么鸡巴地了，领导愿意在哪屋就让领导来，求实你就还在这屋得尿的了，没多长日子就上新楼了，到时候该怎么鸡巴地再怎么鸡巴地！求实你帮柳主席安排一下。

辛主任嘴么唧唧地给他的两位领导布置完工作，叼着烟走了，地下掉了好几撮他弹落的烟灰。

求实说看见了吧？这么个熊样内务部主任，他还想当秘书长，领导副主席！

我开了句玩笑说，这个"就这么鸡巴地"水平实在不像话，但说话挺直的，直就比弯弯绕好对付。

求实说，说直也直，说不直也不直。给你安排车的事儿，前天我就听盛委同志向他交代了，他却说坐什么车，那么点小岁数，我白发老头子还骑自行车呢！盛委同志撸了他两句，他才不说了。

我和求实边议论边动手搬桌椅，差不多一天工夫总算把我的办公室安顿好了。电话虽然是通过部队总机转的，很不方便，但靠尽头十分肃静。求实又上辛主任那儿给我要来一套沙发和一张床，电话机也是求实给找来的，好像这些事天经地义该他求实干，而和内务部主任没关系。我一方面感谢求实的热心，同时也想，求实太老实了，他和辛主任两人糅一块儿，再分成两个人就好了。

我单独在属于自己的办公室静坐了一会儿。屋子和设备虽然很简陋，但毕竟属于我一个人的。我静静体味一会儿独处的滋味后，发觉屋里还缺个书架。我不打算张口向比秘书长架子还大的辛主任要了，想找块木板在墙角处搭成个搁板先对付一下，便自己到一楼一个大木板堆去找。招待所管理员以为我是外来偷木头的，我说是作协新调来的，他便拉我到辛主任那儿查对。辛主任在摆弄扑克牌，没站起来也没同我打个招呼，径直和管理员说起话来。管理员指指我问辛主任，这个人是你们单位新来的吗？

辛主任没说我是新来的副主席，而只回答说是新来的。

管理员说，他在楼下拿木板，我以为是外来偷木头的呢！

辛主任仍没介绍我是谁，也没想我自己找木板会是干什么，却批评我说，以后用什么东西别自己乱拿，找内务部办。

招待所管理员倒很负责任，他到我办公室帮我把搁板弄好，聊了一会儿，得知我是部队转业的副主席后，非常惊讶，说你这么大个领导，办公条件也太不像样了！他说他读过我的作品知道我的名字，一再说有什么事只管找他。他一再提醒我说，地方和部队不一样，不能太谦逊了，当领导不能自己动手干这些小事。你是文人出身，一定得练练当官的架儿，当官不像官，就没人听你的！

这管理员动手帮我把屋子收拾一番才离去，使我感到，还是部队的人办事讲规矩。

为庆祝自己有了一间单独的办公室，午饭时我弄了点酒，当然没说为什么，只是暗自想着罢了。不想，喝时辛主任凑上来说，没想到柳主席爱喝酒，我老头子以后和你作酒伴儿。写文章有文友，打球有球友，打麻将有麻友，咱们喝酒的也得有酒友。他又吵吵嚷嚷招呼食堂给加了两个菜，正儿八经喝起来。机关不少人投来各种各样的眼光看我俩，这时辛主任越发哥们似的给我添了酒，大声说，酒逢知己千杯少，咱哥俩干一个！

弄得我午饭很倒胃口。我听见旁边一个没见过的老同志悄声问，那个和辛主任喝酒的小青年，他是干什么的？

看来我在年龄偏大的作协机关干部眼里，太不像个官了。他们把我说成小青年，是从衣着看的呢还是从举止和相貌看的？

16. 周末舞会

我跟求实说，盛委书记叫咱们想法搞点活动，活跃活跃机关。你是专职机关党委副书记，你看呢？

求实马上说，咱这机关是得活跃活跃啦，有点死气沉沉，还有点散,活跃活跃好!

我说,搞点什么活动好呢?

求实说,机关各部门的正、副头儿都比你岁数大,搞太活跃的活动,恐怕搞不起来,他们大多愿意打扑克打麻将喝喝酒什么的。但麻将风已经太盛了,有几伙人成天打,尤其司机那屋打得甚,几次误事都跟打麻将有关。盛委同志禁了几次禁不住,是因为铁树带头打,所以搞活动也不能有麻将项目。扑克比赛可以算一项,再还可以搞搞文体比赛,或者放放录像电影。录像机咱机关有,军区电影发行站有好带子,你要能借来,估计会有人看。再有,咱们是作协机关,搞搞诗歌朗诵会也许能行。

我说录像带好办,我负责。诗歌朗诵会也好办,但效果难说。搞活动必须有一群骨干才行,机关这方面的骨干情况不知怎样?

求实说,搞这类活动,骨干就得依靠转业干部了。转业兵也有一批,但这批兵目前不行,吊儿郎当得很,就得依靠转业干部。你看,内务部主任是,他还兼着工会主席,内务部副主任是,老干办主任是,理论研究部主任是,副主任也是,事业发展部副主任是,我是,还有一些没担任领导职务的,十七八个,领导里有你。我看搞机关活动你就得依靠这帮人了。

我说很好,先暂定每周末搞一次联欢活动,就由你出面,以机关党委名义组织。内容先安排两部分,一是放录像,每次一部外国名片,一部国产好片。二是组织舞会。我看打扑克和诗歌朗诵会下次再说。

求实说,舞会倒是可以,但能不能搞好难说,女的少,男的也不踊跃,尤其我自己不能带头,我不会!打扑克、朗诵诗歌我可以保证带头。

我说,听说舞会机关一次没搞过,咱们搞一次就算新鲜事儿。另外这事能把男女同志都带进来,还有,我可以带头参加。

我之所以敢组织舞会,一是想盛委一定赞成,并能亲自参加,但我没说出来。我只对求实说,你不会跳不要紧,你坐那儿不走就行。

再找几个骨干，带一会儿就跳起来了。你看还谁能起骨干带头作用，我直接动员动员他们。

求实说，我保证从始坐到终，还有，内务部辛主任也会跳，他还兼工会主席，由他出面组织，你带头，我配合，肯定没问题。盛委同志也参加的话，就更没问题啦！

我对让辛主任出面组织有些担心，但一听说他会跳舞又兼着工会主席，所以把辛主任也找来了。一说跳舞，辛主任马上说，组织跳舞不难，跳前会顿餐，喝点儿酒，跳起来你让谁走他都不走！

我说，辛主任啊，跳舞非得靠酒，看来你真是老同志啦！

辛主任说，我都五十好几了，不老同志咋的，你才四十出头，正是不喝酒也有热情的时候。要跳，头两次必须有酒，跳起来以后再逐渐把酒撤了。钱不用你管，我从工会会费里解决，你带头参加就行。

我没同辛主任计较他牛皮哄哄的口气，说，那好吧，喝就喝，先把活动搞起来再说。

然后我向求实和辛主任交代说，你俩看谁写个通知？谁写都行。

求实欣然说，我写吧，我给辛主任打下手。辛主任却说，谁写通知无所谓，主要是用不着写通知。

我说，不通知，大家都不知道，活动怎么能搞起来？咱们搞活动的目的，不就是把大家都活跃起来吗？

辛主任说，来多少人算多少人，来多了得多花酒钱。

我说，酒钱你不说工会会费能解决吗？

辛主任说，就因为我工会解决，才花得越少越好。再说，你不知道作协这地方，干活时找人不好找，吃饭喝酒时不用找都来了，义务地下交通员有的是，不信到时候你看！

我还是坚持让求实找块小黑板将通知写了。作协机关连块小黑板都没有，可见盛委工作有多难开展了。但可恨盛委亲手调来的辛主任，他整天口口声声盛书记盛书记的叫，却连一块写通知的小黑板都想不到置办。考虑尊重老同志起见，我叫求实写通知时还是免去了聚餐一项，只写了某时某地开联欢舞会和放录像电影。

果真如辛主任所说，尽管没写通知有聚餐，人仍然来了不少，有些平时没见过面的也到了。但正式通知了的盛委和铁树却谁也没照面。

铁树没照面我没想法，他住院呢。盛委该到的，是他嘱我活跃机关啊。但见求实、辛主任和大家情绪都极好，尤其辛主任，还振振有词，以工会主席名义发表了一通挺振奋人的演说。他说，咱们柳直主席亲自倡议并亲自筹划了这次周末联欢，这是对我们工会工作的最大支持，对机关全体同志的最大关怀，我们争取把这项活动坚持搞下去。我提议，为了我们机关的活跃，为了以后每个周末都有"酒舞"联欢会，为了作家协会新的气象，大家干杯！

辛主任这一鼓动，大家酒喝得很踊跃。大概很久没这样的轻松聚会了，男女老少，每桌都有声有色的。清贫聚餐，菜虽不丰盛，但酒很足。本无心喝酒的我，也被两位喝酒爱好者煽起了酒兴，竟放开量跟各色人等喝了一圈儿。

这是我到作家协会第一次参加活动，辛主任又说是我亲自抓的，等于让我正式亮相了，也等于把这容易笼络人心的事记在我的功劳簿上。所以我暗自在心里感激了一番辛主任，想，再差劲的人也是有优点的！在辛主任的鼓动下，各部门的年轻同志都主动向我敬酒，尤其转业干部们敬得更热情。我转业的真实背景，绝大多数人不清楚，都把我当一般转业干部看待了。转业干部自然就把我当成领导班子里的代言人，但他们敬酒时都提转业干部如何如何，我并不愿意听。我想，在作协机关肯定是看重文的，武的会被认为没文化。所以跟他们碰杯时我总说，咱们一定要虚心学习，少干秀才遇见兵有理说不通的事！我真的不希望大家把我混同一般转业干部看待。我便尽量避开一些，主动敬敬别的同志。

酒喝差不多后，我嘱咐辛主任抓紧喝完，好去组织舞会，自己便先过到会议室临时改成的舞场了。这里已有些人坐那儿等着了。

乘酒兴，我叫先把音响放开。喝了酒话都多，谁说句什么话都有人呼应，人也特别好动，我这才暗暗赞成辛主任舞会必得先有酒的话来。可是人差不多到齐了，还不见舞会组织者辛主任的影儿，我急急到餐厅一看，他和几个酒友仍吆五喝六在喝。我不由生气说，演员都齐了等着上戏，导演怎么还喝？

辛主任说，喝透了再开演，更精彩。

我说，再往透了喝，怕是裤子都要湿了，醉醺醺的一股酒臭气，谁还跟你们跳舞？我硬把他们几个轰到舞场。机关十多个女同志基本都到了，情况比我预想的要好。没用怎么动员，大家便纷纷下了场。这中间铁树来了，他进屋看了一眼说你们活跃吧，我还是务老本行，打麻将去，便走了。

两三支舞曲下来，只有三个女的还坐那里没动：一个是基建办七十多岁的罗墨水老头儿六十多岁的老伴儿，可能老太太了没人请；一个是铁树的那位赵明丽，可能考虑铁树的关系没人敢请；一个我不认识，也许因为她木木呆呆又胖又丑没人想请。

我便像部队行军时的收容官似的，一一请了她们。我先请罗墨水老头儿他老伴儿，又请铁树那位小赵，再请那位木木呆呆又胖又丑者。开始她们都客气地推脱一下，可一跳起来兴头都挺足。第二次请小赵时，她说，你跳得这么好，请我们不会跳的，不影响情绪吗？

我说，谁都不跳才影响情绪哪。

小赵说，我同学姚月芬说你家两口子都会跳舞，你真跳得好，得给我当老师扫扫盲了！

我说，小姚还说什么了吗？

小赵说，就夸你们两口子舞跳得好，对了，还夸你会说话，能说到人心里去！

我说，就说过一回话，跳过一次舞，叫她这么夸！

小赵说，我同学小姚说你爱人很漂亮！

我说，说不上漂亮，但舞跳得还行！

小赵说，你爱人有福啊，你这么年轻，又不抽烟不喝酒不打麻将，多好。铁树除了打麻将啥也不会，以后你也动员他学跳舞吧，他要学跳舞还能把烟戒了，要不他那烟臭味熏死人，谁跟他跳？！

小赵真是太单纯了，她和铁树也不是家人关系，应回避人的，怎么能老一家人似的说呢?！她也不想我会怎么想，仍热心说，柳老师你多带我几次。我不是不想多带她，说实话，单从女性外在条件看，她不仅不是惹人反感那种，而是相反，因而她的热情和她的特殊身份便自然给我造成紧张感。我带她几次之后，乘人们跳得越来越踊跃，也有人敢来请她的时候，我故意让别人把她请去了。剩那两位不仅丝毫造不成紧张感倒是给人反感的，成了我的收容对象，尤其那个木呆呆的丑胖子，竟兴奋得一次次主动请起我来。后来有人悄悄告诉我，她是个抑郁型精神病患者，因为失恋患病的，只在机关开工资，并没有具体工作。

连精神病都高兴了，说明舞会很成功，这让我很满意。不料舞会结束后辛主任却很生气说，下次不他妈搞了。我说搞得很好嘛，以后坚持搞！

辛主任说，有好几个人骂杂，嫌菜不够吃，酒不好喝，下次老子不伺候他们这帮猴了呢！

我说，那是个别人，谁让你非和他们喝透不可呢，少喝点他们就不至于说这种话了，其他人可都说好！

辛主任说，那也不搞了！

我说，你说不搞不行，大家说好，领导说好，就还得搞。

辛主任说，领导说好领导搞吧，我不搞了。

我说，你光考虑自己喝透不喝透，凭个人情绪办事，这不对！

辛主任说，怎么搞的呢，原单位领导说我不好，新单位的领导也说我不好，这他妈是怎么的了呢?

我说，那你就得好好反思反思自己了。

求实附和我说，今天活动搞得挺好，以后坚持搞吧。

我说，搞！

晚上我电话向盛委汇报此事，盛委不仅十分冷淡，还批评说，领导不宜带头参与这种吃喝玩乐活动，老干部会反感，以后不能再搞了！

我觉得他是听了辛主任的坏话，便解释说，考虑你交代我要想法活跃机关，才精心琢磨搞的。

盛委说，活跃机关要靠抓大事抓工作来活跃，懂吗？

我想了一会儿，说懂了，但其实根本没懂，暗想，你和夫人不都很爱跳舞吗，怎么组织别人跳就不好啦？

末了盛委还问了我一句：听说你主要陪主席大人那位小赵跳舞啦？

我说，几位没人请的女同志我都请了！

盛委说，还是解放军学雷锋学得好啊！

这话的讽刺意味儿，使我心忽然有些凉意。辛主任倒成了预言家：下次不他妈搞了！

17. 抓大事

文娱活动不能搞了，我迅速调整了一番心情，本着盛委抓大事活跃机关的指示精神，我请示他可不可以召开一次处级干部会，讨论作协机关怎么通过改革活跃起来。一听这想法，盛委不仅同意还表扬说，这个点子想得很好，等于是党组会前的一次扩大会了，而且他说要亲自听会，并且讲话。

由于周末舞会的兴奋劲儿还没平静下去，加上大家也不知道盛委批评了这个会，处级干部们都认为这是个非常好的安排，先把群众情绪活跃起来，马上又抓中层干部。但我开场白时用盛委批评我的话引导大家说，活跃机关抓鸡毛蒜皮小事不行，必须抓大事。目前最大的事就是改革。改革出生机，改革才能有长久的活跃……

盛委就借着我这几句话发挥开了。他说：改革才是硬通货，小小作家协会，人浮于事，横躺竖卧，光活跃起来有什么用？其实现在也很活跃嘛！打麻将不活跃吗？炒股票不活跃吗？对缝儿的，在个体公司干第二职业的，不活跃吗？拿公家钱吃喝玩乐的，不活跃吗？都很活跃！关键是，要通过改革，把这类不该活跃的路子堵死，创造出一个便于文学事业繁荣、文学人才成长的健康的活跃局面来……

这些话的确够精彩了，但我听得出来，是针对我搞的那个周末联欢会说的，同时也针对了铁树执政以来形成的一些不良现象和风气。关于怎么改革，盛委没具体说，但大家发言一个比一个精彩。

"《北方作家》应该分流出一部分人来搞创收，增加积累，改革嘛！"《北方作家》主编钟声高说。

一贯谦逊的求实想发言，刚说了半句，就被倒驴不倒架的李长弓抢过去了。李长弓就是受处分已没了具体职务的原事业发展部主任。他是盛委老部下，虽然只是个正处级别，但口气大得省委领导似的：十一届三中全会以来十四年，作协之类的群团机构，改革基本是死角，没受到丝毫触动。几十个机关干部，为几个专业作家服务，只有我们中国这样干。应该像对待街头摆小摊的一样，把作家统统推向市场。机关应是小机关大服务。把这么大个机关干脆撤掉，保留精干的几个人，与出版社合并成直接的生产部门。剩下的人员，统统轰下海创收！

我想，按他的说法办，盛委干什么去？铁树干什么去？他自己干什么去？作协这帮弟兄都到街头摆小摊，真比"文化大革命"还厉害！北京有位名望极大级别极高的作家，就曾因说过一句专业作家应该取消，惹来多少骂声啊！改革开放以来，作家们看遍全世界，对社会主义优越性最肯定的一条，就是国家养专业作家。因此老李的发言立刻引起作家的反感。

《北方作家》的女编辑作家鲁星儿说，我到作协这么多年，第一次参加机关这样的会，这本身就是改革。老李是省委机关下来的，想事好衙门化。我不同意他的"取消合并"论。作协不仅不该取消或合并，而应进一步发展，只是别往官、本、位方面发展，别往官僚衙门化方面发展！作家协会是作家二字打头，可是，整个作协哪有作家一间办公室啊？这非常不对劲儿！作家再不值钱，也是作协这只羊的皮，而其他人员，再重要再有权，他也是作协的毛。毛是附在皮上的，作家协会的改革不能把皮改没了，或改少了，而留下一大堆毛！

盛委调来的内务部辛主任紧接着指桑骂槐说，啊他妈的，作家是皮，我们是毛，我们这些啥也不是的毛，为你们大名鼎鼎的皮服务，那没啥，嫌我们这些毛没用都薅去也行。但咱不明白，党组同志算皮呢算毛呢？盛书记算皮呢算毛呢？铁主席柳主席算皮呢算毛呢？铁主席柳主席又能写又能作，算皮算毛都行。盛书记怎么算？我一个尿内务部主任，说不会说写不会写，除了跑腿办事啥也不行，觉着多余就连根薅扔个尿得了，这个态度我可以表。如果作家这张皮上还用得着我这根毛，我就管好吃喝拉撒这些服务的事。至于皮呢，改革成多大一张好，我听党组的，听盛书记的，听铁主席的，听你们大家的。我是怎么改都尿可以呀！

这个腰硬气粗的辛主任，说得大家哈哈直笑。笑声中接下去发言的是外务部范主任。老范看事情的着眼点，多少有点像他的眼睛，不大。他说，群众团体的改革，就应有利于随便发展。作协有特长的人才多，谁愿干啥就让他干啥——能写的写，能编的编，能炒股票的炒股票。我没别的能耐，就老老实实干我的外务部工作，也属于毛这一伙的，为皮服务。但我希望给我实权，我们部门的人我挑谁是谁。现在这样不行，我手下的人我指挥不动，他觉得他自己就是皮呢，他还为什么皮服务？扯皮吧！

文学院院长说，皮也好，毛也好，发展才是硬道理。其实我们作家协会改革方向，应该是把每个人，都改革成既能当皮又能当毛的多面手，而不是能力单一的低能儿。中国只有一个鲁迅文学院，世界只有俄罗斯有个高尔基文学院。我们省的文学院，完全可以扩办成面向世界的北方文学院，为国内外培养既皮又毛的两用人才！

机关党委专职副书记求实说，我们不能光围绕皮毛问题讨论！皮啊毛哇，是都不能忽视，但关键要抓住党的领导不放。不管怎么改革，党的领导必须加强，而不能削弱。党是皮里的血管，筋，是毛的纲，毛的营养源，因此，怎么改革，党的领导都是根本，不能丢，不能少！

盛委同志乘机抓住这几句话总结发言说，这是我到作协以来最有质量的一次会，虽然开始说皮论毛，后来还是抓住了根本，归结到党的领导和党的建设上来了。抓住这个根本以后，我还要给大家画一幅蓝图。不久的将来，其实用不了两年，在党组的领导下，顺应改革的热潮，我们就会住进以改革精神建成的新办公楼。我们将利用政府的批件和国家的政策，招商引资，在政府批给的地皮上，用投资伙伴的钱，建两栋七千平方米的大楼，商家一栋，我们一栋。我们有了属于自己的七千平方米大楼，还用犯愁吗？七千平方米的楼是个什么概念，大家可以想象。原来的办公楼，连车库、仓库加起来不过三千平方米。有了七千平方米，等于增加一倍还多出一千平方米。我们拿出四千平方米办公用，就根本用不着皮呀毛哇斤斤计较啦，每个作家都可以有一间写作室。其他每个人的办公室都可以大大得到改善。余下的三千平方米，一遭租出去，每年可以有一百多万的收入。这些钱，可以给作家出书，可以组织大家出国访问，作家深入生活的经费什么的，都不用愁了！还可以利用一部分资金办公司做买卖，以后逐年积累，五六年以后，我们就有了自我生存发展的能力，就可以申请不要国家一分钱拨款，再以后，还可以逐年递增，向国家交一部分利润。这就是我们改革的大方向。目前这还是我个人的设想，这几天马上要开党组会，将方针、原则和具体方案确定下来。大家都要做好思想准备，齐心协力把改革尽快搞出成果来，争取后年的此时，我们在新办公楼，再召开一次处级干部会，回顾这一段改革经历，该会诗意无穷！

盛委诗一般的讲话，博得大家热烈的掌声。铁树因为治疗，没有到会，所以不知他有什么看法。

18. 铁树的稿子

等开党组会那几天，我遇到一件麻烦事。

那天中午休息，我正在盛委屋看他们玩儿扑克。盛委说酒哇舞啊，这类吃喝玩乐活动不宜搞，但中午休息玩玩扑克是必要的。快要上班了，我正准备回自己办公室，还没起身，一阵敲门声把我截住了。《文坛纵横》副主编，进屋就把铁树写的一篇稿子扔给盛委，是铁树为原内务部主任一本散文集写的序言。副主编愤愤说，主席把这样的水稿子拿给我们发，我们的刊物还怎么办？

我正要离去，盛委把我叫住，让我先看看稿子然后拿个处理意见。我说我也不是主编，让主编定去嘛！

盛委说，这不，主编副主编意见不一致嘛，才请示党组来的。

我接过附了稿签的稿子溜了几眼，待副主编走后说，正、副主编发生分歧，应该主编向上汇报情况，咱们要支持副职越级造反的话，将来麻烦会越来越多！

盛委说，人家主编不管，副主编才拿给我们的嘛！

我说，主编这不明确签了发稿吗？

盛委说，所以副主编才越级拿给我们，他认为此稿不该发，而主编又不负责任签发了，拿给我们还不应该吗？

我说好几道不顺的弯，让我看就更不顺了！

盛委说你不是管文学业务的副主席吗？

我说不是还没给我分工吗？

盛委不高兴了，说，你不敢看算了，我看！

我说这不是敢不敢的问题，是顺不顺的问题！

盛委说这么个熊单位，顺的事有几件？

我只好把稿子拿回家中，反复看了几遍，尤其把稿签看了无数遍。编辑意见——

　　本文是一篇序言，文中对与作品无关的个人评价，及为其发展前景做的铺垫过多；被序作者作品数量、质量及在文坛的位置显然不够在本刊发表；但考虑到作者是作协干部，本文又是作协主席铁树所写，可否照顾发表，请领导审定。

副主编意见——

同意上述意见。我认为本文发本刊不合适。理由是，一、被序者只是很一般作者，论创作成绩显然不够在本刊发评，尽管曾经是作协内务部主任，但照顾也要考虑有一定的度；二、铁树同志的序对作品本身涉及不多，对散文创作也没有深入的阐释，更多是对作者个人其他能力的评价，铁树自己也申明是为作者将来发展（不是创作上的发展而是其他方面的发展）前景做铺垫。故，不发为好。

主编意见——

发下期。

稿签后面还附了铁树写给作者的便条：序文送上，不知中意否。我已写了两稿，二稿有意为你将来前景做一铺垫，倘能在《北方作家》或《文坛纵横》上发一下也好。稿子请留一份给我。

平心而论，我认为副主编意见是对的。照顾是应该有个度，但主编已明确签了发的意见，他也不可能没考虑铁树主席的意见。如果我表示按主编意见办，盛委肯定不是这个意思。听人说过，铁树为之写序的作者是铁树私交很深的臂膀，因受处分而刚被免了职务，此稿确有为他下步工作做铺垫的想法，而且铁树也没避讳。盛委和副主编肯定认为铁树此举属不正之风。我本意也赞同盛委和副主编意见，但也不能不考虑目前作协的具体情况。我反复琢磨了铁树的便条，忽然想出一个折中办法：不在《文坛纵横》发，而拿到《北方作家》发，这既支持了副主编的责任心，也不违背铁树的意思。铁树便条上写的就是"倘能在《北方作家》或《文坛纵横》上发一下也好"，并且是《北方作家》在前。这可以说是我绞尽脑汁琢磨出的办法了。可第二天盛委很不高兴说，两个刊物是一个级别，不发都不发！

我也不高兴了，把稿子往他桌上一放说，我的意见都说了，我是认真思考后说的，你不同意就按你的意见办！我说完就走了。

后来盛委又拿稿子来找我说，还是你想得周全些，按你的意见办吧，跟他们解释一下，《文坛纵横》评论对象是著名作家，《北方作家》也可以评青年作者，这是以前定下的惯例。

我先电话和《北方作家》主编钟声高商量，钟主编说发主席的稿子我没意见，但并不是没想法，上边并没规定我们《北方作家》比《文坛纵横》矮一头。

我说这不是我个人意见，钟主编才不再说了。

我又电话同《文坛纵横》主编商量，主编明显不满说，他们《北方作家》要发我没意见，可《文坛纵横》发也没什么不对，以前也不是没有这类照顾，不过发与不发我们都没有替谁保密的任务。他说的保密，是指我说发与不发都不用跟铁树讲了，免得引起铁树误解的话。

虽然受了一小圈不轻不重的窝囊，毕竟我已做了第二件事儿，而且盛委毕竟对这件事说了一句基本肯定的话，不像第一件事儿半句肯定都没有。

不想铁树在医院打电话指责我说，你撤我稿子什么意思啊，也不跟我打个招呼，不说我是不是主席吧，起码我还是个作家吧？

我忍气把经过说了一下，隐去了盛委布置我的情节。我辩解说，这样处理并没违背你的本意，你的条子上明白写着，在《北方作家》和《文坛纵横》发都可以，而且是把《北方作家》排在前面。我是觉得这事儿不大，又没违背你的意愿，才没告诉你，我没觉得这有什么不妥！

铁树遇了我的反驳，这大概是他没想到的，于是便用更加尖锐的话敲打我说，这事跟你没关，你也不要给老盛打掩护。

我一听他使用了掩护二字，不由火起。我一个副职，为避免你们两个正职发生矛盾，不说添油加醋挑拨离间的话，你堂堂的主席怎么能指责为打掩护呢？！我也火了说，事情就是这样，你要认为处理得有错，责任都在我，与别人无关。

铁树说，我不是指你捣什么鬼了，但确实有人想做文章，这事儿没算完!

虽然他是带了朋友的口气指责我的,但他毕竟是主席,我是还没正式任命进党组的副主席,他起码应该设身处地替我说句体谅的话,不仅没有,反而带威胁性地指责,在部队我从没遇过这种情况。

下班前我正暗自难过,刚从省政府回来的盛委兴冲冲说,今天事儿办得很顺利,新办公楼基建项目省计委立项了……

我还想着铁树的话在生气,没听全盛委都说了些什么,他问我意见时我怔了怔,没答出来。他又生气了,说,你把我的话当耳旁风啊?!

我心里窝着的火又被他点着了。我说,我确实没听清你讲了什么!铁树刚才把我指责得很不愉快,我正想他的话呢,他责问撤稿的事谁交代的!

盛委说我交代的,怎么着?

我说,你既没看稿也没交代什么,是我自己一手处理的,铁树他指责我事先为什么不跟他打个招呼,我把责任都承担了,但他不相信,估计他可能问你,你千万说你没看稿是我一手处理的,不然会扩大你们之间的矛盾。

盛委这才向我道歉说,铁树委屈了你,我又来错怪你,实在抱歉。盛委马上又安慰我,一定放下包袱,轻装工作!他还表扬我这件事处理得漂亮。

盛委的安慰,只是稍稍减轻了点我的不快,铁树的话仍像他妻子臂上的黑纱,阴郁地缠着我。

19. 半个会(1)

盛委要开的党组会,拖了一个多月才开成。

会前接连发生几件令盛委愤怒的事,我也很生气。一件是,盛委的红旗车司机出私车撞了,损坏严重。另一件是车送修后,盛委几次要车都误了时间,尤其有次他到省委开会,竟误了一个多小时。也弄不清是司机接了通知故意没去,还是办公室没通知到司机本人。两种可能都使盛委大动肝火,我也跟着生气。以前怎么就没出现这情况呢?不管为什么,上海车司机没拿他党组书记当回事是肯定的。一个司机敢拿党组书记不当回事儿,根源在哪?于是盛委先把内务部辛主任暴撸一顿,之后责令立即拿出处分意见。为了显示公平,盛委明确指示,对他和铁树两人的司机都要处分。当天辛主任就向盛委报告了处分意见:对严重撞车的盛委司机给予收缴钥匙两个月处分,给误车一小时的铁树司机收缴钥匙一个月处分。盛委对此很满意,还表扬辛主任说,司机最怕收钥匙,一没钥匙,他们没了出车补贴,也没法出私车了。但盛委一再嘱咐辛主任,等在党组会通报后再正式宣布。按说这等小事用不着上党组会通报,盛委一定是考虑涉及铁树的司机,才这样嘱咐的。

党组会时间仍是上次通知的时间——下午三点二十分,地点,党组书记盛委的办公室。

三点二十分前,除铁树外,其他党组成员都到齐了。党组成员求实到得最早,他忙弄水,忙倒茶,忙叫人,似乎这些不重要的事理所当然都是他的。而根本就不是党组成员只是列席会议的内务部辛主任,却跷着二郎腿,坐那儿悠闲地抽烟儿。

我不知该做些什么,暗想,自己还不是党组成员,也算列席党组会,便也坐那儿闲等。

《北方作家》钟主编来得也较早。他没什么话,也没什么特别表情,坐那儿只是慢慢抽烟,抽烟的姿势一点没风度,一看便知连业余烟民都算不上,属于那种在公共场合手里没点营生便无所适从的木讷人。他抽烟,肯定只是为了特殊场合摆脱尴尬。

差五分钟时,盛委问求实老于能不能来,求实说老于知道开会时间,但估计不一定准时。

我好生纳闷,党组成员里怎么又出来个老于呢?

求实说,在作家协会,谁写作写得不知姓啥叫啥了,那他就成大作家啦!老于就是主席铁树,真名叫于达儒。他因写作名气越来越大，人们也越来越忘记了他的真姓名，生人就只知道笔名了。求实又说了几个类似的情况来证实自己的论点。

我也从中发现了一个规律，即，作协这些作家的笔名都是由原来三个字改成了两个字：朱简、铁树、流火、牛夏、尚夫、房了、周娃、阿地……

求实掰手指考证了一阵儿，说我的立论成立。

我又进一步论证：周树人——鲁迅；沈雁冰——茅盾；李尧棠——巴金；谢冰心——冰心；管谟业——莫言……

闲聊到正好三点半时，铁树到了。他坐下稍一转眼珠儿，就把我的论点推翻了：谬论！不值一驳的小谬论！冯其庸，仨字，是笔名，真名冯迟；叶圣陶也仨字，是笔名，真名叶绍钧……不胜枚举。

我说我们指的是多数，少数服从多数嘛！

铁树说你这是发明定理，又不是开党组会，党组会少数服从多数可以，定理必须百分之百准确！

求实说我这个论点范围限定在咱们省作协，不信你在咱们作协范围内算算？

铁树又转了转眼珠，一时没举出例证来，但立刻又说，我明天就改个笔名，不叫铁树了，叫铁木对，你的立论马上就不成立了！

求实说，改名得通过人事处，我人事处长不批准，你就改不成！

铁树说，我是党组副书记，我指示你批准。

求实说，县官不如现管！

铁树嚓地划着一根火柴说，都说县官不如现管，但自古以来没见胳膊拧过大腿的！

盛委打断他俩的话说，开会吧，已经晚半小时啦！

铁树说，从中央到地方都有一个嗑，七点开会八点到，九点过后作报告。咱们一个群众团体，半小时不算晚！

盛委说，群团和党政机关太不一样了，党政机关开会，从来是通知几点就几点开，现在入乡就得随俗了。开会吧！

会议第一项内容，是议定新办公楼选址，及基建办人员名单。

盛委提出的方案是，在离省委、省电视台、省文联、省报社、省出版局等单位都不远的一处临街地段自建，由他亲自挂帅，找个有实力的联建伙伴，争取在省计委立项的四千五百平方米基础上，再多建出两千五百平方米。对此方案他表示了十足的信心。他说这是他今生最后一项事业了，省委把他一个超龄的老家伙派到作协来，他要不把作协今后的生存发展问题解决了，死不瞑目。他还进一步论证，如果利用拨给的资金，开发建成七千平方米办公楼的话，作家协会以后不用国家拨款就可以自我生存发展了。

我被盛委的事业心和决心所感动。他六十二岁了，建不建楼与他何干？他在为作家协会的生存发展操心，我想他的设想很快会变成大家的共识。可是好长时间竟没人表态。

好一会儿铁树说，建七千平方米最理想不过了，但这目标恐怕很难实现。难在那块地址太好，因而地皮肯定太贵，省里批给的钱，除去买地皮，就所剩无几了。不过得承认，地址确实不错。既然好，就试试看吧，实在达不到七千平方米，到时弄六千也很了不起！

说到这儿，铁树又顺嘴问了一下盛委家住的宿舍条件怎么样。盛委没感觉什么，认真做了回答，可我似乎听出，铁树话里含有所选地址离盛委家很近的意思。虽然如此，方案还是顺利通过了。不过，赞扬的话不多。这么好的方案怎么会没赞扬的话呢？我暗自琢磨了一阵，猜测是不是与铁树、钟声高、辛主任他们家离得远有关？

接下来是审议基建办人员名单。基建办主任就是内务部辛主任，对此，我脑中画了个大大的问号。这小子整天倒背个手，仿佛省委秘书长似的，却没一点实干精神，能操办起七千平方米大楼来吗？我只是暗自担心，不可能提出来，我自知自己还没有发言权。

基建办名单里，还有个叫罗墨水的退休老头，是作家协会妇孺皆知的大名人。他的故事多极了，我早就听到不少。嘴损的说他尿尿都带谎，嘴不损的也说他话里水分太大，不三七开也得二八扣。这些说法我虽不全信，也信一些，因我确实亲身领教过一次。那是有年夏天我和铁树同去南京开会，本来约好各自买票分头走的，当时在内务部还没退休的罗墨水一口咬定，全程的车票飞机票他全包，叫我们在北京下火车直接去首都机场，他已跟机场内务部主任联系好了，往南京的机票和转机中间的食宿问题，主任都已安排妥当。他说得有鼻子有眼，我们丝毫没想到完全是一通瞎话，到机场后不但没人接，一打听根本就没有他说的那个主任。折腾得我们又坐汽车返回火车站，买了站票直站到南京。回来后问他，他却脸不红不白，嘻嘻哈哈打呼噜语儿，跟压根没这回事似的。

我不得不思量，盛委就是再有魄力，以辛主任和罗墨水为主的基建办，能实现他的设想吗？但是没人提反对意见，只是铁树嘬了嘬牙花子，又转了转眼珠子说，既然是经多方推荐提出的名单，那就没别的意见了。

基建办名单定了之后，又研究一个新成立公司的有关人员名单。

刚要议，铁树就不断地打开了喷嚏流开了鼻涕，他忽然疲惫已极说，我他妈这身体，算不能给我长脸了。说着当众解开裤带，又从手提包里取出药针，自己给自己注射了一针。注射时只简单用药棉擦了擦臀侧，一切都熟练自如，注射完又从包里摸出一个苹果，边打皮儿边说，我得搞点特殊化，不然坚持不住了。

这时天已暗了，盛委看看表说已经七点了，是今天就开到这儿呢，还是吃点饭继续开？或是坚持一会儿开完再一并吃饭？

铁树嘬了一阵牙花子说，我晚上约好了一个事，明天开吧？

盛委问明天几点，铁树说还得挂完滴溜。

盛委说，那就下午三点。说好了，谁也别迟到，明天一次开完了事。

20. 半个会（2）

除了铁树，其他党组成员和内务部辛主任都提前到了。还是求实最早，我第二，钟声高主编第三，辛主任第四。盛委坐他那张主席台似的大办公桌前看材料,求实忙茶,忙水,忙凳子,我拿张《文艺报》在消磨会开始前这段时间。钟声高主编就那么永远不说话也可以干坐上十天半月似的,闷头儿看手里的水杯子。盛委抬腕看看表,问求实,老于呢?

只有盛委这样称呼铁树的真姓名而不叫笔名,我后来才判断出来,他考虑的是,党组书记是领导干部而不是作家,领导干部是实事求是按党的方针政策办事的,而不同于可以虚构人物和故事的作家们。只有称真名实姓,才体现出是党组成员之间的工作关系。

盛委话音刚落,铁树进屋了,时间正好是三点半整。我为缓和气氛,开玩笑说,主席险些迟到哇,现在是一分一秒都不差!

铁树不慌不忙说了一句笑话,其实是反击:提前来的不能算按时到!你们怎么都不遵守时间啊?

铁树坐定后,盛委再次看了看表说,我这破表大概快了点儿,现在是三点半过两分,开会吧!

铁树说破表哪有快的,你那表真快了的话,应该是新表。

盛委说,这年头姑娘媳妇难分,新表旧表也难分了,买时喊是新的,买回来一使,还不如旧的准。开会吧,先研究创收公司拟的条例。先由李长弓同志念一下他们拟的条例!

李长弓就是受了处分而什么职务也没有了的一个原处长。和他一同受处分的还有铁树为之写序的原内务部主任。按群众的说法,李长弓是盛委的人,原内务部主任是铁树的人。两人受处分后都没安排工作,所以如何安排他俩的工作,也便成了微妙的问题。铁树为原内务部主任的书写序,就是为安排工作做的铺垫。此时盛委叫李长弓到会念拟定的创收公司条例,我想可能就是想让他任经理兼事业发展部主任。拟办的创收公司是非编制单位,但将承担起的职能很重要。据说铁树想让原内务部主任当,所以会议气氛越来越微妙了。

讨论条例时还算顺利,一接触公司法人代表时,卡壳了。停了足有十几分钟没人吱声。辛主任上厕所了,《北方作家》钟声高主编则说有个约好的长途电话要接,也出去了。求实没找借口离开,但也没开口。铁树也不吭声，他确实不好吭声，于是便借口人不全而议论起求实的领带来。据我看，铁树是暗示求实能先表示个与他一致的意见来，好为他的发言作个铺垫，因为那领带是铁树送的。求实不见得领会不到铁树的意思，但他还是没先发言。先发言的话，他就不是求实了。

出去的两位回来一看，还在等他们，沉默了一会儿，也说起求实的领带来。

盛委不得不动员都集中一下精力。而动员的结果只是静默下来，仍然没人发言。

盛委看看我，说，柳直你说说，你有什么高见。

我完全懂得，他这是为难时刻需要解放军了。他极力调我来不就是帮他开展工作的吗，我理当关键时刻支持他，但这太难为我了。一是我只知道他希望表示同意李长弓，但老李究竟胜任不胜任，我真的不知道。如果是让我顺遂大家的意见表示同意，或者我是作协老人，也都说得过去，我是还没正式任命进党组的列席者呀。挠了一会儿头皮，我只好说，我其实属于列席会议，严格说还没发言权，是不是让我听听别人意见再表态？

盛委嘴上没对我的话作出反应，脸色却明显有所反映了。这时铁树对我说，你怎么是列席呢，一纸任命只是早一天晚一天的事，到会就有发言权了。你就说吧！

这话看似在帮助我，实际是在争取我帮助他。反正他俩已共同把我推上进退不得的地步了，索性就先说完拉倒吧，先说反而不存在看谁脸色行事的问题了。于是我说，现在不没现成的人吗，那么看看有没有自愿干的，如果有，就讨论一下自愿干的行不行？没自愿干的，就先让目前操办的人干着，不行再换。条例和各种构想不都是老李搞的吗，没人想干的话就老李先干呗！我不了解情况，实在说不出别的，再说纯粹就得瞎说了！

又是一阵微妙的沉默。盛委脸上溢出不易察觉的轻松，铁树面部肌肉则略有点紧，钟声高和求实，则紧张地左顾右盼。此时反倒只有我最轻松了。

盛委说谁接着讲吧，这不有一个具体意见了嘛！

还是没人讲。看这形势，想让别人先讲是不可能了，铁树只好挠着头皮说，柳直说的是大实话，他不了解情况，的确只能表示这么个意见了。但是，咱们不是没在全机关广泛征求意见嘛，没征求意见就不好说有没有愿意干的嘛，是不是广泛征求一下意见后再定！

盛委马上说，那就征求一下，先看看在场的同志有没有愿挑这个担子的？

几个人都说没这两下子，盛委又说，长弓你怎么样？柳直不是提到你了吗？

李长弓毕竟曾是盛委的老部下，所以直截了当说他愿意干，而且说自己很有信心，同时表示，如果党组另有人选他也没意见。

有人表示愿意干，一般就很难当场发表反对意见了，而且有盛委和我表示了同意，所以又是一阵静场。静得差不多了，盛委有点想一锤定音儿的意思，便问，有没有不同意见了？

又静了一会儿，铁树说，老李自己决心倒不小，但我担心他能不能胜任。他是很有能力，但经商的能力不见得有，因为他没干过这玩意！如果他自己非要试试，也行，但这毕竟不是儿戏，是当法人代表，一旦亏损怎么办啊！我看可以先叫代经理，代行法人职责。

盛委对这意见似乎不满意，便动员大家都发表一下意见。其他几人仍没吭声，他只好又问我怎么样。我说可以先让老李干些日子，再取消代字。这样，其他三人才表示了与我相同的意见。其实这意见等于是盛委和铁树两人意见的妥协，盛委意见稍占主导。盛委不得不集中大家意见，暂定李长弓为代经理。

两件大事议定后，盛委让内务部辛主任报告一下对两个司机的处分决定。辛主任叼着烟，大大乎乎又含糊其词说了说处理意见，但这意见和会前向盛委报告的大不一样了。变成只收缴盛委司机两个月钥匙，而没铁树司机的事了。盛委正因会开得不顺利而心情不快，又没一点思想准备而出现意外，忽然发火问，怎么回事，为什么忽然变了?

辛主任一时吓得支支吾吾,没说出所以然来。盛委又厉声问了一句,你个内务部主任到底怎么回事?!

辛主任战战兢兢说,向铁树主席汇报了……

盛委怒问,怎么汇报的?

辛主任答,两个司机钥匙都收!

盛委更怒,那为什么变成只收一个了?

辛主任答,铁树主席说上海车钥匙不用收!

盛委大怒,啪地一拍桌子吼道,这么点事都打横儿,工作还有法干吗?

辛主任没敢吭声,铁树却应声站起来,质问盛委,你说谁打横?!

盛委又一拍桌子说,就是你铁树打横!司机故意不出车你不让处理,不是打横是什么?

铁树说,内务部征求我意见,我说钥匙都收了车谁开,这就是打横?那还问我干什么?再说情况你弄清楚了吗?

盛委说,什么情况都清清楚楚,你就是打横!你哪个事都打横!

铁树也啪地一拍茶几,吼道,你盛委算什么东西!你值得打横吗?好几个事儿我都一忍再忍了,你却像个家长似的,一手遮天。我要打横的话,早跟你干起来了!现在也学你拍桌子,是忍无可忍了!

盛委气得直打哆嗦说,你说谁一手遮天?

铁树说,我说的就是你盛委,你一手遮天!

盛委说,我一个党组书记,召集个党组会,回回都得以你时间为准,到底谁一手遮天?

铁树说,我个党组副书记,因为亲娘死了,因为自己住院打滴溜,请个假,你也认为打横,你不是一手遮天是什么?

盛委说,我就一手遮天了!

铁树说,我就打横了!

其他党组成员都惊呆了,我却被两位领导的话激怒了。参加工作这么多年,还没见过高级干部开会这等态度,忍不住也啪地一拍茶

109

几，随着茶杯的跳动，大吼一声说，你们是书记和主席，不会好好说话吗?！再这样吵法我以后拒绝到会！

茶杯在玻璃茶几上的跳动声，和我的吼声，让盛委和铁树都大吃了一惊，竟然当即停止了吵骂。

别人也一齐说了些劝阻的话，我趁余怒未消说，司机问题必须处理，我愿意负这个责，把情况再调查一下，重新拿出个处理意见。是不是先往下研究其他事吧?！

盛委勉强克制着情绪说，就按柳直意见办，今天没有其他事了，散会！

会就静悄悄地散了。离开会议室时，谁都没和谁打招呼，各自走的。

第三章

21. 家家有戏

党组会开砸锅那天下班后,我刚到家,妻子就跟我说,小姚来电话了,今晚她来咱家串门。

我一时没弄懂什么意思,妻子脸有些红了,说,就是找过你那个小姚,姚月芬!

我恍然大悟说,她呀,你说你舞伴的妻子,我不就知道了嘛!

妻子并不生气说,少扯别的,她电话里和我唠了半天,说你们已经认识了。

我说,我不早跟你说过我们认识了吗,怎么是扯别的呢?

妻子说,你没人家说得详细,她说你好,你们都到"金豆村"跳过舞了,还说了很多话!

我说,你也没人家说得详细,她这么好的人,你舞伴怎么老打她呢?

妻子说,才电话里她说已经向你诉过她丈夫的苦啦。

我说,她丈夫的确很可恨,一个大男人,咋能动不动就打老婆呢?

妻子说,他这点是挺可恨的,小姚说她又挨打了,打了耳光还踢了一脚,她没处诉苦想到咱家来说说!

111

我说，那你怎么说的？

妻子说，欢迎她来！

我说，既然你说了就让她来吧！

妻子说，我不说的话你还能不让她来吗？

我说，你不知道哇，今天我们单位出事了！

我俩正说着，床头那台带女兵头像的绿电话机响了。我以为是姚月芬呢，一听却是铁树妻子栾丽惠。她说，小柳大兄弟，听说党组会上铁树和盛书记骂起来了？铁树骂盛书记不是东西一手遮天?!他铁树自从被姓赵的缠住，越来越不像话了，经常不回家，回家不是骂老婆就骂孩子，他自己骂还不算，那个姓赵的借打电话找他的机会，也骂我。骂吧，这回骂到盛书记头上了，这回看党组管不管他铁树?!

我说老栾大嫂你这是听谁说的？

栾丽惠说，姓赵的说的，我往作协往医院打电话找铁树，都没有，一想准在姓赵的那儿，一打电话果不其然。姓赵的一接电话就说，你又搅什么混哪，铁树在党组会上挨骂了，正生气吃不下饭呢！我就说，他铁大主席除了你，谁敢骂呀？姓赵的没听出我是在套她话，就如实说盛书记说铁树什么事都打横，铁树就骂了盛书记一手遮天什么东西。我说这不是他铁树骂人家盛书记吗，怎么是盛书记骂他呢？姓赵的说别管谁骂谁了，反正是骂起来啦，我叫她请铁树接电话，她没给请，他铁树是有家有口的正厅级干部，为什么待在姓赵的家？你们党组管不管吧？这事盛委也不好管了，他们两个打了仗，就得跟你说了！

我有些生气，说，老栾大嫂，党组的事你就不要掺和了，你们自家的事，党组也没权管，咱们谁也别越位，公事公了，私事私了，好不好？

栾丽惠说，小柳哇，我是没拿你当外人才跟你说的，其他那帮王八犊子，都是铁树的狗腿子，都听铁树的。你刚来，还没被铁树拉拢过去，我看你是解放军，能主持正义，你官没他大，你说不了他，但你替我往省里反映反映啊！我往省里告他好几次了，省里不信我的，官官相护，他们认为我是乡下人，心眼小，好吃醋，找自己老头的别扭。小柳你不是解放军，你能听明白谁是好赖人。铁树是我老头，我理应替他说话。他有两把刷子能写不假，他写出了大名也不假，但他当官年头一多，觉得江山坐稳了，就变了。变得喜欢坐轿子让人抬着，抬得舒服的就是亲信，抬得有点吱吱扭扭的就给点颜色看看。这不连那个臭姓赵的都得轿子抬着了？他铁树要当到省级官儿，不定得赵、钱、孙、李几抬大轿呢！上面派盛委书记来帮他顺当顺当局面，他可倒好，还以为原来书记主席都是他那时候呢！盛书记劝他把姓赵的调走，他当耳旁风，以为盛书记坏他呢！都是他老听姓赵的话听的！小柳，姓赵的不是好东西……

这时有人敲门，我乘机说有客人来了，才放了电话。是姚月芬到了。小姚刚进屋电话又响，我叫妻子先招待她坐，又拿起话机。是铁树。这是我和铁树认识十多年来，他第一次给我打电话。

铁树说，柳直啊，咱们是老朋友了，你看今天这事我有什么不对的地方？

我说，你俩都是我的领导，说句心里话吧，现在我为难透了。我认为你今天是有不对的地方，你不该说盛委算什么东西，也不该说他像个家长一手遮天。作为副书记，你在会上这么说，以后会还怎么开？

铁树说，我说他算什么东西不对，但他也确实一手遮天。处分一个司机，按说用不着党组主要领导出面，但内务部问到我了，我说点不同意见就是打横？上次他指使撤我稿子的事，我还没吭声呢，这次又给鼻子上脸！

我说，不管怎么说你应该冷静，党内你是副手，盛委在主持工作，你得考虑到配合！你现在和以前不一样了，以前你是书记兼主席，绝对的一把手，都是别人配合你。盛委来了，你就不能事事还像原来那样。我之所以也在会上拍桌子，就是对你们缺乏配合姿态不满！

铁树说，你拍桌子我没啥想法。我过后一想，也觉得说他算什么东西不对，希望你能替我过个话，说我认这个错了！

我说，我过个话可以，但最好你自己能当面道个歉，哪怕我从中搭桥呢，就咱三人在场就行。他的脾气你不是不知道，光我背地悄悄过话，恐怕解决不了问题。

铁树说，你看怎么个时间地点呢？

我说，一是你自己今晚就直接给他打个电话，我过后再跟他过个话，这是上策。二是明天上班，你借说其他事，主动当面道个歉，我也借机说两句调和的话，这是中策。三是走路碰面了，你主动同他打招呼，然后顺便道个歉，但这是下策。

铁树说，我只能采纳下策了，上策中策都办不到，我好几口气没出呢，谁给我道歉？

我说，我是诚心诚意替你着想，你是老大哥，我还是希望你能按上策办！

铁树说，你的心意我理解，但我不能容忍他如此独断专行。好了，你吃饭吧！

我放话筒的手还没撒开，又一个电话毛头小伙般急躁地挤进来了。是盛委妻子乔小岚，也许她拨了好一会儿才拨通的。她喘着说，柳直你们今天是咋的了？老盛回家饭也没吃，吃了几粒速效救心丹出去散步了。问他他就骂，作协这鬼地方没法儿干了，不他妈干啦。问怎么回事他也不说，问急眼了，他骂我一句老娘们儿乱参什么政，就不理我了。老盛脾气又犟又暴，你不知道啊，他有心脏病，突然气大劲儿就能犯。柳直，作协到底咋的了？

我说，那你快点想法，让他消消气，千万别犯了心脏病。没别的事，发生了点矛盾！

乔小岚问，和谁发生了矛盾？

我说，详细你就别问了。

乔小岚说，你不说我也能猜出和谁，你们别人谁敢和他直接矛盾？准是铁树，他们两个谁心都不顺。铁树身体也不好，家里矛盾一大堆理不顺，两股火内外夹攻也不容易。他们俩都是不服软的主儿，发生矛盾是正常的，你可得加小心，别像有些小人，总从中给他俩煽

114

风点火，添油加醋，看热闹不怕乱子大。铁树老婆也真是的，都什么年月了，就睁一只眼闭一只眼得了，闹腾什么呀？老盛要是有哪个女的愿意照顾他，我肯定不闹！

我说，你心宽就好，你就等于替我们做工作了，不行今晚你陪他跳跳舞吧，跳舞气消得快！

乔小岚说，那你跟你家小黄说说，咱们一块儿去吧？

我说，现在家里正有客人，还没来得及跟人家说句话呢！

乔小岚说，那就算了，你也要注意身体，是老盛把你坑了，让你上作协这鬼地方！

我说，你千万别跟盛老师这么说，免得他更生气。

乔小岚说，好了，我马上看看老盛，陪他散步去！

像方才一样，电话声又是挤了半天似的，我手刚从话筒撒开，它便挤了进来。这回竟然是赵明丽，她也是头一回往家给我打电话。她说，铁树骂我了！我伺候他吃饭，问了两句关心他的话，没问对心思，他就骂我不要脸！柳老师你说谁不要脸？我又没上他家去要饭，是他来我这小破屋吃我的饭，我一个寡妇女人，不像他有妻有室的，怎么我不要脸？

我头一回遇上这种情况，不知该怎么对待她才好，赶紧推托说家里正有客人，急忙扔掉一枚定时炸弹似的扔下电话。

22. 我家的戏

我这才得空注意到已在我家坐了一会儿的姚月芬。她那张令人振奋的俊脸憔悴了，眼圈有泪水洗过的痕迹，我不由心生一丝疼痛。她正跟我妻子膝盖对膝盖交谈呢。小姚说，没想到老柳这么忙，打扰你们真不好意思，要不我改日再来吧?!

我执意说，你快坐吧，就这么忙一次让你赶上了。我没敢跟她提一句赵明丽，我怕她不知作协的复杂，再跟赵明丽说这说那，把事情

115

弄得更复杂。

可话音没落电话铃又响了,我一边叫姚月芬一定别走,一边又去接电话。是求实来的,他说,你得赶快把司机问题妥善处理一下,辛主任处理会弄得更糟!

我简单和求实说了两句便放了电话,转对姚月芬说,你安心坐吧,不会再有电话了。然后我定了定神说,小姚你怎么病了似的?

姚月芬眼圈一下就红了,泪水迅速溢出眼眶。她咬住嘴唇努力克制着没哭出声来,好一会儿才说,打扰你们实在过意不去。

妻子说,小姚你千万别说这个,我们家交往很少,身边也没亲戚,根本说不上打扰。你们俩先说会儿话,我去做饭,你今晚就在我家吃饭!

我想到铁树家乱糟糟一团矛盾,心里暗自提醒自己,千万别也把家弄乱了套,便认真说,今晚我做饭,好好做一顿,干脆把小姚爱人也叫过来,一块聚聚!

姚月芬说,别别,千万别叫他来,我这就走!

我说,肯定不能让你走,你现在就打电话请你爱人过来。

姚月芬说,什么爱人爱人的,我才不叫他爱人呢,他叫穆川亲。要叫他,你们叫吧,我可叫不动!

我说,那你告诉我电话号码,我请他。穆川亲,这名挺怪,川亲穿亲,专门射穿(川)亲人的心。

姚月芬说,他真就是那种人,专门伤亲人的心!

妻子说我,你冒冒失失请人来家,不吓着人家?你一次没见过他,我打电话请他,小姚今晚咱们集体教导教导他,他凭什么打人!

姚月芬忽然破涕为笑说,黄姐你要能请来他,我没意见,但他要打我,你们可得帮我!

我说,他要不来,我们一块儿到家去请,不信他不来。来了我就不信他还敢打你。

我又给妻子个台阶说,你不知道他电话号码赶快问小姚,马上打。

妻子左说右说真把穆川亲请来了,他是开一辆日本小面包车来的,所以不一会儿就到了。我和妻子一同提前下楼迎接他。

穆川亲没想到我在家,妻子向他介绍我时他立刻一愣,我马上热情自我介绍说,早就听我家黄娇说过你,我家很愿意和你家交朋友,快到家坐吧!

我主动和他握手,他无所措手足的样子,脸通红并且不知说什么好了,看去是个喜怒溢于言表有血性的男人。我妻子是个交往极少的教师,能和他交往到这种程度,也可证明他不是坏人。可我想象不出,他怎么会恶狠狠地打自己那么好的老婆。妻子不等他说出什么,便先说,快上楼吧,就在我家吃晚饭了。

我在前,妻子断后,我俩连说带拽把穆川亲裹挟到楼上。他进屋一看,自己妻子小姚竟然也在,顿时有些惊慌,脸色怒也不是,怕也不是,喜也不是,哀也不是,样子比在楼下还紧张,大概想到会不会挨打了呢,见小姚露出喜色,才稍微定下心来。

也没用穆川亲换鞋,我就把他推到客厅坐下,他坐西侧沙发,小姚坐东侧沙发,妻子陪小姚坐一侧,我指了指墙上挂的一顶钢盔和一把剑开玩笑(也有镇唬他一下的意思)说,别看我当了二十几年兵,还去过老山前线,其实是舞文弄墨的秀才,写字还行,最怕打架斗殴了,活这么大岁数没挨过打,也没打过人,所以谁打人我痛恨谁,谁挨打我同情谁!

妻子说我,你也不是一次没打过,不过打了之后能赔礼道歉是啦!

我说,老婆也有不讲理的时候,实在胡搅蛮缠了,打两下,也是可以理解的。不过,隔三岔五就打,而且真下死手狠打,不管什么原因也绝对错误!野蛮!法西斯!无能!犯法!如果我是妇女,挨了打,男人又不道歉,我不上法院,也得上妇联去告状!打了人,过后必须道歉!

妻子对穆川亲说,你是不是打小姚了?

穆川亲说,肯定是有人告状了,看来今天传我来,是要审判我,我还以为请我吃饭呢!

我说,你要真打了人,告你状是应该的,但没人告你状。我家黄老师从你家小姚眼神儿和眼圈猜她可能挨你打了，至于她怎么猜的，我说不明白，她猜没猜对，我也说不清楚。你要是打了，就是她猜对了，要是没打，那是她猜错了。不管猜错猜对，今天都没有别的意思，就是想两家交个朋友。不过交朋友得有条件，就是真打了人，得承认错误。你不用紧张，小姚比你先到一步，这你也不要多想，电话号码是我和我家黄老师共同侦查出来的。我看也不用商量了，我岁数最大，又是在我家，就我说了算了。

初次见面，我说这么刻薄的话是不应该的，但我实在是生气了，同时我觉得不会把话说散，他不知道我们究竟怎么商量的，何况我是站在钢盔和宝剑下说的，他会害怕的。我不容他说什么又继续说，现在咱们四人都洗洗手，然后一齐下厨房，其实连厨房都不用下，分别开启一下罐头瓶和酒瓶就行。今天咱们以吃为副，以喝为主。不是酒后吐真言吗，没反对的就动手吧？

妻子带头说不反对，我又对穆川亲说，我家没反对的了，你家呢？

小姚说，我没意见，我家是男的当家！

三人都把眼光投向穆川亲，而且我和妻子还带着微笑。

穆川亲也变得轻松些了，他说我现在是傀儡家长，既然家里人说同意了，我一个犯人哪还敢说不同意？

我说那说明你真打人了，账一会儿再算，现在先干活儿。我便迅速给每个人安排了事情。妻子备餐具酒具，我找出午餐肉罐头和水果罐头，还有一瓶长城白葡萄酒，一瓶通化红葡萄酒，和一瓶低度湘泉白酒，连同现成的一塑料袋咸鸭蛋，让小姚料理。穆川亲负责烧开水泡茶。安排完这些，我又下楼到饭店买了几样做好的菜，几听饮料，还买了一个西瓜和几个西红柿。西瓜和西红柿切成花瓣，用大盘子摆成一朵西番莲，放在餐桌中央，一下就把很平常的一桌菜都打扮得生动撩人，秀色可餐了。妻子按我吩咐每人面前放了大、中、小三只酒杯，我依次给每人斟了白、红、黄三种酒。本来平时我非常讨厌那些流行的俗不可耐的行酒令，这时也顺嘴溜了出来。我先故意用玩笑话致祝酒词说，目前的形势是这样的：以美国为首的西方资本主义势力，千方百计向我国实行经济制裁，及意识形态包围和进攻，但是，党的十一届三中全会以来，在以邓小平为首的党中央领导下，每个公民，每个家庭，都用邓小平同志建设有中国特色社会主义理论，武装了头脑，上下一心，一致对外，但同时又积极主动开展外交外贸活动，为的是把自己的事情通过改革开放搞活搞好。三中全会的精神，给家家户户都带来了新思想，新气象，每个家庭也都出现了改革开放搞活的大好形势。我们两家的相识，就是三中全会改革开放精神的结果。我提议，为感谢三中全会精神，发展我们两家的友好关系，干下我们面前的三种酒，表示我们在家庭贯彻落实三中（盅）全会精神！

我带头一一干了面前的三种酒。在部队多年，懂得最深的个道理就是，要想自己的话有号召力，首先做出样子来。我干了酒后，理直气壮说，顺时针进行吧！

顺时针先该是小姚，她说她不会喝白酒。我说，葡萄酒会喝吧？

小姚说，葡萄酒会喝。我说，那就行了，白酒和葡萄酒的喝法一样，都是先把嘴张开，后把酒倒进去，然后闭上嘴，一咽，就这么简单，小孩儿都不用教。

小姚还是直筋鼻子说，要不我多喝点儿葡萄酒，白酒免了吧？

没想到妻子来了豪爽劲儿，她先端起自己的白酒盅说，咱们女同志真得感谢三中全会，要不家家还像过去的中国一样，封闭着，除了本单位的人，其他谁也不接触，咱们两家就更不可能认识了。为这个，我三种全喝！

妻子真的一气儿把三种酒都喝了。以前我从没见她喝过酒的，可见她今天心情极不寻常。

我说，是继续顺时针呢，还是逆回来？

穆川亲说，还是顺着来吧，逆着容易出毛病，然后不再啰嗦，也一一将三种酒干了。

大家都看着小姚，我说，又顺到你了，是要平等呢，还是想低人一等？

姚月芬又筋筋鼻子说，真不骗你们，白酒真是不会喝，可是为了要平等，今天一定按三中全会精神办！她闭眼将白酒倒进嘴里，憋红了脸一口咽下了，才眯了眼再将葡萄酒喝下。

　　这头一圈酒，等于空腹喝了三巡，但一点儿没觉难受，完全是连日来苦闷极了，想发泄发泄的结果。酒一下过了三巡，很快话就多了。我说，吃点东西垫一垫再慢慢说。可是没等吃两口，我自己先憋不住了。我说，我们单位一二把手闹矛盾了，会上拍了桌子骂了人。方才来那些电话都是他们老婆诉苦的。一个单位，领导不和，自己遭殃，下属遭殃，亲人也跟着遭殃。一个家庭，夫妻打架，自己痛苦，儿女跟着倒霉。我爸妈就打了一辈子，两人都早早相互折腾死了，给儿女心灵留下一辈子创伤，一见这种情况，我就心惊肉跳坏了情绪。今天亲眼见了单位领导吵架，又听说你们家打架了，而且这两件事都与我有联系，心里实在堵得慌，特别想喝酒痛快痛快。

　　小姚说，我心里也特别不痛快，莫名其妙就被打了一顿，孩子也被吓得哇哇哭！是嫌我不改革不开放呢，还是嫌我改革开放？一点原因都不知道就挨打！我敬老柳和黄老师一杯白酒，是你们给了我一个诉苦流泪的机会。如果穆川亲能当黄老师和老柳面儿，说声打人不对，我也敬他一杯。

　　小姚自己倒了一盅白酒，没筋鼻子就喝干了，又倒了一盅白酒看着自己的丈夫。

　　穆川亲装没看见，低头吃菜。

　　我妻子说，老穆你打没打小姚？

　　妻子是比穆川亲大的，叫他老穆显然有抬举的意思。而穆川亲似乎愿意当我家黄姣的面承认打了自己老婆，便说，是打了。

　　我说，打是无疑了，关键是得承认打人不对！

　　穆川亲说，我是个大老粗车管干部，手一离了方向盘就痒痒，所以谁在我跟前，谁就容易成为方向盘和脚闸，免不了被我手脚接触几下，就这么回事。

　　妻子说，我在你跟前，你怎么没这样呢？

　　我说，怎么没有，你们都是在舞场见面，一见面他就拿你腰和肩膀当方向盘一圈一圈转嘛！不过是方法不一样罢了。老穆，你就说打小姚对不对吧？

穆川亲支吾了一下，我当即又叮问了一句，到底对不对?!

他说，不对。

姚月芬也紧叮了一句对不对，穆川亲也立即答了一句不对。

小姚马上眼泪哗地流了出来，仰脸干了白酒时，泪水甩到我手上两滴。我抬手让穆川亲看着他妻子的泪水说，她敬你的是泪酒哇，这酒可不是38度了，是114度！

我家黄姣说，老穆那你就喝三杯，也等于114度啦！妻子是学数学的，算数来得特别快。

穆川亲真就自斟三杯，一一干了。

妻子马上说我，你也打过我，你也得喝杯道歉酒！她这等于是向着穆川亲说话呢，有小姚内心里向着我呢，我就没有一点醋意了。为图个痛快，我说，今晚是有仇报仇有冤报冤，你看你想罚我喝多少度的我就喝多少度的！

姚月芬讲情说，老柳偶尔打你一回，过后还道了歉，罚他喝杯葡萄酒就行了！她这袒护让我感到甜蜜。

妻子说，既然小姚替你讲情，那就轻罚点儿，喝76度的！

不等我自斟两杯白酒，穆川亲已抢先斟好了。我说，老穆落实我家黄老师指示真及时！

穆川亲说，你落实姚所长指示也很及时嘛，姚所长已替你讲下38度情来，我再不及时落实这指示，哪天再告我一状，又够我喝一壶的！快喝吧，咱们都是师级（司机）干部！不过我不懂诺贝尔文学奖，不懂托尔斯泰，不懂雨果，也不懂塞万提斯，更不懂中国古典文学四大名著和什么鲁、郭、茅、巴、老、曹，尤其不懂著名军旅作家柳直罢了！

现在的司机们啊，成天跟着领导陪客喝酒，都学成酒桌上的斗嘴能手了。司机出身的穆川亲一解除紧张害怕心情，马上便现了原形，我倒觉挺可爱的。怪不得妻子选他为舞伴呢，原来还有不浅的文学造诣呢，说不定是嫌自己妻子不懂文学才看不上眼儿的呢。

小姚说，穆川亲你胡诌些什么鬼话呀？！

穆川亲说，姚所长你听不懂，这不是鬼话，是文学语言！你想跟作家交朋友的话，得先向我请教着点儿。不信老柳听了我的话，肯定想喝酒无疑！

姚月芬看看我。

我说，我得查查作协会员档案了，老穆大概是作协会员吧？不然怎么连我的情况都知道哇！

穆川亲说，这没什么可查的，说明你知名度高呗！快把姚所长喝76度酒的指示落实再说别的吧！

我只好将两盅白酒喝了。

酒喝到十分痛快处，已不把喝酒当难事儿，反倒想多喝。离开部队这么长时间，几乎没一天不是在小心谨慎中度过的，心态比以前沉重多了。我知道，今晚我们四个人心思都没在自家人身上。妻子如此热情招待小姚，主要是希望她和穆川亲的关系能得到两家的认可，我能欢迎穆川亲来家做客，肯定也不光是为了他家和好，更希望的是，两家能建立长久的友好关系。我承认小姚并不理解我的内心世界，不过她对我的崇敬以及她的真诚，都对我产生一种吸引力。她一点儿也不矫揉造作，那些热情完全是天然的，就像大地的瓜果蔬菜没有一点儿污染，而塑料暖棚里的瓜菜则使用了太多的化肥，吃起来口感差了许多一样。妻子和穆川亲成为感情很深的朋友，我并不是一点儿醋意没有，但我还怀有很大的赎罪感。以前我也交过女友，尤其想到邻省有个女战友，我就不妒忌她，也不想监视她了。她也不会再把我的女友当敌人来监视了。我曾盼望，我的女友也能成为她的朋友，她有男友也能成为我的朋友。今天等于是我的愿望要实现了，因此沉重多日的心情忽然轻松得没了一点儿分量，怎能不尽情喝酒呢？

穆川亲说，数我职务最低，只管一个不会说话的方向盘。你们管百八十人的，管三四十人的，所长，班主任，作协主席，都是官儿，咱们工人阶级诚心敬三位一杯！时代不同了，要是十四五年以前，工人阶级领导一切的时候，那就该是你们敬我啦！现在这个年月，我还敢向女领导干部耍威风，实在不对，我向姚所长和黄老师一人敬一杯酒，都敬葡萄酒。敬黄老师红葡萄酒，敬姚所长白葡萄酒。红的代表热情和祝福，白的代表清白和赔罪。我干了，你们干不干自便！

他干过红白两种葡萄酒之后，姚月芬说，老穆你的话有水分，我必须得更正一下才能喝。

穆川亲说，咱当明人不说暗话，我平时可能说过带水分的话，方才话里绝对没掺水。

小姚说，我也是工人，和你一样，当所长是以工代干的，怎么是官儿？

穆川亲说，你把这当水分了？说明你很看重这个，我郑重更正一下，姚月芬正式编制也是工人，我们是平等的。

小姚说，我就想听平等这句话，你能主动向自己老婆赔句不是，虽属太阳从西边出来，我也领情了。我干！

妻子也更正一点说，我现在不是班主任了，是干事，干事就是在所有领导的指挥下，干各种乱七八糟的琐碎事儿！

我说，干事就是干琐事的干部，你干琐事儿是应该的，用不着抱怨，干乱七八糟事儿可不行！

小姚说，女同志在单位领导管，回家丈夫管，除了洗衣做饭收拾屋子，其他干什么事儿的时间也没有哇！

穆川亲说，你想干什么乱七八糟的事儿，咱家给你时间！

小姚说，你给时间我还没心思干呢，坏事不是人人干得了的。没听说男人有钱就学坏，女人学坏才有钱吗？咱俩都是银行的，钱都不怎么缺，所以值得注意的，只能是有钱的男人别学坏了。黄老师，这酒是他赔罪敬咱们的，冲赔罪这点咱喝！

两位女人都喝了穆川亲的敬酒，该我敬了。我说，我也得甩一甩川亲话里的水分，我不过是文人堆里跑腿的，川亲要把我当官儿看待，我这酒就喝不下去了！

我顺嘴已把老穆改成川亲了，下意识间我们的关系已亲近了一层。

123

老穆说，作家记者都是无冕之王，就算你现在还是作家，王不比官儿还大吗？大就得比她两位女同志多喝一杯。

妻子和小姚都喝高兴了，跟着起哄说，男的辛苦，功劳大，应该多享受点。老柳不管是什么，他功劳大就该多喝。咱们两家能到一块，功劳主要在他！

我赶紧推功说，不敢当不敢当，水浒一百零八将，宋江功劳并不很大，他也不是最先上梁山的，推他坐第一把交椅，不过因为他岁数大。如果你们从我岁数最大角度，捧我为头儿的话，我还勉强认可。其实你们三个，两月前就认识了，而我们四个，同时见面这才是第一次！

妻子今天实在是喝高兴了，她故意挑我的漏洞，其实是给我捧场说，我们四人同时见面，的确是第一次，但四人中岁数最大的不是你吧？

也许大男子主义思想作祟，此时我真忘了妻子大我一岁，连说错了错了，求权而贪大了。

老穆和小姚不解其意直看我们。我说，我家是她大我一岁！人都说女大一不是妻，我好不容易忘掉了这码事，她却哪壶不开提哪壶！

小姚说，我们捧你为头儿，你也不能胡说，黄老师大一岁就不是妻啦？是啥？

我说，是在家说了算可以管教我的一把手，是整个姐，是半拉娘！

小姚又嚯嚯地惊叹起来说，黄老师那你就当我们面儿管教管教老柳，包括老穆！

老穆说，我服管！

我说，我也服！

妻子指指我说，服管先把酒喝了！

我就毫不耍赖地喝了酒。妻子又指指老穆说，你也来一杯！

老穆也自斟一杯干了。

我连忙抢过行酒权说，老穆啊，中国的男人，包括咱俩，对老婆，对家庭，都有许多过错。我父亲过错就不少，和我母亲打了一辈子架。我以前对家里也不比川亲强多少。川亲，咱俩共同敬她俩一杯道歉酒吧？

老穆说，敬吧！

小姚嚯嚯了两声说，老柳万岁！

妻子补充说，老穆也万岁！

我说，你们两位女同志也万岁！

老穆说，那就咱们都万岁了，万岁！万万岁！

我说，你们家团结万岁！

老穆说，你们家团结也万岁！

小姚说，咱们两家的团结都万岁！

我说，我还得敬上帝一杯，祈祷他让我们单位领导班子也能万岁！

我清楚感到，混合的酒已把心中多日积下的郁闷全挤出来了，大脑和血管也被充挤得鼓鼓胀胀。根本就不用互相劝酒了，都是喝了一杯就主动抢斟下一杯。

穆川亲又抢喝了一大杯说，老柳你是当官没架子，你能这么实惠地和我一个车管干部喝酒，我真服你。你万岁！

小姚说，我举双手赞同老柳万岁！

我舌头已发硬了，对妻子说，长我一岁……是姐……是……娘，是一……把手的黄……老师你说……我万不万岁？

妻子说，你这两年表现是很万岁了，可头些年，你说你对我咋样？心里装的都是女朋友，就是没有我。全面评价，你算个八千岁！

小姚说，老柳算八千岁，穆川亲三千岁也不够！

我说，还是别……别算老账……向前看吧，都……都万岁！

在酒的鼓动下，我心潮开始汹涌翻滚，想起许多往事。我确实很感激妻子，她为我父母和家里操了多少心啊，而我的确没认真把感情给过她。此时她能封我八千岁，已让我泪眼蒙眬啦。我虽嘴已打飘，脑子仍很清醒，所有往事都在活跃。妻子实在是个好妻子，她开天辟地交了个男朋友，而且为我带来了个女朋友，我高兴啊。

我不由想到铁树的家境，深深感叹，家庭和不和睦，实在是太重

125

要了。我忽然舌头不硬了，抒情一般说，我们家的团结是铜墙铁壁般的，所以才敢鼓励黄老师交男朋友。实际交异性朋友最能检验一个人的品质。男人，能把妻子的男朋友，当自己朋友，那是了不起的男人。女人，能把丈夫的女朋友，当自己朋友，那是了不起的女人！

我激动得不能自持了，最心底的话就像喷泉似的，往外直涌。我还说，我妻子今生有了第一个男朋友，老穆，我会真心把你当自己朋友对待的，即使有一天你们断交了，我还可以做你朋友。有了矛盾就打架，就闹离婚，那是低能，是幼稚，就像一个国家，有了矛盾需要去解决，而不能是再分裂出一个国家一样，分裂是没有止境的，只有用爱心去化解矛盾，才是家庭安定的保证。夫妻之间，爱就是平等，平等也是最大的爱！川亲，你把我妻子当朋友了，你就更应对自己妻子倍加爱护，而不应是相反。否则，你就不配做我妻子的朋友。如果你是真正男子汉，你还应该允许甚至鼓励自己妻子有男朋友。为什么，你肯定清楚。只有这样，你们家庭才会牢不可破。

我已意识到，我有点儿像一个单位的领导，在向他的群众作报告了，但此时我已没法控制自己，愈加兴奋地讲下去。我也知道我所讲的道理若在文学圈朋友面前，是会被认为小儿科水平的，可面对两位文化水平不高的陌生朋友，我感觉到，他们已把我的演说当圣经听了。

我仿佛刚充了电的录音机在放音，只要没人关闭电源，就会不停说下去。

我继续说，几天来，我从我们单位领导身上也感触到，有一个好妻子多么重要，有一个好朋友多么重要。尤其我们这样的两家，如果能够通过今天的交往，产生一个新的飞跃，我们两家都将成为，全中国，最幸福的家庭！

小姚忍不住要发表一下感想，终于插断了我的话。她说，我希望老柳和黄老师，也能成为我的朋友，老穆你同意吗？

老穆说，这要看他们同不同意，我哪有这个权力。

小姚说，要是他们同意，你反不反对呢？老穆说，当然不反对。

小姚又问我和我妻子,我们异口同声说当然同意。

老穆说,今天我不是喝了酒说醉话,老柳是名作家,能看得起我,我今后一定多读些文学书,不为写作,只为能和老柳有共同语言。作家不愧是人类灵魂工程师,和老柳接触,确实心里敞亮了。小姚,这方面我给你提个意见,你不懂文学,思想还停留在"文化大革命"水平上。我承认打你不对,但你要像黄老师和老柳这么通情达理的话,我也不会打的。今后咱们也得加强文学修养,像老柳家似的,搞好团结!

小姚说,今晚酒没白喝,一样的酒跟不同人喝效果就不一样。以前老穆你经常在外边喝,醉醺醺地回家稍有不顺就打人骂人。今天喝这么多,越喝说话越讲理了。你文学修养比我强,今后我先和你找到共同语言,然后再向老柳和黄老师学。

我说,我得向你们学习呢,地方生活我一点儿不熟悉。说实在的,我一点儿没有看不起川亲的想法。今天我们单位一、二把手在会上干起来了,导火索就是司机!

老穆说,对司机,你要么和他真心交朋友,要么自己干净点,别让他抓着把柄,不然他怎么都能糊弄你!

我说,我刚去,正犯愁司机们呢!

穆川亲说,那好办,你刚去他们啥把柄抓不着,你就按规章衡量他们到底犯了哪条,揪住不放,不老实就收他的钥匙!先豁出去几天不坐他的车,一下子镇住他,以后就老实啦!

我说,和你交朋友这不已经受益啦?!明天我就用这法儿处分司机去!

老穆说,处理司机得软硬兼施,头一次必须来硬的,一定要特别硬,以后再来软的。

我说,这方面以后就拜你为老师了,今天别再谈这个了。我和黄老师都是外地人,希望咱们两家相处得比亲戚还好!

妻子忽然提议说,乘酒兴跳舞去吧?庆贺咱们两家是朋友啦!小姚也积极赞成。

我看看表，才九点一刻，说，好吧，跳舞……

"去"字还没出口，就被电话铃声不怀好意地封住了。

盛委妻子乔小岚电话里告急，说盛委心脏病到底犯了，马上要车去医院。刚放下电话，铃声又响了，是一位离休老作家突然发高烧，也要车去医院。

偏偏在车撞坏一台又收了司机钥匙的时候，两家出急事一块儿要车。深更半夜我上哪儿弄两台车呀？

穆川亲说他的车可以帮我，这真是刚交个朋友就雨中送伞了。

我和老穆刚要下楼，老穆的BP机响了。他看了看说，是我们单位领导传的，不理他啦。我说行吗？

老穆说，明天领导问的话，我就说BP机没在身边！

我怕老穆酒后驾车有危险，他却说，老柳你放心吧，我再传一个没喝酒的司机朋友来帮忙！

23. 司机们（1）

我用穆川亲教给的办法，亲自把全体司机召集到辛主任办公室开会，管司机的内务部副主任也被我叫来了。六七个司机放肆地看着我，使我感觉个个像威虎山的人盯着杨子荣似的。我这才进一步懂得，一个单位的司机们，是了不得的。一把手的司机甚至敢跟二把手开玩笑，所有给领导开车的司机，几乎都敢开中层领导的玩笑，而一般干部和司机们开玩笑时，则多少带点套近乎的意思。司机差不多是和领导在一起时间最长的人物，所以你听司机们说话的口气吧，似乎没谁是他们不想奚落几句儿的。当然，司机往往也是领导的一面镜子。作协司机作为领导的一面镜子，还有与别单位司机不同的特点，就是他们多数也爱读点文学作品，也爱议论议论某某作家或某某作品，虽然多属这次远道行车从领导嘴里听了，便在下次拉别人的近途说了，即所谓的道听途说。但的确也有两位动手写过几篇，甚至借近水楼台之便在作协自家刊物上发表过一两篇，这当然与被自己服务的领导直接帮助修改和直接推荐有关。但他们并没真正理解写作的美学意义，多少出于会写在作协可被高看一眼的心理，不然他们不会那般不礼貌地对待我这个新来的领导，以及他们的顶头上司。

除已被收了钥匙的盛委司机小黄还规矩地坐着，其他几个，或歪站着，或来回晃动着。开旧伏尔加轿车的牛司机竟不怀好意凑到我跟前，十分戏谑地逗我说，柳领导召集我们开什么会呀？一般新领导上任，不是表示向群众学习，就是给群众解决点问题。柳领导，你是表示向我们司机学习呀，还是想了解我们有什么要求？!

这个牛司机就是发表过两篇小稿子的，因而就更加不好惹。据说他骂过铁树狗男女，也骂过盛委这类话，都是因误车受批评时骂的。现在他又来吓唬我了。牛司机看上去挺年轻，其实并不比我小多少，还有一个明显比我身材和年龄都大的，使我确实有点发怵，但故作镇定着对牛司机说，这个会是你们内务部领导召集的，请我来说是参加学习，并没说向司机学习！

牛司机鼻子几乎碰着我鼻子了，冷笑说，参加学习？学什么啊？柳领导？!

我说，我是作为上级领导来参加的，学什么我听什么。至于究竟学什么，你问你们主任！说完我又故作镇定，坐到最好的沙发上，不再理牛司机，而装出谈笑风生的样子，去和其他司机说话。

牛司机便转与辛主任挑衅，辛主任不敢与他纠缠，马上问我开不开始。我说，你召开的会，开不开始你定。他讨好着对司机们说，那就开始吧？!

司机们稀里马虎坐下后，辛主任又问我怎么开。我说，怎么开也是你的事。他却继续耍滑头说，那就按你的指示开吧？

我被他激怒了，索性壮了胆说，那就不折不扣按我指示开！

辛主任老实得猫儿似的，堆着一脸笑说，根据柳主席指示，内务部召集司机开学习会，学习车辆和驾驶员管理的有关规定。这些规定以前学习过了，今天再学习学习。李主任分管这方面工作，小李你把规定念念吧！

副主任李清波刚把司机职责念到第三条，牛司机一挥手打断说，这些规定清清楚楚谁都知道，学什么学？想怎么整人痛快照直整得了，我就烦拐弯抹角兜圈子！

李清波转业前当过汽车连连长，了解司机是怎么回事儿。他比辛主任沉着多了：规定的东西就要经常学，反复学，光司机学不行，领导也要和司机一块儿学。先不绕弯子照直念，一会儿还要联系实际学，要发言等联系实际时举手发！

李清波的镇定使我忽然想到，将要处分的两个司机，都是复员兵，还有一个司机也是复员兵，全屋复转军人已占绝大多数，我必须利用这个条件，像穆川亲说的那样，首次一定把他们镇住。

该辛主任往下继续主持了，他却又问我怎么进行。这种毫不敢负责的无赖干部，竟然能当内务部主任?！我不由得又对盛委生出深深的遗憾。铁树任用的内务部主任固然有毛病，但你盛委怎能任用辛主任这样不争气的干部？如果哪一天我说了算，第一项工作就是撤换这个内务部主任。

我气得已无话可说了，辛主任竟浑然不觉，仍要我回答他。我忍无可忍，只好厉声斥责他道：你是机器人没长脑子啊？不是说联系实际吗？

辛主任马上笑容可掬对司机们说，那下边大家联系实际吧！

牛司机又一挥手打断辛主任的话：怎么联系我不知道，请领导先带头联系，我们看看！

牛司机的话固然是在捣乱，但此时冲辛主任来几句，我倒觉得很有道理了。我应着牛司机的话说：老牛同志说得很对，联系实际要领导带头。这屋我是最高领导，应该我先带头，但我刚上任，这方面实在没什么实际可联系。辛主任你已上任半年了，你该有实际可联系，还有你，李副主任，你管车辆的，没有实际可联系?！

辛主任支支吾吾时我朝李副主任一努嘴，李副主任立即站起来，开口就把处分两个司机的事联系上了。我忽然产生一个灵感，今后我得依靠转业干部推进工作！

李副主任自我批评说，由于自己抓管理不严，致使连续发生两起严重事故，一起是红旗车撞坏送厂大修，另一起是上海车司机没按时出车，耽误了领导工作。这两件事都有我的责任，希望当事人也联系实际深刻检讨。

我立即紧盯一句说，你有什么责任可检讨？

他说，司机出了任何事故我都有责任。

我说，笼统检讨不解决具体问题，你应该检讨你的具体责任。比如，红旗车出车是你派的还是司机私自出的？如果你派的，临出车时你提没提醒司机注意行车安全，尤其拐弯处要鸣笛减速等等？如果私自出车，那你的责任就是平时对司机教育不够！

李副主任说他没派，辛主任也说没派。我说，没派就是私自出车，要严厉处分。上海车误事责任在谁？

没人吭声。我问：那天盛委同志要车电话谁接的？

辛主任说他接的。我问，你接电话后通知司机没有？

辛主任说通知了。我问，你亲自通知的还是叫别人转告的？

辛主任说他当面告诉司机的。我问具体怎么告诉的。

辛主任说，我告诉司机小侯马上去省委接盛书记。

小侯怎么回答的？

小侯说没油票了，他当即向我要三十公升油票。

你给他没有？

给了，当场给的。

小侯拿了油票去没去？

待了一会儿走的，上哪儿去就不知道了。

我问小侯，是不是这么回事？

小侯却说，我没接到出车通知！小侯说时眼光躲闪地眨巴着，显然他是在耍无赖。

我问小侯，你向辛主任要油票没有？

小侯竟然也说没要。我问辛主任小侯在哪屋要的油票，你在哪屋给他的，当时有没有别人在场。

辛主任说在他办公室给的，没别人在场。

而小侯仍然坚持说他没接到通知，也没向辛主任要油票。小侯的眼神说明他在说谎耍赖，但却没第三者作证。我气得半天说不出话来，后来我突然问小侯，那么当时你在哪儿？

小侯说，记不清了，反正我没在办公室！

我问李副主任，你当时在不在办公室？

李副主任说他到省政府开会去了，肯定没在办公室。我说，那好了。小侯你是办公室的人，你到哪儿去一是得办公室派，二是你得向办公室领导请假。那天你一没在办公室，二没向办公室领导请假，那么你是私自跑车了吗？

我抓住理了，开始进攻：小侯你当过兵，你应该懂得服从命令听指挥。辛主任把时间地点都说清楚了，证明你是故意不执行出车命令。退一步说，即使辛主任说的不属实，你光是上班时间私自外出耽误了领导用车，也是非常严重的错误！如果利用领导之间的某些分歧，就故意钻空子，那错误就更为严重！红旗车司机小黄，你也是个复员兵，你私自出车并且把车撞重伤，该受到什么处置自己都很清楚。我当了二十多年兵，不想多啰嗦，对这两个事故我说个具体意见，如果没理由驳倒我，请以内务部名义立即执行！

我停顿半响，严厉扫视一圈，然后一字一板说：一、辛主任接到电话立即安排司机出车，司机小侯说没油票又安排了油票，这没问题。但没能将车确实派出，而且发现小侯故意没出车后没能及时处理，这是辛主任的失职处。请辛主任就此写份检讨，明天交我。二、李副主任分工管理车辆和司机，但他对管理工作抓得不紧不严，红旗车司机小黄私自出车使车撞坏，还有上海车司机小侯故意不出车，这两件事都已发生多日，却至今未进行教育和处理，这是他的严重失职。请李副主任写份书面检讨，在内务部全体员工会上公开宣读后，交辛主任，由辛主任连同他本人的检讨一并交我。三、红旗车司机小黄和上海车司机小侯，除在内务部全体人员会上同李副主任一同作检讨外，分别给予行政警告和停车一个月处分，停车期间车钥匙收回。小黄的停车时间从车修好之日执行，小侯停车期间钥匙交李副主任，车暂由李副主任开。

说完三点意见，辛主任和李副主任都说同意，我便宣布散会了。

为避免他们各自又去找领导乱说，会一散我便跑到医院，先向铁树汇报，又跑到盛委家。堵了两位领导嘴后，我问盛委，你和铁树都不上班，机关工作怎么办？盛委说，你看着办吧！

24. 转业干部们

一夜失眠，睡着后，噩梦又如发疯的鲨鱼在脑海里乱窜，所以清早起来我头就昏昏沉沉，胡乱弄了点吃的，走着上班了。

我也不知自己到班上能干什么，但走得却很匆忙。盛委那句冷冷的"你看着办吧"，在耳边响着，促我必须早点到办公室去。多年军队生活养成的习惯，办公室就是自己的战斗岗位，尤其主要领导不在岗的时候，作为唯一的副职，我必须坚守岗位，好让机关其他干部感到，他们一刻也没失去领导。在一个军人眼里，这样做是天经地义的，就如战斗中指挥员突然伤了或亡了，在场的职务最高者，理所当然要站出来，接替指挥。

我比每天早到了十多分钟，可有几个办公室的门先于我开了。我刚进屋坐定，先我而到的几个人就先后来我屋请示工作，这让我很受感动。内务部副主任李清波用电话向我报到，听我作完指示，他二话没说，应了声"是"便放了电话。这一声"是"让我忽然有了一个发现，并且心底掀起一阵滚热的波澜：这几个人都是部队转业干部啊！

一滴热泪因此而忽然从我眼里落到电话机上了，又一滴紧接着落上去。这两滴泪竟分别落在8字键和1字键上啦，马上就在我眼前放大成大大的"八一"二字。我好感动部队养育了众多让我随处可遇的同志，他们忽然在我心中有了重要位置。我不由得想了想这些同志的情况，发现，他们在部队几乎都有过作家梦，并且都业余发表过或多或少的文学作品，虽然没成气候，但仍戒不了这口瘾，而心甘情愿到作协来做些与文学有关的事，直接或间接为作家们服服务，还是忘不了借光发表点文学作品。比如求实，他就隔三差五写一首诗。前几天还在《诗刊》读到一首《关于假酒》，他最痛恨弄虚作假的人啦。连那个听了我一声吩咐便回答一声"是"的内务部副主任李清波，也爱写个小杂文小散文什么的，水平不高，但也能在小报小刊上发表几篇。

我正含泪想着，外务部主任老范拿份公函来请示我，是邻省作协召开换届代表大会的邀请函，问我怎么办。我说，你看该怎么办？

范大华主任是好写个小报告文学之类的转业干部，常常借工作之便把会员中有优秀事迹的人当素材写一写。他比求实和李清波等能鼓捣，已把自己写的发表没发表的作品划拉到一块出本书啦。此时他手中那份邀请函下面竟然真是那本叫《作家风采录》的集子，他把集子送给我并说了请我笑正之后，才回答我说，我看该去，而且就该咱俩去，我是外务部主任，你是副主席。这事用不着正头出面，但副头也不去，就有点失礼。如果你实在不想去，也得派我去！

我说和两位领导请示一下再定，范主任说，这两个人都不好说话，弄不好要卡住。

我说，卡住就不去呗，领导不同意干吗非得去？

范主任说，这是作协的外务工作呀，他们领导闹矛盾，我们部门不能不工作！

老范走时又进一步表示亲近说，咱都把拙作请领导笑正了，领导是不是也得把大作送咱一本学习学习呀？若觉着不够等价交换，咱交点钱也行啊，谁让咱们是战友呢！

我心情正沉浸在严肃的感动中，没同他开什么玩笑。下午，没等我找，铁树到我屋来了。我乘机把邀请函拿给他看，他看后说，你去吧，礼节上的事不能不去，你又刚来，省内外都需要熟悉一下。

我说想和老范一同去，铁树问哪个老范，我说外务部主任老范呗。

铁树毫不犹豫地说，不行，这个人不行，破嘴到处乱说。本来是我把他接收到作协的，他却老背后搞我的小动作。

我说，我总得带个人哪，带就得带外务部的，不带范主任的话，剩下一个病号不能带，再就是个女的，也没法带。

铁树说，女的怎么不能带？你就带女的，看谁能怎么着！

我说，我还是别带女的了，就带老范吧，我不让他搞小动作就是了！

铁树说，你小子怕人说带女秘书，怕和我铁树一样，传出不好听的名声，是不是？

我说，倒不能说得这么严重，不过我还是带老范吧，清静些好！

铁树说，你非带他不可你就带。

晚上我又到医院跟盛委报告此事。盛委说，你去吧，把老范带上，我带他出去过一次，这人还挺想干事的，你们看看人家换届会怎么开的，早晚咱们也得开。

我和范主任出发那天，买车票时我特意嘱咐他给我买软席，他说软硬能怎么的，都买硬的得了，咱们可以坐一块儿唠嗑。我说有张软席票就不用排长队检票了。他说那就都买软席算了，我也跟你借回光。上回我跟盛委出差都买的飞机票，飞机票比软席票还贵。我说不在贵贱在不合规定。他说你灵活点嘛！我只好叫他买了软席票。

到软席候车室一坐，范主任说，是他妈好哇，下回还得跟领导走，借软的光。我说，回来我就得跟你借硬的光，返程都买硬座，咱俩的票就都合规定了。

范主任说，一张车票算什么啊？

我说，咱不是部队转业干部嘛。

范主任说，也对，忘了咱是部队转业干部啦！

25. 远雪浪漫

邻省作代会安排在省会最美的风景区宾馆，四周是大片茂密的树林，林边还有一个很大的湖。宾馆、树林和大湖，全被一场浩大的新雪装点得楚楚动人,这无疑会撩拨起我心底许多诗意,来前的一堆烦恼很快淡了许多。我前面说过,头些年妻子曾特别小心眼儿地截拆过我一个女战友的信,那女战友就在这座城市,而且我们在雪后的湖边有过浪漫故事。所以,第二天我坐在大会主席台上时,心情少有地好。我在台上基本可以看清台下熟人的面孔,其中不少是我当年非常敬佩,甚至可以说很崇拜的作家,现在他们居然说佩服我,甚至崇拜我。我和包括省委书记、省长等在内的重要领导、著名学者、资深作家同坐台上,看那些过去我崇拜他,现在他崇拜我的人们,心里云山雾罩的,时而飘飘然,时而不敢相信是真是假。

大会开幕词后是宣读各种贺电,而后忽然就点到我的名字。我正和挨肩而坐的范主任小声嘀咕会场气氛不够热烈,所以我站到麦克风前致贺信时,语调格外高了些,因而我离开讲台时响起的掌声明显热烈。坐回座位,老范悄声对我说,可以说你念得最好,不过你有个重要失误。我赶紧问什么失误。老范说,你应该提我们俩名儿,你把我漏了,这是个失误。我说,我是代表咱们省作协讲话,为啥要提咱俩名儿?他说事实是咱俩来的,大会主持人报你名就是提你了,你没提我,不就是把我漏了吗?一块来的单漏了我,我能高兴吗?

刚高兴起来的我,叫他这几句嘀咕弄得有些扫兴,如果不是省妇联的贺词惹笑了我,我大概还要扫兴一阵儿的。妇联主席是代表工会、青年团和妇联三家致辞的,最后一句嘹亮得近于喊口号的话竟是:"——殷切期望,全省作家们,热情地投身到,广大工人、广大青年,尤其是投身到广大妇女的怀抱中来!"我和另一个兄弟省作协的领导同时笑出声来,悄悄玩笑说,看人家省,思想真解放,作家们深入生活的热情能不高吗?!

可是,致辞者自己还不知道别人为什么笑。那一整天我都为这句话笑着,回到房间又有几个熟人作家来开玩笑说,这话要是经过认真讨论写上去的,就太好了。曹雪芹如果不是投身到那么多妇女怀抱,他能写出一大群栩栩如生的女性形象啊?!说的虽然是笑话,也流露了一些真实想法,所以连我也感叹,这个作家当的,离开学校门,就投身解放军大熔炉了,一个女性也不熟悉,甚至连自己的妻子都不真正熟悉,有个女战友,还让妻子给治得够呛,自己笔下当然就没有女性形象了,怎么能成为大作家?

作家朋友们走后,邻省作协这次刚退出班子的一个领导来看我,他竟然也对我说,你老兄被三大纪律八项注意管了半辈子,倒真该往广大妇女怀抱投一投了。你真要全身心投入工作怀抱,作家们反而会骂你!

我说,人家把我从部队要到这个岗位,我不认真站岗,却想往妇女怀抱投,那不出事吗?

他说,出鸟儿事?听说你们作协有个领导公开投到年轻妇女怀抱了,谁怎么着他了,你不还得老老实实归他领导吗?

我吃惊说,我们省的事你们也知道?

他说,信息全球化了,什么新闻不传个遍哪!

我说,我没转业时一个城市住着都不知道。

他说,要不怎么说军队出不了伟大作家呢!

我说,你个大主席真把投身妇女怀抱当好事啊?

他说,我掌了两届权,整整八年,你听说我投身妇女怀抱一次了吗?一次没投,全投入工作怀抱了!结果不单妇女作家有意见,男的也不说好。广大女作家认为我没热情,广大男同胞呢?你给一百个人办了好事,那一百个人认为你是应该的,并且觉得办得不够好。你漏了一个人的事没办,那一个人就骂你!

我说,那就没法干了?

他说,所以老大哥才向你谈谈体会。妇女怀抱该投就投,工作怀抱投得不用太过分认真咯。作协这地方,一是笼住人别闹事,二是不管黑猫白猫,写出过硬作品就是好猫。咱们都是作家,认真干不认真干,只能干几年,过把官瘾,权作体验生活就行了,不这样就是大傻瓜蛋,就是自己跟自己过不去!

我说,老大哥言之有理,但小老弟既已招了安,总得为朝廷做些年事再返梁山哪!

他说，那你小老弟自己摸索去吧，反正我得往稿纸怀抱和其他怀抱投一投啦，包括妇女怀抱。

后来我们又闲扯了一阵关于作协的事，他说当作协领导，许多精力都花在团结问题上了，哪省都有难唱曲儿。

会务组的人忽然喊舞会开始了，过来动员大家都去参加。范主任连连说，看人家作协搞得多好，刚发出投身广大妇女怀抱的号召，就抓落实，走吧，咱们也得学学经验去。我们就被拉着一同到舞场去了。范主任往舞场走的路上直感叹说，他妈的，活了这么大岁数，除了老婆，别的女人一个不了解。难怪到现在还成不了个正儿八经的作家。今晚得响应大会号召，热情往妇女怀抱投哇。

我说，你也就是理论上投一投罢了，真要投，那需要水平的！

老范说，往妇女怀抱投，要什么水平？胆大就是了，我们都是些有贼心没贼胆的主儿。

我说，艺高人胆大，艺高就是水平。你没水平怎么有胆量啊？

老范说，可也是，咱他妈不会跳舞，硬往女同志怀抱投，人家不骂你流氓吗？你要会跳而且跳得很好，她不仅不说你流氓，还把你搂得紧紧的夸你真行。这确实是个水平问题，是得努力提高水平！

我俩跳舞都是二半吊子，但这是参加别省的舞会，大会专门安排了不少宾馆女服务员当舞伴，所以倒是男伴显少了，每场都有人拉我们上场。这就真需要我们热情参与了。跳华尔兹曲时，场上显得拥挤，我撞了几次人，险些摔倒，都是陌生的舞伴把我紧紧抱住才没倒下。热情投入妇女怀抱的感觉真是美妙极了。回屋要睡时，老范忽然跟我请假，说要回老家看看。

原来他老家就在郊区一个镇子。我说，那你就回去看看吧，不过可别乱往妇女怀抱投啊！

第二天范主任就回老家了，我一时没事儿。如果以往，来到这个城市，我会先看望老领导和男战友的，这回却首先想看那个被妻子管得十年没了联系的女战友。她是军人招待所医务室的军医，年纪比我小四五岁，军龄却和我一样。而且她也是个虔诚的文学爱好者，不仅诗写得不错，还爱好书法，曾获过硬笔书法奖。当年我甚至觉得，她比我的写作水平高，所以我调军区后仍和她保持通信联系，每信都很见文采和只有我俩能够意会的暧昧之情。因此每读一封她的信我都会眼舒心悦好长时间。但是，我俩通信被妻子截获以后，就再没联系，十年了，连我转业的事她也不知道。我鬼使神差打听到招待所电话，又神差鬼使找到这个女战友之前，竟然没考虑一下她会不会说不想见我。她在电话那边听我报了名字先怔了一下，反问我是谁，我又报了一遍姓名，她仍不信。等确信我是柳直后，她又问我是在哪儿给她打电话，我说在湖畔宾馆。她问，就是……那个湖吗？我说，就是那个湖！

她肯定是听懂了哪个湖，问：啥时到的？

我说，前天。

她问，今天要走吗？

我说，后天走。

她问，那你今天给我打电话的意思……？

我说，是想看看你……或你看看我。

她说，那你来看看我吧，我就不用请假了。

我说，我倒不用请假，但我到你那儿看你给病人打针啊？

她说，哪有什么病人，整天就我自己，顶多，早饭后、晚饭前，会有人来开点药打打针什么的。

我说，毕竟我是远道来的，你就不想看看我吗，非得我去看你？

她说，到你们作家的会上看你，我紧张。

我说，到你办公室看你，我就不紧张？

她说，你到底想不想看我呀？

我说，我也想问你呢！

我们都说了肯定的话后，她说，那我们就到湖边吧，你到那里看我，我到那里看你，中午，我们谁也不用请假。

我说，看来晚上你请不下假来！

她说，晚上请什么假呀，班外时间。

139

我说，家里的假，不好请！

她说，我自己在家，不用请。

我说，那为什么非中午呢？

她说，你不想到湖边看看雪吗？

我高兴极了，说，好吧，到湖边既看了你，又看了雪，还看了雨。我说的看雨她也懂。

她说，就在湖畔那座桥边吧？

我说，桥边那棵遮天蔽日能避雨的大松树下？

她说，那松树已锯掉了。

我说，根总还在吧，那咱们就等于在那棵大松树上见，而不是在树下见！

她说，你好像比以前嘴油了，是不是？

我说，也可能转业了，新环境熏染的，自己还没发觉，见面再说吧！

我们在很大的湖畔一座拱起的石桥边见面了。那棵能避雨的大松树，的确已被锯走，但是粗大的树墩在。十来年前，我俩共依树干，在此避过雨，避雨之前，还在这里共同踏过雪。踏雪那次就是我们的初识。除少了那棵松树外，茫茫大雪覆盖的景色，几乎就是当年的重复。可以说这是我审美记忆中最美的意境之一。一棵树的身没了，根还健在，根很重要，我们这次重逢，有着非常美好的根源，这使我感觉非常好。

她虽然住得比我远，但先我而到。她是乘出租车来的，而我是步行。她站在那个树墩旁，穿军装而又敞套了一件白羽绒服，给我感觉，像树墩旁又长出一棵新树，一棵苗条而苗壮的绿树，白羽绒服则像树上披了雪。领章的红色，与她鲜活灿烂比雪还白并且白里透红的脸色，把一大片雪野点染出无限的生机和暖意。我忽然又想起暖雪浴中的雪女蛇了，顿时更深一层悟出梦里的美女何以会又白又苗条了：是女战友在我潜意识里的作用啊！女战友还是那样稳重，那样不习惯握手，以至我不得不迅速把伸出来想和她握一握的手又放回去。她说我变化不大，我说，你倒真是变化不大呢，瞧脸色多好！

她说，冻的吧，你真的变化不大。

我忽然就兴奋起来，说，这说明你看我和我看你都很顺眼！

她说，我说你嘴有点变油，你还说没发觉，真的油了。

我说，这个"油"字太贬义了，你就不能说是幽默？

她十分友好地撇撇嘴说，观察一阵再下结论吧，暂时先算你"油默"。

我说，你倒挺幽默的嘛，以前怎么没发现？

她说，你的"油默"我以前也没发现嘛。

我说，我转业了，没看出我这黑呢大衣是黄呢大衣染的吗，也许这"油默"也是到地方熏染的！

她说，我早知你转业了。四十多岁了，就算像这件染了的大衣，那也是变了颜色变不了本质。

我说，也是，许多想法都变了，来到湖边最想见的人还是你却没变。

她说，那为什么不给我来信，连转业这么大变化都不告诉我？

我说，信被家里截过，就不敢了。现在家里给自由了，才敢来看你。其实我一直都想念着你。

她说，想不想谁知道，不过你嘴倒是比以前油了，也许还是个口头革命派吧？

我说，我也说不清楚。

她说，还记得第一次在这儿看雪吗？

我说，不记得的话，怎么会约定到这儿来呢？

她说，那次，天都黑了，我摔了个跟头，以为你能拉我起来呢，可你手都没伸一下。

我说，方才我都把手伸出来了，以为能和你握一握呢，可你的手待在手套里一动没动。

她说，不是没动，是动了动没敢伸出来，我真的想到当年倒地时你没拉我那一幕了。

我说，当时也不是没动，而是不知所措抓了好几下你没看见。

她说，在树下避雨那次，你手是无意的还是有意的？

我说，有意的。

她说，还算有点勇气，还敢承认有意的，那为啥又挪开了呢？

我说，你手贴在树干上丝毫反应没有，我就赶紧挪开了。她说，我另一只手可是抠破树皮了呢。

我嘴油不起来了，停了一会儿才有些支吾说，那天……我一夜手都火烧火燎的。

她看了我一会儿，忽然伸出手来递向我。我怔了一下，也伸过手去。我们两只右手攥住时都感到了对方的火热。我们不仅都没放开，而且又都伸出了左手。我们紧紧攥了一会儿后，她看着脚下的树墩说，雨还下着呢！

我眼前真像下着当年那场大雨，便说，雨好大！

她说，好冷！

我说，真冷！

她说，到我家暖和一下吧……他在外地，孩子也没……

我似乎冻得嘴难张了，只点了下头。我们松开手，从那棵树的根走开去。那树根像一个源泉，我们俩在雪地蹚出的一排脚印，像泛着浪花的河，流向了远方。后来我们遇上了一辆红色的出租车，就共同向那车招了手。我们像乘了一只红色小汽艇，开快了时，后边能泛起浪花似的好看！

我心也泛着灼热的浪花，浑身轻飘飘，仙人似的进了她家。还没有站定，我的腰就在往墙上挂大衣时被她轻轻揽住了。她是从后面揽的，神不知鬼不觉的，两条胳膊就软绳似的渐渐勒紧。我慢慢转过头，吻了她军帽上的五角星。那颗星，却缓缓上升，并且慢慢后移，随之升上一弯嫣红的暖月，月上面有股热风流动，风流儿上面的两颗星星，明灭了两下便格外耀眼地向我亮着不灭了。嫣红暖月似被热流儿吹的，微微动起来。我自己的星星、热流儿、暖月也颤动起来。很快，我额头曾经顶戴五角星那地方和她的星徽重合，我们的星星、热流儿、暖月也都自动重合了。我的双膊也绳子似的揽住了她。我们俩就像被两道滚热的绳子紧紧捆住，后来又被无形的手推倒在她的一大片怒放的鲜花丛般的卧榻上。

她忽然问我，你愿意这样吗？

我没直接回答出来，反问她说，你呢？

她慢慢松开胳膊，坐了起来，下床走到梳妆台前。我以为她受了伤害想结束这种热烈呢。她却从一个锁着的匣子底层拿出一封十分厚重的信，复又坐回我身边。那是写给我却没发出的太长太长的信。我之所以说太长太长，是因为那信在信封里有一本杂志那么厚。我惊异着展开信，而后就呆住了。我实在是惊呆了，这是她用硬笔楷书抄写的我那部因之成名并获了大奖的中篇小说啊！四万多字，一笔一画的楷书，需倾注多么深的情意才能完成啊？！尤其让我承受不住的是，标题字是用湖边的小野金菊花瓣粘贴而成。标题下我的名字更叫我万没想到，是用她的发丝粘成的啊！这胜似千言万语海枯石烂心不变誓言的表达方式，让我热血涨身，泪水一下浇湿了采自湖畔的野金菊花瓣儿。什么"油默"都溜跑了，一股纯粹的激情从我嘴里一下推出三个字来：我愿意！然后我就忘我地投入到自己爱慕过并且一直怀念着的女人怀抱啦，那是最热烈的投入，最自觉的相互投入啊！我想不到世界上还有这么爱我的女人，这样活泼有生命力的女人，我也没想到，自己竟然也会如此的年轻活泼。她兴奋得呻吟着赞美我说，柳直呀柳直柳直，你万岁啊，我要幸福死了，我本该是你的，等多久了，你尽情要我吧，要我吧……

我无比狂热地实践着她的话，因而体验到了有生以来最深刻的快感，我无法言说清楚，那快感究竟是怎样的美妙。可以说，此前我真的不知人间还有这般美好的东西存在。人生真是太美好啦！

热烈的美妙过后，再一次愉悦的轻松又来临了。她伏在我的胸膛上说，当年你为什么不这样呢？

我问，当年你想过要这样吗？

她说，这你还听不明白吗？

我说，明白得太晚了。我真的渴望过，可那时怕挨你耳光！

她说，亏你还是个作家，竟说出这样愚蠢的话。

我说，没看电影上和书上，常有因此挨耳光的吗？

她说，那是打讨厌的人，打流氓。

我说，也不都是。

她说，你是不是被打过啊？

我脸涨得很热，心上一块重伤疤，被触动了。我险些流下泪来。我真是挨过这样耳光的，那是我初恋的人的耳光！她已不在人世啦，她为了追求一身军装，冻死在去往战场的路上。那场举世闻名的北疆之战，横飞的血肉和惊心动魄的枪炮声，早已化作酒宴上的碰杯声了，可我初恋的人还在有雪的黄泉路上向战场爬着。她在军营里工作了六百多个日夜，就要看见战场了，那只打过我耳光的手却在雪地上向前伸着，心却永远停止了跳动，眼都没有合上。她是在私自向战场爬着的雪路上冻死了。她打我耳光的情节，在我的另一部长篇小说《绿色青春期》里有清楚的描写，但我就是不懂，她为什么要打我耳光。我受过伤的心，此时被温暖浸泡着，泪水汩汩从眼窝再次涌出来。

她慌了，问我，怎么了，是我侮辱了你吗？

我泪越发涌得欢了，连说是高兴的。

她这才温柔地擦去我的泪水说，耳光是打讨厌人的，这么简单的心理都不懂，怪不得你作品写女人那么不像。

我心头又一处伤疤，被她理解的暖手抚摸痛了，我想起了另一次，没被打耳光但却被推开的情景，那次是被妻子哭着推开的，至今她也没告诉我，为什么哭，为什么要推开我。我连妻子的心都没懂透彻，我能成为什么大作家啊！我又一次忘我地投入女战友的怀抱。欢悦使我全身每个细胞都格外年轻起来，我好似三十岁以前的我了。等我们又一次轻松下来后，我问她，我这样做，不会破坏你什么吗？

她说，只能是圆满。当年要不是你的懦弱，我们早该这样，早该是一家人了。今天你才使残缺的我，得到了圆满！

当年我生病，在她工作的医院住了近三个月。她是继我初恋的同学死后，第一个爱上我，也被我所爱的人。那三个月当中，我得到比任何时候都多的关爱。就在我要出院，我们要分别，她盼着也以为我肯定能吻她时，我说出了现在妻子的名字。那时妻子并不是我的妻子，只是经同学们好心撺掇，互相答应处一处的同学，或说相互印象还算不错的同学。当年，只要有个人和你相处着了，就不行再和别人交往了。我们就是因此而没握一下手，更没敢吻一下，而违心地告别了。当然主要是因为我的无知，我到现在仍很无知啊。

我由衷说，你才是作家哪，你说得真好，你把我也圆满了。

她说，你真的比我还残缺。你是作家，我是医生，都是研究人的。但你对精神的人和生理的人都缺乏体验，的确很残缺。

她从生理和心理上讲了许多道理及体验，这些极其宝贵的财富妻子从没给过我，也许妻子比我更残缺呢。我实在是感到了残缺的自己得到了圆满。我第一次知道了，男女从心灵到身体最自由最充分的相互投入，竟会产生如此丰富的内容。那是最美妙的艺术创作啊！和妻子婚后那么多年了，我们总是单调机械地重复一种最呆板的方式，从没相互说说心理感受，甚至进行过程中连话都没有过。是懂得生命艺术的女战友重新开发了我，激活了我，使我今天才发现自己如此巨大的生命热情。

我躺在她怀抱说，我们明天就分手了，很难再见，怎么解释这圆满呢？

她说，我们都有家了，真的在一处就是破坏，不在一地才是圆满。有了这一次圆满，一生都圆满了。我会永远想着你，想着今天的。

我说，我也会。

她说，以后每次和丈夫这样时我都会想着你的。

我迟疑了一下说，我也会。

她说，你就不会说一句我不会说而你会说的话吗？

我认真想了想说，你这样想我的时候，希望你能对丈夫更好。

她说，你想我的时候，也希望你对妻子更好。

我说，会更好的。

她说，工作方便的时候，能再来看我吗？

我说，会的！

她说，会什么，信被截了一次，十年都没续上。何况你现在又有了领导职务，不可能有时间来看我的。

我说，真会的。

她说，那样会影响你的威信，破坏你的形象，甚至你的家庭。我只希望条件允许的时候能打个电话就行。

我说，这肯定能。

她说，也不能多打，顶多一月一次，或者一季度一次。

我说，心情特别好时，或心情特别不好时就给你打一次，总数不超过你说的限度吧？

她说，不在次数在质量，咱们建一个虚拟的"电话屋"吧？

我不懂她说的电话屋是怎么回事，眼光里明显带着服从和请示的意思。

她说，咱们打电话时就联想是坐在一间电话屋里面的石头上谈。那间电话屋就建在湖边的树墩上，颜色是军装绿色，屋里有一张石桌，两把石椅，屋门只两把钥匙，其他人谁也进不去。不管什么时候通话，只准许把时间环境想象为大雪的白天，或细雨的夜晚，而且湖边没有任何人……

我被她诗意的想象再次激动起来，说，那就命名为诗意电话屋吧，你会写诗！

她说，我专门给你读长篇小说，让你交不起电话费，你只好努力写作才能和我通得起电话，以此促使你写作进步！

我说，我一定会写作进步的！

说罢，我们再次热烈投入到对方的怀抱。

第二天和从老家回来的老范见面时，我没再同他开投入妇女怀抱的玩笑。我已经不是原来的我了。

26. 门前雪难清

从邻省回来，我直接步行去单位了。路两旁，每棵树下都是一个大雪堆，走时看那些雪堆像一座座坟，现在看却像无数童话般的爱情小屋。所以，到单位我先给妻子打了电话，嘱她晚上别做饭，等我回家一同到饭店去吃。

我办公室窗台那盆白菊花，已经半开了，花盆里的土湿着，说明有人浇过，我特别感动。上厕所倒痰盂时，碰见了铁树的那位小赵。她亲热地说，柳老师你出差啦！我说，雪这么大你还来啦！她说，你不也来了嘛！我忽然想到刚分手的女战友。小赵和我女战友都是医院的，看来医院是容易产生感情的地方！病苦中的人最需要关爱，而如果一旦哪个病人被护士关爱久了，必定产生深重的回报。这种感情如没有坚强的理智把握，肯定要超常发展。铁树住院时间太长了，病也的确太痛苦了。小赵曾是他病房的护士，如果她是个医生，也许不至于此。医生专门治疗不健康的机体，对不正常的感情也轻易不宽容。我的女战友当时也是护士，护士太容易和病人产生感情了。但铁树不该把小赵调自己手下来，这添了多大麻烦啊！

我给盛委打电话，问他身体情况，他说身体压根就没多大问题。我劝他说，那就上班吧，人家兄弟省搞得红红火火，上班来咱也好好搞搞。

盛委说，我还上什么班？人家是大作家，根本没拿我小小党组书记当回事，骂我个狗血喷头，就拉倒啦？省委不给个说法，我坚决不上班！

我说，你让我上班，你怎么能不上班？

盛委说，你和我不同，人家反对的是我不是你。我不上班有理由，你不上班没理由。

我说，光我上班能干什么呀，我一不熟悉情况，二得请示你们，上班也跟没上班一样!

盛委说,看住机关,别失火烧了房子,别被砸了钱柜就行,别的,干不干谁管?党组班子都他妈散了,有人问吗?不过,堵家门的雪总不能不扫啊,新办公楼立项的事得盯住,政府那帮人,你不跑,一百年他也不会主动找你!

我说,堵家门的雪我扫,你得来家坐镇指挥呀!

盛委说,解放军同志,思想政治工作到此为止吧,我要出去散步了!

放了电话没多久,铁树老婆栾丽惠神秘秘气哄哄进了我屋。她刚在收发室摸着了我的信儿。她说小柳啊,你帮老大嫂个忙!我问她什么事儿,她说,没什么大事,你帮我看个材料。我猜她是想把铁树工资拿走,因为她以前跟我说过铁树工资总叫赵明丽拿。我刚想找借口推脱,她拽我胳膊就走。我怕遇到麻烦,把求实也叫上了。栾丽惠说,再多一个党组成员也好,省得赖账!

我万没想到,栾丽惠把我和求实拉到楼上最里边赵明丽屋前,不容分说就砸起门来。她边砸边吵说,这回我看你们往哪儿藏,我堵你们七八天了,还是老天有眼,到底叫我给堵着了。你们趴柜里我抓一对儿,猫床下我拽一双儿,钻抽屉我就势锁两个,你们就是钻进耗子洞里,我用开水也要一个一个灌出来!

我和求实制止她罢手,想拉她走开。她坚决不听,敲了一会儿说,他妈怪了,我明明才看铁树进去了,怎么没动静啦?!屋里真的一点动静没有,我和求实又拽她。她突然一拳砸碎了门玻璃,探头一看,大喊道,捉双啊,这回捉着双啦!

铁树和赵明丽真的在里面。我想糟了,忙往一旁推栾丽惠,让求实把门开了,好放铁树快点离开。不想小赵自己在里面开了门,手拿着注射的药针冲栾丽惠说,不用捉,你说上哪儿去吧,等我给铁树打完针马上就去。上省委也行,上法院也没什么了不起的!

铁树裤带也没系,就那么提着裤子说栾丽惠,你嚷什么嚷,我扎针呢!

赵明丽把手里的药针冲栾丽惠扬了扬说,针头扎断肉里你负责啊?

栾丽惠大骂,你们扎毒针啊还是扎肉针?连吸毒带搞破鞋!你姓赵的扎过的肉针砍下来一筐头子都装不下了,你还他妈扎肉针!

赵明丽回骂道,你眼馋了?妒忌了?你想扎没人给扎受不了啦?自己老头都不扎你,你还有什么脸哪?!

铁树无力地冲小赵吼了两声,也无济于事。我拽住栾丽惠,叫求实赶快把铁树拉走。求实带铁树脱身后,我把赵明丽推回屋里,又把栾丽惠拽到罗墨水老伴那屋,找内务部两个女同志劝了半天,好歹把栾丽惠劝进小车里,拉回家去。

吃过中午饭,我一身疲惫地进了自己办公室,竟见铁树躺在我床上,眼望天棚出神。他对我长叹一声说,求实怕她们找见我,让我躲你这儿了。弄这屌样让你老弟见笑了!

我沏了杯热茶递给他,又安慰了几句,他眼有泪慢慢流出来,无奈地发着哭腔说,怎么弄这熊样啊,躲都躲不起啦,活到这份儿上还有什么意思?!

我陪他叹息了一阵儿,诚恳说,哪家都有难唱曲儿,你一定要冷静。

为了安慰他,我竟说了自己妻子被小赵同学小姚堵家里的事,还说了这次见女战友的事。然后我说,你是老大哥,我真的不会见笑。摊上大嫂这样的老婆,小赵这事我倒能理解!

铁树擦着眼泪说,你老弟能说这话,我感激你一辈子!身子挨两回刀了,一遇病痛加老婆一块折磨我的时候,想死的心都有。亏得小赵对我不错,她成了我救命稻草啦!

我陪他说透了同情话,最后还是把心底另一番话也说出来了:小赵是对你不错,但是,她和大嫂对骂那些话,太给你丢脸!你真离不了她,也得把她调别单位去!你是领导,名人,不懂兔子不吃窝边草吗?

铁树说,我哪能不懂啊,省委书记都在我老婆的告状信上批示

149

过，让我把小赵调走，盛委同志也找我谈过。可小赵不走啊！老婆越闹她越不走，她说一走好像她是坏人似的，非较这个劲儿不可！

我说，不应该搞成这样啊！

铁树说，早知现在，何必当初哇，都怨我自己没出息，后悔已经来不及了！

我说，怎么来不及？果断点儿，也做手术似的，忍痛来两刀，割断一头。

铁树说，问题是哪头也割不断。我不是从小家穷嘛，老婆等于半拉妈似的，供我上大学，拉扯大几个孩子，又给我爹妈送了终，她再闹，我能怎么着啊？！小赵呢，等于是救了我的命。不瞒你说，我现在打止疼药都上瘾了，真无异于吸毒啦！离了小赵我怎么办啊？是我对不住她，是我忍不住时先跟她的。她跟我以后，和自己男人都离婚了，我怎么忍心伤害她呀！她俩的素质，我都挺恨的，但我也挺恨自己。我已没法要脸，只好这么挺着了！

我说，挺不是办法，必须忍痛采取措施！

铁树说，咱们写小说的不是好说性格即命运嘛！我这属性格，注定我对谁也不能服输啦。只好盼望车到山前必有路！

我说，既然你盼路，为什么还和盛委闹翻哪？这不更堵路吗？

铁树说，他盛委其实在看我笑话，除非我低头听他摆弄到底，那我做不到！做到也就不是我了。

我说，大丈夫能屈能伸，何况你还有错误！

铁树受了很大感动，咬了半天牙，又皱了一阵眉头，下了很大决心才说，听说他盛委没病，他不来上班，到底想怎么着哇？

我替盛委遮掩说，他是病着，你是不是打个电话问候一下？

铁树又皱皱眉头，说，不打，坚决不打！

我说，要不我陪你去看他一眼？

铁树说，感谢你老弟一番好意，电话我都不想打，我能去看他？我病比他重！

我说，你们不能总这样下去吧，要不我怎么办？

铁树想想说，我已经走到这地步，只能倒驴不倒架了。可也不能太难为你老弟，这样吧，我住院时间的确太长了，我马上出院上班，有我挡着，你能省点麻烦。

我说，最好你向盛委道个歉，你俩就都能上班了，不然还是不行。

铁树说，那只好等他啥时来上班再说吧，想让我去请他，办不到。

我十分无奈说，做朋友的心思，做下级的心思，我都尽到了，既然一点作用不起，我也只能公事公办啦！

铁树仍很感激地说，我承认我不该惹这些骚事儿，你可千万别学我啊，作协不是太平地方，你才跟我说你家里的事，尤其你女战友的事，就别再跟第二个人说了，小赵嘴很不严，你也嘱咐她那个同学小姚，别再和小赵说你们的事。对自己老婆也不能说！

我要送铁树出屋时，赵明丽找来了，她什么事没发生似的对铁树说，一帮人等你打扑克呢，走吧！她顺手拉了拉铁树的衣领，又说，瞅你邋遢样！故意让我感觉他们就是一家人，弄得铁树一脸的无奈和尴尬。走时赵明丽看看我，又说了铁树一句，看人家柳主席这屋，不像你那屋乱七八糟的，烟鬼，痰篓子！

27. 骗来的顺利

铁树并没出院，他电话说病又重了，但他和盛委都明确有话，有事可直接给他们打电话。这就等于说，啥事都得直接向他俩请示汇报，这让我比以前还犯愁。

后来我忽然想到，干吗不请示一下上级机关。我只认识省委宣传部的文艺处长和考核过我的干部处长，他俩都说，重要的事两位主管是都得请示，两人不一致就先别办。如果他俩不明确布置任务，就琢磨搞点力所能及的业务活动，但也尽量请示两位领导同意后再搞。

我按照这个意思琢磨了几天，最后想到"北方文学奖"颁奖会应该开了。我之所以想到颁奖会，因为有一批老、中、青作家获了这个奖，并且是首届，已经评完近一年了，却迟迟没能颁奖。如果张罗成颁奖会，无疑是把盛委和铁树撮合到一块的最有效办法。如果他们俩说操这份心干啥，我就说我也是获奖者，图的是别把自己获的奖拖黄了。我的确也存有这想法。另外，获奖者里，还有德高望重的抗战时期老作家三四位，并且有一位还是省级待遇的，你盛委铁树不到会就太不像话了。省级老前辈获奖，光盛委铁树颁奖也说不过去，必能请出一位省里主要领导来。离休的老省委书记是省级获奖作家的学友和战友，现任省委书记还得叫这老作家老师呢。还有一个非常有利的条件，获奖作家里还有一位是现任省委书记秘书的妻子，她也会敦促丈夫把省委书记请出来的。省委书记会上讲了话，会下再当盛委铁树面讲讲工作问题，两人不就和解上班了吗？我打好如意算盘后，心里亮堂多了，连忙草拟方案。

方案拟出后，怎么请示，又琢磨了好长时间。我决定先到医院请示铁树。铁树看过方案问，是老盛指示搞的吗？

我说，盛委同志还不知道，是获奖这帮小子撺掇我搞的。

铁树这才表示同意，又提了些具体要求，叫我去安排。

我又拿了方案去请示盛委。他接了方案，看都不看，而是问，建房的事，跑省计委了吗？

我说，已安排辛主任和罗墨水跑过两次了。

盛委说，你得亲自去跑，这才是正事儿。

他言外之意是说，颁奖会并不是目前的正事，但他没直说，看过方案却问，铁树什么意见？

我硬着头皮，说谎道，是根据获奖作家和各部门综合意见搞的，还没请示铁树。我又进一步说明，主要是想通过这个请到省领导，请来他们再提建房的事。

这样，盛委没说要不要和铁树打打招呼，而是出乎意料大加夸奖说，这想法很不错。他又和我细化了一下颁奖会要请的人，以及会议时间等等。临走我说，这些事我都能办，但到时你一定得出席，并亲自主持会。他说，你先办吧，到时候再说。

转业后终于干成了一件事，虽然是微不足道的小事，而且不过是纸上定了一个方案，但我已心花怒放了。晚上回家妻子便说，看你脸色，你们单位一定很太平！

我说，太平还谈不上，只是通过说谎办成了一件事儿！

妻子说，你天天哭丧着脸，难得见一次乐模样，今晚喝点酒吧？

我说，你提议喝酒也是太阳从西边出来了！说罢来了灵感，改词唱起《铁道游击队》之歌来：西边的太阳出山了，柳直家里静悄悄，放起我心爱的华尔兹曲，跳起那动人的舞蹈……

唱完一把拉过妻子，哼着《维也纳森林》转起来。这在我家是破天荒了，转了一会儿，她很激动说，喝点儿酒跳起来更好。

她拿酒时我真用录音机放出《维也纳森林》曲子。我们对饮了一整杯啤酒，又随曲子旋转起来。有了酒和曲子，跳得更加热烈和谐。但客厅毕竟小，不一会儿就绊倒在沙发上了。她紧紧抓着我的胳膊直说头晕了，头晕了！

我看她脸涨得通红，真的像落日一样红艳动人，不禁激动地投入她怀抱。

这在我家又是一个破天荒！我们从没这般浪漫过，索性纵情浪漫一番吧。

妻子说别叫人看见，我就拉她进了卧室。这在我家真的实在是破天荒了。我们纵情浪漫起来，新鲜和热烈程度，在我俩绝对是破天荒的。我不由自主想到了远方的女战友，我就像和她在一起那样，尽情地满足着妻子。也许妻子本来就潜存着这方面的灵感，还也许妻子真像姚月芬说的那样，她潜藏着的灵感此前已被小姚的丈夫激活了，反正她简直成了一个新人。她欢快地呻吟着回应我说，你好！你好！你真好！你要我吧！要我吧！要我吧！我也呻吟着说了许多遍同女战友说过的那些话。我们相互都感到了对方的新鲜，我们都为之惊喜，但谁都没说破。我们就这样相互尽情享受着这迟到的圆满。

高潮持续了很长时间之后，我们都昏睡了一会儿。后来是她先抚摸起我的脸和头发，自豪地欣赏着我。那满足的幸福感再次把我感动了。我遗憾以前从没给过妻子这样的满足,也遗憾自己从没得到过这样的满足,同时在心里深深感谢着远方的女战友。妻子忍不住说我变化真大,我也忍不住说她变化也真大。后来她深深地感叹说,你想想,一九七六年,那时候的人真傻透了。

一想到一九七六年那回事,浑身的蓬勃情绪忽然消退了。一九七六年九月一日,我们办了结婚登记证,准备十月一日国庆节举行婚礼。九月九日我从外地出差回到单位,抽空到她单位去看她。那时我已经二十七岁,她都二十八了。我在她的独身宿舍坐了很久,后来不由自主拉住她的手,攥了一会儿,我不能自已了,用纸条写说想要吻她。她不同意,但我还是按自己意愿行了事。往下我还要继续,被她毅然推开了。我哭了,说,你都二十八啦,再有二十天我们就举行婚礼了,结婚登记都办一个多月了啊……半晌,妻子终于不再推我。我们忙忙乱乱慌慌张张好一会儿,马上就要实现有生以来那个天大的渴望了,忽然听到走廊谁家屋里传出哀乐,并且很快听清毛主席逝世的讣告。在毛主席被神话得能活一万岁的年代,忽听他老人家逝世的噩耗,的确不啻晴天一声霹雳,立时我们的生理渴望颓然消逝,慌忙罪犯一般装束好衣着,自觉肃立门外听那沉痛的讣告……十月一日,我们的婚礼理所当然推迟了。伟大领袖的丧事期间,我们真的守身如玉,没有拉过半次手,也没有传递过一丝亲昵的眼神儿。直到粉碎"四人帮",毛主席逝世百天以后了,才因单位领导提议,举行了非常非常俭朴的革命化婚礼。尽管正式举行了婚礼,但严肃的政治气氛和我们的无知,洞房的初夜可以说平平淡淡。以后我们这方面的生活,一直都是平平淡淡的,偶尔也有过不平淡,却充满了极度的紧张……

想到这些,我熄了灯,让现实的一切统统隐退,相挨着的妻子便慢慢幻化成女战友,我身下的床也慢慢变得鲜花怒放了。我的身心才一并慢慢热烈起来。

妻子说,单位的事儿刚顺利一点,就把你高兴成这样!

我热烈的身心马上又冷静下来,女战友又还原为妻子。我们夫妇身下的床也由鲜花怒放而变成未婚妻独身宿舍的白色木床，随之眼前出现了哀乐和黑纱，以及每个单位都设有的满是白花的灵堂……

28. 走后门

我跑了一趟省委办公厅，亲手把颁奖会请柬交给省委书记的大秘书。前面说了，省委书记秘书是此次一位获奖女作家的丈夫，我和他夫妇俩都是朋友。当我坐那台在省直单位差不多是最破的伏尔加轿车被门卫拦住时，我说找省委书记的秘书，他们打电话一联系，立即向我敬礼放行。

我坐那台早该报废了的破伏尔加，在作协机关还有人说搞特殊化，可在省委大院一停，简直是在污染环境。管车的师傅看我的车太破，以为是外县谁来找亲戚的，不让往好车堆里停。我没心思跟他们闲扯，急忙进楼，剩下的让司机交涉去了。

头一次进省委办公楼，见到省委书记秘书我头一句就说，省委的厅级大秘书，真够革命化的啦！

大秘书朋友说，省委书记那屋也不比我强多少。

我说，那老百姓怎么都说"打开轿车往里看，个个都是贪污犯，先枪毙后查办，没一个冤假错案"呢？

大秘书朋友说，真正的大官儿，一般都挺清廉。大秘书朋友打量我一下说，你穿军装时比现在年轻，但现在放到厅级领导堆儿里看，倒更显年轻了。

我说，正说省委革命化呢，怎么扯到我年不年轻上了？参观一下你的革命化办公室吧！

我认真看了看，大秘书朋友的办公桌旧是够旧的了，不过真够大的，差不多占去半个房间。桌上的文件一摞挨一摞，说不清到底有几百份。沙发跟我家那种早该淘汰的差不多。

大秘书朋友给我泡杯茶，问，到地方这段感觉怎么样？

我看看表说一言难尽，便拿出邀请函给他看。他看完喔了一声说，请省委书记呀！我说，请省委书记不就是请你吗，书记到哪儿你就到哪儿。

我把颁奖会的想法和他细说一遍，顺便也说了说作协近况，强调了省委书记出席会议对作协的意义，特别指出了能促使盛委书记和铁树主席上班，能促使作协办公楼尽早立项。

大秘书朋友便格外认真地又看了一遍邀请函，说，那你还得重新修改一遍，强调这次获奖作家中，有三位抗战时期老作家，尤其有参加过延安文艺座谈会的朱简老儿。还要强调说给这些老作家颁奖，只有省委主要领导最为合适，我再私下跟他强调一下，说黑发人没资格给白发人颁奖，书记就必去无疑了。但办公楼立项的事不灵，基建立项归省长管！

我说，书记到会省长还能不到会吗？到时当他俩面说，他一句话不就妥了吗？

大秘书朋友说，省里情况你不熟，省长和书记也很别扭，这情况比你们作协强不了多少。

我很吃惊，说，领导光廉政不团结也够呛啊，坐个旧沙发不解决下边问题，还不如坐新沙发解决问题的呢！

大秘书朋友说，省长去不去是一回事，但你必须得请。他不到会，书面说几句也行，取书面材料时顺便提一下办公楼的事，请他给省计划委员会打个电话就行了。

我很感激说，亏得有你这个大秘书朋友了，要不怎么请得到省委书记啊。

大秘书朋友说，省委书记事儿实在太多了，请他的会每天都一堆，他总得拣重要的去。所以请他必须把事情的重要性说到点子上。而点子必须打在上头精神上。你这个会的点子，就在于给参加过延安文艺座谈会的朱老前辈等作家颁奖。

我急于求成说，干脆你就帮我措措词在你这儿重打印一遍得了。

大秘书朋友说，在我这重打，你不也得拿回去盖章吗，所以你还是拿回去重办吧。

我拿了报告要走时,进来一个身材魁梧的大块头儿,一看就是个大领导。大秘书朋友称他秘书长,并向他介绍我说这是作协柳主席。

魁梧的秘书长愣了一下,问哪儿的作协主席?

秘书说,省作协啊,刚从部队调转到省作协的。

秘书长说,这么年轻,省作协老作家那么多,主席这么年轻!

秘书说,也不算太年轻了,和我同岁。

秘书长开了句玩笑说,你是秘书,人家是主席,当然更显年轻啦!

秘书长走后我问大秘书朋友,省委秘书长是什么级别的官儿啊?

大秘书朋友说,省委常委,副省级。

我说,副书记副省长是副省级,秘书长怎么也是副省级呢?

大秘书朋友说,因为他是省委常委,不仅是副省级,而且是排在副省长前边的副省级。

我说,秘书长块头像大官,可官架子并不大嘛。

大秘书朋友说,官架子越大的,越可能是小官儿。

我长了见识,不由呃了一声,然后兴冲冲离去。

29. 颁奖会

我按大秘书朋友的指点,几经周折终于将颁奖会准备停当。会议由盛委主持,安排给铁树的角色是,以主席身份就全省创作形势讲话。由于我说这安排省委宣传部部长同意,所以盛委铁树也都认可了。我几经沟通,把原定的开会时间更改了两次,才使省委书记没有任何借口不到会了。如果省委书记说又与哪个会发生冲突,我会继续改变会期。

省委书记一到会,会议规格立刻就不一样了。省电视台定在新闻节目播发消息,省委宣传部部长以及省里其他有关部门的领导,离休的在职的都表示一定到会。只有省长如我大秘书朋友预料那样,说有其他方面的事来不了。

最大的领导没问题了，又恐作家们来不齐，我又亲自给需到会的老、中、青作家一一打了电话，有的还是两三遍电话。直到每个细节都觉万无一失了，才发觉心脏像被一只手捏搓着似的疼，累及前胸后背都疼。这是心绞痛的症状，我不得不比往日加吃了一倍的心痛定片。

晚上回家洗澡时忽然发觉，镜中那个裸体的我已变了模样。瘦了许多不说，脸上的细纹不知哪天增加了那么多，尤其头发长得不像话了。虽然颁奖大会我不坐主席台，但我必须上台领奖。第一次在如此隆重的大会上向全省亮相，这副模样十分不妥。我摸过一直放在镜边的理发推子，决定理理发。

大约有八年了，我都是自己对镜理发的。一提这个八年，我就有点像《智取威虎山》中李勇奇说"八年啦"那样心情复杂。八年多来，无论是去新疆戈壁深入生活，还是到云南老山前线战地采访，以及所有较长时间的出差，我都是带着理发推子，自己理发的。上中学时我就学会了理发，参军后战友之间又一直互相理，一来二去，养成了不上街理发的习惯。后来当了专业作家不坐班，没法互相理了，我就摸索对着镜子自理。能坚持自己理下来的原因还有一点，我头发白得特别早，三十五六岁就明显白了。到三十七八岁时，全国染发之风大盛，我也开始染。开初到街上染，弄得鬼似的被人们看，心里受不了，以后便买了染料自己在家染。我自己这样自理自染了八年，已非常熟练。有时出差在外没镜子，凭手感摸索着理，也不至于粗糙得不能见人。

裸体自理真方便，什么也不用围，理下的头发用手随便一拂就行了。可我吃惊地发现，近两个月没染发，鬓角两侧理剩下的部分有三分之二是白的了，像厚厚的雪地落了黑黑一层煤粉，白多黑少，黑白分明，吓死人了。

我面对镜中怪模样的自己，看了好一会儿。体形是青年人的，可看大片白了的两鬓呢，生人会误认为五十好几了！我感慨万端拿起染料时，省委秘书长，还有作协老同志们说我"小青年"的话接连在耳边响起。我不禁骂了一声他妈的，索性将染料倒入厕所，然后大声说，不染了！不染了！老子从此不染了！

妻子推门见我这般模样，惊问，怎么了？怎么了？

我说，老子不染了！

我就拿起推子继续理发，把两鬓保留的黑发统统理掉。妻子来夺推子，说，你不能这样！

我把妻子推开，说，少废话，老子从此不染了！

等我理完，自己站镜前愣怔了好久。这是我吗？两鬓处那层煤粉清除了，只剩两大片厚厚的白雪。军装剥掉了，军帽剥掉了，老百姓的便服也剥掉了，现在连染黑的头发也剥了个精光，一切都是真实的了。我的一颗心像在青春和苍老之间挣扎了许久，平静是平静了，但还在隐隐作痛。那一夜，我和妻子像听到毛主席逝世讣告那次差不多，难过得整夜是梦，没有睡好。

第二天我到火车站去接参加颁奖会的获奖作家北良，他也是副主席，而且是我同学，我们有着可以推心置腹深谈一切的友谊。所以一见面他就盯住了我的头发，惊讶地问我，柳直你怎么了？！家里发生什么事了吗？！

我说，什么事也没有。北良便指责我说，那你扯什么蛋，这不行，现在咱俩马上先去理发馆，赶快染了，我不能让你这样上领奖台！

本来挣扎一夜已近于平静的心态，又被北良这郑重的一劝而波动起来。我很为北良的友谊感动，也从他这里感到，是否有个年轻的形象，在中青年作家眼里是非常重要的。我很感动说，先送你报到去，染发的事完了再说。

北良劝了我半宿，中心意思是，白发容易使自己与青年人疏远，而疏远了年轻人，心态也容易老化。一个作家心态真的老化了，他的创作生命也快终止了。我们是回想了共同经历的好多事情才得出这结论的。直到后半夜三点多，也就是第二天拂晓了，北良还在劝我说，我陪你起早去染吧，上午大会一露面，你原来的形象就毁了！

我被感动得湿了眼窝儿，但想了想还是说，你的话我听懂了，人要没了青年之心，他的艺术生命也就停止了，那的确很可怕。但我既已迈出了这一步，就不再后退了。但我心底还有一句话没说给北良：我有个女战友呢，谁疏远我我都不在乎了！

上帝好像有意配合我的白发，第二天又下起了很大的雪。有雪色陪衬着，我心平静多了。我带车先去接盛委。叫我心里泛起一丝酸楚的是，盛委见了我的白发，竟然没一点儿反应。我的头发白没白他一点儿也不在意呀！难道我是他的长工不成？但凡有点同志感情，也该问一声吧，哪怕有个异样的眼神呢。可是他什么都没有，直接就问会序有没有变动。

我那一丝酸楚很快被匆忙冲淡了，我们抓紧时间赶到会场。

除省长外，邀请的有关领导陆陆续续都到了。十多位省领导在休息室陪延安时期的老作家朱简在闲聊。他们都不认识我，所以没人和我打招呼。省委宣传部部长到了，他一看来了这么多领导，便带着明显的惊叹夸奖我说，你真能请啊，没把丁关根同志请来！？

部长是业余作家，但他对我的白发也没丝毫反应，大概我原来什么模样他并没印象。开过玩笑，他便热情把我介绍给各位省领导说，这是刚从军区挖墙脚挖来的年轻作家，到作协班子大家反映很好！

我说，四十多了，看头发都是老年啦。

满头白发的朱简老儿，提提手杖说，你头发黑得很呢，拿我当镜子照一照，年轻得很！才是我岁数的一半！

省委书记和我握了手说，盛委同志要我跟军区领导打电话，说有个年轻同志不错，希望能支援给作协。的确很年轻！好好干！好好干！

盛委也跟着说我年轻，但我对他仍只字没提我的白发心里又掠过一丝酸楚。

每个领导和我握手时，几乎都说了我真年轻的话，当时我忙于应酬来不及咀嚼这话的味道，只是连连点头称是。其实我心深处多么期望再有这样一句话：呀，有白发啦！这话可以让我体会到一点关爱，而不光因为我是好劳动力而惊喜。

铁树往主席台走时和我打了个照面，他盯一眼我的头发说，怎么整的，忽如一夜春风来了呢，头上开起了梨花！

虽然是玩笑，我也感动了一下，他毕竟关注到了我的白发。

军区政治部为我转业开了绿灯那位周副主任也到会了，他同我握手时也说了一句，你头发白了!？我心里为之一热想，还是娘家人亲啊。这次获奖也有军区女作家江雪，正好同她闹了一场风波的文化部长也随周副主任来了，所以同时到会的佳槐一再嘱咐江雪，不能当场做出让大家尴尬的事。江雪勉强答应后立刻冲我说，柳直你怎么能这样？你快去把头发染了！宁可不领奖也要去染了！

我心里好热好热啊，但当时气氛不容我保持这种心情，我故作无所谓说，是大雪落我头上了，没看外面下大雪吗，是上帝不叫我染的。

江雪以命令口吻说，什么狗上帝呀，柳直你快去染了！

我没能听江雪的，冲她笑笑，忙着把各位领导一一引上主席台了。长长一排坐席坐满后，还临时又加了一个凳子。我自己当然就得坐台下了，盛委主持会坐左侧最边位子，铁树坐右侧最边位子。论职务，作协两位领导也只能坐两侧边上。但这样坐法，倒正合他俩心意了。

盛委宣布会议开始后，特意把我叫到身边，让我帮他认清获奖名单和会议程序。昨天送给他时，我已一一向他核对清楚了，他一定是故意用这种特殊方式，让全省作家周知，我是在全心全意配合他工作。这很容易产生这样的效果：在他和铁树的矛盾中，我是站他一边的，或起码现在我绝对听他指挥。

我不愿产生这样效果，因我心里不是这样想的。铁树毕竟是作家，而且是主席，我也是作家啊！但我又不能不上台去帮盛委把名单念完。按说，会议程序就该把宣布获奖名单这项安排给我的，是我故意没这样安排的。我不想在这个时候出风头，我看重的是以作家身份领奖。所以帮盛委念完名单，我又从主席台左边直接走到最右边铁树那儿，提醒他一下讲话顺序才下台。这提醒是多余的，可对外影响却不是多余的：作协还在正常工作，我并不偏站谁一边。

到会的主要领导都讲了话。省委书记说，对作家没有别的要求，只希望大家，学习学习再学习，深入深入再深入，团结团结再团结，写写写，写出更多好作品来！

　　我觉得领导们说得都非常精彩，因而备受鼓舞。领了奖牌奖金，受了领导的鼓励，加上听大家议论说，这次会，无论从规模到效果，都是省作协前所未有的，所以会间我已忘了自己白发的事。散会后，宣传部长把盛委铁树和我叫到一起，说，会开得不错！柳直同志年轻能干，又懂创作，盛委铁树你们两个要落实省委书记的话，团结一致，乘势把作协工作搞上去。

　　我听了很兴奋，连连点头，可盛委铁树谁也没点头也没吭声，只是我说了句部长吃了饭再走吧，部长又没留下吃饭。据说这个部长很尊重作家，他自己也没官架子，但喝酒吃饭的事却极少参加。走时部长非常热情同我握手说，你年轻，一定好好干，千万注意多做团结工作，在全省作家中树立一个良好形象。

　　这位和蔼可亲的作家部长走后，我立刻又陷入了尴尬。盛委铁树都一声不吭各自往餐厅走，到了餐厅，盛委奔老作家那桌坐了，铁树奔中年作家那桌坐了，我犹豫一下，只好坐北白良、江雪他们那桌了，我选择这桌的理由是，这桌差不多都是获奖者。

　　不一会儿，我坐这桌像为我的黑发开追悼会似的，说开了惋惜话。喝酒时，有人拿这个话题祝我能恢复黑发，有人祝贺我获奖，有人祝贺我到作协当领导。我说你们的祝贺相互矛盾啊，我当领导就没法恢复黑发。

　　江雪说，你当这么个破领导干什么呀！你要不染了，我们就和你断交！

　　有人问我为什么当领导就不能恢复黑发。

　　没等我回答，有人来拽我，说盛委叫我过去。我往盛委那桌一看，他果然在朝我招手。此时我真不情愿到他那桌去，都是前辈没我说话的份，更主要的是，他和铁树矛盾到这种程度，我公然坐到他那桌去喝酒，这不让我违心吗。我又不能不去。我过去向老作家们敬了一杯酒要走，盛委说别走就在这喝吧。我说那桌获奖者等我呢。他说那你陪我到各桌敬敬酒吧。我说把铁树也叫上吧。他冷了脸说，你害怕啊？

说得我心里好冷啊，冷得几乎要打战。我说，那就敬吧！

我陪他敬了一圈。敬到铁树桌时，盛委和其他人都碰了杯，唯独没和铁树碰，我认为这很不对，但铁树根本就没抬眼皮看他一下也不对。

陪盛委敬完酒，我立即回到自己桌。稍坐一会儿，我又过到铁树那儿说，你也各桌敬敬酒吧，我陪你！

铁树很冷淡地看看我说，敬什么酒，不敬！

我说，还是敬敬吧。

他坚决说，不敬，要敬你自己敬吧！

我心里说，不敬拉倒，就理直气壮回到自己那桌。北良又看一眼我的白发说，你活得太累了，还是染了头发别跟他们扯了！

江雪说，柳直你当的算什么领导哇，简直是奴才！你看看咱们这些获奖作家，就你的作品叫《绿色青春期》呀，你却到"老年期"啦！

我苦笑一声说，喝酒，喝！

本来是喝喜酒，喝得这般不痛快，一会儿就喝多了，后来说话开始出格了。北良说，散吧，柳直喝多了。江雪他们就都散了。

北良陪我离开已经没几个人的餐厅，顶雪在院中走。我边走边捶了捶胸，说，难受。

北良说是不要吐哇？

我说是心里不痛快，想哭。

当时漫天落着大雪，静静的没有一丝儿风，仿佛雪落声都听得见了。

北良听懂了我的心情说，想哭就哭哭吧，现在没人。

当时天已黑了，又在僻静无人处，他这样一说，我真的忍不住了。在北京上学那年，我因受了特别重的委屈，他陪我散步时就是这样说的。那回我放声哭了好一会儿，哭透了，他又陪我继续散步，讲他自己失恋别人陪他大哭的感受。从那次，我俩成了知心朋友。我

163

想,如果我在领导中有这样一个朋友该多好啊,可是,领导们只会看着我的白发夸我年轻,叫我好好干!于是,我由北良陪着,真的面对茫茫落雪透哭了一场。

30. 在青苹果聚友屋

雪住天晴,我心情也如屋外静下来的大雪,一片茫然。心里圈着的那些好动的思想之马,也被酒精麻醉了似的,一匹也不动。我本想马上离开会议住的宾馆,回家大睡两天,北良却非拽我去参加《青年时代》杂志召集的青年作家聚餐。我说,我都白发了,参加什么青年作家聚餐啊。他说,我比你大四五岁都去,你敢不去?去!

我被北良硬拉了去。路上雪太深了,车轮不时被陷住就地打滑。下车推了几次,我都想半道打退堂鼓了。铁塔一般高大的北良说,就你这样还能当领导?还能带领全省作家热爱生活,写大作品?你不染发已够呛了,但不能连接近青年作家的热情也丢了哇!

《时代青年》聚集的人都在三十岁左右,还有两个只二十四五岁的。我和北良到时,他们已齐齐地等在酒店了。那酒店叫青苹果聚友屋。最小的女作者见我和北良坐单位车来的,说,这天气谁不打车呀?误了马上换乘另一台,可是瞧您二位,一个老作家,一个大作家,还得自己推车!

北良问她,谁是老作家谁是大作家啊?

小女编辑看看我说,当然这位是老作家啦!又看看北良说,大作家就是您了,看您块头多大啊!

北良说,你的确是一个青苹果!你好好看看,到底谁是老作家?

她认真看后仍说,还是白发这位是老作家,别看他脸面年轻,举止却老成持重。瞧你多……那啥……呀。说多青年不尊重您,说多轻浮不对劲儿,只有说你多那啥!

北良说,你个青苹果只能说准谁是青苹果。听着,我是老作家,我比他大四五岁！他是大作家，他比我小四五岁！昨天他刚上台领的"北方文学奖"，作品名叫《绿色青春期》。看完作品你就会叫他青年作家了，跟你们一样，也是个青苹果！

女青苹果将信将疑说，你们作家就是能编，搞不懂谁是老作家，反正他不可能是青苹果作家！

北良说，青、红、白一锅煮吧，反正是在青苹果聚友屋里聚，少数服从多数啦。

在青年堆里喝酒真自由，不必像在官场，梁山泊英雄排座次似的，座不能乱坐，敬酒也不能乱敬，都得按职位高低顺序来。这帮青苹果多可爱，主编刚说了几句开场白，她们就向北良挑战了，或说高雅的挑逗。最小那个青苹果举杯对北良说，青苹果敬金苹果一杯，我说出敬的原因如果不干杯，那就是没瞧起我。

北良说，青苹果就是酸，第一口就叫人酸掉牙了，你说，我怎么成了金苹果？

小青苹果说，前不久报纸报道你得了"金苹果"奖！报纸没报道我的消息我自己报道一下，我得过"青苹果奖"！看你干不干吧？

北良被她说出一脸由衷的笑，但就是不喝酒，他确实最怕喝酒，最擅长的是耍嘴皮子耍赖。他说，自从得了金苹果奖，我女儿在家就叫我金苹果，今晚，我好像在家听见女儿叫我外号了。每次出门女儿总是教导我说，爸你在外千万别喝酒哇，喝酒不是好爸爸！

小青苹果说，自从我得了青苹果奖，我男朋友就给我起外号青苹果了。到一起他就鼓励我说，在外和朋友聚餐，喝酒一定要勇敢点，不喝酒的就不够朋友！

北良说，原来你男朋友是酒鬼……不，是酒仙哪，是专门痛饮青苹果酒的酒仙。羡慕！羡慕！不过我还是当女儿的好爸爸。

小青苹果说，我现在希望你当我的朋友。

在作家圈里以斗嘴著称的北良，有点招架不住地笑了一气，又说，人说在家靠父母，出门靠朋友。咱这么大岁数已经没父母了，就得在家靠女儿在外靠朋友了。看来我在这地方还没朋友啊。

小青苹果说，你这人似乎有点官架子，不够朋友！

北良说，我就知道你们这帮人里没我的朋友，终于露实话了吧？到底是青苹果眼力不行，我是个作家偏说我有官架子，人家这位柳大官人是真官儿，反而没事儿。

我说，小青同志，你大小也是个作家，本是同根生，相煎何太急呀！

小青苹果说，当官的大作家好歹承认和咱同根生，咱的确仅获过小奖，也是有笔名的。

北良说，不保密的话也把笔名告诉一下，好拜读大作。

小青苹果说，大作家方才无意中已叫过了，您把带官腔的小青同志后两字去掉，那就是了！

北良说，太棒了，《青年时代》的小青苹果，名片送咱一张如何？

小青苹果说，轻易不能送，我得先调查一下你女儿是否送你名片了。

北良说，送了一盒子呢，叫我见人就送，好找工作！

小青苹果说，是找对象吧？

北良说，看来小青先生的对象是父亲撒名片找到的。

小青苹果说，咱是小有名气的获奖作家，用不着父亲撒名片，慕名而求者不少，自己挑的！

北良说，那咱也求一张呗。

小青说，求一张可以，不过得先碰杯把酒干了。

北良还是抵赖，说，小青先生啊……

小青打断说，不是先生是女士。

北良说，我们的师爷鲁迅就管许广平女士称先生。

小青叹一口气说，真没见过这样的大赖皮，看来耍赖水平不高，写作水平也上不去！

北良说，小青先生倒是逐渐说到本质了，不过，你的眼力还是不行。我给你介绍一下你对面这位柳大官人，这才是耍赖高手。人家高在一言不发就把赖打过去了。他的白发是假的，特意染白的。你们

《青年时代》太落后了，现在正悄悄兴起染白发热。青年人染白发有许多意义，接近青年人时让你有安全感，信任感。先以老人的身份接近，然后再慢慢做年轻人的事，多妙哇。不信你细看看他的脸，娃娃似的，白头发都集中在鬓角两侧，不染能白得这样做作吗？

北良终于把斗争大方向转移给我了。小青将信将疑真看看我的白发，但她还是坚持先把名片官司打完，再审白发案。

北良说，小青你要不信，我再给你论述论述，你就信了。这次十几个获奖作家，就他的小说名叫《绿色青春期》，你想想，青春期，中年老年能写青春期吗？这正该是青苹果写的作品！

小青说，您赖皮到这种程度，我有点怀疑你头发是不是染黑的了。怎么样，这杯酒是让我把您当老作家敬还是当青年作家敬？

北良说，不信你把头发染白了，像白毛女似的，全国男人都得给你邮名片。

小青说，看来我非得染白头发你才能跟我喝酒啊？那我先借柳老师白发感染一下。小青真的像女儿似的把头在我雪白的鬓角贴了一下，说，已经染白了，干吧！

北良还是不喝，而继续往我这儿转移目标，也是为的让我高兴。他的良苦用心真的既让我高兴，又让我感动。他说，你们一个青春期一个青苹果，现在都染成白毛女白毛男了，最该干一杯。

我实在是被这个小青苹果感动了，她执着得真是可爱。要是以往我早就抢过来同她喝酒了，现在却时时被白发提醒着要稳重，别给年轻人尤其女孩子以轻浮感。但我不能无动于衷了，我说，崇拜北良的女孩子大概实在太多了，不然小青的酒敬到这份上，他怎么还不喝呢？再可能他对主编有想法了，他准是想该主编先敬他，主编偏不敬，却让小青这个最年轻的编辑来敬。小青说他有官架子，真是说到骨头了，他就是在以官为纲！

北良说，柳直这家伙真能造假，把黑头发染白糊弄人不说，又来编谎。你又不是不知道我从来不能喝酒。你说句实话，我会不会喝酒？

我说，我实话实说吧，北良说不会喝酒那不可能。喝酒方法那么简单，往嘴一倒再一咽就妥，两岁小孩都会他能不会？但他确实一般不喝是事实，我只看他和一位省部级大作家喝过！我这话当然也是编的。

北良由衷笑了，他一定是考虑到我昨天那场哭了。为我开心计，他说，好，好，我俩说的都是实话。我先跟小青干杯，然后就该白毛女白毛男青苹果青春期干！

北良真的和小青干了一满杯。高大的北良脸红得关公一样，这样干杯在我看是创纪录了。他接了小青的名片说，今天破天荒，败在女儿手上！

他越装大说老，大家反越觉他年轻。小青说，北良大哥一杯酒下肚，不至于找不着北吧，忘了姓北没有？

北良说，北不至于找不着，黑白倒是弄不清了。我怎么看你头发是白的，柳直是黑的。

小青说，那我就黑白颠倒一下。她变得彬彬有礼向我举杯说，白发小青敬黑发柳老师一杯，祝柳老师再写一部《白色青春期》获奖！

我十分感动的心情里又被掺进了一丝苦味，她真的是拿我当老人敬重的。想让陌生的青年人辨出我的真实年龄，是需要时间的。

我站起来，郑重举杯和小青碰了一下说，祝青春有为的小青，再写一篇《红苹果》获奖！

小青说，柳老师干吗？

我说，要干！

小青说，敬爱的柳老师，干前能赠一句让我长久不忘的话吗？

我说，赠话是能的，能不能长久不忘可不在我啦。

小青说，柳老师您真是太老实了，您也像金苹果先生那样一下，准能说出叫我永远不忘的话。

带苦味的感动迅速在胸中膨胀，化学反应似的生出许多能量。我说，我唱给你一句话，嗓音不好听大概你就记住了！

小青说，那一定忘不了啦。

我就先干了满杯酒,用《沂蒙颂》的曲调唱道:愿小青,白发苍苍时,也能记住,柳直的苍苍白发!

《沂蒙颂》这支曾经深深感动过我的抒情曲子,配在我即兴创作的词中,我感觉唱得非常动听。唱完,我自己眼也有些湿润。

小青开不出玩笑了,她竟然默默连干了三杯,说,柳老师,我真的忘不了啦!

北良真是破了天荒,他什么也没说,就自动陪了一杯。

我默默坐着咀嚼我唱给小青的话,无可救药地感到,自己已是一滴含了过量油脂的水,掺不进青年作家这池清水里了,即使掺进去,也是浮在水面上。但我心底还是踏实的,我有女战友和妻子啊,她俩不在乎我头发白不白的!

31. 外事活动

本该铁树出面接待日本作家代表团,忽然变成我出面了。铁树访问过日本,并且写过一本《东瀛散记》,所以,他出面接待,最顺理成章。铁树自己也说,他真的特别想再和日本作家见见面。可是,日本作家要到的前一天,他忽然电话说去不成啦,让我带外务部的人去。这回他没说带谁,我就擅自决定还是带范主任,并且也没报告盛委。通知老范说铁树去不了时,老范说,我早就知道他去不了,他那身体能到外地接待日本作家?家里的事儿都坚持不了三四个小时,陪日本作家那是一连四天!还有,刚接中国作协通知时,他一看日期就说去不了了。这和赵明丽儿子的生日是一天,据说赵明丽有言在先,如果她儿子生日那天铁树不出面张罗,她决不答应。

老范这些无法证实的说法,我无心听,我只为自己能接待日本作家这件事而兴奋。当了这么多年中国作家,头一次接触外国作家,能不高兴吗!但我也有点紧张,第一次接触日本作家,也可以说第一次接待外国作家,心里没底儿。如果是穷的或弱的周边小国作家,还没什么，日本是富国强国，出过川端康成等获过诺贝尔文学奖的大作家，接待他们，得格外认真。所以走前夜里，我突击又翻了一遍铁树的《东瀛散记》，还翻了翻当时走红的日本作家的新作，如村上春树的小说等。走时，我找铁树要了几本《东瀛散记》，并让他签了名，准备当礼物送日本作家。铁树的散文随笔的确不错，颇有鲁迅笔法，送日本作家绝对是拿得出手的。我接过书时还暗想，铁树这么个有才华的作家，怎么会把个主席当得如此狼狈不堪呢？又想，如果让鲁迅当个管一大摊子人和事的主席兼党组书记，说不定也要弄个一塌糊涂。鲁迅那嘴，若挖苦起老干部来，比铁树尖刻百倍，他若在许广平之外也弄个"姓赵的"，一定也不会有太平日子过。想到这些，我又为铁树惋惜，他若不找个栾丽惠这样的老婆，也不至于闹得如此。可这也是不可避免的命运，谁让他出生在穷农民家庭啊。不叫栾丽惠供铁树上大学，他怎么能成为有鲁迅笔法的作家啊！

日本作家在我省活动地点选在滨海市。滨海市不仅是日本人在中国留下故事最多的地方之一，也是我人生之船最早扬帆的地方。"文化大革命"入伍那年，我乘部队的敞篷炮车参加过这座城市新政权的庆典，所以现在一坐进接站的滨海市作家协会小客车，我便想到当年乘坐的绿色炮车。革命委员会好！革命委员会好！革命委员会就是好！不仅游行的群众这样喊，我们炮车上的军人喊得更加激昂。我们还喊打倒美帝，打倒苏修，打倒新沙皇。虽然沙皇俄国和日本都在滨海市留下了很多建筑和故事，而且太多的事实说明，日本鬼子比俄国佬更加罪恶滔天，但当时日本不在我们的打倒之列。虽然打不打倒都是口头上的，不像现在的美国导弹打伊拉克，但我们都是用着全身力气，动着满腔真情，去作着动口不动手的君子打。

我们住在滨海市最为豪华的中丽华五星级大酒店。安排房间时，日本作家没和我们安排在一层楼。我问为什么，酒店说安排日本客人那层住满了。我说，安排我们那层空着许多房间啊？他们说，你们那层是第十三层，十三层，懂吗？我想了想，懂了酒店的意思，却不懂他们这意思的道理。我说欧洲人信基督教忌讳十三，日本人和咱们同属亚洲，不会在乎十三不十三的！酒店的人批评我老外，说外国人都在乎十三。我说朝鲜、越南、蒙古都是外国，我怎么没听说他们在乎十三？酒店的人又进一步批评我说，你说的都是落后的外国，先进的外国都在乎十三，日本先进！我说日本工业和科技先进，不等于他们信基督教！五星级酒店的人不耐烦了，不屑再批评我，说，算了吧，先进国家都忌讳十三，就连咱们国家先进地区也都忌讳！谁不知道十三不吉利？我说，我也知道不吉利了，我们怎么办？他们又是不屑地婉言道，中国人就拉倒吧！范主任忍不住了，要找酒店领导理论一翻，我戏谑说，我们是共产党员，不吉利的事，我们上！

五星级酒店对日本人的如此重视，在让我反感的同时，还让我多了一分紧张。到机场迎接日本作家时，我特意把本来很挺的西装又抻巴了几下，领带也再三正了正。我还把滨海市作协主席北良也叫上了，谁叫他也去过日本呢，谁叫是我同学和朋友呢！他仿佛是一棵四季常青，熟果子累累的笑话树，只要一碰，熟透了的笑话就会一个接一个往下掉，谁和他接触都可以捡到许多令人兴奋的笑话果。上次颁奖会后，如果不叫他领我去青苹果聚友屋，我不定会难过多长时间呢。想到有他参与，我多少又轻松了一点。他也穿了笔挺的西服，我们在机场一照面，他便指着我们的西服说，不知道底细的，准会以为咱们是日本作家。你看柳大主席，用一条领带把脸勒得日本太阳旗似的红，像不像小林多喜二？范主任的西服裤子，裤裆离膝盖不远了，像不像二叶亭四迷？本人，气宇轩昂，像不像三岛由纪夫复活了？

我们正用笑话轻松着自己，日本作家出现了。果然如北良所预言，我们是日本作家，他们则像中国的四川作家。他们一行五人，只一个穿西装的，还只穿的是上衣，下身竟是牛仔裤。北良推了推我说，中国作家来了，咱们日本作家赶快上前握手欢迎吧！

我说你去了两趟日本，看人家认不认识你吧！说着我率先迎了上去。中国作协的翻译是北方老乡，日本通，和我和北良都熟。铁树和北良去日本，都是和这老乡翻译同行的，一看就知道他们有不少共同语言。我刚和老乡翻译握手，北良就开玩笑说，热烈欢迎中国作家到日本来。老乡翻译一本正经却没照原样翻译道，滨海市作协主席北良说热烈欢迎日本作家到滨海来！几位日本作家连连鞠躬点头说着谢谢的话，我和北良就笑。日本一个很像中国人的作家也笑，他用熟练的汉语把北良的玩笑说破了：翻译先生您翻错了，这位日本人似的中国作家，他说的是，热烈欢迎中国作家到日本来！

北良立刻上前指指我们几个的西装革履和他们的自由服说，让翻译先生评评，我们谁是日本作家，谁是中国作家？

会说汉语的那位日本作家也是棵玩笑树，他机智地抢在翻译前面说，当然你们是日本作家，我们是中国作家啦，还用评吗？

我们就在机场出口一阵笑，刚见面的两国作家于是就熟人似的了。

不等到达住地，那个汉语不错的日本作家就知道北良和铁树去过日本了，还说要见见铁树，他给铁树带了件小礼物。我说铁树因事外出见不到了，但有《东瀛散记》带给各位朋友。我还告诉日本作家，我是铁树主席的副手，就是受他委托来接待各位朋友的。

范主任拽我衣角小声说，你还得提提盛委，不能光说受铁树委托。我想压下不说，不想会汉语的日本作家已听见了，问我，盛委是什么人？

我支吾了一下，说是作协另一位老领导。会汉语的日本作家又问，这另一位领导是不是铁树副手，我又支吾说，他们俩是互为副手。日本朋友马上问我是不是另一位领导的副手，我说不是副手是助手。日本作家很纳闷，说，奇怪，他们互为副手，你却是一个的助手，另一个的副手，为什么？

不等我答，范主任说，另一个领导是党组的书记，在作协党组织，铁树是副书记。日本作家还是有些纳闷，想继续问我，懂外事纪律的老乡翻译解释了几句体制问题，赶紧借介绍北良把话题岔开了。他说北良也是铁树副手，但不驻会。日本作家又是一顿询问。等他们明白，中国的各级作家协会都是政府拨款的专门机关，有一批专门工作人员和专业作家，而且级别和政府各部门相同时，几乎集体惊呼起来。会汉语那位直接就说，太牛啦中国作家，我入中国作协算了，不回日本了！

北良说，那太棒了，你留中国当作家，用我的户口本，我去日本当作家，咱俩对换！

会汉语的日本作家说，你是中共党员，你的党籍也换给我算了！

北良说，党籍不用换，鲁迅先生就没有党籍，不还是中国最伟大的作家吗？

老乡翻译觉得这些话出格了，就把话题往我身上引：这位铁树的副手是黑龙江省人，离萧红家乡不远！

日本作家刚从哈尔滨过来，去了萧红故居，所以会汉语那位马上拿我当话题说，你们老家土黑，大大的有营养，适合长作家！长出了一个女大作家萧，又长出一个男大作家柳！

去过日本两次的北良说，日本的水更有营养，光是你们北海道就养育了五个大作家，大作家你——东村·岩，大作家他——小林·山，大作家——大和·田，大作家西川千太郎……

原来会说汉语的日本作家叫东村·岩，他仰望着高大的北良说，滨海市的水更有营养，养育的大作家太大了，你看，你北良先生肯定有我两倍重！

北良说，我的个头大，酒囊饭袋的干活，你的体重小，精英的干活，我们中国的鲁迅就是你这样的个头！

我和北良是学友，我们怎么说话都默契。我尽情对日本朋友开北良的玩笑说，他说自己酒囊饭袋的意思是，他酒量大，可以陪你们尽情喝许多酒！

东村·岩说，北良先生不光是酒囊饭袋能陪我们喝酒，他是滨海市作协主席，省作协副主席，大作家。他又指了指我，你是省作协驻会副主席，大作家！

北良也指了我说，他是管全省女作家痛苦的副主席，我是管全省男作家喝酒的副主席，懂了吧？

东村笑着连连说，懂了懂了，柳先生是管女作家痛苦的，你是管男作家喝酒的。那好了，我们来的日本作家都是男的，喝酒都由你陪了！

东村先生，北良说，你不了解我们中国国情，现在我们中国，喝酒都是女的陪，我管男作家喝酒问题，就是管教他们不让他们老喝酒不写作。你们想喝酒，还得让柳主席给找女作家陪！

老乡翻译制止我们，别把国际玩笑一下子开得太过分了，我们才说起客套话来。我问东村先生是哪年生人，因他最年轻并且最活泼。他说，我和你们共和国同龄，不过我是你们共和国的小弟弟，我十二月生，你们共和国十月生，对吧？

我说，东村先生，你是我的小弟弟，我四九年六月生，大你半年！

你也属牛？东村说，我属牛，北海道的牛！

有了同龄这个媒介，东村和我话就格外多了。吃午饭时，我们俩就熟到可以畅谈经历了。他说中国"文化大革命"期间，他们日本青年很羡慕中国的红卫兵，还成立过绿卫兵组织，也想不上课。

我说，那时我们全国都不上课，你们日本也不上课了？

我们日本青年心不齐，东村说，唱《造反有理》歌，想不上课的，人数不到四分之一，骨干分子一被学校开除，大伙就散了。而你们的红卫兵，是共产党领导的，中国共产党伟大，他们领导抗日战争，抗战就胜利了，他们领导"文化大革命"，"文化大革命"也胜利了！

我笑了，说，不对了，"文化大革命"没胜利，彻底错了。

东村却仍严肃地坚持说，不对，"文化大革命"是胜利了，夺了权，轰轰烈烈了十年，出了那么多人物，做了那么多前无古人的事情，还不是胜利呀？彻底错了是共产党自己说的，共产党自己不愿搞了才不搞的嘛！

我说，那也不对，那时候没干什么建设的事，净搞大批判大破坏了，我也跟着干过！

东村说，你们破坏那点东西算什么，何况还是自己破坏自己，日本的侵略战争那才是大破坏，破坏了你们中国，还有不少国家，自己也破坏得很惨，那才叫大大的错了！

老乡翻译提醒我们说，作家之间的交流，怎么不多多谈谈文学？我是研究中日比较文学的！

北良说，文学也不用谈，平时多读作品就是了，应该比较比较生活，然后才能更好地比较文学。

我说，生活还用比较吗，肯定是日本比中国好，看日本在中国投资办的企业，就说明问题了。

东村说，不见得，看你们几位中国朋友，个个都比我们胖，这不说明生活好吗？

北良说，打肿脸充胖子！我们的胖，两种情况，一是搞腐败的一伙人，肥吃脏喝不干活，待胖的，二是就知道馋肉，别的高档食品吃不起。

东村说，那你是一，还是二？

北良说，我既不是一，也不是二，天生就是伟大人物，不胖点怎么伟大呀！

我说，东村君，北良是我们中国最伟大的狡辩家，你不要跟他认真！

东村说，你们伟大领袖毛泽东语录说，世界上怕就怕认真二字，共产党不就最讲认真吗？

北良说，我们共产党已经改革了，何况您又不是共产党，那么认真干啥！

东村说，噢，你们已不讲认真了？！

我说，北良是混进共产党里来的，他从来就不认真，所以现在你也不用跟他认真。

东村问我，跟你用不用认真呢？

我说，我属牛哇，这你还没体会吗，牛都认真！

北良说，那你们俩比比，日本牛和中国牛哪个更认真吧。

东村说，还是中国牛认真，你们中国的伟人鲁迅都俯首甘为孺子牛呢。

北良说，鲁迅也是凑热闹，他不是共产党员，他当什么牛，认什

175

么真呢!

东村说，不，不，鲁迅先生可是伟大人物，他的当牛精神在日本很受尊敬。

我说，东村先生你别上北良的当，他在开咱俩的心呢。

东村说，北良开咱俩的心？是吗，北良先生？

北良说，不开了，不开了，不打扰中日两头牛比认真了。你俩认真比比谁更认真。

东村说，你的两个上司，铁树先生，盛委先生，二位比较，一定是盛委认真？!

没想到盛委和铁树竟会成为国际问题让我回答。我说，盛委是很认真，因为他是作协的法人代表，他必须认真。

东村说，铁树先生不认真吗？

我说，铁树也很认真，因为他是作协主席，不认真也不行!

东村说，那么是法人代表大，还是主席大？

我正琢磨找一句准确点的话回答，北良替我说了，在儿女眼里，爹和妈都大，至于到底谁最大，那要凭自己的感情啦!

东村点点头又摇摇头说，中国有意思，深奥!

我很怕他们再问单位的事，好不容易摆脱两天单位烦心的矛盾是非，又当国际问题战战兢兢来谈，何苦呢，便说，东村先生，咱别说别人的爹娘了，咱比比自家人岁数吧。

东村说，你几个孩子？

我说，当然一个，中国兴独生子女。

东村说，男的女的？

我说，当然男的，中国都愿意要男孩。

北良插科打诨说，几个老婆？

东村大笑。

我说，一个呗，中国兴一个老婆。

北良说，男的女的？

东村更加大笑。

我说，女的呗，中国不兴同性恋。

北良反问东村，你几个孩子？

东村说，当然也一个。

北良说，日本不讲一对夫妻一个孩，你为什么也一个？

东村说，向中国人民学习呗。

北良说，学出个男的女的？

东村说，女的呗，女的出嫁不用父母操心。

北良说，几个老婆？

东村笑过，说，当然一个！

北良说，日本不是自由吗，为啥才要一个？

东村笑说，自由才要一个呢，一个包袱背着就够累了，不能背好几个包袱。不背包袱才是自由。

北良也笑过，说，好，太好了！

我插科说，一个老婆是男的女的？

东村说，当然女的！

北良说，男的也可以，发达国家都兴同性恋。

东村说，发达国家的同性恋不科学，还是中国的异性恋科学。什么都要讲科学！

北良说，喜新厌旧符合科学，中国却不兴喜新厌旧。

东村说，那就来点改革，你们中国不是搞改革嘛，搞喜新不厌旧。

北良笑说，东村君给传授点经验，怎么搞好喜新不厌旧？

东村大笑说，你们的改革开放总设计师，邓小平先生说，摸着石头过河，很管用，你们还是自己摸着石头过河的好！

我们都大笑起来。

笑过，我问东村，你女儿多大了？

十八，东村也问我，你儿子多大了？

十七，我说，我是你哥哥，我儿子却是你女儿的弟弟！

北良说，十七十八，该娶该嫁，让翻译先生做个媒，你们两家结亲得了，也算为中日作家友好作贡献。

我说，不敢高攀啊，东村女儿十八，我儿子十七，这不高攀吗？

北良说，你老婆不也比你大一岁吗，你不也高攀了？

我说，那不是咱中国吗，中国有句谚语，女大一，抱金鸡，日本行吗？

东村说，大一不大一我们日本不讲究，你们的伟大祖师马克思，他的夫人燕妮，不是比他大四岁吗？我是想，我家高攀柳先生家啦，你们中国不是讲门当户对嘛！

我说，我俩同岁都是作家，不正门当户对？

东村说，不，你们中国作家比日本作家地位高，你看你们作家协会，有办公大楼，有车，还有官职级别，你是副主席，厅局级，政府给配车，配工作人员，我们哪有？我们都是你们中国所说的个体户，这还不是高攀？

北良说，柳先生有的比这些还多，就是没钱，东村虽然没这些，但又有钱又有自由，你们权钱结合就是门当户对！

老乡翻译、老范、日本作家代表团五人，我们大笑了好一阵子。我们就在这样友好和谐坦诚无隔的气氛中，游览了滨海路、滨海市最大的商场、自由市场和整个市容。滨海市和北海道都滨海，所以日本作家感觉十分亲切，加上这个城市的确很美，我们拍了不少合影，而且我和东村合得较多。我们俩合影时北良便说，这是门当户对呢！有没有和我门当户对的呀！东村就挨上北良，说，我再和你门当户对。北良说，我家是女儿啊，得找有儿子的门当户对！团长大和·田便站过去说，我和滨海市作协主席门当户对！

日光、气温、景色和大家情绪都相当好，所以每拍一处都有单人的双人的和集体的，转了不到一天，用去七八个胶卷。这七八个胶卷，每拍掉一张，就如拍掉在单位时的一分七上八下的心情，好轻松啊。

晚上我以省作协名义为日本朋友举行欢迎宴会，地点选在一个画家朋友办的画廊。画廊和一家酒店连体，在画廊举行酒会真是再高雅不过了。餐桌按画家朋友的构思摆成一幅美术作品，请来作陪的多是年轻貌好的女作家和女画家,所以日本朋友连连赞叹说,好!美!妙!漂亮!景、人、餐俱佳!

其实我图的是省钱。若在下榻的五星级中丽华酒店宴请,这样的规模,要六千多元人民币,而画廊酒家只需一千五百元。而且大家都置身画丛中,仿佛什么都秀色可餐了。

坐定后正式致欢迎辞前我发现一个现象,上午我们中国作家全是西装革履,晚宴却全变成了便装,而日本朋友则全变成西装革履了。这现象我刚一发现,就被北良出口点破了。北良说,早晨是日本作家迎接中国作家,晚上才是中国作家欢迎日本作家!

大和·田团长还没听懂北良的幽默,问,为什么?

北良说,衣服,你看看衣服,中日作家换衣服啦!

翻译把北良的话翻译后,大和团长和大家一起一阵大笑。笑过高潮,我开始致辞说,我代表盛委书记和铁树主席,对日本作家朋友的到来表示最热烈的欢迎!为了弄出更好的气氛,我乘机把铁树签名的《东瀛散记》送给各位。范主任跟我耳语说,你不该把铁树的书当一项仪式送,和盛委没法交代。他的提醒让我很扫兴,但还是灵机一动想出一个补救办法。我顺手摘下衣兜上的笔送给大和团长说,我们盛委书记委托我送团长先生一支中国金笔,意在祝愿日本作家朋友写出更多传世大作……

弄完这个插曲,我心情又恢复了轻松,赶紧挽回疏忽说:刚才滨海市作协主席兼省作协副主席北良先生说,今晚才是中国作家欢迎日本作家。正因为这个意思,我们中国作家才特意穿了中式便服,为的是喧宾夺主,突出日本朋友。这是我临时想到的文过饰非之辞,我忽视了日本人讲究宴会和各种隆重场合穿西服这一细节。

老乡翻译十分配合地将我的话翻译后,日本作家都虔诚地连连点头致谢。我又说了中国作家怀着对日本文学的敬意而表示对以大和·田为首的日本作家代表团的光临,希望通过这次交往建立我省作家和北海道作家的友好关系等等。翻译后我又拿出准备好的礼品——每人一枚刻了日本作家名字的玉石章。日本作家接过石章,我又说,中国有句表达感情的话，海枯石烂心不变。现在，各位日本作家朋友的名字刻在中国的玉石上了，只要玉石不烂，我们友情就不会变！

玉石名章由五位女士热烈而庄重地送到五位日本作家手里，日本作家都很激动，大和·田团长带头向我们敬酒，东村也异常活跃，主动代团长喝酒。东村和我碰了几次门当户对杯后，就开始向北良进攻。他说北良，你不是伟大的酒囊饭袋吗？让我见识见识！

北良一见东村说得极认真，就又开始像在青苹果聚友屋那回，在要嘴上功夫了。他说，滨海市的人还能没海量吗？我是考虑别破坏中国作家形象，也别把北海道作家喝躺下明天影响活动！

东村说，北海道人也是有海量的，躺不下，北良先生能喝酒是给中国作家争光彩，中国大诗人李白，他的诗和他的酒名，在日本最受赞美！

北良推不掉，只好向我求救说，柳先生可以作证，我是说笑话给日本朋友助兴的，问他我有海量吗？

我一本正经说，北良先生确实没有海量，但他有湖（壶）量，喝一壶没问题，千万别叫他多喝，叫他喝一壶就行。我指了指桌上的醋壶说，就那么大一壶！

东村举举酒杯说，一壶，也就三杯吧，太没海量啦，那么就来湖量吧！他非要和北良干三杯不可。

东村站着把空杯举给北良，任北良再怎么耍嘴，东村就是一句话，小小湖量也没有，绝对不可能的干活！

老乡翻译说再不喝失礼了，我也说怎么也得喝三杯，北良骂着我汉奸不得不喝了三杯。东村还不饶他，我才不当汉奸讲情说，北良就是三杯的量，我再替他喝三杯吧！我真就替他喝了三杯。北良说，喝十三杯也是汉奸，定性了！

那晚酒喝得快活极了，大和团长带头为大家唱歌，后来就变成敬谁酒谁就表演一个节目。不会唱歌的女士就约日本朋友跳个舞，不会唱歌的男士就讲个笑话，轮到范主任时，他说，我一不会唱歌二不会跳舞，我给大家学个鸡叫吧，我出这个节目是因为，滨海市有个作家写过一篇名作《深夜鸡叫声》!

东村欢呼着说,我们日本也都知道,是一个狠地主学鸡叫,范先生要当狠地主了!

范主任学过鸡叫引起好长一阵笑声,平静下来后很难再有谁表演出高潮了,日本朋友就议论起《深夜鸡叫声》和作者来,而且提出请他来见见面。我和北良都和作者极熟,就当即派车把他请来了。《深夜鸡叫声》的作者亲自学了一遍鸡叫,学得确比范主任高妙,席间便再次掀起高潮。掌声停下来后,满头白发和满脸老人斑的作者又加了几句注解:深夜学鸡叫是狠地主干的,当年我在日本鬼子开的工厂当过童工,日本人不用深夜起来亲自学鸡叫,他们一拉汽笛就行了,是机叫,比鸡叫还厉害。那时是天下乌鸦一般黑!

大和·田团长见作者提到了日本侵略者,便特意表示了谴责,并提议明天加个参观日军侵华罪证展览项目。然后又和作者互赠书互签名互合影留念,把个欢迎宴会搞得意外的成功。

第二天参观日军侵华罪证展览时,日本朋友异常严肃,最能说笑话的东村也紧闭了嘴,表示耻辱和歉意。出来后北良特意和东村开了句玩笑说,这是对日本帝国主义,咱们之间的友谊是海枯石烂心不变的。

日本朋友专门在下榻的中丽华酒店日本厅答谢我们,吃的是日餐,喝的是清酒,服务人员着和服行日本礼,就连厅内的一应设施全是日本民族风格的。我们喝着日本清酒,谈日本文学。谈到川端康成,谈到芥川龙之介,谈到夏目漱石,谈到二叶亭四迷,谈到村上春树,谈到大江健三郎……

酒意蒙眬间,大和团长忽然掏出一叠日本纸币来,查数了半天挑出三张递给我。我一时不解其意,没有伸手。大和说,您先接了仔细看看再听我说明。

我接了钱反复看了又看,只认识上面标明一千的阿拉伯数字,还有一个知识分子模样的人物半身像。大和团长说,这张钱面值不大,一千日元,相当中国的五十元人民币,但上面的人像却意义非常,那是日本大作家夏目漱石，送你们这张钱，不在经济价值，而在文学意义！这三张日币，是送给您，范先生，和铁树主席的！

作家身像能上钱币，而且面值如此之大，这很让我意外。不由想到中国的鲁迅，先生画像若也能印上哪怕是拾元的人民币，中国的精神文明建设怕不会是目前这个水平了！

我感叹一番后，忽然又说，不知能不能再找一张，送我们的盛委书记！

和我同岁的东村马上掏出一张，又掏出一把日本硬币，分别选了一角的、一元的、十元的和一百元的，说一定送给最讲认真的盛委书记！

我极为珍重地收下了，并表示将同中日两国作家的友情一起永久珍藏。

和他们在机场分手时，我正不知说什么好，东村指指我的领带说，柳先生今天好漂亮好潇洒吆，尤其领带扎得有功夫，比我们几个都厉害！

我大笑着捏了领带结，往下一拉，嘶的一声便开了，原来是我在部队时发的那种制式拉链领带，傻瓜和聪明人会扎得一样好。他们也都哈哈大笑起来。笑声中，日本朋友被检票员叫过了安检门。我们隔门挥挥手，不见了身影。

第四章

32. 内事没法活动

几天愉快的外事活动给我心里照进一束阳光,这束阳光把我那间办公室也照亮了。这束阳光还使我生出一个闪亮的念头,应该长长志气,成为再大点的作家。中国这么大,光一个省就有一个国大了,不能让外国人光羡慕中国的面积大,也不能光让外国作家羡慕中国作家条件好,得拿出让他们羡慕的作品来。创作的冲动又油然而生,我写下一个题目,《日币上的作家像》,然后开始按射进了阳光的心情美化房间。我有这个毛病,房间不能按我的心情美化起来,就不能进入写作状态。一边美化环境,一边酝酿作品,美化到心满意足时坐下来,文思也就开始风起云涌了。

先用清水洗净的拖布和抹布把全屋拖擦了一遍,将屋脚那盆一人多高的龟背竹上两片黄透的大叶子掰下来,原来显老的龟背竹立刻显得年轻而富有朝气。那两片金光灿烂蒲扇大小的黄叶,单独看起来竟不亚于变得朝气蓬勃的龟背竹动人啦。我把屋内的东西撒目一遍,看中了窗台那只延安宝塔山造型的磨花玻璃瓶,那瓶立时变成一座黄土高原美丽的山。两只阔大而灿烂的黄叶一插入瓶中,迅速化作两片黄色的火焰,只有火光而无烟地燃烧着,仿佛凡·高笔下的向日葵,那花瓶也随之化作阳光强烈到处是一片金黄的阿尔的原野。墙上用飞龙鸟翅膀做成的一只蝴蝶，似也朝燃烧着黄色火焰的阿尔原野飞动起来。创作真是一种奇妙的劳动，艺术家把掌握的素材稍加变动，立刻就生成境界不同的作品来。如果两片黄叶还长在原来的龟背竹上，不就仍是一种苍老衰败的象征吗。我又乘机从别屋剪来一枝夹竹桃，插在窗台的空花盆。于是，我的屋子和心房不仅阳光灿烂而且开满了鲜花。

我伏在稿纸前飞快地写道，浩瀚大海包围着的一个小小岛国，日本，差不多是全世界最有钱的国家之一，他们的钱，不可能太多属于作家，可他们的钱上却印有作家的头像……

这时女编辑作家鲁星儿推门而入，在我办公桌对面刚一坐下就说，听说你很同情铁树，连他和小赵的关系你也很同情？

我满心的鲜花忽然蔫了，放下笔说，你听谁说的？

鲁星儿说，栾丽惠说，赵明丽也说，铁树老婆都把两人一块抓住了，你和求实又故意给放跑了，这事现在谁不知道？！

我说，不放跑还让他们打出人命啊？

鲁星儿说，你起码过后该召集个党组会，给他个处分，叫他在全机关检讨！

我是干什么吃的，我召集党组会？

你……你不是驻会副主席吗？

副主席就能召集党组会？我连党组成员还不是呢！

那你不好开别的会？

我一个不是党组成员的人，召开别的会，处分主席？处分党组副书记？

啊，铁树是副书记！那就没办法管他啦？

我们是党管干部！盛委书记都管不了，我能管了？

这样说时我又想到她连省委书记都不知是哪单位的，便不同她深说了。

她顿悟了什么似的啊啊了几声，转而又说，那你起码不该老帮他的忙啊?!

我老帮他什么忙了?

该他出面接待日本作家,他不去,他留家给赵明丽儿子过生日,你替他去,还替他赠书,替他讲话,走时都不敢跟盛委同志打声招呼,讲话时也不替盛委说几句。那你干吗还给盛委一千日元哪?!

我气愤了,反问道,鲁星儿你这又是听谁说的?

她也气愤着反问我,你说有没有这事儿吧?

我回来后是把一千日元装信封捎给盛委了,还电话简要向盛委汇报了接待日本作家的情况,当时他虽不热情,但也并没说出难听的话。难道是范主任向他说了什么?我真的很是生气,阴沉了脸说,鲁星儿我不想向你作任何解释了,但我要说句心里话,接待日本作家是我完成了一项新鲜工作,愉快得很,并没想到帮谁的忙,也没想到怕谁。如果硬要检讨有什么不对的想法,开初倒是有点自卑感,觉得自己这个中国作家名气太小,因而有些紧张。后来看他们很佩服铁树和北良的样子,慢慢就好了!

鲁星儿说,你不该在外国作家那里树立铁树威信,你该树立盛委威信,树立你自己威信!

我满肚子苦衷一句也不想说了,只说道,我也不想打听谁向你说了什么,但我得告诉你,那一千日元上面印着作家夏目漱石的像!

她惊讶说,是吗?!

我把写有《日币上的作家像》那页稿纸推给她,她看后改变了语气说,你来作协这么长时间了,有什么体会?

我感叹说一言难尽,她正要往下问,听外面有人喊她,便起身跑走了。我闭眼甩了甩头,想把这些干扰迅速甩掉,好重新进入写作状态。可重新伏到稿纸前,满心鲜花那种情绪再也恢复不起来了。同是那支钢笔,急得鸡啄米似的戳着稿纸,就是想不出一个好句子。戳着戳着,声音变大了,而且变成了立体声。我晃了晃头,发觉是敲门声。进来一个部队的熟人,我们只是知道互相叫什么名字,交情一点也没有,问他有什么事他又说没事,只是来闲坐坐。我实在没心思和他闲坐，眼睛不住看着稿纸着急。他说，你们作家协会不错，一天啥事没有，不闲得慌吗？

我笔敲着稿纸没法回答他，我摸不出他的来意，但肯定他不是来看我闲不闲得慌的。我说，什么事你直说，我正忙着而不是闲得慌。他这才说，老战友哇，听说你们要盖楼，而且是你管这事儿？

我说，你直说，啥意思？

他说，我告诉你，管这事儿可大有油水啊。我家乡有个工程队，如果这工程能包给他们，你可以得两万元回扣费！

我说，你呢，你可以得多少？

他说，我一个不要，只是帮老战友个忙。

我说，学雷锋啊，那就算了，这事不归我管。

他说，哪能呢，都说作协的内事全归你管！

我懒得回答他，他看出自己是不受欢迎的人，也就无趣地走了。我只起身用眼光送了送，便仰到椅背上闭目想象那张日币。夏目漱石和接待过的五位日本作家一同向我微笑，我真希望改行去从事外事工作，而不再管那些管不好，也管不了的内事工作了。

33. 一圈电话

我正想上班去，忽然接了名誉主席朱简老的电话。朱简老给我打电话这是第一次，我心为之一振，也为之一紧。他是全省资历最老名望最高的作家，要不是有他获奖，颁奖会省委书记是不会到场的。他住延安窑洞时就发表过名篇小说，他的代表作和其他有影响的作品，我都读过，以前看他，神秘得很。自从作代会换届，铁树在雷鸣的掌声中替代了他的职位，虽说神秘感少了，但颁奖会那天，他只连连称赞我年轻，却不知我写过什么作品，又恢复了我对他视若神明的感觉。他毕竟是全省最有名望的文学老人，他没听说过你的作品，那就是你的知名度不够哇。

电话里传来的朱简老的声音极慢，极轻，每个字都有较长的间隔。他说，我是，朱简啊，你是，柳直，同志吧，请你，到我这里，来一下，我想同你，说个事！

我已同别人有约，一会儿就得到办公室。我试探着说，朱老啊，我先到办公室处理个事，再去行不行？

朱简老慢慢地喔了一声说，是这样，便没下文了。我赶紧说，那您先告诉我什么事，我先考虑着，找我的人一走，我马上过您那儿去。

他又喔了一声，又没下文了。我赶紧说，朱老您听着吗？

他隔了好一会儿才说，那好吧，完了，马上来。

他这么郑重要我过去面谈，会是什么重要事情呢？他是名誉主席，难办的事不找主席不找书记，偏找我这说了不算的小字辈儿，这不难为我吗？我心不由又紧缩一下，明显感到有点疼，便吃了两片心痛定才出屋。

朱简老家在省级干部宅院里。他住的是一栋独门独院的二层小楼，还有独自一片菜园，一派田园情调，这与他作品的田园风格十分一致。他所描写的抗日战争和土改生活，也都与田野紧密相连，枪声和硝烟中弥漫着田园诗意。他本人更是典型的田园风格，从衣着到书桌、书柜到沙发茶几，没一件高档的新潮的。如果不看墙上的挂历，只看朱老儿穿的蓝中山装上衣，和灰布中山装裤子，会觉得这是六七十年代某县城的一个老干部家。而这景象与写字台下压着的照片截然不同，那都是他"文革"前与中国文坛名流照于国内外各种场合的珍贵留影，西装革履，衣冠楚楚。两相对比，简直令人无法相信。

另一位资历仅次于朱简老儿的流火老儿也在，就是我转业前那次理事会上，直面批评铁树而发言超时那位老诗人，他在全国的知名度甚至不比朱简老差。

两位全省的文坛泰斗，正在茶几边摆弄围棋。见了我这个晚辈，这两位我眼里的本省郭沫若和巴金，却都恭敬地站了起来。我连说二老儿快坐，小辈来了哪有长辈站的道理！

两位长辈一个银发闪闪，没一根青丝，一个阔额亮顶，几乎无一根头发，一高一矮地站着，就是不肯坐下。朱简老慢腾腾说，你是党组同志嘛！

我暗想，老少作家们都说我是党组同志，可见作家们对政治方面的事是既认真又马虎。直到我这个"党组同志"坐下，两位全省的文坛泰斗才一同坐下来。

刚一落座，流火老诗人就说，你很……很谦虚，很……很尊敬老同志，他……他铁树不行，他这人太……太狂傲了。有回我到他家去讲一件事，大……大夏天他穿个裤头躺床上……身子都……都没没欠一下，就让我站着和他说话，直到走，他也没下床。这人怎……怎么行呢？这人腐败啦！

朱简老说，流火，同志，先别，说这些，鸡毛，蒜皮了，说重要事吧！

流火老说，这怎么是鸡……鸡毛蒜……皮呢，他铁树四十多岁当上主席，现在才五十来岁嘛，顺……顺我者昌，逆……逆我者亡，了不得了！这还得了？

朱简老说，党组同志，事忙，还是，说大事吧！

流火老说，好，好，那朱老儿你……你先说。

朱简老推让了一会儿才说，我，和流火，同志，商量了一下，我以，名誉主席名义，流火同志，以顾问名义，我们代表，老同志，郑重，建议，由盛委同志，召集一次主席团，扩大会，我们咨询，一下，党组会上，铁树骂盛委的事。矛盾发展到，这地步，省委没时间解决，我们自己，先解决一下。柳直同志，你看，好不好呢？

我现出一脸难色说，我还不是党组成员，不好说呀！

朱简老说，你不好向，盛委建议，你可以向，省委宣传部，建议嘛！前几天颁奖会，你就请到部长了嘛！

我仍为难说，我是下级，刚来，又年轻，不比你们老同志。

流火老说，我们以前多……多次反……映过铁树的问题嘛，我们不在位了，上边就……就不重视嘛！

我说，我刚来，还没有发言权。

朱简老口气变得格外严肃说，柳直，同志，因为，你是从，部队调来的，我也当过兵，红军。流火同志，也当过兵，八路军。所以，我们，信任你。听说你写过一部，很有魄力的小说，改成了电影。所以，你要拿出魄力，来，认真对待，我们老同志意见。你将来也有，退休那一天吧？现在，我们是把你，当部队来的党组领导看，你该明白，是吧？你是有点，害怕是吧？

我说，我刚来，的确不了解情况，也不知道你们究竟对铁树有什么意见！

朱简老说，以前，他搞，搞特殊化，搞腐化，的事就不说了，对我们老同志，不好的事，谋私利的事，也不说了。你来以后，你亲眼看到的，和小赵的事，他对抗省委领导，的意见嘛！盛委同志，落实省委，意见，叫他调走小赵，他打横，党组开会，他打横，这你亲眼见了，你，你应该主持，正义！

流火老忽然问我离没离过婚，现在的妻子是不是铁树做的媒。

问得我莫名其妙，但我感到，自己虽然尽量躲着是非，是非却主动纠缠我了。我说，我就结一次婚，妻子是老家的同学，没经谁介绍。

流火老说，你看看，胡造谣，无……无事生非嘛，让不明真……真相的人误……误以为他铁树那边人多势众嘛。柳……柳直同志你要当心，作协这地方水浅王……王八多啊！

我的确有些生气了，谁这么无事生非呢。作协这地方真是的，包括流火老使用的水浅王八多，都是"文化大革命"语言。我生气却不知生谁的气。二老儿语气所指当然是铁树，但我感觉到的，盛委和铁树的矛盾是铁树和老干部的矛盾在延续。

朱简老说，柳直同志，你是，部队，派来的好同志，希望你，别辜负，大家的，期望，是吧？盛委是，省委派来，整顿作协的，工作受到，阻力是吧？现在党，和群众，都信任你，是吧？

我真不知现在作协谁代表党。盛委是党组书记，应该能代表的，但铁树是党组副书记，这身份也不是代表其他的。朱简老和流火老，都是红军时期参加革命的老党员，省委领导逢年过节还得主动上门拜望他们，也不是代表别的。反正最不能代表党的是我。眼下两位长辈肯定都比我能代表党，我要不答应他们的请求，是出不了屋的。我就答应了，两人这才让我吃花生，喝茶，然后让我走了。

我还是按组织程序，先给盛委打电话。打时我就觉得盛委不会同意这么办，因为党内矛盾拿主席团会解决不合适，还有，主席团会应该主席铁树召集，盛委是副主席，不会蠢到这种地步。但我必须把名誉主席和顾问的建议向他汇报。

盛委听了电话汇报，果然很坚决说，这会我召集不了，我不是主席，我不是作家，也没资格当主席！

我说，他们让我向你反映啊？

他说，他们不是还让你往宣传部反映吗？

我说，向宣传部谁反映我都摸不着头脑！

他说，向分管部长反映，分管部长你还不知道吗，颁奖会那天不是见着了吗？

打了许多遍电话，第二天才找到分管部长。他也很果断，明确让我把情况直接报告一把手部长，就是颁奖会那天见到的作家型常委部长。常委部长更果断，口气里已明显露出不满了，不知那不满是冲老同志还是冲我的。他说，开主席团会找主席呀，找我干什么？找铁树！

我说，二老一再嘱咐向部里反映，盛委他们也让我找你。

部长说，谁也得按规则办事，他们不是让你找我吗，我让你找铁树！我硬着头皮说，朱老他们说，盛委是一把手，是盛委主持全面工作！

常委部长说，盛委主持全面工作不假，但他不上班怎么主持？主席团会党组开不了，这事宣传部也定不了，就得让他们找铁树。

我又硬着头皮给铁树打电话。没拿起电话前，我同样知道铁树不会理这个茬的。铁树比我想象的还干脆说，建议开主席团会，他们不向我主席建议,向你副主席建议什么?向盛委建议什么?向部里建议什么?他们又不是不认识我老大贵姓?

我受了一圈气也窝着火呢,正好被铁树激发出来,我说,他们向谁建议是他们的事,我怎么管得了?这些人中我职务最低,谁不知矬子好逑?他们向我说了,我难道压下不吱声就对了?!

他忽然意识到自己话说过分了,忙道歉说,对不起对不起,不该冲你发火,你就告诉他们说,我不同意开主席团会解决党组矛盾。他盛委要开,就开党组会,但得请上级来人参加。他们要积极性高,就直接向我建议好了!

我二话没说先于铁树放了电话。这一圈人中,我只能把这点颜色给他看了,只有他勉强能和我算上一代人。

我憋了好长一会儿气,真想谁也不理了。后来还是给盛委、朱简老、流火老一一电话汇报了情况。朱老听后只慢腾腾说了声,是这样,就没话了。流火老听后却慷慷慨慨说了好些话:铁………铁树这个人我早知道他……他会这么说,他……他这个人无赖得很。他知道自己没理,他敢……敢开这个会?他只要一开就得被批……批个体无完肤,所以他……他不……能开。他这个人……

我无心再让谁拿我当出气筒,也无意再让谁误把我当知音,就打断话说,流火老,我有急事要出去,不能听您再说了!我没等对方回话就放了听筒。

我理了理思路发现,作协矛盾千头万绪,根本是主席和名誉主席的矛盾,盛委不过是上级派来裁决矛盾的,裁决过程中他已站到名誉主席一边。而对于这对儿矛盾,我还不知道上级认为哪方对哪方错,我自己也没认真想谁对谁错。盛委赤膊上阵,站到一方直接和铁树冲突,尽管铁树有很大责任,我隐约感到上级对盛委也有不满意的地方。我必须按组织原则和自己的独立心态行事,才不至于违心地陷入怪圈。我必须找准位置,保持独立人格。

我忽然想到,有一件人事方面的事,需开党组会定,我还没向盛委报告呢。我给盛委家打了许多遍电话,都没人接。心里又闷闷得疼，两眼呆呆望着窗外，好半天才发觉天正下着大雪。又下雪！这个多雪的冬天！以往看雪就像读诗，眼前这雪，却越看越像一片片铅。站窗前看了很久，不知往下该干什么，眼前的雪渐渐和去邻省开会时的雪模糊到一起，雪中出现了湖和湖边的桥……

忽然一个熟悉的身影进入我视野。咦，那不是盛委吗？他怎么冒雪走着来了？他的到来像风雪之夜的一星灯火，使我铅灰的心里为之一亮。我急忙电话告诉还在楼里的求实和范大华，让他们赶快都过来，劝盛委上班。然后我就跑到楼外去迎他。

盛委见了我问干什么去，我说迎他。他没说什么，像出了次长差的归来者，左观右看进了他的办公室。办公桌已有很厚的灰尘了，他没往桌前坐，而是坐在了待客的大沙发上。我过我屋拿了暖瓶给他沏茶，求实和范大华也过来了。求实只会表示一下热情，范大华却可以和盛委开玩笑说，看来咱头儿这是病好了，明天能来上班了！

盛委说，无所谓病不病。范大华说，那明天肯定能来上班了，正好后天有个发展作协会员的会。

盛委说，都谁参加？范大华说，铁树和其他党组成员都得参加。

盛委说，谁召集的？

范大华说，我们组联部提出来的，铁树说他参加。你要参加的话就你主持。

盛委说，我不参加，我也主持不了。我个党组书记连党组会都主持不了，我还敢主持发展会员的会？

范大华仍玩笑着说，那你还能总不来呀？！

盛委说，我已跟省委打了报告，什么时候有了说法，我什么时候来上班。

范大华说，你是头儿，你不上班不对呀，我们还都上班呢！

盛委说，你们上班好，我赞成。省委不明确我到底是个什么东西，我就稀里糊涂来上班了，那我更不知自己是什么东西了吗？

我说，后天的会你不来，那你来召集个党组会把作家职称晋评的事研究一下吧,人家铁树都来召集工作会审批会员呢!

盛委说,他知道他是什么东西,我弄不清我是什么东西,情况不一样!

我只好故意改换了话题,说今年雪大的事。

范大华说,雪大好哇,瑞雪兆丰年啊!

盛委说,咱们门口的雪谁扫的?

我如实说了一堆人名。盛委说,都是解放军,看来还是解放军有觉悟哇,不叫你们一帮解放军,作协机关早他妈垮了。然后端起茶杯,送到嘴边又放下了,大概想到这不是他杯子,他从不用别人杯子喝水,这方面严格得似乎有些过分,有点儿像他不讲一点灵活性的性格。放下杯子他就起身说,走了,散步任务已完成,得回去了!

我说,没别的事吗?

盛委说,闷得慌,就想顶雪散散步。

盛委走后,我心疼更加清晰地剧烈起来,自己使劲捶了一阵儿左胸想,也得抓紧看看病了。

34. 假发

和蔼的老医生听我自述了病状问,你干什么工作?

听我是作家协会的,她说,那不用问了,就是思虑过度缺乏体育锻炼。给我开了些药,医生一再嘱咐我,一定要心情舒畅,多休息脑子,多活动身体。

回家和妻子一讲,她说,就舞疗吧,治心脏病舞疗效果最好!我苦笑一声说,怎么舞疗?她说,舞疗你不懂?我的病不就是你让我舞疗治好的吗?

妻子说的舞疗我何尝不懂啊。有年夏天我曾陪她在海滨一家疗养院治腰病。疗养院专门设有一大间舞疗室,其实就是一个舞厅,每天黑白两场舞会。开初妻子坚决不进舞疗室,我又带她和一群朋友去了一次营业性舞厅，朋友们挨个请她跳，大家还众星捧月地围着我大跳了一场迪斯科，跳得纵情忘我飘飘欲仙，下来后红光满面，在妻子眼里简直年轻了十岁。完了我又请妻子跳，尽管她还不会跳，我就随意拉着她转，她受气氛感染，跟大家一一转了一回，竟产生好感。从那她学会的跳舞，坚持下来，不仅治好了腰病，心情抑郁的毛病也好了。

我拍了拍头发说，都白毛子了，谁还跟我舞疗？

妻子说，我陪你舞疗！嫌没意思的话，和姚月芬家一块去，现在我就打电话请她们！

这段忙的，有好些天没和姚月芬家联系了，现在真的想见见她。我说，那你就请吧。妻子真的很快电话请妥了。我穿了羽绒服戴了棉帽子，和妻子乘出租车赶到金豆村，这是我特意点的舞厅，一想那舞厅名我就兴奋。穆川亲和姚月芬正在门前顶雪等我们。一见面姚月芬就高兴得喔了一声说，老柳真会保护自己，戴棉帽子了！然后便拉我妻子胳膊往屋里走。我抢先去买票，穆川亲也抢前要买。我说，今天是我家提议的，就该是我家做东，定下这个规矩，以后谁家先提议什么事，就由谁家做东。妻子也这样说，姚月芬便说，好好，那下次我提议。穆川亲这才罢手不抢了。

金豆村舞厅里仍是一片绿意盎然的田园情调，天棚和四周墙上，以及几根顶梁柱上，都酷似天然地爬着牵牛花、葡萄藤和黄瓜秧子。与外面的冰天雪地一比，不由让人萌动出浓烈的诗情。我们忙忙活活存衣帽时，谁都没注意我的头发，等围着点燃蜡烛的圆桌坐定时，姚月芬忽然喔了一声说，老柳的头发怎么啦？

我笑说昨天下的雪还没化呢。我为了不使自己的心情变坏，故意晃了几下头说，昨天落的雪早化了，今天是染发剂染白的！

姚月芬又喔了一声说，还有染白剂？

我说，没有染白剂我头发会自动白吗？

穆川亲却没感惊讶，好像这之前知道了。姚月芬特意把高脚杯盛着的蜡烛端起来，照了照我的头发哦了一声说，原来是过去染的现在不染啦！她的一声哦，与她以往惊喜时发出的那声噢，很是不同，她脸上的亮色随之少了一点，眼光也有了不易察觉的变化。

我说，好长时间没聚了，要杯啤酒吧？

妻子和穆川亲都积极响应，姚月芬却说要咖啡或可乐吧。我说，也好，这两样既提神又不头疼，最适合跳舞喝。我就都要了热咖啡，觉得这是雪天最温馨的饮料。

我以咖啡当酒，提议碰了碰杯。我是想让大家兴奋起来，好冲淡我白发造成的压抑气氛。

第一支曲子是自家人先跳。我家跳得很和谐，好像努力为下支曲子跳得更和谐铺垫似的。第二支曲子没用声明就是交叉跳了。刚跳到舞池另一边，小姚就说，你不染发也不告诉我一声！

我说，是不是太显老了？

她说，那倒不是，这么大事儿不知道，心里多少有点想法。

我说，你把这看成很大事吗？

她说，不知道，但你没告诉一声我心里有点……也说不好有点什么。

我说，这段儿一是很忙，二是心情很不好，既没时间也没心情见面。

她说，打电话说一声能用多长时间啊？几次拿起电话想从赵明丽那儿问问你的情况，一想你曾说过别老跟她说你，就拉倒了。

她这样重视我的头发和我的电话，让我很心热。我说，是我不对，下次再有类似事儿，一定早让你知道。

她说，那就是再染黑时让我知道呗？

我说，你很希望我染黑吗？

她说，那当然啦！

我说，看来我真很显老了，下次不能来跳舞啦！

她显然是怕伤了我的心情，忙用力捏了下我肩头，说，你当这么大个领导，意志太不坚强了。

我不说了。她竟神不知鬼不觉地用额头蹭了蹭我的鬓角又说，行

195

了吧？我心一下又热了，像敷了热水烫过的毛巾，疼痛感顿时消散，投入妇女怀抱那句话也不由自主随着舒服的感觉爬上心头。但我只是用胸轻轻碰了一下她，算是回报了。

停下来休息时，我故意多说些笑话，让大家开心些。妻子很理解我的用意，连说老柳不染发反而比染时更显年轻了！我很感激妻子这话，再和小姚跳慢曲子时，我哼唱了好几首歌，好让小姚真的感到我如妻子说的，更年轻了。小姚头回听我唱歌，十分惊喜，和我贴紧了说，你真的比以前更年轻了！

不管她和妻子怎么说我更显年轻，我还是感到了她们是有意安慰我。再轮到和姚月芬跳时，她又悄悄跟我说，还是染了吧！

我说，你不说现在比染了时年轻吗？她说，那是因为你表现得年轻，不了解你的人看了会往老了想的！

我说，你觉年轻就行，别人管他干吗！而心的更深处还在说，有女战友觉我年轻呢！

这倒使小姚高兴了，说，谢谢你只在乎我，可上班大家会说你老的。

我说，就这样不染，不少人也不管我叫老柳，而叫小柳的！她看看我的白发遗憾说，你们单位可真够呛！

这时忽然停电了，满舞厅响起一片叫声和口哨声。小姚趁机把头埋进我怀里，我也拥住她。她又仰起头把脸贴近我。我立刻想到女战友仰脸递给我的那轮暖月，我就在黑暗中将我们三人重合在了一起。

灯又亮起来时，我们在欢呼声中迅速分离开来，即使相距很远站着，我也感觉我们心紧贴着在热烈地跳。又轮到我俩跳时，她进一步说，还是黑暗中觉得你更年轻。我给你买一顶假发吧，咱俩单独跳舞时戴。

我说，戴假发那像什么话呀？

她说，只晚上跳舞时戴，平时不戴。

休息时，小姚就当我妻子和她丈夫面，把这建议说出来了，我仍说那不像话。妻子和穆川亲却都说这主意太好了。

第二天我在办公室接到姚月芬电话，说她晚上单独请我到金豆村跳舞去。我就如约去了。没进屋前，她把我拉到暗处掏给我一包东西，说，趁还没摘帽子，先把这个戴上！她真的给我买了假发，她说是最好那种，买时找个人试了，简直看不出是假的！

我说，不管怎么说是假的！她说，我真心实意为你而买，这就是真的。你不戴我不高兴了！

我只好戴了，她嘱咐说，回家一定得说自己买的呀。我答应了。那一夜我们两人跳得十分开心。

第二天下班，我才把假发戴给妻子看。妻子看了又看，说太好了，问在哪个商店买的，多少钱。我按姚月芬告诉的商店和价钱说了。妻子虽然稍微流露出一丝疑惑，但表示怀疑的话半句也没有，只是高兴说，这么高级的假发得一千多元，你只花二百多，太便宜了！

隔天下班回来，妻子拿出我的假发，里外看了一阵说，也没毛病啊，怎么降价这么多卖给你？

我问妻子怎么了，她说，我到那商店看过了，一模一样的假发标价一千一百多元，少一元也不卖。我跟人家犟说昨天有人在这买的，二百多元。服务小姐说昨天就卖了一个，价钱一分没少，有票据可查。我说就是昨天买那人说的，二百多元。人家问我买那人长什么样，我一说，人家说根本不对，是个女的！

我一下慌了，热了脸支吾着说的确是女的，是我们单位的女干部小齐，她戴的就是假发，她正好上街给单位买东西，找我批钱，我顺便让她捎的。小齐的确戴假发，我特意按昨天小姚的衣着说了小齐的穿戴。

妻子说人家把票据给我看了，价钱的确是一千多元！

我急中生智，竟像写小说一样顺利编出个情节来。我说，怕你嫌贵骂我，就说成二百多了。

妻子说，那其他钱你从哪儿弄的？我说管会计借的。

妻子说，借行，可别让人拿公款买呀，一千多元，作协那两个被撸的领导不就因为几千块钱吗？咱家不缺钱！我说，这你尽管放心，用这么多公款买私用假发，那还了得？

妻子当即找出一千二百元给我，叫我早点把单位钱还上。

第二天我不是还钱而是借了一千二百元。女人的心太细，一旦赶巧妻子哪天碰着小齐感谢她为我买了顶好发套，那不闹大笑话嘛。我又打电话给姚月芬，怪她不该跟我谎说只花二百多元。小姚说怕我嫌贵不要。我说妻子心挺细的，以后要注意。

小姚说，我心也不粗，是你心粗。你家黄老师和我家穆川亲出去跳过好多次舞，我什么都没说嘛！我说，还是注意点好，她知道了多少会影响心情的。

姚月芬说，我又不是小孩子，倒是你自己别哪天高兴了把我供出去。

我说，买假发花那么多钱，你回家也不好交账，一定由我自己出。

姚月芬说，哪家不是女人管钱，我管钱我还不好交账？这不是我送你的礼物吗？你竟好意思说给我钱！

我无话可说了。她说，马上又到休息日了，这星期该以我家名义请你家跳舞啦？

我说，好吧，我们等啦。

她说，星期天晚上！

星期六白天，我家大院收发室送来一封信件，信封不是哪家刊物的，里边却像装了本刊物。拆开来见是一份厚厚的稿子。我想最近没往出寄稿，不会有退稿的，是哪个作者寄我看的稿子吧？展开一看却是妻子手抄的我那部被女战友手抄过的中篇小说，虽不是正楷字，也一笔一画十分端正。标题字是用扁平鲜绿的龙井茶叶粘贴的，我的名字则是略显微黄的发丝粘成。无疑，这是妻子发现了我带回的女战友手稿后，经过一番复杂的内心冲突而精心琢磨出的杰作啊，的的确确可以称为她的杰作。女战友用湖畔的野菊花瓣粘标题，妻子则用西湖龙井茶叶粘贴，茶叶是君子之物，西湖龙井又多了几分高贵，显然比之于邓丽君唱的"路边的野花不能采"所告诫的野花要高雅和正统，再加上其中还多了一幅明显可以看出是用血涂成的小插图，使妻子在我心中的分量忽然大幅度增加了。我手捧神花瑰宝般凝望着妻子的杰作反思自己，我是不是幸福得太过分了？我值得两三个女人如此为我付出吗？！我能对得住她们吗？！

我激动得好长时间无法平静。正想找逛街的妻子到饭店浪漫地吃一次饭，忽然电话响了。竟然是邻省女战友！我以为她在开通电话小屋呢，她说是到军区卫生部办事来了，明天回去，约我晚上到宾馆去看她。我说正好妻子也休息，想请她到我家一起吃饭。她说这次不想到家了，下次一定到。没等到晚上妻子便回来了，我来不及和她说收到她信的事，只说来了个战友，晚上得看看去。妻子最怕我老往家领战友吃饭，当兵多年，战友多，总往家领，她实在伺候够了。她说，那你自己去看吧，要请吃饭你就在外面请，千万别领家来。说着当即把请饭钱交给我，嘱咐花钱没关系，千万少喝酒。

傍晚我准时赶到女战友住的宾馆，打算和她一块踏雪散散步，然后再去吃饭。可女战友说，你们这儿雪污染太重，没劲，要是正下着雪还行，现在又没下。她指了指里间卧室，让我进去看看。我这才发现她住的是套房。我说，你什么级别呀，住这么高档房间？

她说是跟后勤部女副部长一块来的，女副部长汇报完工作去北京了，走时说房间不用换了，回去由副部长报销。

我往里间一看，小桌上摆好了简单却非常精美的酒菜，桌上还用酒瓶插了两支鲜艳的白百合花。我用军人的话说，到了我的驻地，就该喝我的酒，喝你的，这怎么说呢！

她说，那次你到我家，连口白水都没喝着，今晚算是补个圆满。我说，那次多圆满啊！

她说，吃了饭才更圆满。说着忽然上前吻我额头。我还戴着棉帽子穿着棉大衣，没想这么快就重演上次的节目了，我也激动地想回吻她额头。她却嬉笑着躲开说，你先把杨子荣上威虎山这身打扮卸掉，全身冷气太拒绝人！

我自己脱了大衣，她亲昵地来帮我摘棉帽子。当我头上的帽子落到她手时，我本想马上回吻她一下的，可她吃惊的脸色阻挡了我，使我没能采取行动，也没说出话来。她也没再说话，但她的眼神告诉我，她心里一定在大声说，原来你头发这么白啊！

　　她默默把我帽子挂好，然后招呼我在桌边坐下，而她则在我对面坐了。这种坐法不要说吻，相互握手都远了。她尽量无所谓地先往我杯里斟了红葡萄酒，又给自己斟了。我看她给自己斟得很少，便鼓了勇气说你再添点吧！她说，不添了。

　　我没强求她添。她端了那一点点酒和我碰了杯，喝时只象征性地沾了沾唇。我喝了一大口说，我的头发影响你情绪了吧？

　　她又端起杯喝了一点儿说没有，然后给我夹了片西红柿说，这不是你最爱吃的吗，尤其冬天的！

　　我的确最爱吃西红柿，尤其冰天雪地的时候，西红柿贵得要命，对我这是怎样的佳肴哇。我接了西红柿，也给她夹了片几近透明的紫红色腊肠。我们各自无言地吃下对方夹给的好东西。我想给她再添些酒。她看看我期盼的眼光，还是将杯子举给了我。我给她倒了和我同样多的酒说，为我们又一次在雪天见面，干一杯吧！

　　她说，的确是雪天，好大的雪，雪都上你头啦！

　　我喝下酒说，你为什么这样看重我的头发呀？

　　她说，没什么，不谈头发了，吃菜。

　　我们就吃菜。我一点都吃不出滋味来。又喝了几口酒后话才多了些，但就像两个同性朋友似的。她说的都是些单位和军队的事，几乎没有几句关于她自己的话。而后者才是感情最深朋友的话题，尤其异性朋友。我试着谈了一两句，她很快又引到别处去了。

　　后来，她又出乎我意料改变主意，提出到我家看看，她还给我儿子带了礼物。我说，不用到家了，礼物我带给儿子是了。

　　她执意要去，我只好先电话往家打了个招呼，但没提前说是女战友。

　　穿大衣前我走近女战友，再次用热切的眼光表示要和她亲近，她犹豫了一会儿，还是贴近我，把嘴唇仰起来。我紧紧拥住她准备热吻，甚至想再吻出上次在她家的结果。可她只是被动地站着，任我怎么热情，她自己却没有一点回应。我便迅速冷了情绪，穿了大衣带她去我家。

妻子一见战友是女的，愣了一会儿竟慌乱起来。听我解释了原委，妻子更慌乱着说，我以为是男战友呢，早知这样，到家来吃饭多好哇，我做饭去！

女战友说，嫂子我们吃过了。她拉妻子坐下后又说，一看嫂子就是贤惠人，柳直好有福！

妻子说，老柳是挺有福的，父母早早没了，我们身边就一个孩子，老柳不抽烟不喝酒也不打麻将，就是心态老了。你看他那头发，也不染染，现在他这岁数，哪有不染发的？怎么劝也不染！

女战友说，不染也有不染的好处，其实染发对人体有害。

妻子说，你真年轻，你们是同年入伍的不是？

我说，是同年入伍，但她是小兵，比我小好多岁呢！

妻子说，那她也显年轻，不知道的会以为三十岁。

女战友说，哪儿呀，都快四十了，嫂子你比柳直小八九岁吧，显着比我年轻。

妻子说，哪儿呀，我比老柳大一岁呢。

女战友说，我以为柳直比你大不少呢！

我说，现在我都不敢单独和妻子上街吃饭，怕人误会我们呢！

送走女战友，我十分愧疚地对妻子说，她就是你截过信的那位，我知道你看见最近她抄给我的稿了，我也收到你抄给我的稿了，她是好人，你比她更好。我会永远对你好的，比对任何人都好！

妻子说，她比我对你好，当年我不该截她的信……

于是，我狠了狠心，星期一、二也没去上班，索性拔了电话线，在家闷头写了三天。一篇献给妻子、女战友和小姚的小说《假发》，初稿完成了。

35. 白发忽然时髦

《假发》小说正修改着，盛委往我家打电话指责说，你柳直有什么理由不上班啊？人家大主席是病人，官儿不差病人，古来如此。我现在也不是好人，老心脏病患者多年了，谁不知道？又叫他铁树一气，谁不知道？我跟省委打了招呼的，不解决问题不上班。你凭什么不上班啊？你上班别的都不用管，就跑新办公楼立项。为官一任，造福一方，我到作协来就这么一件大事，也算你的大事。我叫不动大主席，就得叫你二主席，你高不高兴我也得叫，谁让你转业了呢？我是党组一把手，我交给你权，你找辛主任、罗墨水他们，认真开个会，叫他们都当个事儿干，该批评就批评，谁倚老卖老就打发他回去！

盛委没容我插话，一气说了二十多分钟，最后又补了一句，我怎么着也是干两年休息了，你早呢，你还有二十来年，你不跑楼行吗？你不用怕，有什么可怕的啊？

我只好连一句我不怕也没说，便扔下《假发》，赶到机关召集基建办会。我给自己定的原则是，不管盛委还是铁树，只要是为工作着想明确交代的事，我就认真办。先到会的是罗墨水。他几乎是作协所有上班和不上班人中打扮最显朝气的一个，西装革履，领带系得紧而又紧，头发和皮鞋互相辉映，油黑闪亮。他进屋就向我报喜说，我刚从朱简老儿那回来，朱老儿听说咱们建房工作进展顺利，很高兴，说谢谢咱们！

我问罗老儿，建房工作有了什么顺利进展？！

罗墨水说，进展顺利啊，落实了图纸设计单位，设计意向也达成了，立项报告也打了。等报告一批，钱一到位，有一年就见楼了！

罗墨水说得眉飞色舞笑声朗朗，我却没听出丝毫进展，暗暗着急说，辛主任怎么还没来，还有李清波副主任，他们干什么呢？

罗墨水哈哈笑着说，咱们先研究着，他们说开个小会完了就来。

我说，他们的小会重要还是我开这个基建会重要？

正、副两位主任晚半小时才进我办公室，还没待我问为什么来晚，却发现他俩都如我一样，刚理的头发都雪似的白了。我不由心底一声惊呼，他俩头发也是染的啊，比我白得还重！我不由得把还没出口的批评变成了惊问，两位主任怎么也不染发啦？

副主任李清波说，榜样的力量无穷啊，两级领导都不染了，我个下级还染什么？

我忽然又想到他是转业军人，他是为陪我显老吗？他应显年轻才是对我的支持，那样我才可以无顾虑地指挥他呀！

辛主任说，国家主席染头发，咱也跟着染，现在柳主席不染头发，咱们也得跟着不染，县官不如现管嘛！

我立刻想到盛委刚说的倚老卖老来，这不明明在跟我倚老卖老吗？我开不出玩笑，很冷淡说，我这现管叫了好几次，你们都不过来，县官在的话，就不会这样了。县官们都不来，光知批评现管！

辛主任喊喊了两声说，我这个主任才是县官呢，你们都是州官，正、副知州级的。

我冷笑一声说，那就听你县官的，刚才盛委同志明确指示，叫咱们以后一天一开会，汇报各自的工作进度。

辛主任说，他们州官不来上班，我们县官向谁汇报工作进度？

我说，向我，柳副主席，这是党组书记严肃交代的！

辛主任说，没进展老汇报什么？还天天汇报！

我心下不由忽地蹿起一股怒火来，但还是控制住了情绪，毕竟他大我十多岁，有倚老卖老的条件。我转而问李清波那摊儿工作有什么进展。他说，辛主任一直让我跑一个别的创收项目，建楼的事没让我跑。

我的怒火又压不住了，问，什么创收项目？怎么没听盛委同志交代过？

辛主任说，铁树主席知道，是我们内务部请示铁树主席搞的创收项目。

我说，作家协会大楼是最大项目，哪个小部门自己的项目，都要服从大项目。罗老，说说您的进展情况！

罗墨水未说话先朗声大笑了一阵，他的笑总是令人费解，不知那莫名其妙的笑声主旋律是什么，但这场合无疑也是另一种形式的倚老卖老。笑后他说，我刚刚向老主席——朱简老儿，汇报完，他说很好，衷心地向我们表示感谢！

我打断他的话说，我说的是讲讲进展，工作具体进展怎么样？

罗墨水说，朱简老儿都向我们致谢了，这还不是进展吗？

这简直是无稽之谈，我又不好太驳他面子，就说，党组明确分工盛委书记抓基建，他最近又明确指示，由我代他抓。从今天起，基建方面的工作听我安排，内务部为自己谋福利的创收项目，先放下。大家都说说，下步怎么干。

罗墨水在微笑，辛主任冷了脸子。我扫了一眼李清波，他挠了挠让人怜悯的白发说，我保证全力以赴，但是……辛主任……咱们内务部的创收项目是不得放下？

辛主任故意弄弄确实很白的头发，把帽子戴上又摘了，说，我是基建办主任不假，我也是内务部主任不是？内务部工作撂了能行？撂一天铁主席就得质问，他哪天不得要钱看病？盛书记哪天不得要车？我耽误一点儿他们谁能饶我？我光在人大那边就当十多年办公室主任了，能不懂轻重缓急？

罗墨水又是几声没有主旋律的莫名其妙的笑，一点听不出倾向性来。

多年部队生活养成的，我没练出对什么人都能笑面以待的功夫，感情忽然失控说，如果觉得事太多管不过来，可以提请党组研究，基建办主任这个责任必须一心一意干！

散会后我问李清波，干吗也扔出白发增加我心理负担，他说他是给辛主任看的，辛主任平时就小李小李的叫他，头发再不露露峥嵘，更被叫小李了！

我说你还是染了吧，你也不染，内务部对我压力太大。

李清波说，你放心，柳主席，咱们是部队干部，你指哪咱保证打哪。

我说，老同志不好和他们发火，我就得指望你了，基建办的工作你一定用心干，老辛他再扯淡就换了他。

李清波说，我肯定对你负责，不过书记、主席那块儿你得整妥当点儿。

晚上我向盛委汇报，想乘机把辛主任换了，让李清波当基建办主任。盛委却说李清波还不如辛主任呢，这人办事不守规矩，我管的事他老听铁树的。

我说，辛主任也是个两面光，谁的话对他有利，他就拿谁当挡箭牌。你不在场他总拿铁树的话挡我，今天就挡了几次，所以我才批评了他！

盛委说，应该批他，以后遇这种情况照样批，目前还是让他干吧。

我放了电话长叹一声说，你盛委书记是作协在职人员中最老的一个，因一点矛盾没解决，就公然不上班，这不是典型的倚老卖老？

我又不能不按盛委的意见办，但见到李清波时我说，你头发不染就不染吧，咱们还是太显年轻啦。你干脆连帽子都别戴，让辛主任看你白发时有压力才好。我们未老先老的，也得和他们倚老卖老的，比试比试。

36. 酒桌竞老

十二月三十一日，一年的最后一天，眼瞅要开午饭了，内务部副主任李清波请示我说，过年了，全机关就剩十几个人，安排顿酒吧。我就同意了。

我刚一出屋就听李清波喊，到食堂开饭啦，有酒！我便明白了，是辛主任这个酒鬼早安排好了的，不过叫李清波喊我吃饭而已。我本不想去吃了，又一想，剩的十多个人几乎都是转业干部，应该陪一陪。新年了嘛！

到餐厅一看，铁树早就来了，并且辛主任陪他已在正位坐好，显然不是临时碰上的，而是辛主任提前请示了他，认真请他来的。我若无其事同铁树打了招呼，便要在铁树身边坐下。辛主任又是一副倚老卖老宰相肚子能撑船的姿态，招呼我坐他身边的下座。我没理他，在你辛主任下边坐，不就成了你是核心人物，我和铁树陪你了吗？我在铁树身边一坐，正好成了和辛主任对阵的形势。我想，你个跟我倚老卖老的家伙，不把我当副主席看，而把你自己当秘书长看，又在盛委和铁树之间搞两面派，不能跟你客气！

不一会儿求实、老范、老干部处和内务部两个干事和俩司机，加李清波等，清一水的男人。我又叫人把罗墨水也喊了来。

菜上差不多了，李清波看着铁树和我说，二位主席是不是开始呀？不等铁树和我回音，辛主任抢过去大大乎乎说，吃吧，喝吧，造吧，过年啦！

这不等于他在充秘书长致祝酒词吗？我打断他说，怎么也得请主席说几句拜年话再吃呀。

李清波说，那当然，现在请铁树主席用著名作家的最美好语言为我们祝酒！

这等于尴尬了辛主任，我心里暗暗高兴，带头鼓掌，其实一半是给李清波鼓的。

铁树毕竟是作家，眼光敏锐，他端杯看了一圈大家，又把杯子放下，说发现一个现象。他一一指点了过半数的人说，原来你们都是装的啊，白发装扮的黑发，怎么一时间都现原形了呢？

我这才发现范大华、老方、求实也露出花白不染的头发来，便以代言人口气说，一时间心态都老了呗，都没什么男女情况了呗！

铁树说，那不见得，民间有句话叫白发者好色，只能说你们现在不掩饰自己的好色是了。

辛主任在这个问题上和我站在同一战壕了，他说，我这老家伙了，好什么色，我好人家的黑色，人家也不会好我的白色呀！

我说，就是，就算我们有色心色胆，也没凝聚色的魅力啦。

铁树拍了拍自己的脑袋说，你们不管怎么还有色呀，我这一个秃秃的光明顶，什么色也没了，还是挺羡慕你们的。咱作协这事弄得，少的满头梨花，老的青丝密密，你们看罗老头儿头发黑的，是不是染的咱不知道，但绝对比青年人的头发黑。

辛主任说，人家罗老儿谁能比呀，罗老儿你到底是不是染的？

罗墨水哈哈一阵模棱两可没有主旋律的大笑后，没下文了。

铁树说，不管怎么黑的，黑就比白的比光的有魅力。

罗墨水又是先前那样的几声大笑，大家也跟着笑了几声，铁树也打完腹稿了，才又端起杯正式祝酒说：光明顶畔春风来，一树一树梨花开。小树花浓白胜雪，老树却染青丝黛。不小不老另一片，不青不白混其间。旧年将去新年来，青白不分胡乱干！

铁树在这堆人里居高临下，当然就出口成章，而且玩笑中带着隐喻，除非傻瓜才听不出来。那不青不白是喻指在他和盛委之间模棱两可的人，其中肯定也包括我。我也不认真对待，跟大伙起哄叫了几声好，喝下满杯啤酒。

李清波又提议我也说两句。我也不甘示弱了，同时也想让辛主任明白，我在铁树面前是不必像你那样低三下四的，便也诌了一副对联：除旧岁光明顶前梨花簇雪，迎新楼作家协会一青二白。横批：红、黄、白三种全喝。我这联里也是有隐喻的，梨花簇雪就不是簇光明顶，迎新楼是抓紧建房子，一青二白既是说楼还没影，也是说我柳直染不染发人也清白。诌完我说，怎么样，也得干一杯吧？

铁树说还凑合。李清波说好，干！

大伙跟着说干，可咣咣嘟嘟一气，干的只有铁树、我、李清波、求实、老范，剩下一半人只下一口。李清波说，辛主任你平时自己动不动就干杯，现在有这么精彩的祝酒词，你反而不干，这能辞了旧岁吗？

司机、老范也声援，铁树也插了一句带刺儿的话，辛主任还差谁呀，是不得请示盛书记啊？

这话分量不轻，辛主任红了脸说，啥也不差，喝，喝！这才喝干了杯中酒。

接下来按说该辛主任祝酒了，可罗墨水抢先干笑两声祝上了：我不是倚老卖老，我到作协的时候各位都还没来。我以老同志和基建办身份祝个酒。基建办在以盛委铁树为首，以柳直为副的作协领导班子领导下，积极开展工作，受到老主席朱简老儿的感谢，我们有决心让大家尽早住进新楼。柳直主席才不是说迎新楼吗，我老罗头为此干一大口，各位不管职位高低都干了。

铁树说，难得罗老儿拿出实际行动来提议，我响应，干了！

除辛主任和司机外都干了。老范说，辛主任你怎么回事？

辛主任说，这里除了罗老就是我辛老了，我怎么回事？我就这么回事，有资格卖卖老！

李清波说，辛主任卖老，咱们卖卖少。除司机外我是最少的，我敬罗老辛老二位，我干一杯你们喝一口。

大家都支持说，这个少卖得有水平，老的得买呀！不买，你们再卖老的时候，我们也不买了！

罗墨水和辛主任喝了一口后，其他几人也这样一一卖少，使得两人喝下的酒也不比别人少了。

铁树眼珠转了几转发觉，发起进攻的都是转业军人，肯定想到，要把这支有战斗力的喝酒队伍赶快领导过去，以免卖少卖到他头上，他便主动提议说，今天是除旧迎新的日子。作家协会新人也好，老人也好，解放军同志们辛苦了，机关没有你们一帮当兵的支撑着，也许没今天的样子。我站起来，郑重敬各位一杯。

我们六位当过兵的自然也都站了起来。

辛主任说，作协怎么这些当兵的，十分之六！

铁树说，何止十分之六，是十分之七。我也当过兵，我大学毕业分到部队，正经八百军训了三个月，又锻炼三个月，六个月，按四舍五入算，该有一年军龄。

李清波说，那就一年军龄的是司令员，二十三年军龄的是副司令员，我们在副司令员带领下服从司令员的指挥，干……

杯字没说出来，辛主任截住说，别看我没当过兵，可我也能听出错来。你小李说在副司令员带领下服从司令员指挥，矛盾，你到底归谁带领，归谁指挥？

李清波说，在办公室我归你带领，归司令员指挥，在基建办我归你带领，归副司令员指挥，在党支部我归支部书记带领，归党组书记指挥，矛什么盾？

铁树说，李清波这小子精到家了，一杯酒让你喝得点滴不漏，你辛主任嘴茬子不是他的个。老辛你既然掺和进来了，陪着敬解放军一杯酒吧！

辛主任耍赖不跟着喝，李清波说，辛主任你要喝了，我们解放军也给你保驾护航，不然，就光给党组保驾护航。论年龄你大，但论军龄你没有，现在主席跟我们论军龄呢！

辛主任说，党是领导一切的，除旧迎新的时候应该论党龄，我党龄长！

我想我当兵第二年就入党了，军龄和党龄都不短，他辛主任一天牛哄哄大咧咧样，党龄不会长的，就跟辛主任打赌说，咱俩谁党龄短谁干两杯敢不敢？

辛主任说，不是我敢不敢，是你敢不敢，怎么我也比你党龄长啊，我五十大几你四十出头，我还能比你党龄短？

范大华只比辛主任小一两岁，职务也平级，便戏弄辛主任说，老辛哪，井冈山的骡子也是驮炮的货。年龄大就党龄长？我父亲还不是党员呢！

辛主任说，你们少扯，我非和他柳主席比党龄不可。我1969年入党，你哪年柳主席？

我得意说，那没说的了，您喝两杯酒吧，我1968年年底入的。

辛主任说，你蒙人，你当年入伍当年入党？纯粹蒙人！

我说，谁蒙人谁不是人！求实是人事处长，你和他一块儿查查档案，如果不是68年年底入党，我干十瓶酒。

辛主任看是真的不是假的，又要另外的花招说，"文化大革命"

209

中入党，党龄越长越应肃流毒，得你多喝一杯，咱俩一起肃。

我酒兴已经大起，说两杯就两杯，谁不喝谁混蛋！

刚要喝，赵明丽进餐厅来了。她站到铁树身边辛主任那一侧，说，铁树，大过年的，你一个人跑这喝酒，走，那谁来了，你回去陪陪！

这不是给铁树难堪嘛，当这多下属面，她以夫人口气而且带家长口吻命令铁树，让大家都觉得不好意思。

辛主任笑嘻嘻站起来解围说，小赵子你坐下，坐铁主席和辛大哥这儿，我们大伙陪你过年啦！

快七十的罗墨水也站起来让赵明丽说，小赵你快坐，罗大哥也陪你喝酒。

李清波看铁树和赵明丽都气着，说，这里就你罗大哥是黑头发，还是我们白头发的老资格陪你一杯吧。

赵明丽看了一圈，脸上露出笑模样说，你们怎么回事儿，都染成了白头发？想往年轻了陪衬铁树咋的？再怎么陪衬也是他最老，头顶没一根儿头发！

铁树显然是不高兴了，但压着火气自嘲说，我这是一根头发还没长呢，我比谁都年轻！

罗墨水向小赵献殷勤说，小赵你评评，是不是罗大哥最年轻？

赵明丽说，柳主席才最年轻哪，你们那年轻是装的，要喝酒我就和不装的柳主席喝！

铁树把赵明丽叫餐厅外说去了，屋里人相互看着吐了吐舌头。酒劲加二杆子劲合力作用下，辛主任说，闹了半天还是没头发有魅力！

范大华说，不对，黑头发、白头发、有头发、没头发，都不是魅力，看明白了吧，官儿大就是魅力。同样白头发，她不说李清波年轻，而说柳主席年轻。别争了，官儿小多喝酒吧，官儿大就年轻！

辛主任还想借酒劲压我，同老范犟说，还是没头发的年轻，没头发的专能凝聚长头发的，他柳主席凝聚住长头发的了吗？

大家在酒力鼓舞下大笑，辛主任也得意地笑。铁树在笑声中独自回餐厅了。铁树坐定后问笑什么呢？

辛主任当众撒谎说,笑我和罗墨水倚老卖少呢!

大家又笑。铁树说,看来老辛话里有鬼。

我说,真是火眼金睛,一下就看出鬼来了。

铁树说,谁在捣鬼?

辛主任说没谁捣鬼。

我说辛主任没捣鬼,他只说没头发的有魅力,能凝聚长头发的!

铁树说好你个辛鬼子,我非和你喝个一醉方休不可!

这天下班回家,我一连接了三个电话。

铁树妻子电话问我,听说姓赵的陪铁树和机关处长们喝酒了?她凭什么陪铁树,她臭不要脸第三者插我们家足。小柳你跟老大嫂说句实话,她姓赵的今天到底在没在场?

我说,这事谁说的就问谁,别问我!她说,那我就听明白了,姓赵的准是在场了!

盛委妻子电话跟我说,下午有人给盛委打电话了,说你把铁树从医院请回去喝酒了,带一帮转业军人陪着,还说解放军要给铁树保驾护航。盛委听了很生气,说你柳直想当作协的军委主席呢,想搞军政权呢。你找机会和他解释解释,他疑心可大了,尤其躲家里以后,总想知道作协的动向,尤其你的态度,每一句话他都在乎。他越来越敏感了,还讽刺过我对铁树印象好呢。柳直我现在可难了,我知道你更难,千万留点心眼,少说话。别看老盛不上班,天天有人给他来电话,连赵明丽说你最年轻老盛都知道!最近他又听有人传,当年你和黄老师结婚,是铁树保的媒,现在赵明丽又拉皮条,介绍她女同学给你当第三者。也不知谁在瞎造谣!

我虽听得心生恐怖,但觉得谣言制造者用心良苦,水平不低。有回星期天上街买东西,在饭店吃午饭时,的确碰见赵明丽和姚月芬了,她俩一起吃饭,我端着的餐盘就和她们放在一桌了。眼瞅吃完要走了,栾丽惠出现了,也不知偶然碰上的,还是一直监视着的,反正她实实在在看见了。栾丽惠冷眼看了好一阵儿,没打没闹,只狠狠说了声好哇,转身走了。一传竟如此一箭双雕,显然不像栾丽惠传的,

211

她希望我能站她立场的。

最后是赵明丽来电话说,柳老师,才栾丽惠是给你打电话了吗?她说你说的,我跟铁树给处长们陪酒了!

我说,小赵请你谅解我的难处,以后别再跟我说这些事好吗?

赵明丽说,那好柳老师,我不跟你说了,但你也得加点小心,作协可复杂啦!

37. 新年伊始

新年几天假,我什么人也没心思见,闷头重读罗曼·罗兰的长篇小说《约翰·克利斯朵夫》。心境被天才作家二百多万字无比精彩的文字和生命激情所充实,舒服得如同到另一方天地漫游了好些时日。于是写作的灵感又如春草般萌发起来,我想趁新年伊始的好心情写篇作品了。稿纸的标题下刚添了五行字,老干部处的傅处长一副狼狈相闯进我办公室。这个傅处长属于窝囊废型的秀才处长,耍笔杆子写写材料还行,行使权力管事儿,几乎是一塌糊涂。他的姓好像注定他天生就没主意,姓傅,明明是正处长,让人一叫就成副处长了。偏偏归他管的副处长又姓郑,现在的人哪还有呼谁副什么什么的?他这个处长便成了副的,而副处长则成正的了。

新年头一天上班,他傅正处长就来告郑副处长打他的事。他摘下那副让人一看就有倒霉感的黑边儿眼镜,诉说了他被打的经过,大概就是这么回事:

假后上班,郑副处长一看,老干部处办公室满地是烟头烟灰瓜子皮及纸片、痰迹,活像旧社会的花子房小店,而傅正处长却心安理得地伏在桌上写自己的电视剧本。爱干净的郑副处长便骂咧咧说,咱这办公室成什么了,这是老干部处,不是麻将铺!就算老干部处可以玩玩麻将,那也得是陪老干部玩才算工作,陪在职领导在咱办公室玩麻将,能算工作吗?!铁树家和老干部处在一栋楼,那栋楼远离机关办公室，铁树写作累了，常到老干部处让傅处长陪着玩麻将。麻将那东西玩儿长了上瘾，一上瘾就没个控制了，不仅郑副处长有意见，老干部们也骂铁树把老干部处办公室当成了赌场。所以在这事上，郑副处长和老干部们立场是一致的，因而和盛委也是一致的，他们一致说老干部处成麻将窝了，而窝头是铁树。傅处长陪铁树通宵达旦，三天年假都扔给麻将了。傅正处长被骂恼了，一拍稿纸站起来反骂了两句，这在他是少有的壮举，大概因为输得较惨：你算老几呀你谁都管？主席你也管得着？放假你也管得着？大过年玩两圈麻将也犯法？好在你才是个副处长，是副主席的话就敢骂省委书记啦！郑副处长也骂：他妈的要玩你们在自己家玩呀，这是老干部处办公室，不是谁自己的私室？傅正处长：你还敢他妈他妈骂人，找党组评理去，你目无领导，张嘴就骂领导！傅正处长边说边拽郑副处长评理去。郑副处长一抡又一推，傅正处长往后一个趔趄，全身压在暖气管的一盆花上，年久失修的水管就断了，水流入楼下淹了别家。郑副处长抢修水管的时候，傅正处长乘机跑我这儿来告的状。

　　傅正处长告完状后强调说，他一个副处长仗仗新年在盛委家喝了一顿酒，就谁都敢骂谁都敢打，还有没有王法了？

　　我一听这仗打得有点儿背景，便慎重地先安慰了几句傅处长，然后才批评他不会做思想工作。正批评着，郑副处长电话过来了：柳主席呀，傅处长在你那儿告状吧？我就知道他准去，他什么问题也解决不了，就会打小报告，他不干工作，就知道陪铁树打麻将，办公室成猪窝了，他还趴那儿写自己的电视剧……

　　我打断郑副处长的话，厉声批评说，不管什么理由，你打处长这是个大错误，你必须向他赔礼道歉，其他另说。我不管你们谁对谁错，淹了多少东西都由你自己赔，强调别的没用，我不管什么盛委铁树，现在你俩谁不听我的，我就批谁……

　　我放下电话，我又催傅处长说，你办公室正发水，跑我这儿泡什么蘑菇？！

　　他说，我听你批评老郑这家伙批评得挺公道，那我就走了！

趁他没走，我又抓紧批评了他两句：郑副处长骂人不对，但你个处长，把办公室弄得实在不像话，以后必须把办公室当办公室，不许当麻将室。

他说，我不是却不了铁树的面子嘛，你是不是跟铁树说说？

我说，他找谁打麻将谁自己说去！

撵走傅处长，我又面对稿纸坐了一个多小时，五行字才毫无生气地变成六行，午饭时间也就到了。起身离桌时，我又想到傅处长伏桌于乱屋中写作的情景，想，如果不让傅处长当处长，就让他当个高级编辑或作家，他尽管不一定是一流的，但也会是二流的啊。现在可倒好，他根本就不是当官的料，为什么非让他当处长呢？我便又想到自己，不就是在缺人情况下盛委一句话吗？那傅处长的当官，肯定是在处长缺员时候，铁树的一句话了。但铁树喜欢他哪一点才让他当的这个处长呢？我又进一步联想到铁树。他是多有名气的作家呀，连日本作家都佩服他，如果他不当官，身体不会如此糟糕，好作品一定又出了一大批。现在却是，作品没了，身体垮了，名声也坏了，真是内外交困焦头烂额！一个好作家和一个好领导，绝对是两回事啊！弄不好，我也会重演铁树的悲剧。

午饭后我约求实散步，我闷闷不乐向求实讨教。求实说，铁树的娱乐和休息方式就是打麻将下象棋，而作协最喜欢也最擅长这两样的就是傅眼镜。铁树从不坐班，老干部处又和铁树家在一栋楼，于是《文坛纵横》副主编傅眼镜就变成了老干部处长傅眼镜。盛委来后发现了这一情况，和傅眼镜处长不对的郑干事，便也随之成了老干部处的郑副处长，盛委才得以掌握老干部处。

我忽然联想到自己在铁树和大家眼里会是个什么位置。求实说，实话告诉你吧，机关上下都认为你是盛委的人，而我是铁树的人，咱俩的一举一动，大家都很注意，铁树盛委也都知道。

我说，那咱俩就决不当哪个人的人！求实说，对，咱们绝不是谁个人的人！

为此求实还同我说了一件事——最近有人联名写铁树的上告信，

找求实签名，求实没答应，这事传到铁树耳里，铁树很感动，司机拉求实吃饭以表谢意，求实没去，但他声明说，没签名告铁树，并不等于赞成铁树做那些错事……

下午我到求实屋取水杯，铁树正同求实谈话。见了我，铁树马上说，今天出院了，我从今天起开始抓工作。有几件事要安排，你也坐下一块商量商量吧。这一下就印证了求实中午跟我说的，看来铁树真的把我当盛委的人了。

铁树说，有几件主要事，一是全年工作计划还没做，二是今年的经费还得跑财政厅……说到这些儿，他大骂开盛委了：我党组会上是说他算什么东西了，我现在更认为他算个什么东西了！他算个什么东西呀？是我到省委要求他到作协帮帮我的，他一来却拆开我的台了，什么事都他个人说了算，我都忍了，认了，处分司机这么个小破事儿，他也拿到党组会上研究，我就提了点小小不然的意见，就成了我打横。我要打横的话，内务部辛主任能到作协来吗？刚到作协才几天，就非调个内务部主任不可，硬说原来主任是我的人。怎么是我的人？更令人不能容忍的是，他想从外市调个副主席私自就定了，我连信儿都不知道。那是调一个厅级领导干部，不是临时工！我实在气不过，硬给他搅黄了。这我承认打了他的横，这样的横今后还要打，不仅打，我今天宣布，不能与他为伍了，必须把他撵出去。当初是我请求省委派他来的，现在我坚决要把他撵走。过个破鸡巴年，他弄机关一伙人上家喝酒，酒桌上说我母亲去世我收了多少多少钱，说我除了小赵还有别的女人，还说年前咱们吃那顿破鸡巴饭，是我笼络人心……实在不能与这种混蛋为伍……

我和求实一直听铁树骂完，然后我十分为难地就他骂这些话劝说了半天。我说，这些话肯定传得水分太大。铁树余怒未消说：你也不用替盛委解释，传到我耳朵的话，枝节可能有水分，但主要情节不会假。我怎么没说你调作协来是他一人定的？确实我俩商量了，我也确实同意你来。至于来后我对你有些想法，是后来的事，也不是怨你，而主要是怨他盛委，是他不地道！

我仍劝道：我不知谁给你传的话，也不明白他们具体为什么这样热心地传，但我认为，首先对传话不应感兴趣，同志间，尤其在领导同志间，搞这种事的人，思想不可能是健康的，传的内容也非常不准确，比如有人说我离过婚，还说你是我的媒人……影儿都没有的事！我不能不说句你不愿听的话，不管你俩有多大矛盾，也不管你对我有多大看法，我还是诚心希望，你俩能够沟通。反正你们都是领导，应该有比我们下属更高的姿态。如果你能作点自我批评，就好办了，不然我也没心思干了！

铁树听我说得这般诚恳，便退了一步说：你该怎么按原则办，你可以继续那么办。但让我去向他作自我批评，肯定办不到。我现在可以再作一次姿态，你打电话报告盛委，说我铁树已经出院，年初有些重要事需要研究，请他来上班。如果他说不来，那我也就不客气了。

我说：这个电话应该你打，你要能打这个电话，你再叫我怎么干，我就怎么干。

铁树说：还是你打。

我非常失望，深泄了一口气，无可奈何答应，晚上给盛委打电话。

我明知给盛委打电话也是白打，不仅白打，而且也会惹出盛委比铁树还大的火，但还是在看完中央电视新闻节目后打了。我先说老干部处两位处长打架的事，以此作点铺垫，才说铁树上班了请他也上班的话。他对两个处长打架的事丝毫不感兴趣，只说了句没一个好东西了事。而对铁树出院请他上班的事，却大发雷霆：既然他上班了，就叫他管，他没上班在医院不也一直管着吗？现在趁我不上班，他上班了，管起来更方便了。我不能上班，我上班碍人家事。让他随心所欲搞去吧！人家有能耐，再弄个小姘来也有人帮忙，把作协所有门玻璃砸了谁也管不着！

我找不出妥当的话来与盛委对话，等他骂完了，我只能既由衷又无奈地叹了一口粗气，粗到让他在电话那一端可以清楚听到。这声粗重的叹息，收到了与铁树严肃交换意见的相同效果，盛委舒缓了语气说：太难为你了！但你也不用太犯愁，按组织程序，秉公办事是了。

我又以一声粗重的叹息算是作答。

他再次被我的叹息降低了语调：怪我把你拉到火坑来遭罪，我这么大岁数了，再怎么着也就三两年的罪可遭，你哪，还有半辈子！现在说这些也晚了，总有一天会好的。不过你眼睛也得亮点，心别对什么人都菩萨似的。人家说年前求实特意为铁树上班安排了欢迎酒席，除你而外，都是铁屋里的人。姓铁的现在到处游说，你老家军区那边他也去了，你别蒙在鼓里让人卖了还不知道！

我又连连叹了两声，放了电话。

怎么办呢？

我找出世界名著里差不多最长的《追忆似水年华》来读，以此拖延无比宝贵但无法主动安排的时间。为了静下心，读得进去，我下楼想到夜色里想跑一会儿步。没了噪声的清冷夜色，即刻滤掉我许多焦躁。出了院门，我一边抻着胳膊一边抬腿要跑时，发现楼影处有个身影在徘徊。我直觉这身影是熟悉的，并且这徘徊与我有关，便定神细看。那身影向我走来。

老柳！我一下便听出是姚月芬。我说，你站这儿不冷吗？

她说，不冷。黄老师在家吗？

我这才想到妻子还没回来，儿子也还在学校复习功课。我说，中国的学校非把老师和学生都累死才能罢休，到现在老师和学生都没放学！

她说，黄老师晚回来也不打电话告诉一声？

我说，打了，几点回来不一定。老穆在家吗？

她说，也没回来。我问，你有事？

她说，想见见你！我说，那你怎么不上去？

她说，我感觉黄老师不会在家，想看看……！

我说，想看看是不是和老穆去跳舞了？

她说，我感觉是他俩去跳舞了，你是去迎她吗？

我说，她从来不用迎，我想散散步，单位的事挺闹心。

她说，也不打个电话，见不着你面，声也听不着。

217

我说，上楼坐会儿吧！

她说，她和孩子都快回来了！

我说，回来就一块聊会儿，没关系的。

她犹豫了一会儿竟答应了，往楼上走时我也有些犹豫了，但还是被一股力量引导着，一直往上走去。一进屋，时钟就当头提醒我，已经九点整了。她也看见了钟点，但她刚脱了鞋就说，我想你，特别想……

我看看她，又看看钟说，九点啦！她看看我，也看看钟说，我真的没别的事儿，就是想跟你说说话……

那晚上我没读成《追忆似水年华》，却进一步读了小姚这本书，因而对单位的人和事也有了新的理解。

38. 盛委家的绝密

到班上我就给铁树打电话，想告诉他盛委不能来上班的事。几次都没人接，我索性不打了，想，没必要主动给他打电话，他不说开始上班了吗，有事就到班上说。趁自己心情好点，赶紧写篇作品吧。稿纸一铺，灵感就如笼中的鸟儿被放了出来，一天我就草出一篇小说《畸情》，自觉比《假发》写得灵动。我不能不感谢姚月芬，这灵感是她给的，没她，今天心情必定还十分糟糕着，书都不会读进去的。下班前我正愉快地读《畸情》草稿，盛委妻子突然打来的电话让我大吃一惊。

乔小岚：柳直你不是外人，我也不瞒你了。老盛今天和我吵架动手了，我没让份儿，厮打完我就上班了，回来看他留下的绝情信，才知道他回自己女儿那边去了，他说从此和我分居。我正考虑和他离婚呢！

我只知道，他们是各自死了配偶后自由恋爱组合的新家庭，其他情况一概不知。我诚心劝乔小岚说，盛委工作正不顺心，家里千万别再起火了!

　　乔小岚像清仓腾库似的,把她俩打架以及绝密的家事一股脑儿都说给了我。其实就因为两人都是直筒子性格引起的。早晨因孩子的事,乔小岚说盛委太自私太心狠,说到激愤处,乔小岚对盛委使用了政客二字,尤其说盛委同铁树闹矛盾,是因为盛委性格暴躁。盛委大骂乔小岚说,你看铁树年轻你跟铁树过呀,铁树能力强,多养了一个赵明丽,再多养你一个乔小岚没问题!乔小岚则说,人家能多养两个,是人家人性好,人性不好的政客半个也养不住。这话激怒盛委掀了饭桌,又随手打了乔小岚一耳光。

　　我万没想到盛委这般年纪还会如此,心紧缩着劝乔小岚说,你无论如何别再和老盛惹事了,你俩闹矛盾,也是我的灾难!

　　乔小岚把盛委留给她的信也在电话里念了:……在我最痛苦的时候,我终于知道了我在你心中的真实位置……我回我的家了,待我们都平静以后,再商量用什么方式处理我们的婚姻……

　　我制止乔小岚别再念下去,她几近哭诉继续告诉我,作协最近有人写匿名信打匿名电话,说盛委也是破鞋,与机关好几个女的乱搞。乔小岚不相信这些话,但她哭着说她真是苦透了,说盛委有心脏病她不敢气他,只有忍气吞声。她还向我透露,省委拟定的人大常委会换届名单里有盛委,省委已定了,等人大会开完,盛委当上人大常委,作协的事他就不管了,那时她就正式提出离婚。

　　这些让我惊心动魄的绝密信息,我不可能再扩散丝毫。但我更加为难了,我怎么给盛委打电话呢,打了又怎么说呢?

39. 妻子

　　我忽然感到,以前曾认为非常庸俗浅薄的那句话——安稳的家庭是人生幸福的港湾,贤惠的妻子是男人的无价之宝——有多么深刻。好妻子真是一个男人最最重要的宝贝啊。有一个好妻子,简直是前世修来的福分。一个好男人，永远不该慢待自己的贤妻啊。

放下手包，疲惫地往沙发上一坐，妻子就发现我脸色不好。她削好一个苹果递给我说，是不是单位又不顺利啦？

我发出一声长叹算是作答，起身取来心痛定片扔进嘴里。妻子又递上热水说，你总这样不行，要坐成心脏病就糟了！

我用她端上的热水服下心痛定片后，疲惫地闭了一会儿眼。待睁开时，她双手抚住我前胸和后背说，不痛快的事，不能在心里怄着，咱家又不像盛委和铁树家，闹得天翻地覆，其他啥事都不值得你愁成这样。

我忍不住把乔小岚要离婚的事说了。

妻子先也是吃了一惊，很快就说开乔小岚不对来了。妻子认为，盛委固然不对，但再怎么不对，乔小岚这时不该让盛委走，有心脏病的人出事怎么办？妻子还特别批判了乔小岚不该把家里这种绝密的事情向丈夫单位的人说。她哪里知道，我也把自家的事说给了铁树啊。人心这东西真是最难把握！

批判一通儿乔小岚，妻子转而又说了一通乔小岚的难处。她说，谁憋屈狠了，不找人说说都会坐病的，乔小岚不跟你说，也实在没人可说了。妻子便又说了一通乔小岚的好处，尤其盛委和乔小岚结婚头一年，清明节盛委给前妻扫墓时，乔小岚不仅一同去了，还当盛委面跪盛委前妻墓前磕头，感动得盛委抱起乔小岚说，我就是马上死了，也知足了。当天盛委非又陪乔小岚去给她前夫扫了墓，尤其感人的是，盛委趁乔小岚不备的时候，也跪下磕了头。乔小岚跺着脚喊，盛委你不能这样，你是六十多岁的人了，你不能给他磕头！

基于此，妻子惋惜说，这都是当领导当的！男人一当了领导，老婆就开始成垃圾桶和泔水缸啦，丈夫随时倒什么泔水垃圾，她都得盛着。接着，妻子又帮我从心底往外排闷气似的哀叹一声说，当了领导的男人也真不容易！

妻子专为我做了两样最可口的菜，并且找出一瓶好酒起开了。从未主动要喝酒的妻子非和我碰了碰杯说，报纸说日本男人下了班就到酒店喝酒,边喝边骂自己领导。骂够了,一天被领导管的窝囊气也出去了。回家再骂几声自己老婆,气就出透了,第二天也就又有足够的承受力再让领导指责了。咱们中国人穷,没钱天天上酒店骂领导,往后你就天天在家骂吧,我陪你,连老婆一块骂……

妻子的话和她碰过杯的酒,都倒进我肚里去了。我分明感到自己心底有一种滋味在慢慢升起,那滋味先是淡淡的,后来就一点一点浓烈了。这滋味极其新鲜,比吃了特殊鲜美的东西感觉还要舒服,无法言说。这滋味弥漫了全身每个细胞,真是无孔不入的,以前从没尝过。我细细品味着,终于明白,这是我和妻子真正有了爱而产生的幸福感。这不奇怪吗?以前她死死爱我的时候,我从没对她产生这样的感觉,现在她有了我之外别的男朋友,我反而对她产生了厚爱和深入骨髓的幸福感。同时,另一种满足感也充实了我。我工作是很不顺利,但我有个善良、宽容,并且思想深刻的好妻子啊。有这样一个家为我遮风挡雨,单位再怎么不好也没什么了不起的啦!

我说,你不痛快的时候,我也陪你骂我!

妻子说,今后不论出了什么事,她都不会跟外边人去骂的。我明白她的意思,感动得什么也不想对她隐瞒了。我说,前天晚上小姚来了,十点了你还没回来,她才走的。

妻子说她前天晚上已感觉到了,还说以后我想见小姚单独联系就行,只是千万别让穆川亲知道。他知道了,小姚肯定要挨打的。

我说,穆川亲这就不对了,行他自己有女朋友,就不行小姚有,这不讲理嘛!

妻子说,他就这种思想水平,咱们得慢慢帮助他,他已不打小姚了。

我问妻子,前天晚上是不是和穆川亲跳舞了。妻子承认去了,并说那两天穆川亲和小姚又打架了,经那晚上她的劝说现在好了,今白天穆川亲还打电话想请我们去他家玩。我说,咱们干吗等着人家请,愿意的话,今晚就请他们过来打会儿麻将。妻子说打麻将可以,但不能赢钱的,我说输赢都不是外人,谁赢了就拿那钱吃饭。妻子说你光认识牌但不会出牌，人家跟你玩个什么意思，还是跳舞去好。

妻子出面打的电话，我们两家就又一同跳舞去了。走时妻子特意嘱咐说，姚月芬让我戴上假发。

我们又去了金豆村。我们两家四个人都跳得十分尽兴。结束那场，小姚满面红光悄悄对我说，睡觉时别忘在心里念叨我名字啊，我也念叨你！我答应她后再次提醒，以后一定少和小赵来往。

回家后我和妻子都还激动不已，我们一同洗了澡。可想而知，睡前我和妻子会怎样。我没忘了小姚的嘱咐，从开始就在心里呼叫着她的名字。我感到，妻子似乎也在心底呼叫着什么，我猜想一定是穆川亲。可是，快到高潮时，妻子终于控制不住了，但她喊出的名字不是穆川亲，竟然替我叫出了姚月芬的名字。我感激得热泪盈眶也替妻子喊出了穆川亲的名字。我怎么也没想象到，妻子又为我喊出了远方的女战友的名字！看来，我的想象力已跟不上妻子迅速提高的思想境界了。她忘没忘自己解析雪女蛇的话呢……不过你得小心，不能光想苗条和白，还要注意是否有毒……

那么，妻子已认定小姚和女战友是无毒的了？我呢？

40. 铁树召集了一个会

君子口中无戏言。我一直认为铁树是君子，盛委也是，只不过，两个性格极不相同的君子，弄到一起就君子不成了。可是他铁树自己亲口定的，上午九点准时开处级干部会，还亲口说会由他主持。我九点前就急火火把人召集齐了，可等到十点半他还没到。求实和其他党组成员提议，由我主持把会开完算了。我想了想，还是派司机到家去找铁树，哪想他还在家酣睡呢。到会场他精神还没振作起来，点上一根烟吸了几口才开始讲话。我想他是让身体折磨得当不成君子了。我进而又想，他为啥身体总不好呢？他昨晚干什么了现在还困得死人似的？我马上想到赵明丽。铁树说小赵成他救命稻草了，是吗？

铁树强打精神，按不破不立的思路，讲每项要做的事时，先批判一通此项工作前段如何如何没做好。比如他说基建工作，现在光靠罗墨水瞎忽悠等于零，还说机关快一年没开处级干部会了，这样下去作协非散花不可……

他长篇大论讲了一个多小时，完了让我也讲讲。我对他的讲话很有想法，他住院两年多，头一次召集会，自己就迟到两个小时，不是去人找早忘没影了，还振振有词谈什么破这立那。何况，不久前就开过一次处级干部会呀，你没参加就算没开过？我若对此一点态度没有，那就既太违心，又得挨鲁星儿和盛委一顿指责。我调整了一下心态，直言不讳说，会议比通知时间晚开始近两小时，这在我所经历的开会史上前所未有。这责任在主持会的铁树同志自己，他应该作自我批评！其他人九点基本到齐了，九点没准时到会场的没几个，但其中就有内务部通知开会的人，这里一并提出批评！

我明知，副主席在会上批评主席显然不妥，说完等着听铁树的难听话呢，铁树却当即表示接受了批评，还检讨了几句以往时间观念也不强的问题。为了表示我的批评是对事不对人，我也当即表示，马上落实铁树布置的一些事。

晚上，又接到盛委电话了，他逐条向我批判了铁树会上的讲话，同时表扬了我敢于批评铁树的精神。对此，我心情更加沉重。是谁在充当地下工作者啊。

41. 上级找我了

春节后，我刚在办公桌前坐下，一个电话给我带来了惊喜：省委宣传部通知，常务副部长叫我过去有事。这是我转业以来头回有上级机关领导找我，不管谈什么，我可以正式听到领导机关的声音了，绝不能迟到。可司机又不知哪去了，内务部一个人没到。我马上叫求实用自行车将我送到大院门口。出了大门，我急忙东张西望想打出租车，但是好半天没有。我只好急行军似的小跑起来，刚跑一小段路，一辆摩托车减速和我并肩而行。我以为自己违反了交通规则，驾摩托的人却小声问我坐不坐，只是出租轿车的一半价钱。这正合了我求快的心意，撒目一下看没有警察，便骑了上去。摩托风一样在车流中帮我跃过无数人等，使我忽然又感到了有目标前进的快感。当年唐山大地震一发生，一个电话命令下来，我便连夜背上行李爬上一列货车，奔往受灾现场。目标及指示目标的声音，对于我总是魅力无穷。无目标无指示又不能自主的日子，真比软禁还折磨人。我一时像刚从软禁中放出来的战俘，兴奋得似乎找到了新指挥员。

　　常务副部长特别忙，我坐下后他接了两个电话才同我谈上。他身材魁梧高大，给我感觉跟部队领导干部差不多。他先泡杯茶端给我，这也让我感到省委机关作风与下边不同。到作协这么长时间了，盛委和铁树谁都没给我倒过一杯水。递过水后，副部长告诉我，我的任命省委已经正式通过，另一个人选没能讨论。我想就是铁树说叫他打横弄黄那个。副部长郑重说："所以作协班子一时还不能配齐。这样，你就显得尤为艰难。你前段工作，反映不错。"常务副部长更加和蔼说，"主要是有原则性。党政一把手闹矛盾，你没站在某一边去扩大矛盾，而是尽量做缓和工作，这很不容易，说明部队培养的干部素质不错。"我希望部长能多说些话，好给我这节电力不足的电池多充点儿电。可我发现，他看了看表："下一步工作，仍要坚持这个原则，不要站在一方，而不顾另一方，要尽最大努力按组织原则办事，维持住能推进一般工作的局面。"他又不易察觉地看了一下表，而后让我有什么话也说一说。我真的有许多话要说，但副部长又看了下表，我只好把许多话迅速压缩成几句说出来："再苦再累我都不怕，可是，我对地方工作不熟悉，忽然又遇到复杂矛盾，一时摸不着头脑，就怕理会不好上级意图。两个直接领导，目前简直没有一件事看法是一致的。按原则办，他俩对我都不会满意。不满意也没别的办法。"我想讲几件具体事细谈谈，副部长又看表了。我一个作家，专门观察人的，不会看不出副部长今天不想同我多谈的意思，便果断把话结束了:"但我有信心努力干好,哪种意见符合原则,我就按哪种意见办,只能对事不对人了!"

"很对!"副部长没再鼓励我多说,接过去作了总结,"还要注意团结多数干部,千万不能分伙,不能搞一帮一派!"

不期而至的谈话给我一个意外的惊喜,尽管没能向上级领导好好诉诉苦衷,毕竟是得到了上级的指示,还有肯定。荒野夜行的人,忽然见到一盏灯火,那心情,也许就如我此时一样高兴吧。为了细细品味这少有的滋味,我既没叫单位车来接,也没打车,连公共汽车也没坐。我从省委大院出来,慢慢往回走。我忽然感觉到,高兴时的散步,是多美的享受啊,有目的而无丝毫紧迫感,从从容容轻轻松松,手中好像仍端着那杯热茶,随时可喝上一口。而副部长不多的几句话则像糖果和点心,喝口热茶再吃一口点心,提了神之后,又尽情品味那点心的滋味。

谈话不久,我的任命文件发下来了。部里意见是,如果盛委和铁树能同时到机关召集个会,部里就派人到会宣读任命,否则,就由作协自己公布了。我打电话向盛委报告此事,盛委说,我是去不了啦,铁树不是上着班吗,他怎么安排就怎么办吧!我又向铁树报告,铁树说,什么时候机关有会了,顺便把任命宣读一下吧。

我心又有些凉。是盛委求我转业的啊,我的任命来了,他竟冷淡得连一声鼓励话都没有,哪怕说一声好好干吧,我心里也会很热的。我索性连在机关宣读一下也不想搞了,就如本来俩人已经同居多时,而且同居得并不愉快,现在忽然发了结婚证书,举不举行婚礼都没意思了。家长没有想给办婚礼的意思,你自己张罗就非常非常的没趣了。

看书。看书。看书。

一天就把一部日本长篇小说《跳!跳!跳!》看完了。

一读好小说,我就产生写作的冲动。我拿起了笔。好像上帝已不允许我再动笔了似的,忽然之间,盛委和铁树都有了新动向。马上是盛委电话找我,说宣传部有指示,叫研究开作代会的事,并明确说,什么时候开会研究此事,通知他参加。

我把盛委的话如实转告铁树。铁树说，怎么是通知他参加？这么大的事，得他来开党组会定，得他主持开，得他通知别人！但他就是开了党组会，也得再开主席团会征求意见！

铁树显然是不同意开作代会，他话里还有潜台词：主席团会不得主席召集吗？主席团会的意见还不就是主席的意见吗？我主席没感到需要开，他开什么？

几天后我参加全省宣传工作会议，见到了省委常委部长，就是颁奖会说我就差没把丁关根请来那个作家部长。

"省委对你寄予了很大希望。"作家部长十分亲切说，"作协班子另一个人选没被通过，主要他不是作家。你不同，你是著名作家，还有，你思想作风，几方面都认可。我个人也对你寄予很大期望！

"你这段工作很不错，就这样坚持下去。我不是听了什么人的反映，就是凭我的直觉。要注意在全省作家中树立形象，有个好的形象很重要。我知道你这段工作很难，但不会总这样下去的。

"在盛委和铁树矛盾上，你不用考虑谁说的，你认为不对，你就可以发表不同意见。虽然不一定能改变他们什么，但你有责任这样做。他俩的矛盾，靠他们自己已化解不了了。省委打算通过作协换届来解决。人事安排，宣传部、组织部成立个专门小组，由宣传部常务副部长负责，背对背考核，广泛征求各方意见，要把班子配齐。

"省里几大班子换届一完，省委就研究作协换届问题。作协要向省委写个报告，除人事安排，其他事都得提出想法，供省委讨论。

"派盛委去作协时，省委的意见是加强力量，对铁树是补台不是拆台。铁树的文艺方向没大问题，或者说大方向没问题。对一个有成就的作家不能轻易打倒。盛委一开始也这样认为，但工作一段时间后，他说铁树问题很大，文艺方向没问题也够下台了。盛委本人也有不善于团结人的一面，再指望他俩互相配合，是不可能了。省人大已拟定了盛委的常委名单，正等代表大会通过。我还要给他打电话，叫他上班召集党组会，研究给省委打换届报告。

"铁树这同志，个人形象确实有问题，也不知他自己到底怎么想的。你要注意发现思想作风、业务能力都强的同志，充实到领导班子。我们省文学形象，在全国还是不错的，注意不要破坏它。你既要注意个人在全省的文学形象，也要考虑我省文学在全国的形象。工作难做，但不是不可改变。省文联原来问题也很多，现在也搞好了，就因为班子问题调整好了。作协的班子只能通过换届解决了，省委人事安排小组考察好人选后，代表大会选举。但选举的方案、步骤等一系列技术性问题，你们要开会，好好写个报告……"

　　常委部长这些话，是站在会场外面一个角落单独跟我说的，有疑问的地方我都随意插了话。他这些话，在我看来是很推心置腹的了，尤其谈到对盛委和铁树的看法，他都毫无保留，这体现了对我的莫大信任。我真的没有其他所图，能得到自己佩服的人信任，就是最大的满足了。当初盛委求我转业，若不是被他的信任感动，我怎么也不会答应的。作家部长这次朋友式的谈话，让我受到的不是一般感动。他的话我都详细记在日记本上了，并且在他话后面写下这样的话：……盛委和铁树两人的优点他都具备，而两人的缺点，他却一点没有，是个既能当领导，又能成朋友，还能当作家的高级干部……

　　过后我特意向别人打听到作家部长的主要作品，并且找来一本认真读了，似觉又同他本人深谈了一次，更觉这位学者型、作家型领导的可亲、可敬。读后又在日记里补充记下这样的话：他有才而不卖弄，为官而对己严，管人而对人宽，难能可贵。

42. 盛委上班了

　　盛委终于上班啦！他已有半年多没上班了。他曾几次说过，省委不给个说法，他是不会上班的，看来省委一定是给他说法了。省委具体给了他什么说法呢？光是让他去省人大恐怕不行吧？铁树怎么办？但不管铁树怎么办，盛委上班肯定是按省委意图开党组会，安排换届的事。

他召集党组会,不是在上班的第一天。第一天机关的空气很微妙。铁树到班后,我劝盛委过去打个招呼,盛委不去。我说那你碰面总得和他打个招呼哇!盛委说碰面打招呼可以,不能过他屋去打招呼。

我又到铁树那屋劝他过盛委屋打个招呼,铁树说,当差上班是应该的,他不来是不对的,我过去打什么招呼?

我说,碰面打招呼总是应该的吧?他说,碰面打招呼可以,他召集党组会我也应该参加。

所以盛委上班第二天召集的党组会,就是在这样的尴尬气氛中开始的。通知九点开会,我和求实分别于八点半和八点五十分去告诉铁树,铁树八点五十八分进的会场,即盛委办公室。

铁树进屋时盛委用目光迎了迎,想表示打招呼,但铁树没抬头就坐到南侧沙发上了。盛委的位子在西侧,面向东而雄踞全屋之首。如果各自都正视前方的话,他俩的目光正好垂直成九十度角。盛委宣布开会时,铁树和他的目光正是这个角度。这使气氛很是紧张。

好在盛委宣布开会并说明了会议议题后,向铁树打了个招呼,说,老于同志就这么开吧?铁树并没侧过头与他的目光呼应一下,而是仍垂直着说,开吧。

会就沉闷地开始了。

为了尽快打破尴尬局面,我首先发言,紧接着是求实。我俩配合着尽量给盛委和铁树创造搭话的机会,后来终于使他俩搭上了话。他们语气都有意温和些,中午又在我的撮合下坐到一桌儿吃饭了。这使我和求实心情好了许多,使下午继续的会得以顺利进行完。

党组会研定了两件大事:换届和造屋。这两件事不仅我盼,作协大部分人都是这心情。今天的会把这两件事定得都很具体:成立了三个作代会筹备小组。盛委统筹抓组织联络,求实为副组长;铁树和我分别为文件材料组正副组长,负责工作报告和会章修改,及省委祝词等主要文件材料的起草。造屋的事也分了工,可谓成果不小。

这次会每人都态度平和地发了言,虽开了整整一天,但没觉累,我便愈加把话题往欢快气氛上引。快结束时我用玩笑赞美了一番两位主官儿，目的是让他们俩更自然一些。我说，咱们作协的党政一把手有个共同特点，每人都有一句自造的工作用语。盛委同志好说"空手套白狼那么好闹腾的哪"，铁树同志好说"人吃马嚼的哪不得钱哪"。

铁树说，人吃马嚼不是我的口头语儿，"艄公不努力耽误一船人"，这才是我的话！

我说，这两句你都好说，前一句说的是群众，后一句说的是领导。盛委书记那句是光说领导的。

盛委说，咱们这样熊单位，干啥不是空手套白狼？新建办公楼这么大的事，到现在还不等于让咱们空手套吗？白狼就是白脸狼，那么好套吗？一千万的建房资金，这是一只大白狼，得费多大力气才能套住哇！省里这帮白吃干饭的，就空嘴拿话舔惑咱们！

铁树说，咱不敢说省里是白吃干饭的，但作协的事儿，多是空手套白狼是事实，我他妈不就这么套了七八年嘛，白狼没套住几只，倒是把自己的头发套没了不少，脑袋不就这么套成光明顶的嘛。

铁树的话里虽然也带出点弦外之音，盛委脸上还是露出了笑容，散会时他主动指着铁树的"光明顶"说了句笑话：在铁主席的光辉照耀下，我们空手套白狼吧，作代会指日可待，作家大厦也已见光明顶啦！

铁树淡淡回敬了一句，我铁主席只能光辉照耀一下，怎么套也得在你盛书记统帅之下呀！

铁树极短的一句话，却道出了中国的领导体制：主席是党组副书记，书记是副主席，但党是领导一切的。

盛委说：在你铁主席光辉照耀下，在我们共同统帅下，换届和造屋都不在话下！

铁树说，省财政的一千万，能套到手，那才真是不在话下了。套不到手，就得在话下边悬着唠吧。

盛委说，省计划会正在开，盘子一定就妥了，问题不大，去年我跟好几个省领导已打过招呼！

铁树说，但愿如此！

晚上刚到家，铁树就来电话说文联有人给他透信，省计划会的盘子定了，没有文联和作协的份儿，并且很快就要把盘子端给省长签字了。他叫我赶紧告诉盛委，并嘱咐我跟盛委说，他铁树亲自打电话找过盛委两次，都没人接电话。我当即打电话找到盛委，盛委说，马上告诉铁树，明早上班我们一同去找常务副省长，找完接着再开一次党组会，专题研究一次套白狼的事。

常务副省长没找到，但盛委和铁树两人直接通了电话，这在我看来，甚至不亚于找到省长。党政一把手通话了，没有比他俩的沟通更让我感到痛快的事了。他俩和睦，办公楼小点也没关系！

党组会接着开得又不错，进一步明确，盛委集中全力套白狼，铁树和我全力搞作代会工作报告，争取这两件事都在一个月内见眉目。

43. 人大换届了

我找出一枚硬币，连投了三次。三次的结果都是我认为吉顺的币面。我这是为盛委投的，看他的省人大常委能不能选上。他已私下跟我说过，如果能选上，他马上就离开作协了。谁来接替他，他没说，我也没问，我只是想，谁来都等于结束了作协领导班子不成一统的局面。只要顶头上司们不闹矛盾，我就感到幸福。

几天后，省新闻媒体报道了人代会消息，省人大常委的名字里，果然有盛委。

44. 作协换届吗

省人大会一结束，听说铁树也正式出院了。我高兴地想，这回作协换届指日可待了。可上班一看，盛委、铁树的影儿都没见着。司机说盛委到人大那边开常委会去了。挺晚才见到铁树,他却一副精神头明显不足的样子。我问他作代会材料组是不是得开个会,他一点心思也没有说,过些日子看看再说吧。

不一会儿盛委妻子乔小岚打来长篇电话,她说盛委昨晚又和她打起来了,她想乘机正式提出离婚……我心又是绳勒似的一紧,说,作协刚刚好点,你就体谅他点吧!

她说,体谅十回二十回行,谁能体谅他一辈子啊。一点点小事就发火、骂人、摔东西,这才刚选上个破人大常委,要是选个省长就更了不得了。就因为他女儿来要钱,他到外屋背着我给,我说你就在屋里给呗,好像你在家里受气说了不算似的……这下坏了,他就开始骂我,说这是我家,你不愿待你滚!我也不让份说他,你现在好了,又想找外人就让我滚了,我在你家早都待够了,我走!他不讲理了,说我,你自己上赶来的,不是我请你的!我说他,你说话要凭良心,当初你老伴没死时我看你可怜,给你送饭,是你硬说要和我结婚的,死皮赖脸说没有我活着没意思了,我才嫁给你的,怎么成了我上赶的?我故意让他女儿听见,让她们知道自己的父亲是什么人!他说我是堂堂正正的男人,是省人大常委!我说你前几天怎么不这样说,你常委怎么来的,你没让我找组织部领导帮忙吗?怎么你刚当上就开始厚颜无耻了!他让我说得面子挂不住了,一下端起饭锅要打我,我胸一挺说你打吧,我一动都不动,我看你堂堂正正的人大常委怎么打人,法可都是人大制定的!他气得脸都哆嗦了,抄起一个啤酒瓶子到厅里摔得稀碎,摔完自己踢门走了。等到晚上回来看碎玻璃还没扫,又气得摔摔打打。我也不理他,饭摆好了我也不叫他,孩子也不管他叫爸,是我不让她们叫爸的。这回我不能再在他家当保姆当奴隶了,我肯定和他离婚!他老伴就是这么硬让他气成癌症死的。跟他这几年我头发白了多少啊,我可不能等着得癌了……

这时,盛委从人大那边回来了,笑着把头探进我办公室,招呼我吃午饭,我才把乔小岚的电话挂断。

往食堂走时,盛委说他在人大会上和有关领导谈了"造屋"的事。他说此事大有进展，省领导已同意先贷款开工，本息都由省里还。他再三强调说，离开作协前，一定把造屋的事完成。他说时脸上丝毫看不出刚刚在家打过恶仗。他眼瞅要走的人了，还一心抓造屋，这劲头叫我感动。

饭后盛委带我和基建办的人出去看房基地，把省计委的同志也叫上了。虽然没叫铁树，我心情也不错，造屋的事毕竟是有进展了。从转业起就盼着的作家大厦，这回真的看到前景了。内务部辛主任和罗墨水，两人一个莫名其妙一个模棱两可的笑声混合着，一阵接一阵，好像作家大厦就要竣工了似的，而且功劳不在盛委，而是他俩的。我心里也不同他们计较了，不管谁的功劳，只要快点建起来就好。

快下班了，铁树过我办公室说，妈的，我这不争气的身体又完蛋了，马上又得入院。

我当时没理解他刚出院马上又入院的意义，当我将省委督促换届的情况当好事汇报他时，他漠然置之，我才明白，换届对他可能不是好事啊。

第五章

45. 省委来人

以往党组会都是在盛委办公室开，这次却很特殊，是在机关会议室开的。省委宣传部的常务副部长、分管文艺工作的副部长和省委组织部的副部长，同时前来参加。作协清冷简陋的会议室，一时气氛庄重起来。长条形的会议室像谈判桌似的，坐了两排人。一排在上座儿，是省委一行五人，一排人在下坐，是作协党组的六个成员。盛委主持会，从他脸色和口气都可感到，这是令他高兴的会。他说，作协党组开会，省委能来三位部长，可见省委对作协的重视。今天党组会就一个内容，省委刚组成的作协换届人事安排小组，传达省委的指示。三位领导是按官儿大小还是按部门先后顺序讲啊？

如果按官大小，该是宣传部常务副部长先讲，如果按部门，该是组织部副部长先讲，因为换届的人事工作是组织部管，两位部长推让了一会儿，因组织部副部长推得恳切，说宣传部常务副部长是人事安排小组组长，一定得组长先讲，不能乱了规矩。宣传部常务副部长这才先讲了。他说，作代会筹备工作现在就算正式启动了，关于人事安排，要在上届理事会中征求意见，在作协机关征求意见，还要在作协老干部中征求意见，总之要广泛进行民意测验，这之前还要尽快召集一次主席团会，然后一次理事会，开会时我们筹备小组要有人参加。作协党组这阶段最中心的工作就是筹备换届，希望作协党组同志全力以赴，一切为换届让路。下边请组织部领导讲话！

我看不出组织部这位副部长比宣传部的副部长大还是小。看块头他小，但一听讲话却觉魄力不小：作代会的筹备，应该说是全省文艺界，或者再大一点说，是全省人民的大事。换届不仅是换人，而是全省文学事业能不能上新台阶，全省作家能不能继续前进的大问题。这样，人事安排问题，就是最首要的问题。要通过民主程序，依法办事，统筹考虑，把现有班子中最有威信的人选准！

组织部副部长端杯喝了口水，但不知因热烫的还是因凉没泡好，他把水又吐回杯里，然后非常熟练地掏烟点烟又深吸一口，不及下咽，扑地一口也吐了出来，这些动作好有气派。他说，换届关键问题就是组建一个好班子，这就要有进有出，有上有下。怎么进怎么出，怎么上怎么下，这要从大局出发，以团结、高效、务实，能够凝聚全省文学工作者为目的。虽然省里成立了小组，但大量的细致的工作，还是由作协自己来做。你们党组同志，要尽全力站好最后一班岗。我们组织部，或者说我本人，主要是配合宣传部……

然后是宣传部分管作协的副部长也讲了讲：上届班子尽管有不尽如人意的地方，但对全省文学事业做了大量工作，大方向是应该肯定的，经验在工作报告里要很好总结，但缺点错误也不能忽视……

我们党组的人，盛委除外，包括铁树，几乎都是屏住呼吸一字一句细心听的，似乎都听出其中既捉摸不透又明显带有新意的精神。比如有上有下，有进有出，选出最有威信的人，等等，具体是怎么个针对性!？不管针对谁的，马上就要开始操作了。对这气氛和场面，我感觉，不光我，其他同志也都非常敏感，比如铁树，他会对最有威信以及能上能下这两个词特别敏感的。我呢，可以说对这些都敏感又都不敏感，原因最有威信的不可能是我，能上的不可能是我，能进能出的也不可能是我。我刚进班子，没啥政绩，也没犯什么错误，所以怎么着都牵涉不到我。但我并非不关心谁能被推选来当那个最有威信的一把手。以前我羞于使用几把手这个词，一来二去也用上了。我想，一个单位太需要明确谁是一把手啦！

党组同志挨个表示了态度。铁树先说的，但比较抽象。他说，我们个人没什么好说的，省委怎么安排我们就怎么办呗。杨子荣的名言咱不能不提，一切听从党安排！党怎么安排咱还不知道，但党怎么安排咱就怎么听从。他又提了点建议，说省委怎么安排他没意见，但希望作具体工作的同志们，要充分考虑作协会章，换届程序尽量符合会章规定。铁树说得滴水不漏，但让听者感到不如盛委镇定，似有心里没底之态。关于作代会初定五月召开的意见，他没表示什么，但刚一散会他拿出一份出国邀请函，把常务副部长堵在门口说，省委的一切安排我都没意见，我有出国这么一档子事，不知部长大人能否予以考虑，若能予以考虑，本人将不胜感激，若不予以考虑，本人也不会怎么着，不过不胜感激的情绪就没了。铁树这话一点儿都没避讳谁，甚至有点故意让党组其他同志知道的意思，那口气起码让我们感到，别看部长是上级机关的，但他们是可以平等交换意见的。

常务副部长对铁树的话也用玩笑一语答对过去：出国是你一个人的事，作代会可是全省作家的事，应该怎么考虑，你会很明确的。再说你这么大的作家，出趟国还不容易嘛，这次错过了，下次找机会补呗！

铁树说，中国的事儿谁不知道？过了这个村，上哪找这个店去！领导不让咱们下属感激，咱们就不感激是了呗！

筹备小组走时扔下一句话，说马上给倒出两间办公室来，供人事安排小组找人谈话用。

46. 铁树又遇流火

刚开过党组会的会议室，第三天又开起了机关大会。到会的人不仅是机关的，连离退休老作家也到了，主要是几位顾问。顾问老作家们都和党组同志围坐在会议桌的前排，似乎要开的是节日联欢会，男女老少到得比哪一次都多，平时不大着面的工人，和趁乱在外面炒股票做买卖的，不知谁通知的，齐刷刷地都冒出来了。会议桌后面那一大圈小沙发都坐满了，还有许多人自己带凳子又加了大半圈。看去到会的人都很振作，但细看是能看出有所不同来的。老作家们都靠盛委坐得近，平时不怎么着面那些人靠铁树坐得近，且说笑声较大，多少有助威的感觉。那些平时一直上班的处长们，坐得最微妙。按职务他们该坐前排的，但大多坐了后排，尽量与几位领导都拉开距离。辛主任和罗墨水老头，两人最活跃，大家也最不拿他俩当回事儿。两人东一头西一头和谁都打招呼，而谁都可以借打招呼戏弄他们两句。等到开会时，两人的座位却都让别人给占了，他俩只好自己再回去拿凳子。其实屋里人已坐得很满，后拿的凳子只好放门外坐了。

主持会的盛委亲自传达了省委关于换届的指示精神，前天党组会上几位部长的话他几乎一点没漏。由于内容新鲜，他讲话时全场鸦雀无声。他讲完了，铁树又就机关财务问题讲了党组议过的管理办法，这也是大家关心的，所以听时也鸦雀无声。当他讲到作协经费紧张，但保证在报销问题上一视同仁时，最能揭他短的老诗人流火又忽然放了一炮：你说什……什么一视同——同仁？你铁……树就能报得了，我们老家伙就报不了！

铁树怔了片刻方缓过神儿反击说，你什么报不了，我什么报了？

流火说，我医……医疗费单据几千……千块在手里就是不给报，你一年花好……几万，手里压一张单据了吗？

铁树立即予以反驳：不符合规定的药费当然报不了，我的符合规定！

流火：你……你符合什……什么规定？你买杜……杜冷丁扎……扎毒，符合什……么规定？

铁树：你造谣！

流火：你带你的小……姘到各市去转，你们同……吃同……同住，不清不白花……花那么多钱也都报销，符……合什么规定？

铁树：你又造谣，我根本没拿到作协报销！

流火：你利用职……职权之便，拿到下属单……单位报销也不符……符合规定！

铁树气得失态了，一下摔了烟头想发更大的火，但似乎底气有些不足，我忙站起来两头劝他们。对此盛委没直接说什么话，而是宣布会议下一项由我讲关于下一步工作计划。

会一散，大家呼呼隆隆就走了，留下满屋烟雾和辣味。至于会议室的卫生，连辛主任都不管。类似的许多实事儿，都没人管。

47. 盛委不寒而栗

接着又开铁树主持的主席团会。没进会场前我接盛委妻子乔小岚电话，使得本来已好些的心情，又被搅坏了，洒进泔水似的，说不清啥滋味，使我不知感谢她好还是怪怨她好。她原话是这么说的：柳直啊，盛委现在对你印象不好了，他跟省委宣传部领导商量换届人选时，想把你排在两个新进来的人后边。他是听了几个人的小报告，说你和铁树的亲信求实，还有几个军队转业干部，整天叽叽咕咕打得火热，所以老盛说你搞"军队帮"，想当作协的"军委主席"。

究竟是谁这样一天几遍地向盛委打小报告哇！太让人失望了。乔小岚又特别好心嘱告我说，主席团会上说话要小心，组织部和宣传部领导都会。她说到这儿，盛委来招呼我开会了。我强作镇静跟他走出办公室，这时铁树已在我前面往会议室走了。

主席团会，当然由主席铁树主持，但铁树没办法像盛委召开党组会那样，以君临的姿态坐于明显的上首。主席团加顾问，一共二十多人，必得在会议室才能坐下。但铁树也当仁不让，他一进屋就坐到长方形大桌子的南侧首端了。那是只能坐一个人的位置，没谁能够和他并列。盛委和几位顾问进去时，铁树早已在那位置坐定，盛委撒目一下便当仁不让坐到北侧首端，几个顾问也跟过去，坐于北侧左右。这是一个对峙的阵势,但对于我反而好办了,我不坐你盛委身边,也不坐你铁树身边。我顺其自然在中间一个空位坐了,坦然和身边的人闲聊,努力排遣乔小岚电话造成的不快。

果然省委组织部和宣传部的重要人物都到会了。他们一进来,我和旁边的几个人把座位让出来,我们又回屋拿了几把椅子。

待大家稍事寒暄后,铁树也没同和他对峙而坐的盛委打个招呼,就宣布开会了。他抽了一口烟(在我看来这时他不应抽烟),既像很镇静又可能被人感觉不镇静的样子,说,今天是作协主席团会,顾问也列席参加了。今天会议主题是,由省委宣传部、组织部领导传达,省委,关于作协换届的有关精神。具体内容我也不详细,请两个部的领导讲吧!

铁树又抽了一口烟,冲两位部长说,你们二位谁先讲我没权点了,你们自己排座次吧!

基本还是党组会那个顺序,讲的基本也是党组会那些话,只不过听会的和主持会的人不同了。这两个不同,就使会议的气氛和情节发生了很大变化。铁树说,省委的指示都传达完了,看谁还有什么要说的?

稍许没人开口,铁树就要总结的样子,宣传部常务副部长忙说:开会嘛,大家都说说,总得讨论讨论,有个态度嘛!

话音一落,老诗人流火便冲铁树当头放了一炮:你铁……铁树为什么想不让我们顾……顾问参加这个会?

铁树遭了突然袭击,一点准备没有,手一抖烟灰落在右手背上。但他的机敏是三个流火也抵不住的,他马上反应过来说,让什么人参加会,是党组会上定的,你怎么知道?

流火一挥大手说,党组会怎……怎么的,我是抗……抗战时入的党,知道一点党组会定的事,犯……犯法啊?

铁树也一挥手说,你犯不犯法我不知道,你怎么知道党组会内容,我也不知道,但党组会我发表什么意见你也无权干涉!

流火又吼一声道,你铁树前……前几天就当我说过,我建议主……

主席团会让我们几个老家伙也参……参加一下,你说主席团的会顾问参……参加什么!

铁树突然把烟一摔也吼道,我真佩服你的撒谎能力,你这么大岁数了,怎么老当面撒谎!

流火从北侧伸出的手,直指南侧的铁树说,你才当……当面撒谎,你……你这个主席不……不够格,撒……撒谎水平也不够高!

没待铁树找出恰当的话来反击,两个部长开口劝住争吵,让大家围绕如何开好换届会这个主题表示各自看法。

冷场片刻,我看连盛委都没有马上要说的意思,怕老同志一说又争论起来,便带头发了言,基本是党组会那些话,不过重点重申了一下,作为副主席,保证从大局出发,按组织原则办事,不搞小动作,不搞派性。我没一点揣摸盛委和铁树心理的意思,既然我已知道他俩对我都不满意了,就更不想违心说话了。佳槐副主席紧接我发言,意思跟我说的差不多。我俩的发言可以让大家感到,还是部队干部组织纪律性强,所以往下的发言,除了表示良好态度外,有的还提了点建设性意见。北良也发言了,他事先向我打探过情况,我说咱也别看谁的脸色行事了,别违心说就行。除盛委外,每人都说了一遍,已是下午一点多了。铁树摔了烟后没有再点燃,他振作了一下精神,说,我没戴表,也不知几点了,反正早就过了饭时,大家都表了态,我也不作总结了,也总结不出个子午卯酉来。散会!

盛委大概还在等着铁树让他说几句呢,可铁树拿他不存在似的宣布散会了。想想盛委没调作协来时,每次主席团开会,铁树必定请他讲话无疑,那时他也是副主席,不同的是文化厅厅长兼的副主席,现在是作协党组书记兼副主席。两人不在一块搅马勺时是好朋友,搅到一个马勺很快就成仇人了!因而感叹,朋友不能在一个单位,在一个单位便没法成为朋友。

散会后我和佳槐与盛委同车回家,车上盛委也没说话。快到我和佳槐下车时,他忽然问我们冷不冷。我和佳槐都很奇怪,说一点不冷。盛委却接连打了几个冷战,说,我怎么冷得发抖呢?!

239

我认真看看他的脸色，白得特别异常，绝对是病态的惨白。佳槐问他是不是发烧了，他绝望了似的说，完了，老了，莫名其妙地就不寒而栗！说罢又连连打抖。

我和佳槐都认为盛委是发烧了，尤其是我，从他妻子小乔那儿知道他的底细，更认定他是病了发烧无疑。正好车路过军区机关医院，我俩劝他赶紧进去检查一下。他那么犟的脾气竟然被我俩稍一劝，就进部队医院了，说明他病得不轻。他的确在发烧，就势打了一针，又开了些药。临上车时他很感动说，有了困难还是得找解放军哪！

我不由得想到早上他妻子透给我的话：老盛说你现在成天和几个转业干部叽叽咕咕，想搞军队帮，想当作协的军委主席……

我也忽然不寒而栗，打了一个冷战，感到盛委眼下真是一个可怜的人。我再怎么着，还有个好妻子呢……

所以晚上睡前我还是往盛委家打了个电话，问问他病情。他女儿接的，说高烧39度，已吃过药睡了。我连忙往乔小岚那里打电话，叫她无论如何得过盛委那边去照顾一下，她好歹答应了。我刚想睡下，找我的电话又响了，把我吓得心惊肉跳。是铁树妻子奕丽惠，她说，小柳你看这么晚了，还打扰你不好意思，你知不知铁树干啥去了？我说白天开会了，他身体又不好，回医院了呗。她说他个王八犊子，肯定上姓赵的那儿去了，我打电话没人接，去了一趟也没人，三更半夜，他不上姓赵的那儿，能上哪儿？我往盛书记家打电话，他家小乔说盛书记也不在，我以为你们有事呢，不会是和盛委上谁那儿喝酒吧？

我心很疼地想，这些不懂政治的妇女们哪，盛委和铁树连单位的饭都吃不到一块了，还能一块喝别人的酒吗？但我不忍心让她太痛苦，打马虎眼说，他俩今天身体都不好，兴许是吃了药睡了，故意不接电话，我有时候就这样。

栾丽惠说，小柳哇，你别替铁树遮瘤子了，你也别以为他铁树让姓赵的给你介绍了个女朋友，就真是对你好，他俩是保自己害你呢！我不说刚从他那儿回来吗，他准上姓赵的那儿去了，那婊子才会勾人呢。反正我得向盛委反映，他是书记，盛书记不管，我就往部长那儿反映，部长不管，我就往省委书记那儿反映！他铁树是党的正厅级干部，老婆管不了他，党还管不了他？好了小柳，耽误你睡觉了，以后替老大嫂想着点，别像有些王八犊那样，老给他们打掩护！

48. 民意测验（1）

　　民意测验一开始，机关立刻活跃起来，也微妙起来。不管哪个办公室都来人了，而且早来晚走。微妙的是，找谈话时又都推却着不愿先谈，好几个处长请几小时假说办点急事，要求往后安排。不管先安排的还是后安排的，谈得都很简短，唯恐被外人摸到底细似的。十四五个处级干部，一天就早早谈完了。所以很快轮到了我。

　　找谈话的两个处长也都是转业干部。宣传部的处长说，你头发白这么厉害，有人说是到作协忽然累的？

　　我说，不是，是父母遗传，早就白了，到作协后不染了。

　　组织部的处长说，人家都是不染的染了，你反倒染的不染啦！

　　我说，心情很复杂，反正感到不染比染舒服。

　　两位处长便很自然切入正题说，那你就好好谈谈，对换届人选有什么真实想法。咱们都是部队培养的，可以告诉你一个实底儿，不管怎么换，新班子肯定有你，你只管从工作需要考虑谈是了！

　　我说，换届后的主要领导，一定得是能团结人的人，连反对他并被实践证明是反对错了的人，也能团结。还要勤政、廉政，起模范带头作用，身体和心态都要健康，遇事不偏激，碰到矛盾能想办法化解，能创造宽松和谐的环境气氛。书记和主席一定能够默契配合，忍辱负重，哪怕其他方面能力差点。这是我最大的心愿。

　　以上的确是我再真实不过的心愿，但都是抽象意见，具体问题，我等于没作一点回答，其中的确有不磊落的想法。不磊落在，我只说亲眼看到的现象，这些现象别人也看见了，结论却只字没有。而结论是他们最需要的，尤其从我嘴里说出的结论，我却没有勇气直说，其中有保护自己的私心杂念。比如问铁树怎么样，我说，他文学业务方面领军能力很强。他们问团结人方面的能力，我说直接接触太少，说不好。

他们便带有批评意味说，不是讲好的随便说嘛，我们需要参考好多方面的意见。

我还是认真思索了一会儿说，一般人还行，有些和他意见不一致的人，对他意见较大，这在会上你们也看到了。

他们问，那他这方面能力到底行不行？

我说，那要看和谁配合了，同盛委配合，他就不行。我明白，我这还等于没说，因铁树和盛委都公开表示不能共事了。

他们问，铁树身体行不行呢？

我说，那就得问他自己了。

他们说，他自己我们肯定是要问的，现在是问你。

我说，我来后他一直住院，见几次面他总骂自己身体不争气，是真不争气还是假不争气，就得问他自己！

他们说，有人说他最多挺不过四个小时，再挺就得打针吃药，是不是这样？

我说，我最长也没和他待过四小时，打针倒是看见过，有两次开会他当场就自己打的，他说是打止疼药，手术留下的后遗症，一疼就得打。

他们问，你希望不希望他再当主席呢？

我说，现在我真的不明确，如果硬要说的话，希望千万别让他和盛委在一起了！

他们忽然单刀直入问，你和他能不能配合呢？

我仍按自己的原则说，我和谁都能配合，但不能再同时配合他俩了！

他们没问盛委行不行，看来盛委真的要如他自己所说，不会再在作协干了。铁树不会走，但还能不能当主席，省委似乎在寻找下决心的充分理由。

下午宣传部副部长亲自找我谈。他开门见山比上午的人还单刀直入地只问我了一句，铁树不当主席的话，当个副主席行不行？

我怔了一下，反问说，正的都当了，副的还能不行吗？

与我谈完之后，他又分头找主席团和顾问成员谈了一遍，看气氛，省委是没有保铁树的意思了。工作组的人走后，铁树悄悄过我屋坐了一会儿。看得出他有些毛了。他主动问我对昨天他主持的主席团会有什么看法。这是他头一回主动到我屋征求意见，态度比以往诚恳。

我想绕开他的话题说说省里要彻底解决问题的形势，他非问会开得有什么问题没有。我只好如实说有两点不妥，一是作为主席，不该当场和流火对骂，二是也应请盛委讲讲话再结束，没让盛委说一句话，就宣布散会欠妥。

他说，其他人也没点名啊，都是主动说的，还非得我请他说啊？

我说，主席团会应该有他的声音，他是党组书记、常务副主席！

我还告诉铁树，那天主席团会一散会盛委就病了，烧得吓人。

铁树说，活该！是谁他妈把党组会上我的建议传出去的？我相信你不会吧？就是他妈他！

看来铁树还没确切省委对他的态度，他想从我嘴里探听一下消息，而不是征求什么意见加以改正的。但我不能违背自己的政治原则和道德原则要两面派，顶多从善良的愿望出发和和稀泥。于是下班我又到盛委家去探望他的病情。

盛委仍在发高烧，到他家不一会儿，乔小岚从电话间过来，说铁树来电话问候盛委病情，问盛委接不接。盛委一挥手说，我烧这样下床接他电话？

这是几个月的对峙中，铁树第一次主动向盛委发出问候，但是，看来已经晚了。如果两个月前打这个电话，或到家探望一下，局面不会是现在这样的。即使如此，我还想找机会和盛委恳谈一次，希望能有一个不致使我尴尬的局面。

49. 都病了

　　心情也如天气一样阴郁着，身体仿佛被天气和盛委的病所传染，我也发烧了，剧烈咳嗽。咳得头、咽喉和气管都像被注射了毒药，难受的滋味甚至使我产生被谁注射几支麻醉剂失去知觉算了的想法。可是不仅不可能失去知觉，反而那特别鲜明的难受滋味越发蔓延到手指、脚趾甚至发梢。很想吃几片安定药继续睡上一天，可电话也像吃了安眠药休息了似的，往办公室打了多次都一点蜂鸣音没有。这几天事儿都挺重要，情况也复杂微妙，别让盛委、铁树甚至工作组误解我在躲矛盾耍滑头，所以还是空腹吃了两片扑热息痛药，骑车上班了。出门先找了个公用电话，探问盛委病情。盛委口气冷淡而生硬说，还活着，一时半晌怕还死不了。我一听他果然已产生了误会，忙解释说这两天家里电话坏了，是在街里公用电话打的，问他用不用住院。他仍很生硬说不用，我说到家去看他，他口气更生硬说，不用不用，你们都挺忙的，你忙吧！

　　我放下电话，心浓烈地一酸，紧跟着，眼睛、脑袋和胸腔马上都有了一股酸透了的感觉，这感觉强烈得体内容不下了，又通过眼睛流落出来，流经嘴角跌到胸襟之前，我重又尝到了它的滋味，不过已比在体内有了变化，不光是酸，而且十分苦涩。

　　我匆忙咽了那滋味，骑车去盛委家。也许发烧糊涂了，本来记得的道路却绕了好多弯子，耽误好长时间，才找到。

　　盛委的确病得不轻，我进屋时，他正在发烧中语无伦次地骂着。被骂者的名字不具体，但隐隐约约可以听出，主要指向铁树及其周围的人，有些话似乎也涉及我。比如他骂忍气吞声甘做奴才，我怀疑是指我，他会认为我没站他一边旗帜鲜明地和铁树斗争，是忍气吞声做奴才。他还骂，除非有刻骨仇恨，不然不会不来看看……这些都骂得让我摸不着头脑。他已看见我了，也没主动和我说话，还是骂。忽然有一句骂得我心哆嗦了一下：抬轿子还没抬够，人家自己都不想坐轿了，还有人想抬人家当副主席！

他莫不是指副部长问我铁树当副主席行不行，我说了行，被他知道了？若如此，看来部里啥事都和他沟通的。

乔小岚像是听习惯了他的骂，也不很在乎了，就那么不避讳地跟我说，他这都是自找的，六十好几的人了，退休多好！省委也是，为什么非把该退休的干部安排当主官儿，难道群团机关就不是机关吗？

盛委也不知是不是针对小乔话骂的，反正骂声里有了新内容：哪儿都有奸细，叛徒，吃里扒外，搞小动作……

等盛委最相信的老中医来了，给他号脉量体温时，他才停了一会儿骂。

医生在方子上签名时我发现他竟然姓贾，加他那过分的自信，我想到了假字。小乔和他说话时，他的热情也有些过分。盛委便又有了骂声：小人之心君子之腹雷达磁共振X光机，什么东西都可以查出来……

他发高烧中的语无伦次和指桑骂槐，使我想到患精神病已经去世的父亲。我父亲在世时，一犯病，神态就像此时的盛委。我想和他恳谈一次的机会今天肯定又是没有了。

老中医见状，握了握盛委的手告辞了。

小乔盛来热粥喂盛委吃早饭，盛委不用她喂，侧起身自己呼噜呼噜地喝。我早晨没吃饭，被粥声逗引得忽然很饿。我的饿感刚一产生，小乔竟说看你脸色肯定也病了，是不早晨也没吃饭哪？

我心里一热，说吃了，于是就剧烈咳嗽起来。

乔小岚也给我盛一碗热粥并且加了糖，让我和盛委一块吃。我推辞不吃，盛委忽然说男子汉大丈夫别总违心，这么好的小米粥，我重病号都特别想吃，你为什么不吃？

我只好端过来和他一同吃，边吃边想，他忽冷忽热的精神状态，真的就像我已故的疯父亲。喝粥声中，小乔和盛委竟同时问到我妻子。小乔说，女的跟了你们这些人，都得跟着遭罪。盛委则说，你家小黄是贤妻良母啊，有工夫带她来玩儿！

我心里正散发着的甜和热，扩及鼻子时，又多了一股酸味，并且又要往眼睛扩散，便起身快喝两口，说有急事走了。

浑身无力，好歹骑车回到家中，直到中午妻子回来。她掀被摸摸我额头，吃惊说发烧了！不容分说往部队门诊部打电话叫医生，然后就跑下楼去买水果。她几乎是和医生同时回来的，医生提着药包，她抱着西瓜。这时的西瓜很贵，是我最想吃的水果。

医生打完针走后，妻子就给我头上敷了一块热毛巾，然后一勺一勺喂我西瓜。西瓜十分清凉，但也像热粥似的生出浓烈的热来，使那甜味热乎乎地流遍全身。

妻子上班走时嘱我一定好好躺一天，可她一走我就给小乔打电话，嘱她给盛委买个西瓜，说退烧效果好，然后就下楼上班了。盛委那可怕的像我父亲犯精神病时的表情，既令我恐怖，又令我无可奈何和同情，不管怎样，我和他拴在一条绳上了，这条绳上还有铁树。他俩在这根绳上痛苦不安地剧烈抖动，我能安静得了吗？我不能不由衷地带着恐怖、厌恶和同情，盼望换届会能快点开。

人事安排小组找作协机关人员的谈话已经结束，机关又冷冷清清凄凄凉凉没几个人了。走廊昏昏暗暗无一丝动静，忽然一只老鼠从眼前逃走，才听见一丝响动。我用钥匙开门时，锁的转动声都很清晰。门开了，只见求实在屋伏案坐着（我的办公室倒出来供人事考核小组用了，所以又和求实暂用一屋），刚从睡中抬起头来。求实永远是这样忠于职守，越是领导不在时越如此，我想到了部队偏僻角落里看仓库的哨兵。我动了感情说，你身边不就是床吗，干吗不躺着睡一会儿！

他揉揉眼，不好意思地笑笑说，梦见在部队站夜岗了。

我说，加小心，别感冒了。

他说，一躺下，接电话还得爬起来，更难受。

我说，有重要电话吗？

他说没有，我才在他对面相隔很远的桌前坐了。他实在是需要躺下睡一会儿了，我一坐下，他就躺下了，大概也病了。

当月的《小说选刊》已在桌上放了好几天，一页都没看呢，为集中一下心思摆脱烦恼，我决定看完一篇小说，情况允许的话争取看两篇。不能坐下来写小说，再不看小说，这不完了吗，还叫什么作家协会副主席！

读了有十多行吧，电话就响了，我没接。第二次响时我犹豫了一下仍没接，第三次一响，求实起床接了。

是乔小岚的电话，她说盛委吃了老中医的药，烧不仅没退反而更厉害了，已经住进了医院，医院催马上交钱。

财会人员都不在，我电话交代内务部辛主任，马上找人张罗支票，然后和求实赶往医院。

我掏自己钱买了个西瓜，又自己掏钱打出租车，那时我还不懂，一个单位的领导看本单位的病人都是用公家的钱。后来才知道，领导自己掏钱看本单位的病人，那是很被笑话的。

拎着一个沉重的西瓜，去看一个重病号，我自己马上就不是病人了似的。到了盛委病房，见他在打吊瓶，只他和小乔在。小乔给他头上敷了毛巾，他闭眼静静承受着药液，很安详的样子。我当场将西瓜切开，叫小乔喂盛委吃。盛委吃时，我不由想到，离家二十多年来，无数次看望别人的病，无数次参加别人的追悼会，而对自己的亲人，反倒几乎没尽过一次这方面的责任，自己也没在病时被别人看望过。

盛委今天没骂什么，吃西瓜时还关照我也得注意身体。他这一说，我的病便被逗引出来了，忽然感到自己烧得坚持不住了。离开时盛委嘱我说，你回去马上找辛主任和罗墨水开个会，别人筹备作代会，他们得抓紧建房，别跟着瞎忽悠别的！

我几近昏迷地连说了几个好字，一出病房泪就流淌开了。我怕谁看见，低了头没敢坐电梯，从人们不愿意走的阶梯溜下楼去。盛委的话之所以能让我难过得泪如泉涌，是我想到了父亲。父亲的确是我的亲人，但他不近情理的固执性格，常常让我恨得直咬牙根儿。不知道关心人的父亲，只知严厉而又严厉地要求人教导人，偶尔关心谁一下，又让人承受不了。盛老师啊，你知道你给你信任的人带来多少伤害吗？

50. 民意测验（2）

天阴得可怕，即使谁有天大的喜事，今天办也办不出喜兴气氛的。冷风森人地呼号着，卷起灰土的千军万马。在我的字典里，天昏地暗就是如此的注解。可以说这是送葬的最好日子，不用放哀乐也不用哭丧。记忆里小时候有一天就是这样子，那天听大人们说，有个全世界级的大人物死了，那天气是为他送葬的。今天是为什么人送葬呢？我想作协换届就是为旧一届班子送葬。

我还记着盛委的叮嘱，便往辛主任家打电话，督促他和罗墨水尽快与房屋开发公司落实办公楼联建事宜。辛主任说这么大的风，我老头子骑得动自行车吗？我说，车这几天忙盛委的病，我也是乘公共汽车上班的！辛主任说，我开点药马上就上班！

没想到下午铁树能到办公室来。他一脸病态，复杂的表情让人看去也像个送葬者。我和求实已商量好，他们两个头儿只要不来上班，或没有明确指示，就不再主动找他们汇报事了。现在铁树来了，而且到我屋坐下，我就向他汇报了几件事。他听后并没说什么意见，就把话题转到作代会上来。刚说几句他就开始连连打哈欠了。他连忙点上烟，大吸几口，止了哈欠对我和求实说，宣传部领导也找他谈了，说民意测验进展顺利，叫他一如往常抓工作，他叫我们也放心照常工作好了！

他哈欠打得忽然密集起来，很快变成一连串的喷嚏，同时流开了鼻涕。他停下说话，从包里掏出药针和药剂，解开裤带，自己给自己在臀部注射了一针。完了又继续说，柳直你不是昨天看盛委去了吗？

我一愣，以为谁向他说了什么不好的话，刚要回话，他马上又说，昨晚我也去看他了，烧还不见退。我看不像他自己说的是感冒。

我惊问能是什么病,他说,难说,据我的经验看,绝不是感冒,感冒不可能是那样的脸色!

铁树刚走,宣传部来电话通知他明早过去,部领导找他谈话。我和求实都很纳闷,铁树不说部领导已和他谈话了吗,怎么还要他过去谈?

早上铁树过宣传部那边去了。工作组又过作协这边来,开始同各市作协主席们谈话。

作协的人们,消息不知怎么这样灵通,像昨天就都知道了信儿,今天人又来全了。

人一活跃,天气就变得不像送葬了,满天是欢快的飞雪。天空像个大舞场,雪有时像跳迪斯科,有时像跳霹雳舞,有时像跳华尔兹,有时又像大规模的龙舞。风一停时,它们则跳起极慢极慢的贴面舞。雪们倒是玩了个痛快,上班的人们倒霉了,自行车没法骑,连工作组不够坐小车的干事,也是打了出租车来的。

各市作协主席似乎都比我多知道点什么,有的谈完走时拐到我屋说,我拥护你,你和副部长搭班子这样最好!

这可是个新消息,难道省委决定让宣传部副部长兼作协党组书记?让我和他搭班子?这意味着什么?不让铁树当主席了?让我当?这不可能,我当不了,铁树也不会同意。但机关有的干部对我态度已开始有微妙变化了。比如下午有的人并没什么具体事,却到我办公室,说了些盛委的好话和铁树的坏话。显然他们仍把我当盛委的人看,同时也想让我别把他当铁树的人看。人心真是最难测的,他们哪里知道,盛委正在病中骂我呢!

晚上雪大得吓人,公共汽车有些线路都堵塞不通了。自己出不了门,别人也不可能来串门了,便想洗了脚早点睡下。不想这念头生出一小会儿,便响起敲门声。两位来人一男一女,女的代表二位自报家门,说她是外单位的普通女工,另一位是她丈夫,也是普通工人,但还是文学爱好者。我和他们一点不熟,也不知他们从谁那儿打听到我家的。

文学爱好者的妻子自来熟儿说,你大主席作好思想准备吧,挺不住就先泡杯咖啡提提神儿,没三四个小时我们说不完!

我一边猜谋啥事,一边真就泡了三杯速溶咖啡。没想到,并非作协工作人员的一个普通文学爱好者的妻子,竟有惊人的政治热情,她开了口一分钟没停,一直说下去,中间她丈夫只插了一句话。下夜一点过后,她丈夫已坐那儿打起鼾声了,可她的咖啡捧在手里一口没喝,却说得我没丝毫空隙可以困盹一下。她精力真是太过人了,表达能力也是太过人了。她给我分析了一整夜作协大形势。我边听边琢磨,是部里谁私下授意她来的呢,还是盛委暗自派她来的,还是纯粹她自己要来的?但她不是作协的人,怎么会知道那么多作协的事情?我只能拣要点用她本人的话转述她的形势分析:

——柳主席你别害怕,我们家没一点私事纠缠你,我们是为作协的前途命运来向你反映情况的,因为从哪方面说,你都是下届班子中的人。那么班子由什么人组成,你这儿就很关键了,但你又刚来,对有的人看不透。打开天窗说亮话吧,铁树这人你就看不透。你千万不能说他还可以进班子!他这人,不接触四五年谁也看不透。毛主席说辨材须待七年期,太对了。一开始作协的人都认为他是帅才,还谦虚,尤其是老干部们被他迷糊得忽忽悠悠,把他给捧起来了。可大权一到手就不是他了!他在作协经营十年,已形成了个封建小朝廷,主要有三大表现。

第一,以自己好恶为纲,顺我者昌,逆我者亡。我给你举事实。刚进班子时他最小,先还老师、老前辈地叫,待到叫得几个老头都往上边给他说好话,把他捧成一把手了,他就变了,变得玩权术,听他的就给好处,不听的就鼓捣人暗地整治一顿。就有一个百依百顺的他不整,背地却跟他小姘说这是咱的一条看家狗。后来惹得老干部都起来反对他,他又使出一条毒计,跟亲信说,他们不是一致张大了嘴对我咬吗?那好,我扔出个肉球去,让他们互相咬。他指的肉球就是房子啦坐车啦报销啦出国啦,这些容易引起攀比、误会和争斗的物质利益。还别说,他这损招真灵,有阵儿老干部们真上当了。老干部们有时糊涂,盛委来了他们才慢慢发现这问题,不再上他当了。铁树于是开始把矛头集中到盛委身上，可是大家不能让啊，他铁树啥样老干部看透他骨头了，再说老干部也用不着怕他，不像年轻的，命运还在他手心攥着。对年轻同志，他选人用人和对待人基本是，年龄、成就和能力与他接近的，身边一个不要，有成绩有能力的，必是职务和年龄都明显低于他的才行。

第二，以药为纲。铁树现在已经打杜冷丁上瘾，实际上等于吸毒了。那种药，医院不给开，黑市上百八十块钱一支，买了没法报销，自己花钱他天天用又花不起，就得依靠本单位几个能给他跑来便宜药的人，有那么四五个吧。

第三，以小妍为纲。谁是他小妍不用我说你已知道了。铁树病中空虚，需要她，后来就离不开她了，便授意手下亲信，暗中制造种种借口，把她从医院调到作协，名义上是老干部保健员，实际是铁树的专职护士。每次到铁树家打针时，她都管铁树老婆叫栾姨。栾丽惠高兴得小赵长小赵短的到处说她好，每回去不是包饺子就是烙饼招待。后来是小赵原来的情敌，给铁树老婆打了匿名电话，栾丽惠才发现问题，抓住一次把柄后，就开始不停地监视他们俩。这样，铁树如何调理好老婆和小妍的关系就成了大难题。既然已经挑破，小赵在机关就非公开和铁树好不可了。为了糊弄老婆，铁树就靠身边的四个太监打掩护。四个太监是谁全机关都知道，党组里一个大的，一个中的，办公室两个小的。大家都已有了总结，大太监把人给调进来，负责安排了工作，二太监给买房子，负责解决了长期私会的住处，三太监给安排出差时随行的有关活动，负责掩人耳目，四太监几乎是形影不离，负责日常细小的服务工作。这样一来，栾丽惠一怀疑什么，太监们就共同给作伪证，这些个得到铁树好处的人精儿们，有奶便是娘，他们只为妍妇笑，不管老婆哭，替铁树和赵明丽服务得滴水不漏，栾丽惠什么准确情况也掌握不到，只好亲自监视，经常找机关的人刺探情况。这样，在铁树眼里，全单位的人自然就以小赵为纲被分成两种，对小赵好的就是他的人，同情老栾的则视为异己。甚至发展到不管公事私事，想找铁树得先通过大小太监，大小太监再通过小赵，才能和铁树说上话。小赵到哪,车接车送成了厅局级待遇,而栾丽惠有病要车都困难。铁树老婆气得直犯心脏病,没招儿了,有次拿刀撵得小赵满楼跑。单位便明里暗里形成了以小赵画线的两派。但同情老栾这派没一点权。铁树这个人,好说好商量已经救不了他了,非得把小赵调走,把他撤职才能解决问题。盛委来后按省委意图开展工作,一件重要事也办不了,光司机们就气得他摔碎两个烟灰缸。这不都因为各部门权都把在铁树的人手里嘛。盛委下决心把铁树的一个最关键的太监换了,要不是抓住这家伙贪污的事还撤不掉。可新换上这个辛主任,又被小赵甜言蜜语给迷糊住了,盛委说话有时也不怎么好使。目前的情况你也看到一些⋯⋯

　　文学爱好者妻子的咖啡,直到最后也一口没喝,她的话却一句接一句,真就像打开竹筒向外倒豆子一般。可以想见,这些话省委人事安排小组早就听过了,一定是我说铁树可以当副主席的意见透出去后,她才来说服我的。我真是头一次见过这么能说的女人,她已把自己的文学爱好者丈夫说得仰在沙发上实实在在睡着了。我看表,已是清晨五点半。起床做早饭的妻子惊讶说,你们整整说了一夜啊?!(多年后我才知道,每天开展地下工作向盛委报告各种情况的人,就是这个普通文学爱好者的妻子——外单位一个普通女工。至于她怎么拐弯抹角得到那么多情况,我至今不得而知。但我知道了,她是个精神病患者,年轻时就梦想成为作家的老婆。到头来梦寐以求的丈夫却只是个文学爱好者,她便愈加梦寐以求,以致精神分裂。下岗后,她便暗中以关心作协的所有事为己任了。)

51. 鲁星儿(1)

　　人事安排小组的同志让我送他们到一位姓肖的老作家家里去谈话。满头白发病卧在床的肖老作家见了我说,鲁星儿不说你年轻吗,你怎么满头白发!?

我说，也不知算不算年轻，反正四十出头啦！

肖老作家欠欠身子，又正眼看了看我说，鲁星儿还说你这人很正直，真的很正直嘛！

我说，二十多年军装穿的，身板倒是挺直，心眼正不正难说了。

肖老作家说，鲁星儿那人就很正直，她说你正直大概歪不了，冲你自己这句话就歪不到哪儿去。凡自我标榜正的，都有点歪！

我唯恐他和我深谈到作协具体人，尤其是铁树歪不歪，赶紧告别工作组同志回机关了。恰巧肖老作家说的女作家鲁星儿到办公室来找我。她从不到我办公室来，我感觉她是来谈换届的事。我刚和她客套一句问最近忙啥呢，她开门见山就反问我，你说我能忙啥，作协凡有点责任感的人，不都在关心换届的事吗？

我说，工作组还没找你谈吗？

她说，我正想问你呢，找了那么多人怎么不找我？

我说，大概得老同志们谈完吧！

她直截了当问我，找你谈了吗？

我说，简单谈了谈。

她立刻严肃指责我说，你很关键，你简单谈谈怎么行？你得认真谈，详细谈！听说你谈得很抽象，具体的只有一句铁树还可以当副主席？

我说，我不会违心瞎说的。

她说，铁树真是你媒人吗？赵明丽真还给你介绍女朋友了吗？

我说，你相信这些话吗？

她说，我不希望这是真的。

我说，那我就什么也不解释了。

她说，但我还是劝你，铁树不会真是你朋友的，他和赵明丽很会拉拢人，你还是提高警惕为好，不要老是怜悯他。

我正想开口说我会按省委指示精神办事的，铁树忽然推门而进，他和鲁星儿对视一下，眼色都不怎么好看，分明带有仇视，相互都没吭声。

铁树和我说了句话就退出了,给我感觉就是想干扰一下鲁星儿。

铁树一走,鲁星儿起身,几乎是踩着铁树的身影也走了,近似一种示威。他俩矛盾极大,我已有耳闻,但具体大到什么程度,我还没真正领教。这次两人一照面所产生的冷煞之气,让我这个旁观者都毛骨悚然,可以想象他们内心积存了多少相互仇视的汁液。我本来已经过分沉重的心,实在不愿接受任何不正常的分量了。索性身也没起,招呼也没打,赶紧摸过一本《诗刊》,强迫自己读下去,以快些将心态平静。

52. 鲁星儿(2)

前天的日记还没追记完,辛主任的电话声把我的笔推开了。他慌慌张张说,结果出来了,是肺癌!

我以为是哪个离退休老干部体检出了肺癌,问,谁的结果?

盛书记呀!

你听谁说的?

铁树给求实写了个条子,条子在我手里:盛委病情恶化,已确诊为肺癌,需转院,请立即筹钱。

放了电话我想,铁树怎么不告诉我呢?他写成纸条传来传去的什么意思?我马上给铁树打电话,他妻子栾丽惠说,小柳我正想找你呢,他铁树老夜不归宿呀,他个正厅级干部你们党组管不管……

我连忙说有急事,放了电话,在桌前转了两圈,想该怎么办。

门忽然被推开了,鲁星儿带着一股风站到我眼前,连点铺垫都没有就说,盛委得癌了,纯粹是铁树气的,你得带头,上法院起诉他!

我无言以答,也没对她的话添加丝毫热情。

她说,你得赶紧把盛委的工作接管!

我眼前隐约浮起"文化大革命"的影子,心里积淤的闷火被她点燃了,冲动地说,鲁星儿你是红卫兵啊?还是省委领导?

她说，我是作家协会的作家，最基本的革命群众！

我说，我是省委任命的作家协会领导，不能像"文化大革命"那样，擅自夺权接管！

她说，群众拥护你，省委才任命你的，你应该代表群众的意愿行事！

我说，人都得癌了，你还火上浇什么油哇？现在需要到医院看看病人去！

我急忙赶往医院。我是自己坐车走的，走时没问鲁星儿去不去，但她随后骑车也赶到了。

我正在病房外面安慰乔小岚别着急上火，鲁星儿也站到了乔小岚面前。乔小岚感谢地握住鲁星儿的手说，看把鲁星儿也折腾来了，你写作多忙啊！

鲁星儿被乔小岚握着的手立刻一挥而脱离开了，连句过渡的话也没有便说道，小乔你得告他，铁树把盛委气成了癌不能饶他！你从家属的角度告，我们从机关的角度告！

乔小岚苦笑笑看了看我。我说，鲁星儿你这是干什么呀？！

鲁星儿用不满的目光反驳了我一下，就先自进病房了。

我也进到病房和盛委说话，没提癌的事，他自己却先说了，话有些悲凉：我是不行了，出师未捷身先死，你们得保重身体啊！

鲁星儿说，铁树气的！必须告他！

盛委冷笑一声说，我是快死的人了，告不告的，不是我的事了！他的冷笑声里，可以听出丝丝悲凉，但因是我和鲁星儿两人在场，他话的意思显然不透彻，我也不希望透彻。他说透彻了，我就得去落实，我没法落实！

鲁星儿却说，你病这样，用不着你告，没人敢告，我告去！

我真怕盛委把同意她告的话说出来，顾不得拐弯抹角说，盛老师现在不是一般的住院，我们不想办法帮助治病，怎么还拿工作来给他火上浇油？

盛委还是冷笑说，我是什么也不管了，你们愿意咋办咋办吧！

我只好无言。不一会儿乔小岚来叫我,说医生让去定治疗方案。

盛委说,反正我已知道结果了,该怎么治,你们也不用瞒我。

我彻底失望了。想找盛委恳谈一次的机会看来是彻底没了。他患癌症了,还怎么谈啊!

53. 气功(1)

根据各种化验报告分析,盛委已是肺癌晚期,不手术治疗是不行了。医院拿出手术治疗方案征求家属和单位意见。乔小岚说,我现在已没主意了,你们说咋治就咋治吧。我说,应该尊重科学,如果让我代表单位表示意见,我同意医院提出的方案,因为方案是根据医疗科学拟定的,任何感情都代替不了科学!

医院领导又问乔小岚,她说,我同意柳直主席的意见,同意手术。她这是第一次称我主席,可见她把盛委癌病的治疗,当成了党组织的一项工作。

研究完治疗方案,我回病房想跟盛委说说,却见一位老太太正对盛委比比画画的,还见老诗人流火也在,原来是这位老诗人领来的气功师在给盛委发功化癌。屋里气氛被老太太弄得神秘异常。显然这是盛委本人同意了的,我不便制止,也不便插嘴说什么,只悄悄和流火老诗人点头握手,然后静而观之。

发功的老太太看去和盛委年纪差不多,普通得连一般城市妇女都不如,倒像个没文化的乡下人。她神经兮兮闭着双眼,两只手在躺着的盛委身边挥来舞去,做着一些探测和抓取之类的象形动作。流火老诗人告诉我,这是在蕴气测病,并说测得很准,治得也很灵,他自己的一些病就是她给测治好的。流火老诗人对盛委一片真心,肯定不会骗盛委无疑,我真希望不用手术就能出现奇迹。

闭着眼的老太太抓动的双手忽然一阵哆嗦,她念念有词说气功信号已经发现病变,盛书记的心、肺、胸一带积有多个恶性气团。

她对盛委说，你的病都是得在气上！主要成因有四次，你好好想想，这辈子都在哪年生过大气？

她又快速抓舞了几下，进一步提示盛委说，八三年前后你干什么了，好好想想，好像那两年有过伤气的事。八六年也像积了一次恶气，想想八六年前后干什么了？八七年没事，八八年，八九年，这两年没事，九〇……九〇……这以后有事了……看看看看，越来越清楚了，最近一年突然积得特别严重，尤其最近几个月，太明显了，肺部受了特别特别重的恶气冲击，形成了鸭蛋大的阴气团。你挨个想，想好了就对我说出来，我用气功信号把这些恶信号一点一点引导出来，彻底引导出来就彻底好了。现在就开始想，认真想，想想……

老太太又双掌朝前推了几下，再用手指在盛委胸肺一带上下左右点划了一阵，仿佛闭着的双眼已看到盛委体内的具体病因，她叨念道，事……理……观点……家庭，家庭……汽车，汽车，八三年有没有和汽车有关的事，也兴许是和动物……讨厌的人，人，红星……苏联……苏联……

盛委忽然说，是和苏联有关！八三年我去了趟苏联，出了次车祸，从那开始心脏不好了！

老太太连说这就对了，对了！她十指一张一抓，胳膊一屈一伸，嘴还连连往外吐气。老诗人流火说，这……这是……往……往外抓引毒气呢！

老太太继续说，九一年九一年……事，理，观点，家庭……家庭，家庭方面有问题，想想九一年家庭有什么重大事情？

不等盛委回答，流火老诗人脱口赞道，真……真准，太……准了，九一年……盛……书记老伴病……病故，能……能不悲伤坐病吗？

盛委点头称是，说，那年正是老伴去世，死前打半年嘴仗，伤心透了！

老太太此时既像老师对小学生，又像部队政工干部对新兵似的，耐心说服热情鼓励着盛委：有伤心的事你就说，一股脑往出说，不愿说就用意念往外排泄，张开嘴敞开心扉往出排……排，好，对了，对，好……

　　气功师老太太的话和手势像扇子扇燃了盛委。盛委虽没按她指引的第一方案述说，但胸起伏的程度和嘴张合的频率说明他全身都被调动了，让旁观者也感到他身上的恶性信息正在化解。双方动作了好一阵子，老太太又一次反复说，事，理，观点，家庭，家庭，观点……最近半年……好像家庭和观点方面的伤气事都有，从气团上看……观点方面受的恶性信息多，还重，对不对？

　　见盛委点头，老太太又扇风助燃似的加紧说，对就配合我尽情往外排泄，吐气，排，呼，排，吐……

　　全神贯注的流火老诗人也被鼓动得按捺不住，骂道，能不……不是他妈观点方面受……受的恶气吗？谁……谁他妈能抗住那……那份恶气？家庭上……上的气也……也是观点上的气拐带的！

　　流火老诗人的话似乎比老太太的话更起作用，盛委往出吐气的时候，若不是因老太太在场，肯定会骂出脏字来的，他喘着粗气说，真是骑到脖梗拉屎，欺人太甚了，这口恶气不出，我盛委死不瞑目！

　　老太太因势利导说，出，使劲出，痛痛快快出，想怎么出就怎么出，别压抑自己，想哭就哭，想骂就骂……

　　盛委说，他妈的我嫌骂他脏嘴，他的名字不配从我嘴出入！

　　老太太说，还是骂出来好，骂出来比在身子里好化解！

　　盛委放声大骂道，他以为他了不得，这口恶气不出，我死不瞑目！省委不给个说法我死不瞑目……

54. 气功（2）

　　工作组不再来了，我又搬回自己的办公室，这有利于自己插空儿写点东西。到办公室后我便铺开稿纸，趁九点前还没来人的时候，先完成三五百字，以便一天的写作任务基本有个保证。我竟然顺利写到六百多字——"……雪开始变得绵软了，而且一到中午，已有潮湿气从中升腾出来……"

电话从此处把我的写作打断,一天再没恢复。乔小岚电话告诉我,盛委已擅自决定不做手术,理由是老太太的气功治疗很见效,另外他有心脏病,手术也危险。小乔跟我说,别人这种情况都是手术,而且都好了,盛委却宁可死也不挨一刀了,还说看来也死不了,从气功师的初步治疗感觉,死不了。

我跑到医院劝了劝盛委,他决心已十分坚决,一点改变的意思没有了。又问医院,院方说治疗方案就两种,一是手术,二是保守治疗——也就是药物治疗,没有正确错误之分,采取哪种方案看自己态度。

我问气功治疗如何,医院说他们这里不承认气功治疗,如果硬要坚持,可以算是药物治疗之外的辅助措施,不过出了意外医院不负责任。

我和乔小岚一同又劝说一遍盛委,他还是坚持不做手术,也只好依了他。

保守治疗的消息一传出,各种献偏方的,推荐气功师的,纷纷闻风而动,或通过电话,或来函,或亲自到病房。最先是一位评论家手持偏方亲临病房。他的方子是,北方山丁子树根嫁接的苹果籽泡酒,据说山区有这种苹果。

盛委说,这东西治不了病也死不了人,赶快派不偷奸耍滑的人去淘弄。他说的不偷奸耍滑的人,就是真心拿他命当回事的人。倒是有几个人能真拿他命当回事,比如鲁星儿等,但他们只能是真拿盛委的命当回事,办这种具体事不行。问了其中两个男的,又都不愿去。基建办的罗墨水倒是自愿请缨要去。我说,罗老你七十多了,咋也不能让你亲自出马呀!罗墨水说,你小柳主席是看我不中用啊,还是觉得我不会真拿盛委同志的命当回事?

我真是担心他说大话办不成事,还担心他不仅办不成事,还会大手大脚花掉很多钱。他还会钻空子浪费了很多钱之后,到盛委那里告批评他的人状。所以我宁肯让他说信不着,硬把内务部肯为盛委卖力的一位师傅派出去了。

　　回到机关，作代会材料组老吴把工作报告初稿交我，嘱我看完之后再送铁树。我心里真十分茫然。作代会还能开成吗？工作报告还能派上用场吗？

　　铁树就在这时来到我办公室，而且坐下了。他肯定是有很多话要说。

　　我把桌上的工作报告稿用别的书压了，我不想让铁树马上拿走。以前有过教训，他不想做的事会用材料丢了作借口搪塞的。上次一份长篇小说座谈会纪要他不想发又不直说，我催要了几次，后来他说弄丢了，再后来我却发现就在他书桌的一摞材料上待着。这次作代会，我看他根本就不愿开，如果他拿去材料再说弄丢了，而省委非要如期开的话，我们材料组同志岂不得受二遍苦？

　　铁树真的问了问初稿写出来没有，我知是材料组有人跟他说过在我手里了，所以就说刚叫人拿走抄去了。铁树只好问盛委病怎样。我说，他自己又坚持不做手术了，不做手术怎么能好？气功那玩意玄玄乎乎能治癌症？

　　铁树说，老盛这人你还不太了解他，所以有些话我说了你还不太信，他不是一般的固执。我跟他说罗墨水盖不了房子，那是作协第一大忽悠会误大事的，他老盛不听，硬当宝儿给请回来了。

　　我说，治疗方案你是不是再劝劝他，不能拿命当儿戏啊！

　　铁树说，这事我坚决不参与，他根本就信不着我，我咋劝？别再让他误解我别有用心！

　　他俩的矛盾我已彻底失去了调和的信心，所以凡事只表示个态度了事。

　　铁树说，他党组书记得癌症住院了，作代会还开个六？癌症是一天半天能好的吗？

　　我说，省里可是催得挺紧，看样省委不会等他的病好不好了。

　　铁树说，省委也是一厢情愿，换届会不是念念报告可以了事的，一个破群团组织，工作报告怎么写都小事一桩。党组班子，主席团，理事会，都什么人当，这是关键的。这么一大坨事，党组书记不主持定下来，就能换届？

我说，省委工作组不是广泛征求意见了吗，省委直接参与定，不也等于定下来了吗？

铁树说，什么他妈广泛征求意见，谁嘴大谁的说法就是真理！

我无言。默坐了一会儿，铁树说，你陪我到老盛那儿看看去！

虽然他的话是指令性而不是商量性的，我还是说，这几天我每天一趟，今天刚从他那儿回来，实在太累了，你叫别人陪去吧！

他不满地审视了我一下，又嘬了嘬嘴说，那好吧！

隔天我又到医院看盛委，见内务部辛主任在，盛委当辛主任面说，作协成立四十多年了，吃喝玩乐什么钱都敢花，到现在连他妈一台电脑都没有，都是干什么吃的呢！我已批了专款给老辛，责成他马上落实买一台电脑，柳直你催办一下，一定专款专用，马上落实，别叫人家那些嘴大的人说我当政一回，连买台电脑的政绩都没有！

我看看辛主任。老辛说二位领导放心吧，这点事儿我还落不实，不是太废物了吗?!

盛委说，明天就落实！作代会的每份材料，都必须出自作协自己的电脑。一个九十年代的正厅级机关，竟然没有一台电脑！

辛主任不知是找借口离开，还是真的受了感动，说，我马上走，今天就把电脑落实！

辛主任走后，盛委接着说电脑的事：有些人净他妈玩嘴，当政十多年吃喝嫖赌，不受批评还他妈趾高气扬。吃喝嫖赌花了多少钱，就舍不出万把块钱买台电脑！

停了一会儿，盛委继续说，昨晚铁树来了，大主席好像屈了多大尊似的，来看我还带着个求实。跟他说买电脑的事他还哼哈的，打呜噜语儿！这个求实也有意思，那么大岁数了，像个奴才似的对铁树唯唯诺诺，恶心人！

我不愿求实受到误解，替他解释说，昨天铁树让我陪他来，我说刚来过让求实陪他来吧。这么的求实才陪他来的。

盛委说，你也不用替求实洗清身，照你的说法，铁树不叫他陪着来，他还不能来看我了呢！

我说，求实他这人很闭塞，有些事他并不能马上知道。

盛委说，我就不信我得癌了他不知道。知道了就不能自己来看看？非得陪主席大人才来？我和他有深仇大恨啊？

我还是替求实辩解，说求实自卑得很，他是把你看成很高的领导了，不好意思直接接触你！

盛委说，他怎么总好意思直接接触铁树？

我说，也都是铁树直接找他，不是说他有时直接找铁树，铁树躲在屋里故意不见他嘛！

盛委说，活该，自找的，那么大个人，奴才似的！

我只好岔开话题说别的。此时别的事盛委都不感兴趣，感兴趣的事只有电脑、建楼、作代会和气功。前三个话题我躲都躲不及，哪能还往那上引，只好谈气功。我说，买山丁子苹果籽的师傅还没回来，但电话来了，说已买到了点，想多买些再往回赶。还有人推荐陕西有一种药，也派人去买了！

盛委说，省科协一个朋友新介绍了一个气功师，黑龙江的，电话打过去了，说请的人很多，过些日子一定来。

我试探问，气功治病的科学性可靠吗？

盛委说，人家省科协给介绍的，科学性能不可靠？

我说，气功和电脑不同，气功还没定论，容易误事。

盛委说，误就误，我宁愿误事也不挨刀了！活着受小人气，死前再挨刀，不干！

第六章

55. 理事候选人

铁树召集党组会,拟定了一份理事候选人名单,这是省委换届领导小组马上要的。会后铁树把理事名单交我说,重新打印一遍再报上去。

我说,打印后是不是让盛委看一下再报?

铁树脸色不好看了,但想了想还是说,好吧。

盛委正在病房独自练气功,他听出是我来了,功没练到时候就停住说,几天没见你了,肯定有事!

我不能不先问问他的病情,然后才将工作报告稿和名单交给他。他没看,而是让我汇报一下。他听时脸色很冷漠,我知道他已不高兴了,病房的来苏味儿,加他练功制造出的神秘气氛,使窗台那几束不知谁送来的鲜花似乎也有些不精神。

盛委听后直言不讳说,我不满意!首先对理事名单拟定的程序就不满意!一是省直人员偏多;二是七十岁以上"一刀切"不妥,身体好的,成就大的,名望高的,还应保留一部分;三是各地市的名单不能我们指定,而应把名额分下去,叫人家自己推荐。

我解释说,理事名单之所以没先让下边推荐,是因为宣传部要得急,来不及了。

盛委发了火说,你们拟的这份名单我很不满意!原来的理事一刀就切下一半多,到时一大堆意见都集中到作协党组,这个责任我不负,他铁树也负不起。必须向宣传部坚决申明我的意见,应自下而上推荐,然后协商……

这些话我要如实转达给铁树的话,铁树一定也会大骂一通的,而且一定是这样的话:他盛委有能耐他就回来整,没能耐就别他妈躺病床上指手画脚说胡话!

如果我不跟铁树说明一下就按盛委的意见向宣传部报告,那样回来也没法落实。我把盛委的意见作了精心修饰,只笼统向铁树说了说大意。铁树没抓着什么可骂的话,也就没骂,只皱了皱眉头说,你去跟宣传部说说看吧,他们说来得及就自下而上,咱们这么着急开会,还不是他们宣传部追的?想把谁快点追下台呀!我他妈已经干够了!

宣传部没有完全采纳盛委的意见,说会马上要开,自下而上重新推举理事候选人来不及了,可以把盛委对具体人选的意见考虑进去,一并供人事筹备组商定。当天我把这意见电话报告盛委,盛委还是不满说,把名单拿给部里可以,但必须把我的意见表明,同时电话通知候选人所在市,征求他们意见,否则他将声明没参与此事,由此发生的问题他一概不负责任。

盛委这两句话,让我和组联组忙到第二天下班,才弄出点眉目。我知道,这个眉目,盛委和铁树都不会满意,索性不向他们汇报了,宣传部急要,就直接拿去算了。

56. 飞来的尴尬

我开窗放进些新鲜空气,清醒一阵脑子,又铺开稿纸。还没摸出笔,忽听走廊有人群说话,我想锁了门不接受任何打扰,把今天的材料写完。不待起身,那群人声就到我门前了,并且敲门。我也不应,以为这样来人就会走开。只听外面边敲边说，收发室老头说在呀，怎么不在了？我仍不吱声，可门被推开了。

探进的竟是一个女子的头。我被惊喜的弹簧腾地弹了起来说，这不是小习吗?！习小玄你怎么来了?！

习小玄是外省很有名气的女作家，我们可以算作朋友，不过她比我要小一旬，名气却很大了。我出差时曾顺路去看过她，我以为她也是顺路来看我的呢。我刚和她握了手她便说，你看屋外是谁?！

屋外的人应声而进。我又是一个惊喜说，这不是朱放兄吗？怎么和小玄一起来了?！

朱放人高马大，是文坛一个怪才。他的作品虽然没评上什么全国大奖，但在全国文学圈子里却是大有名气的。拟定理事候选人时我执意提了他的名，铁树却说提也白提，这人没威信。但我一再坚持还是保留了他的名字，我以为他知道了信息来说几句好话呢。不想刚一坐下，他就向我道开歉了：柳直你看咱们是朋友，我也不瞒你说了。我不是来找你的，是来找铁树的。我不正拍一部关于作家的纪录片嘛，想拍铁树的镜头，他不在，只好在你这儿先坐等一下。小习也是我邀来和铁树一起拍镜头的，让她到咱们这儿来拍，不是省钱嘛！

我吃了苍蝇似的，忽然心情有些不好，而转和习小玄说话。

不一会儿铁树回来了，朱放、小习他们连同一群提摄像机的，呼呼隆隆过到铁树那屋。我赶紧将门关死，不想听到隔壁的声音，也不希望他们再返回我屋，甚至包括小习。我不是因此而小心眼反感了小习，那次我顺便去看她，谈得真是很愉快，还到公园划了好长时间船呢！

我正这样想时，习小玄忽然又独自返回我屋，说了说她的近况，然后就问我，你转业好吗？看头发都白了，想必不怎么省心。还是把头发染黑吧，当领导没意思就还当专业作家，咱们比着写！

她的话叫我既感动又难过，好长时间没人这样跟我说话了，冷丁竟有些受不了。我说你快过去拍镜头吧，千里迢迢赶来别耽误正事！

小习过去一会儿，又陪朱放过来坐，显然是小习特意叫他过来的。朱放说，柳直兄说实话，我真的有点内疚，拍这部片拉名单时，先真的考虑到你,有你的,后来考虑部队还有别人,比如佳槐,摆不平,就只好把你舍了。拍铁树也是不得已,他是主席,而且获了好几次全国奖。更对不住你的是,市里有个人,很不如你,全国奖没获过,也拍进去了,实在没法儿的事,那是我顶头上司呀!

听到这儿我真的不高兴了,我曾暗自敬佩的作家朱放,竟能说出如此庸俗的话。联想拟定理事候选人名单时,我和铁树截然相反的态度,今天却受到朱放截然相反的对待。我掩饰住不快说,朱放兄咱们好久不见,好不容易匆忙一见,竟听你说这个。老兄不必做我思想工作,我虽获过几次全国奖,但自己是个什么水平,自己清楚,目前真的没心情计较这些!

朱放说,柳直你越这么说我越内疚,不是你水平不够,真是难摆平!

习小玄也帮着解释说,朱放算了,柳直不会在乎这个的,我了解他,真的不会在乎!

我稍流露了一丝讽刺说,真没什么可在乎的,也在乎不出名堂来。什么评上几次全国奖啊,你们不是并没评上奖吗,但水平不照样摆在那儿吗?文学真是个计较不清的玩意,整个文学圈子都是计较不清的地方!

朱放无话了。习小玄说,柳直说得是,他真的不会计较。

小习最后这个真字,竟把我心里的真话勾出一句。我说,内心一点想法没有是瞎话,我和铁树同一个楼住着,门挨门,只他有资格作文学梦,我没资格,能没一点想法?不过能自我调节而已!

小习见朱放已很尴尬了,便直接和我说话。我觉再说什么,自己都会成为可怜对象,就转而问朱放,你们的镜头拍完了吗?

朱放说,很他妈简单,早拍完了!

我便转对小习说,那么你到我家吃饭吧,我把江雪、佳槐你认识的几个朋友找上聚一聚!

朱放说,我们一帮小哥们晚上请小玄,已约好了!

我还是问小习说,怎么样?

小习看看朱放说，那你们先走吧，我先到柳直家去，七点准时到你们说的地方见。

小习和我步行往家走，这使我心情逐渐晴朗起来。那年我顺路去看她，她就是这样陪我到公园散步的，但那是秋天，现在是……？忽然一滴小雨点儿落我脸上，喔呵，天阴了。由于心情晴朗起来，天阴了竟没发觉，而且没发觉已是春天啦！？

这时光过得，春天什么时候到的呀？！我跟小习说，咱们直接拐到菜市场买菜去吧？

小习理所当然的就和我拐到菜市场了。我们又像上次看她时那样，都抢着买菜。她买西红柿，因为我爱吃西红柿。那一堆鲜绿中透红的西红柿里，有一个长得酷似生动的猫头，我特意挑出来让小习带上玩儿，我知道她特别喜爱有灵性的东西。我又买黄瓜，因为她爱吃黄瓜。她是在最没有污染的大自然天地里长大的，比我还爱吃这些大地生长的东西。哎吆，真是春天了，生机勃勃水水灵灵的水萝卜都上市了。我买了一把，她也买了一把，我们都是为对方买的，因为我们都爱吃水萝卜。她抢先买了个西瓜，因为前年顺路看她那次，我抢先买了个西瓜，不过是秋天的西瓜。现在是春天，春天的西瓜要比秋天的让人惊喜十倍！那次我买了西瓜衣兜里的钱就不多了，后来吃完这些东西，她又提出到旁边的游乐场玩会儿。我是想玩的，但不好意思说囊中已羞涩，便找借口说那是小孩子们的事。她善意挖苦我说，你是解放战争还是抗日战争老干部啊？你才比我大一旬，怎么如此老气横秋？我不得不说出囊中实情，她嘲笑我说，真是老革命啊，廉洁呀！成全你保持革命晚节，我买票，你做游戏，得的奖品都归我！结果是，作了十多种游戏，只得了个小石膏佛。她把石膏佛让我带走作纪念了。

我们提着菜到了我家，我先把那年游戏得的石膏佛找给她看，那石膏佛的底座上还刻写着游戏的时间、地点以及参加人的名字。小习看完说，佛也变老了，都长白头发了！

我知道她在说我，就说，佛连头发都不长怎么能说白呀？她说，岁月捉弄的呗，岁月叫谁咋样谁就咋样。岁月不叫你穿军装，你不就脱了吗？我说，这年月的事，佛也没办法。

我用电话把佳槐和江雪请来，我们是小习共同的文学朋友。但我们只聚餐到六点半，小习又去赴朱放那一伙小哥们儿的约了。临告别时，小习又说我一句，一定把头发染了，还像在部队那样，精精神神的！

江雪也添油加醋说，柳直为了当个破官儿，硬装老头子呢！

小习和江雪同样以自家兄妹似的亲情说，柳直你这个官当得没意思，就别当了！

江雪说，他再回部队也没意思，不定哪天我也得走！

小习说，江雪你和柳直都到我们那儿去吧，咱们共同创造一个最佳环境！

我感叹说，说说可以，真朋友有几个在一块的？真羡慕你和江雪，你们正年轻，赴不过来的酒宴在等着啊，去吧！

57. 四人同车

昨天忽然发觉的细雨竟然淅淅沥沥一直没停，我就打了伞步行去上班。这真是一种奢侈的享受。我狠狠心宁可迟到，也要在雨中多待一会儿。很快一篇优美的散文题目出来了：《朋友领春天来看我》。渐渐的，文思也如春雨一样淅沥沥往外涌着，我加快了脚步，最后小跑起来。我要赶快坐在稿纸前，把这些流出的文字写下来。

刚进办公室，求实就告诉我，宣传部的尚副部长找我，叫我马上给他回话。尚副部长主抓作协换届，并将兼作协党组书记这已路人皆知，他找我肯定是这方面的事。

柳直呀，下午上班你到我这儿来一下。尚部长在电话里说，没车的话我让部里车接你！

我说，今天有车，不用接了。

尚部长说，那就不接了，但一定准时来，你通知鲁星儿也同时到部里。

我通知鲁星儿时她问,去部里啥事呀?她的话铁似的生硬,没有丝毫的含蓄和柔和。

我说,不知道,估计还是换届的事,你等着吧,车接你一块去。

我这又是一个违心的做法。我是不愿和她同车去部里的,但我们也是老早的熟人了,我现在当了领导就自己坐车而扔了她,回来时反差太大岂不又尴尬?何况是我直接通知她的。四年前,我、铁树和她曾一同出过差,她的敏感我有领教。

我通知完鲁星儿,赶紧提前到办公室落实车。盛委的车不在,面包车也不在,只铁树的车在,我就安排给铁树的司机了。司机说铁树下午那个时候正好也用车,我叫他到时跟铁树说一声,把我捎到宣传部即可。

话刚传给铁树,铁树就过来问我,你上宣传部是开会吗?

口气里有质问的意思,可以听出他质问的是,如果是开会为什么不通知他,现在是他在主持工作。

我说,不是开会,是尚部长叫我过去一趟,什么事儿没说。他呲呲牙花子说,那好吧,正好我也要去省委,咱们一块走!

我担心铁树误会鲁星儿和我同车有什么阴谋,而鲁星儿又嫌我不同铁树斗争。前面我说过,我和鲁星儿、铁树曾一同出过差。那次出差所到的地方,美得简直无与伦比,几乎可以促使仇敌忘情地拥抱,却没能使铁树和鲁星儿这两个同单位的人合张影,也没能使我和鲁星儿在醉人的景色中散散步。而同她合影和与她单独散步的机会是太多了,也太应该了。有好几次我已经和她踏上了散步的小路,有一次还是在酒后的夜色里,可是没出十步远,那念头便不打自消了。都缘于她对政治的特殊敏感,而对自然之美却不敏感。我怎么能在那超乎一切的大自然之美中,和一个女人谈什么政治?对政治过分感兴趣的女人,我真没有谈兴,即使她有绝伦的美色我也没什么可谈的。我甚至感到,过分的政治敏感,会使女人变丑。那个酒后的大山之夜,哪怕是个稍丑点的女人,只要她还有女性的温柔,我也会和她愉快地散散步，可同她真的就散不成。那天晚上我们下榻在望月山庄，吃饭时大家兴致都特别好，所以铁树提议喝了酒。酒下肚兴致自然就都更好，另一位同行者就忘乎所以地同回族的鲁星儿开了句玩笑：今晚我感觉好有意思，咱们四个就像唐僧师徒四人走到一座仙山了。铁树是唐僧，柳直是沙僧，我是猪八戒，鲁星儿是孙悟空变的女人。我猪八戒酒喝高兴了，想背背猴哥变的女人又不敢，敬一杯酒还是说得过去的吧……猪八戒话音没落，鲁星儿啪的一声拍案而起说，请你放尊重点好不好？我是回族女人，你说猪八戒就够放肆了，还要背一背我？要什么大汉族主义！气得那位同行者一举泼了杯中酒，鲁星儿也当场把酒泼了。铁树以领导身份批评她两句，我又劝了两句，勉强没使酒喝不下去。饭后我提议四人一同上山散步，只有鲁星儿没有反对，散步就成了我俩的事。春天的山上花香缕缕，美妙的虫声如撩人的小夜曲，一只萤火虫在我俩之间飞来飞去，这简直就是一首妙不可言的抒情诗嘛。我喊快走两步啊鲁星儿！她真的快走两步跟上我。我以为，诗一样的大山夜色，肯定已使她喝酒时的气愤速溶咖啡一样化解了，就说，鲁星儿你看那萤火虫，像不像……她忽然打断我说，他太不像话了，一个男人，明知我是回族，却非想象成猪八戒要调戏一下，这是政治侮辱！我忽然感到她的话像杀伤力极强的药雾，把欢快飞着的萤火虫杀伤了。萤火虫似挣扎着飞了一会儿落到前方的草丛里。我借口去找萤火虫而扔下鲁星儿，而且故意迟迟不回返。我们距离越拉越远，后来就各自在无比美妙的夜色里独行了……

按铁树说的时间下楼乘车时，赵明丽已在车里坐着了。等铁树上车后，再拐弯把鲁星儿接上。

和铁树及小赵同车我是第一次，加上又和鲁星儿四人同车，就更是第一次了，所以各自都感到分外的不自在。此时铁树却硬撑着和小赵说说笑笑旁若无人的样子。赵明丽拿一张纸在背诵白居易写唐明皇和杨贵妃那首诗——在天愿作比翼乌（她把鸟误读成乌了），在地愿作连理枝………铁树纠正她说又读错了，不是比翼乌，是比翼鸟，记住是鸟比翼齐飞，不会是乌鸦比翼齐飞！

铁树干脆把赵明丽手里那张纸拿过去，从头示范着朗读全诗：

杨家有女初长成，
一朝选在君王侧……

车一颠忽然把司机正听的收音机音量颠大了，中央广播电台在播放韩国总统竞选的消息。铁树把他亲自抄的诗稿又递给赵明丽，别有意味地说，看来有人想当总统啊！

那不好听的意味只能是说给我和鲁星儿听的，不可能说给司机和小赵，更不能说给他自己，所以我索性说，还是外国人坦率，想当总统就公开竞选，咱们国家这玩意弄的，想当个什么东西，净是背后捅鼓，或私下要，想拥护谁也不敢明说，也不让明说，弄得人人摸不着头脑！

铁树仍是别有意味说，跟着瞎跑的人摸不着头脑，明眼人是摸得着的！

我自觉心里没鬼，索性不吱声了。可鲁星儿眼却要冒火，嘴已动了几动，要辩论似的，我赶忙用眼神和脸色示意她克制，才没暴发什么。

到了省委，我们三人一同进了电梯。我问铁树到哪儿，他说也到宣传部。我们共同到了宣传部那层楼，他又问我俩到哪儿，我说到干部处，他说到常委部长那儿。部里人说部长们一个不在，铁树说那就也到干部处吧。我们又一同进了干部处长那屋。有我和鲁星儿在场，铁树不便说什么，只好当我们面把一封信交给干部处长，然后就走了。

干部处长当我面看了信说，铁树想法儿有变，原来他说已干两届，身体又不好，该脱身好好治病写东西了。现在一看真不让他干了，他又说最近全省一批年轻作家联名呼吁他继续干，如果真不让他干也得有个说法。

我想，盛委已要到了说法，现在该铁树要说法了，便问干部处长，铁树为什么忽然又改了主意？干部处长说，真正原因是，最近作协老干部联名写信，要求把他铁树彻底拿掉，不仅一般副主席不让他兼，还要查查他的经济问题和生活问题，给个处分。这反而帮了倒忙，刺激他串联全省青年作家联名写劝进书！

尚副部长和鲁星儿谈了两个多小时，和我谈时就快要下班了。这次尚副部长连铁树名都没提，开门见山问我，你说，省文联主席老董，他兼作协主席行不行？

我也开门见山说，老董兼不是不行，但他得屁股坐作协这边才行，遥控等于坑了作协！

我们谈话中间，电话铃响了好几次，但一接又莫名其妙没回声，尚副部长直说见鬼。

58. 选代表

主席候选人还蒙在鼓里不被人知，我们已按上级布置，开始选作代会的代表了。全省一千多名会员，作代会代表按会员数的五比一推选。名额都按比例数分给了各市，是协商推举还是投票选举，由各市根据情况自定。难的是省直这一拨会员，人数多，单位杂，而且离退休人员比例很大，几乎分布于上百个部门，想通过协商推举是不可能的，召集一起投票也办不到，只有把所有会员名字列在一起海选。选票就印得有一尺长，不分长幼尊卑，一律按姓氏笔画排列。刚开始着手印票，机关内外就都知道了，有些人已闻风而动，尤其作协内部的会员动作十分迅速。首先出现了全面客气的气氛，互相赠书的多了起来，有的书已出版一年半载了，才想起送。有的半年前出差，外地人让捎个无足轻重的什么话，本来都忘了，这会儿也想了起来。我收到了创联部寄的选票。本来都在一栋楼里，下一层楼就交到手了，可选票还是经邮局转一圈儿，尽量让短命的选票多见见世面似的，非挂个邮花送到我手。可画完了，上楼交票时忽然想到，我这不等于让人知道我选了谁没选谁吗？这才明白外务部让选票旅行一圈的高明来，于是退回屋也将选票装入信封，且也再挂一枚邮花，让它再长一遍见识。

选票是晚上和妻子散步时于夜色中投入邮筒的。然后我又央求妻子陪我再远走一段路，一同去盛委家看看，顺便把他的那张选票带去。盛委已出院回家气功治疗了。

我们是顶着牛毛细雨去的，到他家头发已经淋湿。乔小岚给我们拿毛巾擦头时，盛委就用笔敲着一尺多长的选票批评开了：瞧，这破玩意弄的，活人漏了，死人还在上面，还贴邮票！小小的作协机关，住临时动迁房子办公，谱摆得可不小！

我还不知票里有死了的人名，惊讶问，有死的吗？

他说，你们可真够官僚了，这个不是去世一年多了吗，谁不知道，怎么还往上印？

他用笔点的那个名我不认识，肯定外务部的人也都不认识，我问那是谁。

他说，那是我的老师，省委一个老部长了，离休多年，在北京医院去世的，前年我还到北京参加了他的遗体告别仪式，你们居然又让人家死而复生啦！

他一口一个你们你们的，好像我和铁树合伙故意折腾他的老师似的。我是来探望你病的，不是顶雨特意来听你不着边际训斥的。我忍不住说了一句，快八十岁了，又在外边去世的，作协机关哪能知道？

他说，要不咋说作协这地方他妈风不正呢，正事没人感兴趣，烂眼子事儿恨不能传到死人耳朵里！

如果像往常心情愉快，我会开句玩笑说，把死人名往选票上写，就是想传到死人耳朵里去，但此时他的话让我心里相当不快，索性连他的病怎样也不问了。坐不一会儿我就说，外边还下着雨，得走了，一会儿雨大了不好走。我也没征求妻子意见就先起了身。

盛委似乎没看出我已生气，还对我说，你马上打电话，催回家一去不返的罗墨水赶快回来，和房屋开发公司谈判。不回来就把他基建办的名除了，就说这是我的命令，不是打哈哈！

我说这几天都忙筹备作代会，他回来也是扯淡。

盛委发火了：扯淡也得扯呀，不扯怎么办？换届、造屋，两件大事哪个不重要？主席那鸡巴玩意谁乐意当谁当去吧，只要不是腐败分子当，谁当还不他妈一样！

我呼地推开门，迈了出去。反正我没想当主席！反正事得一件一件干！反正不换届就这熊样什么正经事也干不成！现在好歹还有人往选票上写死人名呢，再骂下去恐怕连死人名都没人写了！

59. 接连的意外

看完材料组老吴主笔起草的作代会工作报告稿，我对他说，您辛苦了，先好好休息一下吧！我说完就要走。

老吴叫住我支支吾吾想说什么，一时又说不出来。我一直把他当老师看待的，叫他有什么事只管说。

他手足无措拢了拢仍很黑很密的头发说，这事以前都是这么办的，也不是到我这儿给你出难题⋯⋯

我说，吴老师你还没说是啥事呢？

他说，那我就直说了吧，写这些材料，以往都是付稿酬的，材料组几个让我提醒你一下，因为现在是你管，你不知道这情况。

我心里暗想，怎么还能有心思要稿酬呢？作代会好歹能开过去就烧高香了。我说，吴老师，你们搞材料的确很辛苦，稿费的事以后再说吧，何况现在还没定稿！

我就擅自把这小小的请求给压下了，没报铁树，也没报盛委。报的话，盛委会骂，什么他妈老知识分子，干工作拿一份儿工资还觍脸要稿费，狗不狗屁？！而铁树则会满口答应说，应该应该，这算理论稿子，不仅应该给，还要比小说稿酬高些！面对这样的现实我去请示，这不又是自找麻烦吗？

不一会儿接全国作协电话，通知去一名主要领导到北京开工作会，叫先报名单。这我不能不请示铁树了，上次宣传部找我去谈话，铁树以为是通知作协领导开会，还特意查问了一下，何况现在是正儿八经通知到北京开会呢。

铁树龇龇牙花子皱皱眉头，又翻一下眼皮说，下旬就换届了，到时谁选上谁去呗！

我说，人家让报名，这怎么报哇？

铁树说，我不是说谁选上谁去吗？

我说，那就这么报？

铁树说，不这么报还有别的报法吗？

我真就这么向全国作协作了汇报。接话人说，那你们拟定的下届候选人是谁呀？

我说，还不知道！

忽然乔小岚来电话，她把嗓音压得极低，几乎是耳语地说，柳直啊，这事你自己知道就行了。宣传部准备接老盛班兼作协党组书记的尚副部长，他也得癌啦！你说这是咋的了呢，让谁上作协谁就出事儿！柳直你自己可得格外注意身体，千万别往死里认真！

我不相信她这消息，甚至闪过一个念头，小乔不会是让盛委折腾得神经有些错乱吧。我特别又强调问她，你说的是真事？要到作协当书记那个尚副部长也得了癌症？

乔小岚十分肯定但特别小声说，绝对真的，我跟老盛刚从医院看他回来，马上要手术了！

我还是不相信地问，什么癌？

小乔说，跟老盛是一种癌！现在还保密，千万别说呀！

我惊蒙了。这意味着，刚刚定妥的换届主要人选又不行了。那么原定本月下旬开的会还能开吗？作代会不开，我就还得在盛委和铁树的旋涡中疲倦地周旋，刚见到的一线光明不就忽然暗淡了吗？

换届组联组同志叫我过隔壁去监督他们统计选代表的票，他们还不知道又出了意外。他们欢天喜地的心情让我无法承受，刚好来了一个战友找我喝酒去，我乘机逃离了。我们一伙二十多年军龄的战友们

275

喝得很凶，我也不用劝，有人提议就干杯，足喝了八两白酒。独自回到冷冷清清的作协机关时，酒劲大作。我独自一个人在办公室大喊大叫，真是嬉笑怒骂痛快淋漓。记得后来还哭着骂了不少人，盛委、铁树、罗墨水、辛主任……都骂到了。最后呕吐得一塌糊涂，躺倒在办公室那张床上。昏迷中听到有人进屋收拾我的呕物，轻轻的唯恐惊动我。我睁开醉眼看是求实，感动得坐起来说，太脏了，快放下，一会儿我自己弄。他还是收拾干净，又陪我坐着。当时屋外大风吼得吓人，我头疼得很，沉得很，说，今晚回不去了，帮我往家打个电话，你早点走吧。

求实给我打了洗脚水，又电话告诉我家里，还特意安慰我，我大哭大叫那阵儿，他各屋走了一圈，都没人了。

我昏昏迷迷中感叹，求实，你是少有的好人啊！

第二天求实又早早到办公室来，他用饭盒给我带了早点和粥，还有咸菜。我吃时他悄声告诉我说，听说尚部长也得肺癌了！

我问听谁说的，他说听铁树，还听说主席人选还是铁树。求实还说铁树已经到医院看过尚副部长了。

晚上家里电话骤然多起来，有告诉说尚副部长得癌的，有告诉说省委领导又谈了让铁树把赵明丽调走的，有告诉说外市一群青年作家联名给省委写信要求铁树继续当主席的……

后来我干脆拔了电话线，什么也不听了。

60. 医疗关系

我实在支撑不住了，不得不到医院检查一下。头回到地方医院看病，这才知道自己还没办理医疗关系。我丧气地想，等办了医疗关系再去医院，说不定也患了癌症呢。我只好用老医疗证到部队医院作检查，结果五项检查发现了多种病症：高血压、高血脂、动脉硬化等等，这都是老年人才患的病。虽不是急性恶症，也给我重重一击，原来自己也是个重病人啦。我不由想到了全国几个中年而逝的作家,他们生前做没做过这样的检查啊?肯定还有不少如我一样的作家,他们其实已患了重病,但自己仍不知道呢。我庆幸已知道了自己是病人,不仅感激起盛委和尚副部长来,不是他们因作协的事突发了癌症,我不会想到查什么病的。我根本不知道,没病倒的人还需要去医院检查。许多人都还不知道啊!我忽然有了一个新认识,一个人没想到自己会以病人身份存在的时候,他是成不了思想家的。有朋友好意挖苦我说,医疗关系没落,粮食关系也没落,你忙着找死啊?我一想也真是,于是开始跑自己医疗关系。

我原以为是很简单的事,可头一天跑了三趟只找到办事部门,却没见到办事的人。按说这种事让内务部给办得了,但我受不了辛主任那态度,还是自己跑好。我先找到省委干部医疗保健领导小组办公室,再找到干诊处,再等来具体办干诊证的人,从那人手里买了证件的白本,填好后又回单位开了情况属实的介绍信,干诊医疗办的钢印这才和我的医疗证生硬地接了个吻。被吻过的证儿上,明确写着指定医疗医院,我急于用药,等不及回单位就直接去医院了。我疲惫地将崭新的干诊医疗证递进挂号窗口后,瞬间就被扔了出来,同时传出极精炼的问话,医疗证?

我说,这不是医疗证吗?

白衣挂号员说,你这是干诊证,还缺公费医疗证!

我惊讶了一声,我的天,到哪儿去办公费医疗证?

挂号员看了看我说,怎么还你的天?你又不是外星人,你以前在哪儿办的?

我说,以前在部队,不用办!这么着我又花了将近五十块钱的出租车费,才把有中国特色的社会主义公费干诊医疗证办到手。尽管几经周折,但毕竟有证了。不是曾经流行过一句话吗,手里有粮心中不慌。我现在大有手里有证不怕有病的乐观心情,再次将夹了公费医疗证的干诊证递进挂号窗口。当然这是另一天的事了。

白衣值班员为我办了一个病案袋,我把在部队医院检查的结果装进病案袋。

年长的女医生接了挂号单和病案袋，温和地问我，你怎么了？

我说，想开点药，降血压的，降血脂的，软血管的，消心疼的……袋子里都写着。

老医生没看病案，先看了看我的头发，说，看你还不到六十，怎么几种老年病得这么全？

我被她说笑了。她问我笑什么。我说，您看我离六十差几岁？

她说，其实你很年轻，脸上没多少皱纹，顶多也就五十四五岁吧！

我更加笑起来。她说笑什么，我猜得不准？

她认真看了病案上的年龄和病情资料，不笑了，惊讶说，你才四十一岁？！

我说，您给我开点好药吧！

她现出同情，一边看检查结果，一边说，你这么年轻，就得老年病，是得认真用药了。她刚要在处方签上落笔，忽然发现那些检查结果都是部队医院作的，说，你怎么到部队医院检查啊？不相信我们医院？

听说我刚从部队转业，她的笔才重新在处方签上写起来，一连写了四张。我细一看，她开的都不是药，而是跟部队医院同样的五项检查。我说，我这几项检查不是刚作的吗？

她不容商量说，这是规定，规定不是乱定的，是按规律定的，懂吗？何况部队检查你血脂、血压都特殊高，万一不准呢？

我说，不会不准的，我是挺不住了才去检查的！

她说，生命重要还是几个钱重要？公费医疗你也就拿三五十块钱，舍不得我给你垫行不行？

我说，我哪是心疼钱啊，还得白搭两三天时间！

她说，已经生了病，还舍不得时间看病，一定会丢掉一部分生命的！老医生指指我的白发继续说，我已经明白你年轻轻为什么得老年病了。快去检查吧！

我抽过血，做了脑电图，以为再做个心电图就行了，医生却又让我背了个动态心电图盒子。那盒子像部队老式摇把子电话机似的，又大又重，有好几条电线连接在胸脯上，那盒子嗞嗞响着监测心脏每时每刻的情况。如果就那么朝外背着，不知情的会以为我是个电工或其他什么维修工。和我同时背盒子的还有一位退休的老省委书记，我以前从电视上常见到他，那时把他看得不食人间烟火的神一般，现在他背了盒子系裤带时，我看跟老农没什么两样。他系了好一会儿没系上，差点没掉了裤子。我伸手帮了他一把，系好后他看了看我，面带感谢说，还是年轻好哇，看你不胖不瘦利手利脚，多好！他忽然有所发现说，看你脸面没几条皱纹，怎么和我老头子一样背盒子啊？我说我也不知道，医生非叫我背，背这玩意像个电工！老省委书记慈祥地笑了说，哪像电工，像武工队员背只大盒子枪！他这联想比我的更形象，我想这一定跟他经历有关。他把肥大的休闲夹克穿到盒子外面，敞着怀更像敌后武工队员了，但不管咋样，他是把盒子给遮住了。我也学他的办法调理了一下，好不容易把盒子背到外衣里面了，这样则像头一次进城怕丢了贵重东西，而把上衣穿在东西外面的老农了。我这老农和老武工队员一同走出病室，我说首长怎么不让秘书陪你来啊？他说看病还是自己方便！说话间路过厕所，他停下来说得解个手，让我帮他一下！我陪他进了厕所，帮他解开裤带，等解完又帮他系好。他用和我多聊几句作为答谢说，你在哪个部门工作啊？听我说在作协，就问，你们的名誉主席朱简是我同学，他现在自己能上厕所吗？我说也得有人扶着才行。他连连说都老了，都老了。司机到屋里来接他时，他要司机把我一块拉上，我说我骑自行车来的。他竟羡慕得站住说，年轻真好哇，能骑自行车。老了就成废人了，到哪儿都得司机拉着，当年当武工队长，乡间小道上，自行车也骑得飞快。我已开了自行车锁，他还不上车，跟我说，你这样骑自行车的官儿，可少见了，回去给你们朱简主席带好，叫他上厕所小心！

　　老省委书记的车开走了，我随后上了自行车，感到他简直给我带来了莫大幸福。若不是他，我今天怎么会忽然感到骑自行车还被人如此羡慕啊！我背着大匣子还能骑自行车呢，我上厕所不用别人扶呢，我还年轻没得癌呢……

晚上睡觉时我把嗞嗞响的心电盒放枕边，那些电线还在胸上连着，像个机器人似的。我伏在枕边按医生要求，追记全天每小时的活动记录。记着记着，电话哗啦一声响，惊得心跳速度突然改变了。我捧起心电盒子放在话机旁，才拿起听筒。是盛委，他喘着粗气质问我说：他罗墨水一天瞎跑什么呢？这么多天了，盖楼的事没一丁点进展，你们就没人问问他呀？我得的不是感冒，一年半载出不了院，死了还非得指望我管吗？

我压抑着轻声说，好吧，我马上找他们。

61. 工作关系

我早早吃过心痛定片，急急忙忙把心电盒送回医院，又急急忙忙赶到办公室，等内务部辛主任和罗墨水九点钟到我屋开会。九点半了我才从窗子看见辛主任进楼，可又过好一会儿不见他动静。下楼到他屋一看，他正同罗墨水在屋闲聊呢。我说都几点了还不开会？辛主任竟有点不耐烦说，我这不正和罗老商量嘛！我声音都气变了，说，几点开？辛主任说现在开不了！我说，我问你几点开？他说，我哪知几点能开上啊！我气得不得不摆领导架子了，说，今天上午一定开，不吃中午饭也得开，把其他事都推了也得开！我今天什么事不办了，就开这个基建会！

我转身回屋，马上辛主任随后把人都叫到我屋了，但他俩还嘻嘻哈哈闲扯，完全没当一回事儿。我严肃了态度正式宣布开会说，受党组书记盛委同志委托，我主持召开今天的基建办公会。首先请辛主任汇报一下这段总的进展情况，然后每个人再分别汇报自己负责的那一摊进展情况，最后我把下一步总的要求说说。开始吧！

辛主任稀里马虎说，这段情况不明摆着嘛，有啥进展？啥进展没有！下一步有什么要求你就直接说吧！

我说，啥进展没有就说说为什么啥进展没有？是啥事没干而没进展的，还是干了没进展的，无效劳动也说。这么多天总不至于闲待着一点事儿没干吧？

无效劳动说了不照样无效吗？辛主任仍不把我当回事说，党组也不开会，也没人抓，怎么能有进展？

我忽然板了脸说，党组怎么没人抓，我不是党组的吗？我不是明确说受党组书记盛委委托召集这个会吗，怎么不是党组抓？

那你就说让我们怎么干吧，走那些没用的形式何苦？辛主任还这么拿我不当回事，我说，那么好吧，既然汇报不出干了什么事，我只好按什么事也没干对待了。我在这里郑重重申一下，从今天起，每个同志按自己的分工，在下班前向基建办主任老辛汇报自己一天的工作，第二天一上班，辛主任第一件事就是向我汇报全面情况。目标和原则都早已定了，这段工作，既然什么也没干，我代表党组给你们正式批评。下步，谁的工作有失误，就单独批评谁！

罗墨水老头受不住了，说，怎么能说啥也没干呢？怎么是一点进展没有呢？我天天饭不能准时吃，觉不能准时睡，这么一大把年纪坐公共汽车跑，怎么啥也没干？怎么一点进展没有？

我说，罗老你这是问我呢还是问辛主任？辛主任说一点进展没有，你们又什么也不想向我汇报，我只能认为什么没干！

辛主任嘴发出一声呲，说，罗老那你有什么进展你说说吧？

罗墨水嘴也发出一声呲，说，我哪天没出去跑？哪天给我派车了？我图的什么？我得什么好处了？

辛主任又一声呲说，让你说进展呢，你说到底有什么进展啊？

罗墨水说，我每天不是写一份简报吗，每份都复印十多份，你，柳直，铁树，盛委，还有党组其他成员，谁没送？都送了嘛，怎么没进展？

辛主任说，印简报就是有进展？那咱们就印一份大楼已经完工的简报，进展不是更快？再说罗老你看看你的简报，今天的和昨天的就差日期不同，其他也就一句半句话不同，有什么进展啊！

罗墨水翻了脸冲辛主任说，不是你说现在领导们在打仗，咱们什么也白干吗？是你不让干的呀？

辛主任一气把嘴里发的呲字变成生硬的操字说，好好，你罗老能干你就可劲儿干，明天完工谁都高兴，省得我左右为难！

我声音比辛主任还高说，明天完工的话是扯淡！谁要求你们明天完工了？我是批评你们在等。我资格浅，批评你们老同志好像不应该，不是我的批评，是党组的批评，党组指示我要大胆抓，要敢于批评。认为我批评得不对或者不应该批评，可以向党组书记反映！

辛主任又冲我呲了一声说，这不像你们作家写小说那么容易，自己写不了求别人写一篇也行。盖大楼是谁说快点就能快点的吗？

我就差没拍桌子了，大声发火说，老辛同志，难道领导要求你抓点紧的话都不能说吗？领导之间有什么情况是领导的事，你们领着工资，拿着补助，不动真格的，好意思吗？我还要批评你一点，你张口就说写小说容易，不会写求人写也好办。这叫什么话？谁的小说是求人写的？写小说容易的话，咱们作协为什么总开会奖励，还抓不出好作品来？好写的话，为什么江泽民总书记一再强调，要下大力气抓好三大件？三大件第一件就是小说！咱们全省盖了无数栋好大楼，怎么没出几部好小说？我们作家协会的内务部主任，随便就说小说容易写，这是什么话？

我越说越激动，刚说完，辛主任也激动了，说，我辞职！

我说，你的基建办主任是党组会定的，你自己同意的，现在是基建工作会，不是党组会，你没理由在这个会上提辞职问题。要辞，正式向党组打报告！

辛主任说，好，我马上写辞呈，连内务部主任一块辞了！

我说，好，今天的基建会就开到这儿。我把下一步的要求提一下。在党组没研究辛主任辞呈前，仍按照原来的分工，各位每天下班前把自己的工作进展情况向辛主任报告，辛主任每天上班第一件事是向我汇报。力争实现党组要求，作代会之前与联建伙伴签妥合同，破土动工。别的事就不研究了，散会！

下午一上班辛主任果然交我一份辞呈，我若无其事看了看辞呈书，见只说辞去基建办主任没提辞内务部主任，便说，你是老同志，我也不跟你闲扯了，要辞就一块辞，但辞呈交我不行，要交交盛委同志！

辛主任说交就交。我也没理他，而是当他面给盛委打电话说，基建会今天已经开过了，把你的意见都通过会传达了，请你安心养病！

盛委挺高兴，少有地关心了我一句说，你也要注意身体，别也病了，那党组可就成了病号组！

我心下暗笑一声想，你以为不是病号组啊？但嘴上还是说，谢谢！

这些话辛主任都听见了，我谅他没胆量向盛委交辞呈，他最怕盛委。但他可能向铁树交的，铁树顶多会说，基建的事我不管，盛委也不想让我管，你自己照量办吧，谢谢你老辛还能看得起我！

辛主任要的就是铁树这种话的效果。机关里这两天许多人都在察言观色，注意几位领导的态度变化。

下午铁树来我屋坐。他已知道我和辛主任吵架的事，安慰说，这俩家伙，一个是小鬼子，一个是汉奸，靠他俩空手套白狼，你等着吧，不把你套住算你能耐！

我说，这都是你们定的人，我不过是抡鞭子赶他们拉套！

铁树骂说，都是他盛委一手遮天定的，人都来了我才知道。这样两个人怎能搞基建呢，一天到晚忽忽悠悠有骆驼不说牛，正合了盛委好大喜功的胃口。现在房子根本八字还没半撇呢，流火那老东西就到处替他们吹嘘，盛……盛……盛委他们，罗……罗墨水他们给……给我们作……作……作协盖了七千米房子，我们躺……躺着住卧着住……都……都住不了，剩下的我们可以办宾馆，开……开饭店，或者出……出租，挣大钱，搞什么文学活动……动都没问……问题了！

铁树学完流火的话又骂，我操他妈的，好像作协已经横着躺着住进了新大楼似的！

我说，盛委也看出这两人不行了，叫我天天开会批评督促他们呢！

铁树又从盛委骂开了：他盛委最能搞阴谋诡计，什么事不跟我商量就定，他定那玩意要行也好，他定去吧。事实证明他定的哪件事也不行！可是宣传部啥事都找盛委，我他妈一点不知道。他们脑袋一热说开作代会，能他妈开成吗？把我的出国访问也耽误了，他们自己又一个一个都得了癌症。他们得癌症，我没得呀，我他妈现在怎么的了，没免职又啥事也不让我管！现在作协机关算乱透了，盛委来后是作协有史以来最乱的时期。好几个事儿，本来是他定的，叫我去谈，我一谈，人家不干，找盛委，盛委又说不是他的意见。我一再上当，我还干他妈了个蛋？说我不配合，我还怎么配合？好几件事都按他的意见办了，办得怎么样？都他妈了个蛋的撂着，一般事撂他妈了个蛋去吧，房子的事这不等于撂着吗？辛主任要辞职，他根本就不称职，就不应该让他干！

他这么大的骂声，我担心惹得机关传开去会更乱，便岔开这个话题往别的上引。他也不听，继续骂，没他妈法儿干了，给省委打电话，该死该活咋鸡巴整？

铁树真的拿起话机给省委不知谁拨电话，还没通时我就离开了。这不是我的事，我犯不着被那么多人误解。我也没进自己办公室，我怕铁树打完电话再回头和我商量什么，就步行回家了。

62. 小孩真好

我办公室的门没人敲就开了。进来个七八岁的小男孩儿，这是罗墨水的小孙子罗欢，他和爷爷就住我对门。罗墨水总在外面瞎跑，小罗欢肯定寂寞坏了，借有人到我屋，他也来凑热闹。我正好不愿再和面前这位来人说话，便想借罗欢脱身。我说罗欢你找我有事吧？罗欢却说没事，而去问我面前那人说，你是谁呀？

我说，你爷爷不是管盖楼吗？他是省长，管你爷爷，来检查你爷爷盖楼情况的！

罗欢打量一下我那熟人,说,柳伯伯你骗人!

你凭什么说我骗人呢?

小罗欢指指我熟人说,省长还穿半身西服?省长怎么还不买双白袜子穿上浪巴浪巴?你看他,一脚泥巴都不擦擦,就进屋,肯定是种地的!

我熟人笑笑说,这小子以貌取人!然后又说,我是管农业的副省长,脚上当然有泥了!

罗欢说,你拿出名片来,拿不出片子你就是骗子!

我挺开心说,罗欢你怎么跟大人这样说话,是骗子你也不能没礼貌!

我那熟人听出自己真的不受欢迎了,只好走掉。

小罗欢真是聪明极了,他爱说话,敢和与他身份悬殊的人交往,这点很像他爷爷。熟人一走,我就被小家伙吸引住了,眼和手竟无力再回到稿纸上。

你二十几了?罗欢小大人似的,问了我这句话就坐到桌前我的位置上,并且抓起了我放在稿纸上的笔。

你问我二十几?我忍不住想笑,手也忍不住摸弄了一下两片黄火焰似的龟背竹叶,心随之又有阳光照进来。

是呀,你二十几呀?

我是老头儿,怎么会是二十几?

你就二十几!

看我头发白的,怎么会是二十几?

我爷爷说了,你这活累脑筋!

你爷爷那活也累脑筋,他怎么不白?

他是染了,要不也白!

你怎么不白?

我要干累脑筋的活啊,到二十多岁也能白!小罗欢说到这忽然问,你几个小孩?

一个呀!我极认真且极开心地回答着他。

这不得了，一个小孩不二十多岁怎么的？我爸就我一个孩儿嘛！

你爸二十几？

二十几我不知道，他准定没到三十。没到三十不就是二十几嘛。

你几岁呢？

我啊？罗欢很有自知之明地笑了笑，我不行，我才八岁，二年级。

我很快就喜欢上罗欢了。我说，那钢笔你拿去吧，给你了！

他看了看正握着的笔问，为什么？显然他有点喜出望外了。

想跟你交个朋友，我挺愿意和你说话。

罗欢受宠若惊地又看了看手中的笔，站起来无所措手足地转了两步说，那我带你跳舞去吧，招待所的小李阿姨和我好，我带你去她就能把我们带进去。

我被八岁孩子的话感动得眼泪快要出来了，我不忍中断这感人的对话，也不忍伤了他的一片善良童心。我说，没伴怎么跳舞啊，等有伴了再去吧？

小李阿姨可漂亮了，我让她给你当伴儿，她准定答应，她比别的服务员都漂亮！

那你呢？你不没伴了吗？

罗欢稍迟疑了一下，很快说，我不跳也行，我看你和小李阿姨跳。

我真的眼有些湿了，说，你会跳吗？

他没发现我的泪，不好意思地笑笑，说，会，小李阿姨教我的。我爷爷领我去舞厅，让我在一边玩，他请小李阿姨跳，小李阿姨不和他跳，说和我跳。我说不会，她就教我，我就会了。好学，你要不会，我也让小李阿姨教你，她可好了！

我眼泪忽然滚出一颗来，被罗欢看见了。罗欢说伯伯你想家了吗？

我一时竟嗓子发哽说不出话来。罗欢乘机又说，想家一跳舞就好了，我就是想回家看妈妈哭了，爷爷才带我跳舞的！

这是我转业以来听到的最温暖最纯真的话，滋润到我心底去了。孤单不顺利时，理解与纯真的关爱最让人承受不了。我索性让眼泪畅流了一阵，然后才说，谢谢你，小罗欢，伯伯同意去跳舞，但要等到晚上。跳舞都是晚上，现在我先带你到公园玩一会儿去！

我真的想报答一下可爱而善良的罗欢，当然此时的报答也包含了多享受一会儿他带给我的温暖，同时也是拖延一下，别伤了欢欢的好意。我不是不愿意去见他漂亮的小李阿姨，我是想到了后果，这样一件简单的事，传出去非常可能变成我教唆小孩进舞厅，并以小孩为皮条勾引最漂亮的女服务员……

欢欢竟然掏出他的手绢，踮起脚要给我擦泪，并且说，晚上一和小李阿姨跳舞就不想家了，然后就拉上我说，走吧，先带我到公园玩一会儿去吧！

我们住的大院旁边就是公园，我临出屋时特意准备了一百块钱，我要让欢欢尽情地欢乐一次。

花光了一百元钱，我牵着罗欢的手回到办公室时，走廊里就听开着的门里传出罗墨水尖亮的声音。欢欢立刻拉着我的手站住说，我爷爷骂我啦，他不让我乱走，他骂我了，怎么办？

我说没事，我领你见爷爷去，肯定没事儿。

不想我们进罗墨水屋后，他像没看见欢欢似的，又对电话听筒怒骂一声，几乎摔似的放了，接着就和我吼起来。

他们老干部处太不像话了，他们是干什么吃的？罗老气得脸煞白，我是盛委和朱简老儿点名请回来盖办公楼的，今天是我六十八大寿，他们为什么一点表示没有？我一直等到今天中午，到现在连个电话都没有，作家协会老传统还要不要了？我在办公室当科长时根本没什么老干部处，一到哪个离退休干部过生日，还起码买个蛋糕，朱老儿点名让我来盖办公楼的，过生日了他们屁都不放，像话吗！？

听明白罗墨水的意思后，欢欢松了口气，我刚在公园轻松下来的心情一下又紧张起来，赶紧泡了杯茶说，罗老消消气，今天我和欢欢给你过生日，马上就买蛋糕去！

欢欢说，爷爷，今晚我带你和柳伯伯跳舞去，让小李阿姨和你还有柳伯伯两人跳！

我一下找到晚上不去跳舞的理由说，欢欢，今天晚上你一定带爷爷跳舞去，爷爷过生日，中午吃蛋糕，晚上让他和小李阿姨跳舞！

我借机脱身去给罗墨水买蛋糕，不想小罗欢又追上我，一定要跟着去。等到他爷爷看不见我们了，他又神秘地对我说，柳伯伯我知道了，你是不会跳舞，那我带你去按摩吧，按摩不用会，比跳舞还好！我问欢欢怎么知道按摩好，他说跟爷爷去按过，那个小李阿姨就是招待所的按摩女。

听我说也不去按摩，这回小罗欢竟然哭起来了，哭得很伤心，就因为我没领他的情。后来我到底被他拉到他的小李阿姨那里。他说，小李阿姨，我柳伯伯是作家，一天可累了，你给他按摩按摩吧！

的确很漂亮的女孩小李看看我。我说不按摩，是陪罗欢来玩玩。罗欢又急了，说，小李阿姨，是我请客让他来按摩的，你一定得给他按！小李真的执意把我推让到按摩室说，小罗欢的话我一定照办，您就别客气了。然后又对罗欢说，放心吧，我一定给你的柳伯伯按摩好！小罗欢说，那我得走了，要不我爷爷该骂我了！他走到门口时又回头嘱咐说，小李阿姨你一定别糊弄我作家柳伯伯啊！

罗欢跑走后我也要走，小李姑娘说，看你吓的，一定是没按摩过。按摩真的没什么，这院儿里的解放军首长也来按呢！我说只做过一次男性盲人按摩，做一次疼好几天呢！小李说，一听你就不懂按摩，你就老实儿听我的好了！

她的按摩室安静温馨得恰到好处。她先给我泡了杯热茶，又放了一曲轻音乐。她于轻柔的乐声中拿出一套柔软的纱衫纱裤叫我换上。我有点不好意思，她就亲自动手给我换了外衣，指导我在按摩床上躺好。我不好意思看她，闭了眼睛，同时也忘掉单位的闹心事，注意力都被她的手吸引住了。

她的双手从我头部适度地一一按摩开来，细腻的手指外柔内刚，遇到穴位处便恰到好处用上一些刚劲儿，普通部位则刚柔相间。虽然她手指和我肌肤隔着一层纱，但那纱叫你非但感到不隔，而且像是多了一层媒介多了一层亲近，舒服的感觉难以言说。浑身每个部位都被她的手触及了，不过轻重缓急不同，有的部位轻轻一带而过，似有若无，象征性地似乎不经意轻轻碰了一下，其实又绝对是有意的，因为她按程序把我全身按摩了两遍，而两遍的每个细节都是一样的。她好像不是在按摩，而是在读一本书，并且读了两遍。自己作为一本书被一位少女细细品读时，第一遍带有紧张感，完全是被她读的感觉。第二遍就轻松愉悦了，也有了读她的感觉。她的手、胳膊甚至整个身子，简直就像一只或两只轻灵的小燕子，贴着我的身体慢慢地飞。不仅我身体每个部位被分寸得当地涉及了，她身体的每个部位差不多也分寸得当地让我涉及了。我之所以用涉及一词来表达，因为我找不出更恰当的词来。她的手轻盈迅速地一动间略微触及我平时异性不能触及的地方，或我的手我的脚被她轻轻一拉一推一拽一碰时，极其轻微地触及到她平时对异性禁忌的部位，那感觉极其微妙，时而像暖风轻轻一拂，时而像弱电流微微一过，几天来的焦虑和疲倦不知不觉间已消除殆尽。按摩完我问了收费标准想要付钱，她连连摆手说，你是小罗欢的作家伯伯，我不能收你钱！

我把两倍的钱扔下便走。她撵到门口把钱又塞给我，然后关了门让我怎么也开不开了。这时小罗欢从门后站出来说，柳伯伯你咋不听话呢，是我请客，小李阿姨不会收钱的！

我一把抱起欢欢，眼又有些湿了说，谢谢你，欢欢，伯伯真的谢谢你！

第七章

63.《金瓶梅》

省委换届人事小组的高干事，忽然给我打来电话。我心下一喜，以为作代会有准信儿了。不想他说，国际书店新来一批《金瓶梅》，插图足本的，数量有限，不是什么人买都卖，发行对象是有关研究人员和文学工作者。他问作家协会要不要点。我一时不解，他是人事考核小组的，怎么抓起这方面的事了？当时的复杂处境竟让我一闪念，他是不是考验考验我觉悟怎么样，换届进班子称不称职？因为那时插图全本《金瓶梅》市面还禁止发行，黑市上一套价钱高达上千元人民币。我试探着问他怎么管起这事儿，才知道他也是转业干部，也是文学爱好者。书店有他一个朋友，听说他这段时间总跑作协，就让他找我。我说，我刚转业，对地方的事还不摸底，这事犯不犯毛病啊？高干事说，怕犯毛病才找你的，你既是作家又是作家的领导，你们买了作为研究资料，这一点儿毛病没有！还有，咱们都是部队转业的，办事可靠，别人我就不扯了。

我说，我自己肯定要一套，别人，我得问问。

高干事说，这套书印刷质量很好，才三百五十块钱一套，如果能要二十套以上，你那套就免费了。

我说，买一百套我也肯定不免费，以免怕有人说三道四。

我顺便问了问作代会的事，他照实说，一时半晌是不行了，尚部长的病情怎样难说，所以头儿是谁也难说！

我叹气道，得什么时候盼出个头哇？

高干事说，柳主席你就放心挺着吧，怎么着，你都得在班子里，谁来当头，你都得是主要劳动力！

我说，我是个作家，光当周旋矛盾的主要劳动力，不是坑了我吗？

他说，你总得熬两年，哪有不当几年劳力就当甩手掌柜的呢？

我只好说，先不管它了，买《金瓶梅》吧！

《金瓶梅》的魅力大大超出了我的想象。我放下电话正琢磨都该问谁时，铁树到我屋来说事。他这些天一开口就骂骂咧咧的，说作代会没他妈年弦子啦，部长说工作还得抓，除了人事问题不研究，其他日常工作还得照常开展。说是这么说，怎么开展？说重大事叫我和盛委沟通，怎么沟通？我他妈沟不通，我他妈也不沟通了。你不天天上班吗，有什么事愿意跟我说就说，说了的我负责任，不愿说的就不说，不说的我也就不负责任了。顺水推舟来了什么事儿能办就办，办不了就等着吧！

我想，铁树是作家并且是主席，他要买《金瓶梅》是最不犯毛病的，就试探着问了他。他竟不骂了，说，这书一定得买一套，以前别人从香港给弄了一套，又叫别人弄走了，九百多元人民币打水漂了。

他当即掏兜数了数钱，差点不够七百元，问还缺多少。一听七百元能买两套，他把钱都扔给我说，那就买两套得了，再带给一个朋友。我说书拿来时一块给发票，他说发不发票的无所谓。

铁树买书的积极性使我有了信心，我又试探着问了《北方作家》和《文坛纵横》主编，还有求实。他们仨竟都带着感谢之意要了两套。我想可能都如铁树给最好的朋友带了一套，我自己便也留出四套准备给朋友。我想给盛委一套，想了想又决定不给他了，他一不是作家二又是党组书记，如果他不仅不要再批评我一顿就倒霉了。

我给佳槐、江雪等几个部队作家朋友打电话一说，他们也都特别高兴。然后我开始问作协几个年轻点的作家，写诗的写小说的，搞评论的，问到谁没有说不要的。问到一个评论家时，他一下说要八套。我很吃惊，想不出他要八套有什么用。他说，我是《文坛纵横》编辑部的，我自己有了，支持我的一伙大刷子朋友不能忘了哇！我说，八套不够了，五套吧。他说，你千万帮我弄八套，不行我多加点钱，我先交钱后要书，我马上就给你取钱去！

这样我只好把自己准备留的四套不留了。收齐了钱，我给高干事打电话一说，他马上把二十套书送到作协来。给他钱时，我左数右数不知怎么偏偏缺了一套的钱，怎么算计也不对。他说不用算了，我不说够二十套可以免一套的钱吗，就交十九套的钱好了！

我坚决不肯，说要免一套的话就贬低了我帮你卖书的意义。我绝不能从中占一分钱便宜，只要没人挑毛病就心满意足了。我坚决又拿出一套的钱给他，他一再谢我给他帮忙。我说，买到书的同志都谢我呢，该谢谁都弄不清楚了！他说，那我还可以给你弄二十套。我说，先别拿书，等我统计好把钱收上来再定拿几套。我心下暗想，弄这一次就搭了三百五十元，不能再浪费时间多统计了。便只凑了五套拉倒。

盛委却很快知道了这件事。有次我又去看他时他说，有人说你给主席大人买《金瓶梅》了，瞎说吧？

我一下急了，想，谁这么缺德啊，打这种小报告，嘴便有点不好使了，解释时结结巴巴的。盛委说这没什么，我问你的意思是，怎么没想到给我弄一套！

我更结巴了，说，寻思你不能要这书！

盛委有点冷笑说，这是看咱不是作家，不够看名著的资格呀。

我一再解释不是这意思，他说那我寻思不出别的意思，你没到作协时我不专门向你要过书吗？我说，那不是这种书。他说，那是政治性强的书，这是文学性强的书，说来说去还不是我不懂文学创作吗？

我说，盛老师你真是这样想，我一定给你弄一套，弄不着就把我的一套给你。

盛委妻子乔小岚替我打抱不平说，老盛你干什么呀，人家柳直好心好意替你想，你反倒冤枉他。你当官尽管人家要书要惯了，这是买书，好几百元谁知你能买呀。你们当官的贵人忘事多，说是让人家买，拿到手又常常忘了给钱，我这个小部勒子就摊上过这样事，给领导买完东西，人家忘了交钱还嫌不可心，何苦给你这套号的买呀？

我说，钱不钱的不主要，这不是《金瓶梅》嘛，怕犯毛病！

盛委说，背着我就不犯毛病了？

我怎么说也说不圆了，只好说知错了知错了，明天就把书送来。

乔小岚又替盛委解释说，老盛真的想买这书，我也想买，他昨天一听你没想到他的份儿，确实叨咕了，说柳直不该把我忘了哇！小乔又说，柳直你也别太当一回事，买不着拉倒，先把钱拿去，省得老盛忘了让你搭。乔小岚当时给了我钱，我推辞一阵，盛委说，拿着吧，他铁主席不也得交钱吗？我不好再说什么，尴尴尬尬收了钱。

盛委也想买《金瓶梅》，这使我想到以前有件事。有年我在北京一个朋友家见过一套线装全本的《金瓶梅》，字很大，全刻本有好大一摞子。我那朋友的公公是国务院的一个部长，中央委员，出版部门印了有限的大字本《金瓶梅》，说是供中央委员以上领导参考的。我见到时那套已经不全了，插图是集中在一本上的，我没看到。粉碎"四人帮"后，人民文学出版社出过一版删节本的，插图和文字都有删节，我作为全国作协会员得以邮购到一套。后来改革开放步子越来越大，黑市上逐渐流行起全本来。有年去深圳，见自由市场的货摊夹卖"足本"《金瓶梅》。买回去一对，根本不是足本。买了两回都不是足本，这足本便越发地有了魅力。高干事拿来这套，图文俱全，装帧精美，四卷本的足本，谁能得到一套，当然会有一种优越感。但我自己买这套就不想跟妻子说了，一是怕她说价钱贵，二是怕她说弄黄色书。不想拿家还没等藏好，就被她看见了，她不仅没骂也没说贵，而是求我再帮她买一套。我说咱家一套还不够你看啊？她说想给别人买一套。我说这可是日头从西边出来了，你也拿《金瓶梅》送礼？送谁呀？

妻子说，这年头谁还没个特殊关系呢，送谁你就别问了。

293

我收齐了钱，电话和高干事约好，下班后在我家楼下一手交钱，一手交书和发票。

那几天我一直骑车上班，不想这回骑不远就下开了大雨。雨和风搅在一起，天昏地暗，雨衣雨伞都没带，我只好半道下车在一家小商店躲躲。那家小商店是卖日用百货的，店主是个年轻妇女，除我之外没有第二个顾客。我刚站定，年轻女店主便同我搭话说，大哥不买点什么吗？

我说，避避雨，不买什么了。

女店主妩媚一笑说，没关系，随便避吧，那不有椅子嘛，坐，雨这么大，一半会儿出不了屋。

雨的确要大下一阵的样子，我便领了情坐下等。女店主很掌握分寸说，看你穿着举止像个文人，不知我眼力错没错？

看我是个文人用不了太深的眼力，我说，穿布衣，头发乱七八糟，骑自行车，没有威严，谁都看出是武不起来的！

女店主说，不，你就是文人，你衣着文雅眼光善良，我丈夫就是文人，你就是他那个派！

我正眼看看她，说，你丈夫在哪儿上班？她说了一个我不熟悉的区文化馆的内部刊物，她丈夫是那刊物的编辑。我也没说我是不是文人，而是顺水推舟恭维了她一句，怪不得你和你的店都有文化气息呢！

我有好书你买不买？她说，我这书不是什么人都卖的。

卖书？我说，你这不是日用百货店吗，怎么卖书呢？

营业执照上没写，她说，所以才没公开卖，碰着谁像好看书的，就私下问问，买就卖一本，不买就拉倒。

我有搭无意搭喔了一声，她说，是全本《金瓶梅》，不少文人都买不着呢！

我心下吃惊不小，怎么她也卖《金瓶梅》？高干事和她是不是一个性质卖法？我问她，多少钱一套？

五百！她说，不讲价，办重要事送礼最好，拿得出手，钱也花得起。

有发票吗？

有，但要发票就得五百五！

是书的发票还是百货发票？

要哪样都行。

我要她拿一张图书发票看了看，又看了看书，竟然和高干事拿的一样，却贵了二百元。我说，太贵了！

一瓶酒鬼酒还三四百呢，她说，四大卷的足本禁书，这是《金瓶梅》，才五百还贵？

三百五吧？

三百五？四百你有多少套我都要！

我说，说着玩儿的，我不是文人，多少钱我也买不起，买得起也看不明白。

谁都看得明白，她说，有图，比《三国演义》《水浒传》《红楼梦》都好看！

雨还不见小，我担心高干事等得着急，也还为躲开女店主让我买书的难却热情，我还是闯进雨里。出门前我跟女店主说有个急事必须按时赶到，才离开的，毕竟她使我知道了关于《金瓶梅》的另一种信息，不忍心伤她好意。

不用说，赶到家门口时我全身绝大部分都已淋透，没湿的只是人造革包里的买《金瓶梅》钱。我刚在门口锁了车子，正待环顾一下看有没有高干事的影儿，高干事的自行车就从雨中过来了。一下自行车他先是看了看表，道歉说，晚了半分钟，这他妈雨！

我挺感动的，也看了看表说，我也刚到，车子还没锁完呢！又说，要讲办事守时，还是当过兵的。我的感动里也包含了对自己。

要是地方这帮鸡巴玩意，下这么大雨肯定就不来了，高干事说，你看你，厅局级领导，别说下雨呀，不下雨也得坐车，不坐车，浇死了，人家还得说你不称职。以后你就得坐车，你不像我，我们干事，不管部队还是地方，都是骑自行车跑腿干事的！

我说，作家协会不比别的机关，车少，司机也不顺手。

295

他说，还是怨你自己，车少司机不顺手，你可以打出租呀，下大雨又不像好天气。

我把他拉到楼门洞里。他拿来的书尽管用自己的上衣包了，也还是湿了包装纸。我叫他上楼歇歇，他说不了，还有急事。他掏给我的书票也有点湿了，我想上楼给他拿件干爽衣服换上，他也不让，一再催我快点上楼把书捆打开，免得湿了书纸。

我掏给他的钱也潮湿了，让他数一数，他说算了，少的话我搭，多的话你搭了。

他光着膀子浑身一点干地方没有，湿了的钱再浇一下会更湿，我就让他用我的人造革包装了。看他这等辛苦，我把女店主四百块钱收《金瓶梅》的信息告诉他了，是想让他别这样白出力。他说，我是受一个朋友之托，他们有发行任务，帮他弄完就不扯这份犊子啦！我问女店主的书会是从哪弄的呢？他说，闹不好是书店有人图自己挣钱，私下抬价了。我说，人家不会怀疑你也挣钱吗？他说，所以我才只帮他们联系了你们作协，不可靠的人我不跟他们扯！

很快，作协不少人都知道了我卖《金瓶梅》的事，有人又找我买。我实在不愿再惹麻烦，再也是对一些人不放心，怕他们买了再出去卖高价，反而误会我从中挣了多少钱。

这样一来，反倒真有人传我的坏话了，说我每本书能挣一百多。这话是从一个老干部嘴里听到的，他对我不错，是出于好心才把听到的传话告诉给我的。我倒没怎么在乎，但特别不明白，这是谁编排的呀，他为什么要这样编排呢？

有天女作家鲁星儿电话问我，听说你在倒卖《金瓶梅》？

谁说的呀？我很生气地问，你告诉我谁说的？

你卖没卖吧？

卖了，但不是倒卖！

那你图什么？

朋友让我帮个忙！

怎么不帮我买一套？

不是这个帮法，是有朋友让帮他卖书，我才问到碰见的几个作家！

我也是作家呀？

你不是女的嘛，我不是没碰见你吗，我敢主动向你卖这种书吗？

你的信任有问题！你要警惕，懂吗？

不懂，我白搭时间一分钱好处不要，怎么会有人这样编排我？

反正我是听人说了，信不信由你。

你真想买吗？

还能买到吗？

我那套给你！

你自己呢？

我再想办法。

谢谢！

文艺处一个熟人也打电话问我是不是真卖《金瓶梅》了，我说是卖了。他说要注意点儿，别再卖了，现在正换届考核班子！

我说，一定不卖了！

那好！他说，再想法给我弄一套，千万就别再弄了！

有天我到资料室借阅《世界文学》杂志，登记时赵明丽对我说，谢谢你呀柳老师！

我一时没弄明白她谢我什么，愣住了。她把正看着的书往我眼前推了推，说，铁树说了，这书很难买，你给他买了两套，有一套让我送礼给老师了！

我说，小赵，别再给别人说这事了，这书还属禁书。

铁树说这是文学名著哇，大学文学课不还讲吗？

大学文学课只是介绍介绍内容，也没有全本书让学生看。

我看咱们资料室应该买一套，作家协会资料室，供作家们研究嘛！

买不到了。我不想和她细说，搪塞着离开了。

栾丽惠也打电话问我，柳直呀，听说你给铁王八蛋和姓赵的买《金瓶梅》了？让他俩研究怎么进一步搞好破鞋？你工作做得挺细呀，小柳？

297

我苦笑一声说，栾大嫂，别听他们瞎说！

小柳我告诉你，你叫我大嫂是冲铁树叫的吧？你再别这么叫了，他不把我当你大嫂对待，他和姓赵的研究《金瓶梅》，你叫姓赵的大嫂去吧！

老栾大嫂，我恳求说，你千万别误会！

小柳我知道你是好人，但你有时候软弱，你不能帮他们研究《金瓶梅》！

我说，老栾大嫂，我是解放军出身，谁研究《金瓶梅》我也不帮忙！

64. 司机们（2）

每次往外寄稿子我都是亲手投进邮筒的，甚至投入后还要看看街上的邮筒是否锁着，因为有一次我投了稿刚想走，却发现邮筒的门儿竟然没锁。几天来太忙，我把写好的《日币上的作家像》交办公室的吴师傅了，嘱他一定及时寄出，这是市内一家杂志要的急稿。吴师傅是作协公认的老实人。

把稿子交给吴师傅，我便到楼外等车，昨天就跟李清波说好了，今天到宣传部开会，一定准时安排好车。李清波一再说没问题，已安排了牛司机，叫我在门口等就行。九点整开会，等到八点四十了还不见牛司机影儿，急得团团转了一阵儿，只好叫李清波骑自行车把我驮到大院外打出租车。上车时嘱咐李清波查问一下怎么回事，并嘱咐说一定找到牛司机，晚上到会场接我。

开会晚了半小时，散会又等了半小时，根本没见牛司机的影儿。兜里没带打车钱，我是步行回家的。第二天找牛司机问，他说早上是记错了时间，晚上是晚到了十分钟，到后我已走了。我说，你别胡说了，我等了半小时才走的。我气得跟李清波说，你是管车的，你说，这种情况在部队可能吗？李清波说，这种情况在部队早受处分了。我说，地方也不能放肆到这种程度，公家的车成他自己的了，领导开会都不能保证，要他干什么？

李清波说，我也气坏了，你说怎么处理他吧！

我说，你考虑考虑，司机最怕什么，挑他最怕的招子使一使！

李清波说，还是得收钥匙，一收钥匙就等于当兵的被缴了枪。

我说，那就收他钥匙，反正盛委和铁树都有车用，牛司机的车我都指不上，别人更指不上了。你记着，只要他再误一次事，不管误谁的事，立即收他钥匙。这么不像话还能容忍他，我们的兵就白当了！

说完我骑自行车又开会去了。散会时乌云滚滚，眼瞅大雨就要兜头而下，我赶紧推自行车要跑，不想牛司机来了。我说让你接你不接，没让你接你来干什么？

他嬉皮笑脸说，看要下雨，怕浇着领导。我说，你走你的，浇着我心甘情愿，我领导不了你！

他仍嬉皮笑脸说，上车吧，大人不跟小人一般见识。

我气说，骑自行车怎么坐你车？

他点头哈腰说快上吧，自行车放车尾。

我还想坚持不上，可大雨点子已打我脸上好几颗了，他又无赖得让你再说不出什么话来，只好坐了他的车。但我心里直骂李清波，准是他把我的决心告诉了牛司机，不然他不会忽然这么殷勤。

到办公室不一会儿，接本市约稿那家杂志社编辑电话，他说柳主席你贵人太好忘事啊，答应好好的准时交稿，我到收发室查了四五次，也没见你稿影啊？今天下稿，就缺你的了！

我说早就寄出了，你再查查！

他说肯定没有，收发室都让我查烦了。

我放了电话到楼下收发室问吴师傅，稿子是平信邮的还是挂号邮的。吴师傅说是送的。我问送给谁了，他说内务部辛主任老婆在那个杂志社上班，稿子让辛主任转交的。我问是不是他亲手交辛主任的，吴师傅说当时正好牛司机要去辛主任家，就把稿子交他转了。我又楼上楼下找牛司机，他的车在门前停着，就是找不见人。后来别人提醒我到最里面那间屋去看看,那儿有一伙打麻将的。

我进那屋一看,满屋令人窒息的烟雾笼罩着一张麻将桌,牛司机果然就在桌上。满地的烟头和痰迹同乒乒乓乓的麻将声让我厌恶,我本想发火训他们一顿,可是铁树也在麻将桌上忙活,他嘴上的烟比谁吐得都厉害。见我进来,他手都没停一下,问了我一声有事吗,照样出着牌。我心里更加有火,说,找老牛有事。

牛司机也不停牌,也铁树那样低头说,啥事呀?听清是稿子的事,他才喔了一声说给忘了。我说忘哪儿了?他还没停牌说,忘桌子里了,你自己找去吧。

我实在忍不住了,厉声问,你说什么?!

他流气十足地说,我正忙着,你自己找去吧,在我桌里!

我大吼一声说,现在是上班时间,你把牌给我扔下!

可以说我这声吼里有一多半是冲铁树去的。你是主席,这些人如此胡混,你怎么还同他们不分彼此地打成一片呢?!

牛司机竟然看了看铁树说,没看我正陪头儿打牌嘛,稍等一会儿嘛!

我已怒不可遏,也看了看铁树面对着牛司机说,你把方才的话再说一遍!

他看我脸色已经非常吓人了,才不再贫嘴,但瞅了瞅铁树仍没起身。我紧逼一声说,我让你马上给我拿去!

铁树这才停了牌说,去吧去吧,先拿来再玩儿。

牛司机拿来我那封发稿信后,皮笑肉不笑地作了句其实是嘲弄我的自我批评:实在对不起柳主席,给忘了。

我接了稿没有理他,而是对打麻将的所有人也包括铁树,说,你们实在太不像话了,这屋简直成了猪圈!我的话是故意刺激铁树的,我也可以想象出他们会在我离屋后怎么骂我,但我也会继续骂他们,人办公的屋子,怎么会猪圈似的脏啊!

我把稿子亲自送往杂志社,回来便找李清波说,你我都当过兵,现在我以军队指挥员的身份给你下指示,从今天起收缴牛司机的车钥匙，原因，他连续三次故意不执行任务，而且上班时间打麻将。什么时候给他钥匙，视检讨认错态度而定，而且，要在机关大会上正式宣布，由你宣布，我讲话！

李清波看着我没有马上回答，我说，你害怕啦？

他说，不是害怕，作协不是部队，事儿不好办！

我说，就因为事儿太不好办了，我才要这么办一办，非办不可，办砸了，我宁可不当这个鸡巴副主席了！

李清波说，那好，明天就收！

收一个司机的钥匙，而且不是盛委和铁树司机的钥匙，我认为不是什么大不了的事，就没正式向盛委报告，只电话跟铁树说牛司机连续故意不出车，要教育教育他。铁树说，这小子就这么个驴脾气，也故意误过他的事，还扬言要打过他。我想，既然这样，就更该严厉教育教育他。所以我让李清波头天跟牛司机打个招呼，对他连续误事的错误要给予处分。

第二天借传达一个文件的机会，我亲自召集了机关全体职工大会。传达文件前我首先让李清波宣布了收缴牛司机车钥匙的决定。

没等李清波坐下，更没等我就这件事讲话，牛司机呼一声站起来了，他直指着我大吼，你这不是开大会批斗司机吗？

我坐着没动，却压抑不住内心的气愤，因而肯定露出一脸的威严说，牛司机，这是开大会，谁让你随便站起来说话的？

他不仅没坐下反而晃了晃，仍直指我说，你随便批斗司机，我就是要站起来说话，别的司机也应该站起来说话！

我说，你先坐下，一会儿作检查时有你说的！

他说，我就不坐下，你堂堂一个厅局级领导，开会批斗司机不对！

我说，车是作协机关的，不是你牛司机个人的，你把公家车变成自己的，就是要收！

他说，你问问大家，尤其是司机们，该不该收？

我说，你给我坐下，现在没到你说话的时候，也不是讨论该不该收的时候，而是先宣布收的决定。

他说，我不服，你宣布我也不交，我也不让你开成这个会！

谁都没想到，连我自己也没想到，我如被巨大的火力从炮膛推出的炮弹，随着一声冷不防的响亮而沉重的拍桌声和茶杯被震倒声，呼地站了起来。牛司机也没想到我会如此，不禁一怔。我近乎咬牙切齿说，牛司机，你给我坐下，你再继续扰乱会场我就把你驱逐出去！

他声音虽然没再升高，但他仍站着说，你敢！

我又一拳砸得茶杯乱跳，同时一声大吼道，处长们都站出来，把牛司机驱出会场！

会场静得让人心惊胆战，所有人眼光都直了。但在话音落下一两秒钟后，只站出一个李清波来。我又斩钉截铁一声命令：转业军人同志们，都站出来把他押出去！

这一回真让我激动，马上站出七八个人来，起码处长们中的转业干部都站起来了，尤其令我激动的是，有两个不是处长的转业干部也站了起来，而且不是站着不动，他俩已按照我的命令向牛司机走去。牛司机在作威肆无忌惮惯了，一时被这阵势弄得蒙了，加上他并不知道我在部队只是个文职干部，并没真正带过兵，所以嘴里没再发出任何声音来，凶蛮的目光也不翼而飞了。但他还是欲坐却又不肯丢下多年的威风而自己坐下去。这时挨他较近的几个女同志上前连劝带拉，算是给他铺垫了个台阶，他才无言地坐了下去。这时好几个转业干部也已走到他身边。我说，大家都各就各位继续开会。

大家都重新坐定后，我仍站着说，收缴牛司机钥匙这件事，希望大家能有足够的认识。一个单位，树立不起正风正气，一般工作都不能正常运转，我们各级干部不是白吃饭的吗？但凡还能说得过去，也不会采取这样的措施。以后，再发生此类事情，不管谁，一律照此处理。方才，部队转业干部表现了很强的正义感和服从命令听指挥的良好素质，我向你们表示感谢。下面开始传达文件，按规定要求，此件传达到全体干部。现在请全体干部留下，工人同志退场……

几个司机和其他工人刚站起来，铁树端着个水杯进来了。牛司机不禁眼睛一亮，停住往外走的脚步。有人给铁树让出一个正位，铁树先放了水杯而后坐下，并且说了一句玩笑，怎么个个都吃了康泰克要睡着了似的？

大家仍吃了康泰克似的没人呼应他的笑话，我说还没开始传达文件，刚宣布了件小事。

铁树说，宣布每人发一盒康泰克是吧！

牛司机乘机提起桌上的暖壶上前给铁树杯里加满了水，说，头儿你千万注意身体别感冒，作家协会就指着你呢，你可别吃康泰克！

铁树发觉会场严肃得与往常明显不同，又看我脸色异常地难看，可能联想到昨天他们打麻将时我的话了，便说了牛司机一句，你该干啥干啥去！

牛司机说，我们在下边等你，散会你快点下去继续打麻将！

弄得铁树很尴尬。不少人的眼光都微妙地交流了一下。我也明白铁树尴尬的原因，牛司机不服他铁树的批评，曾当众顶撞说你铁大主席看我头发短咋的？谁都知道潜台词是说要像赵明丽长头发，就怎么着也没事儿了。

我用不着尴尬，一张窗户纸已经捅破，索性铁心算了。

65. 军委主席

我指挥转业干部处置了牛司机的事儿，一时成为作协的议论中心，这在省直宣传系统也传得挺广，因此我办公室来的人忽然多起来。那些一直感觉不被重视的转业干部，简直有点扬眉吐气了，他们鼓励我今后大胆工作，只要是压倒歪风邪气的事，保证指哪打哪。更有甚者，说我是作协转业干部的领袖，还有的说我是作协军委主席。我连连制止他们，绝不许开这种玩笑。我严肃说，军委主席到哪里都是一把手，你们这不是授人以柄往火堆上推我吗？

我真的被自己言中了。铁树有天在走廊碰到我，问有事吗，我说没啥事。他刚要走又站下说，听说那天开大会你叫转业干部把牛司机

303

押出会场了？我说，是说了这话，但没押，他自己就老实儿坐下了。铁树说，你为什么叫转业干部不叫别的干部呢？我说，叫了，叫不动，才叫转业干部的！铁树说，要注意，别给人印象转业干部听你的，作协形成了党、政、军三个头儿。我说，牛司机那小子实在把我气坏了，不镇住他，往后没法工作了！铁树说，他就是那么个驴家伙，还骂过我呢！我说，那天他顶过我后，可是主动给你倒水了，你不能惯他！铁树说，我惯他什么？这帮小子都得哄着来！我说，也别给人印象他听你的。

我给盛委打电话汇报建房工作时，他说，听说你要成立军委会，并且已经开展工作了？

我哎呀一声说，这都是谁在造谣啊！盛委说无风不起浪啊，你不下令转业干部站出来，人家能这么开玩笑吗？玩笑不能开大了！

我心下想，你盛委要我转业时不就说，有困难得找解放军吗？你有困难找解放军行，我困难就不行找解放军？

想是这么想，做起事来我却格外注意了。首先提醒没事好上我办公室聊天的几个转业干部说，我要写作了，各位少图财害命啊！

对经过这样提醒也不开窍的，我就进一步点透说，咱们没事可要多读点书，多写点东西，这是作家协会，别让人家心里嘀咕，咱转业干部不懂文学业务，也别总让人家想到咱们是转业干部。

有的也不服我的话说，不是你在会上号召转业军人站出来吗？想到是转业干部有什么不好，说明咱们保持了部队优良传统！

我说，最优良的传统是和群众打成一片，老被人想到是转业干部，就说明咱们还没打成一片。

越是注意着打成一片，偏偏那个让你突出的日子就到了。八一建军节头好几天，就有人跟我说，你来作协了，今年八一可得好好过一过。

我说这不又搞特殊化吗？

他们却说，怎么是特殊化呢，三八妇女节、五一劳动节、五四青年节、七一党的生日、十一国庆节，哪个节都过呀，八一节过一下怎么就特殊化了？

我说，除了三八节，其他大家不都一样过嘛，八一节别人不能跟咱们一样过，咱们单独吃吃喝喝，这不就搞特殊了吗？

他们就强调说上边发了文件，号召通过八一节加强国防教育。

我说，实在要过的话，每人集点钱怎么样？

他们说，集钱不成私自活动了吗？每年都正式过，今年党组里有你了，反而成了私自的，那成啥事了！

我被驳得再无话可说，只好嘱咐，既然是有组织活动，就由机关出面安排，和每年一样标准。

每年都是机关党委出面，恰好机关党委专职副书记老季本人就是转业干部。老季出差还没回来，我也不指派别人，心想他不回来没人组织就拉倒了，免得又让人说军委会。八一那天是星期日，恰好我在外面有会，而且整个上午大雨哗哗啦啦一直没停，我以为就躲过去了。不想快到中午时，老季忽然从天上掉下来似的，拎着把伞站到我面前说，走吧，兵将都齐了，就等帅了。我说你不出差了吗？老季说，专程赶回来的，我就是走到天涯海角，这帮伙计也得把我揪回来。他不容我分说，就撑起伞把我拉进雨中，又把我推上一辆不错的奥迪车，是他从战友单位借的。

我一到场儿，两桌酒席的复转军人都鼓起掌来，中青年的还站了起来，有的照样说着那句我特别怕听的话：军委主席到了！

我忙让大家坐下，认真纠正说，别乱扯，千万别乱扯，玩笑开得不离谱才叫水平。

座中资历最老的抗战干部张老儿说，叫军委主席是有点离谱，不如叫国防部长或卫戍司令，既表达了各位的心情，又不让别的领导听着刺耳。

我说这个也别叫，就叫大名多好哇，作家协会不最看重名气吗，大家越叫我名，我名气越大！

一个年轻的转业军人编辑说，就叫军委主席，一点毛病没有，中国作协不就有个军事文学委员会吗？

我说人家那个委员会叫主任，你们非叫主席，这不诚心坑我嘛！

内务部副主任李清波说，主任在咱作协不值钱，成堆了，何况你真是主席，为什么不让叫？

我说你们不是没在部队待过，副政委就叫副政委，副师长就叫副师长，我是副主席你们非叫主席，怎么可以？

老季说，地方和部队不一样，没有带副字叫的，不信你到省委省政府考察考察，看有没有带副字叫的！

我看了一圈说，在座就数我官小，李清波在部队是连长，范主任在部队是团政委，老陈在部队是团副政委，老刘在部队是师政治部副主任，我只是个作家！

老季说，情况不同了，在部队是秀才遇见兵有理说不通，在作协是兵遇见秀才有理说不明白。你是作家，我们这些团长政委主任的，不都得听你的？铁树是不是秀才？我们是不是得听他的？这叫一种土壤长一种庄稼，什么市场什么值钱？狗市上马就不值钱。

当过志愿军的鲁大姐说，就是嘛，在部队时我们女兵多吃香儿，到地方上女同志成堆了，女的算老几呀？

我说，今天咱们是按秀才遇见兵算呢，还是按兵遇见秀才算？

抗战时期入伍的张老，从来不端老人架子，他尤其愿意和年轻人凑热闹，年轻人对他也都像忘年交儿的朋友。他看了看当场的形势说，过八一嘛，该按秀才遇见兵算，就论军龄，谁是什么年代入伍的，在年代前面加上他的姓就是他的名：张抗战、王志愿、范跃进、柳文革……话虽是这么说，凡事也都有个头绪。今天这叫纪念八一复转军人聚会，而不是文人聚会，主持人当然还得按职务高低定，按岁数不行，井冈山的骡子老，它不还是驮炮的货嘛！我当了一辈子编辑，为他人作嫁，自得其乐，就属于井冈山的骡子，甘心驮炮。我认为还得柳直主席主持，部队级别他最高，地方级别也他最高，今天我就甘心为他驮炮了！

这段话博得大家七嘴八舌的喝彩，有的说姜还是老的辣，有的说咱们改革开放时期的小骡子得向井冈山的老骡子致敬。也有的说张老比喻生动，但有自美之嫌，比如他说自己是井冈山的骡子，他哪够井冈山的骡子啊，井冈山的骡子算红军了，他是抗战的，应算太行山的骡子。

张老笑说，你们"文革"骡子斤斤计较，好好，我是太行山骡子！

我也笑说，张老，那我们就再计较一下，别叫"文革"骡子，叫珍宝岛骡子吧，我算珍宝岛骡子。

有的便接下去说，我是老山骡子——老山打仗时入伍的；我是唐山骡子——唐山抗震救灾时入伍的；我是三八线骡子——抗美援朝时入伍的；我是友谊关骡子——抗美援越时入伍的……

老季说，谁是什么骡子，我看自报公议得差不多了，可以编成一个战斗力很强的骡子运输队了。队长也已由太行山的张老提名和大家讨论通过，柳直同志就由军委主席降为队长。下面请队长定喝什么酒，酒上来后再正式讲话祝酒。

我几天来正头疼着，太怕喝酒，用乞怜的眼光看了一圈说，喝可乐或者饮料吧，就别喝酒了？

太行山张老说，你只有定喝什么酒的权力，没有定喝不喝酒的权力，八一节不喝酒岂有此理？柳直若坚持不喝酒，那咱们就把他的队长弹劾了！

我笑说，别弹劾，喝就喝，喝38度的军团酒，最合乎今天的主题了。

爱喝酒的珍宝岛老季说，38度酒哪行，怎么也得50度的。

太行山张老一锤定音说，军团酒对题，度数低两杯顶一杯就是了。

不等菜上齐，酒就开喝了。我的祝酒词是这样说的：作家协会的复转军人喝酒，就应该符合作家协会的风格，既有战斗力还得有文学艺术感染力，不能单纯军事观点，只是比喝，要侧重比文采。喝一杯酒唱一支歌儿，歌应是军事生活的，唱完歌，再一杯酒一个故事，即兴创作反映当年部队生活，或者现在作协生活的故事，这等于每个人都有说话的权利，也都有创作节目作贡献的责任，同意的话第一杯酒大家共同干了！

大家一呼声将酒干了,然后我的权差不多就被夺了。老季抢先指挥集体唱《解放军军歌》,他是学着《霓虹灯下的哨兵》电影中连长那种姿势指挥的,他当过演出队队长,学得很像。

……向前,向前,向前,我们的队伍向太阳……

这首已经被少男少女们相当看不起的队列歌曲,在酒店卡拉OK歌单上是找不到的,包房的服务小姐拿着歌单奇怪得瞪起眼睛,曲目最全的歌单上都没有的歌,他们唱个什么劲儿呀?可是这伙人唱得极其兴奋,也很整齐,像在一起排练了一个月似的。从小就习惯哼唱爱情软曲的少女哪会理解这群近乎失意者的怀旧心情啊,她想周到地尽尽服务热情都不可能。

唱完总军歌,集体喝一巡酒,太行张老说该唱抗战歌儿啦。珍宝岛编辑说唱《大刀向鬼子们的头上砍去》!太行张老说这歌吓人,看把服务小姐吓着,唱《我们在太行山上》吧,这歌雄壮且美。我说好,咱们先跟张老上太行山抗日。话音一落张老就起了头儿。

红日照遍了东方,自由之神在纵情歌唱。我们在太行山上,我们在太行山上,山高林又密,兵强马又壮。听吧,妻子送郎上战场,母亲叫儿打东洋,抗日的烽火燃烧在太行山上……

这首歌比较深沉,以致使张老眼中缓缓溢出两滴泪来。这些人当中,再年轻也三十四五岁了,都懂得老人的泪是多么来之不易。为了让流泪的张老多品味一下泪的神圣滋味,大家都没七嘴八舌乱说什么,坐下来沉默一会儿。张老发觉自己的眼泪影响了大家的情绪,马上抹掉说,老了,没出息了,好好的流什么泪呢,继续喝酒唱歌!他带头喝一口酒说,该唱解放战争的了,接着唱!

老季说唱过了,向前向前不就是解放军军歌嘛,该唱三八线的了。他问被称作三八线的退休作家老鲁说，鲁大姐可就你一个女同志，你应该独唱一个雄赳赳气昂昂。

老鲁推辞了一下，我也是不愿唱歌的，便替她讲情说集体唱算了。大家起哄说就一个三八线的，必须独唱。我以为她能极力推辞，她却真的独唱了，而且唱得很投入。

从老鲁开始都变成独唱了，以后有唱抗美援越《越南人民打得好》的，有唱对越自卫反击战时最流行的《血染的风采》和《小草》的，有唱《打倒新沙皇》的，连《红卫兵》战歌都有人唱了。歌儿唱泄劲了，喝了通酒开始讲故事。讲完评出一个最好的和最差的。最好的是由于我的坚持，评了老季讲的《别让我儿当特务》，说的是一个农村小伙当兵后给家写信告知自己分到特务连了。他母亲一听自己儿子当了特务，连夜出发，长途跋涉到部队找到领导，哭着哀求千万别让他儿子当特务。领导给她解释说，特务就是执行特殊任务的战士。乡下母亲说我知道，特殊任务就是偷偷摸摸干见不得人的坏事，像电影里演的那样，让乡亲知道了，回去连媳妇都找不到！部队领导被她说得大笑不已，笑止后说，您看我当了二十多年特务不也找到媳妇了吗？那领导从兜里掏出妻子的照片让新兵母亲看，那母亲一看照片上的女人跟电影上一个漂亮的女特务很像，又看看那领导是大鼻子鹰眼睛（维吾尔族人）像个外国人，竟哭起来说，我命咋这么苦哇，儿子当了特务！

最差的是由于张老的坚持，评了老好开他玩笑的珍宝岛编辑，他讲的是有个连队学雷锋弄虚作假的事，平铺直叙毫无艺术效果。张老说这不是艺术作品，属于反动宣传！

轮到李清波时，他讲不出来，大家说不讲也行，但得罚三杯酒。他极力反驳说，即使喝也不是罚酒，是奖酒。奖酒的理由，上次处罚牛司机我喊转业军人站出来时，他是第一个站出来的。他强调说，关键时候不敢站出来，光会唱歌算什么转业军人？

我站起来对还在争执不唱的李清波说，好军人也应该会唱歌儿，我陪你唱《抬头望见北斗星》！

他就跟我一起唱了，唱得很卖力气。太行张老说，还是军委主席话好使，太行山骡子都拉不动的老山犟骡子，军委主席一句话就叫动了！

我说，张老怎么又叫军委主席？犯规啦！

八月二日上午盛委打来电话问我，你怎么又当军委主席？还把老干部拉上？

我无言以答。他以为我知错了，又说了我好几句才放了电话。

也是那天上午，铁树来到我办公室，踱了几圈步问，昨天转业干部聚会怎么不通知我一声？

我说，我是在外面开会被他们拉去的，这会不是我安排的！

铁树说，把我推为军委主席的话，怎么也能找得到我！

66. 一地鸡毛蒜皮

正经事儿一件也干不成，鸡毛蒜皮小事儿转身就能踩着一把，而且沾脚上就抖搂不掉，但我必须在抖落中认真维持着干。我算弄懂骑虎难下这个词怎么解释了。

早晨顶着下了一夜也没停的雨到班上，第一眼就看见对门罗墨水的门开着，他坐在一台老旧的录音机前录什么材料。细一听，是关于纪念他父亲一百周年诞辰、逝世十周年的报告，他反复念着报告单位省文化厅和上级机关国务院文化部，还有一句什么人批示的话。我明白了，他屋门是特意敞着的，为让我上前搭话好就势诱我表示同意。我顶烦他这一套了，故意大声关了自己的门而没理他。不一会儿他只好过来把那材料给我看。我连站都没站起来说，文化厅打给文化部的报告咱们作协看什么？他神秘而面带笑容地说，怎么没用啊，咱们可以算联合发起单位啊！国务院领导批回省里，省里领导一看有咱作协，找咱研究落实方案时，咱不就可以顺理成章提出建房的事吗？我说就算省和国家领导同意开纪念你父亲诞辰和逝世的会，也挂不上作协建房的事嘛！他说怎么挂不上？我爹不是作协的，我是呀，我一个作协的人，替他们政府纪念我父亲，政府难道不应该认真考虑考虑作协的事吗？我说罗老啊，你是不是想让作协给假，好跑你父亲的事呀？他无来由地嘎嘎大笑起来说，柳直同志你这样想问题就对了！我说，我这样想问题，但不能这样处理问题，我凭什么让你扔下作协建房子的事，去忙文化厅纪念你父亲的事呢？他又一阵无来由的大笑说，凭我是我爹的儿子嘛，我爹是在文化厅死的，作协的我有责任帮文化厅的忙嘛！再说，咱们盛委书记是文化厅老厅长嘛，都有互相帮助的责任嘛！我说儿子忙爹的事天经地义，但经费谁给你出？他再次无来由嘎嘎大笑一阵说，先忙嘛，忙完再说嘛！我拉下脸子正色道，罗老我正式跟你说，这事我可没答应你，到时建房的事找不着你，你再跟盛委、铁树、辛主任他们说我给你假了，绝对不行！罗墨水也拉下脸要冲我正式说什么，有又急又重的敲门声响起，我忙喊请进，想乘机脱开罗老儿的纠缠。

　　进来的却是平时走路没一点声响，说话也低声细语的文档管理员小黄，她后面紧跟进来一个举止急躁的男人，我立刻明白，门肯定是这男人敲的。小黄也没介绍这男人是谁，就颠三倒四地说她的儿子被老干部处的一个职工打伤了，屎都拉裤子里了。我问被打的原因，那男人急得涨红了脖子，像反驳我似的说，这事看你们领导管不管，不管我就砸他家门！

　　我问小黄这是谁呀？小黄说他是我家小孩他爸。小黄属于内务部管的人，我说你没找你们辛主任吗？潜台词是这样的小事也直接找我啊！

　　小黄说找了，辛主任说他管不了，让直接找领导。

　　我说，你们先回去吧，我一定让有关部门严肃处理，你们赶紧上医院给孩子看病，别耽误了。

　　小黄说家里没钱，想从单位先借点。我说月底了账上没钱，先自己借点，治好病再说。

　　听我这样说，小黄和丈夫仍不走。向来好把管一切闲事当己任的罗老暂时不提自己父亲的事，婆婆妈妈劝开了小黄，直到小黄听烦走了。

打发走这几个人我以为没事了,刚要伏下身来,又来了一伙省文联的熟人。他们是刚从省政府礼堂听完报告过来的,进屋就开玩笑说特意拜访作协军委主席来了。我连忙制止他们不要瞎说,他们说,我们说你是作协的军委主席,又没说你是中央军委主席,也没说你是作协主席,你何苦吓这样!

我说让你们别这样说必是有其中道理,你们别说就是了。

一帮熟人各自找位子坐下刚要说点别的,罗墨水老头又来了。到我桌前他说,柳直你坐你坐,我跟你说几件事。我本来是坐着的嘛,他这不等于让我站起来吗,我若不站,不知内情的这些熟人会误以为我当了个破副官,有架子了,在老人面前都不站起来。我十分违心地站起来说,有事客人走了再说吧。罗老说就几句话,我父亲诞辰百年纪念的事就那么办了,不再重复了,有几件马上要办的事儿你安排一下,一件是我老伴晚上来,需要派车接,办公室已经派了。我生气说,派了还让我安排什么?他说派了你就不用安排了。第二件事是,买的几户住宅房我已经看过了,你有必要也去看看。还有办公楼基建简报第21期我看过了,正在印,不需要你看了。我说你这三件事有两件不需我管的,另一件也是不需我管的,还有不需要我管的事跟我说吗?已经是明显的讽刺口吻了,他丝毫不在乎,无来由大声干笑一阵走了。走时还冲大家说我有急事要办,就不陪各位了。弄得大家都站起来送他。他走后大家问我,他是作协什么领导啊?

我又气又笑说,是作协办公室退休的一个科级干部!大家又惊又笑说,科级干部?请这么个科级干部来管基建,你们的楼到底想不想盖?我长叹一声说,别谈他了,咱们说点愉快的事吧!他们议论要我晚上一起出去吃饭,我说作协可是穷透了的地方,吃饭可别指望我买单啊!

他们说,作协那么多会员还用主席自己买单,抓一个买单的就是了。

偏巧这时候电话响了,真就是一个文学圈里下海当酒店老板的熟人请我晚上吃饭。我说今天是什么日子,吃的是哪门子饭哪?他说你从屎窝挪到尿窝,好不容易转一回业,不找个当官的地方也得找个挣钱的地方，偏偏转到可怜巴巴连顿酒席都请不起的作协。今晚犒劳犒劳你，到我酒店聚一聚，说好了，七点！

我说你还没回答吃的哪门子饭哪，怎么就说好了七点，也太把我看成要饭的了吧？

他说老朋友你别介意，就是请你改善一次伙食，轻松一下！

我说我一个从尿窝挪到尿窝的人，真得感谢你的美意，但是啊，我没感寂寞也并不觉馋，上班忙得很！

他说你老兄图的什么呀，上班还得点灯熬油，能挣几个钱？

我说要想挣钱或当官我就不上作协了，我不就是个没出息的作家嘛，叫我到你酒店挣钱我一天也受不了。鱼只能在水里活，鸟只能在天上飞，各有各的祖宗啊！

他说听你这么说今晚这饭是不能来吃了？

我说真的不能去吃了，有事！

他说有什么事，别端架子了，还是来吧？

我说真的不行。

他只好说，那下次再说吧。

放了电话，屋里这帮熟人说，看来你是不想抓人买单请我们吃饭了，那我们请你吧。

我说也不用你们请我，到了我的府上，还是我掏腰包吧，不过水平只是涮羊肉。

他们说面条也行，毕竟是作协副主席请我们吃了顿饭啊。

我就开始张罗，真的打电话订了大院门口一家火锅城的餐位。

还没等动身，又接到一个诗人朋友的电话，说晚上务必出来陪他吃个饭。

这是我的真正作家朋友，他叫我陪他出去吃饭，一定是有为难的事需要帮忙了。我说遇到什么难缠事了吗？

他直率说，我和女朋友的事让老婆知道了，闹得挺厉害，刚安抚住，女朋友那边又找我，她还死活地恋着我，我想断又断不了。今晚又是她约我出去吃饭，我不能再单独去了，你必须陪一下，帮我做做工作。

我知道他们感情陷得很深,再发展下去将会危害身心及家庭健康,但此事又不宜张扬,甚至连自己的家人都不能知道,要想将这特殊关系处理正常,非我出面不可。何况我已在作协上班了,作家朋友遇了难题,这是我最大的正事,务必得去。我与屋里的几位熟人解释了原委,道了歉,说好以后我一定做东认真聚一次,然后就和他们一同离屋,直奔作家朋友约定的地点而去。

晚上十点多我才回家。一进门妻子就说,快点给你们老干部处长打个电话,他说有个老干部病情告急,让你到医院去看看!

67.《不朽》与文学基金会

由于下雨,机关来人不多,这倒使我心境好了许多,想读文学作品的欲望也随着雨声而逐渐浸润了全身。我先拿起作协自己办的《北方作家》读了一篇小说,读是读进去了,但不过瘾,就像爱酒者总喝不到酒,忽然喝到一口很一般的低度散酒,感觉比喝白水是好多了,但与喝上一大杯醇香浓烈的六十度五粮液比就差远了。又读了上边一篇名家的诗,感觉好些了。三天打鱼十多天晒网式的读文学作品状况,势必使脑中的文学细胞被过多的报纸和文件大量杀伤。经常读读文学作品,就是增殖文学细胞的最好抗战方式。再读一首诗,不行了,毫无诗味,又恢复了喝白水的感觉。于是扔了这本杂志,摸出抽屉里一本捷克作家米兰·昆德拉的小说《不朽》。读过其中的"不朽"章,忽如喝了茅台酒,顿时心中有春风刮起,全身都似在温泉里游动了。是写死亡怎样和不朽连在一起的,是写大诗人歌德和比他小十多岁的女人因爱情而与不朽有了深刻的联系。这样的文字才滋润人的灵魂。现在就连许多所谓纯文学期刊上的文字,其实也与文学相去甚远,真文学的地位已被极其庸俗的发行量给挤到非常狭小的角落里了,真文人的地位也如此,古来也就如此。曹雪芹、鲁迅、梵高等等，生前就没在什么正位上待过。我继续在雄浑的雨声中读《不朽》的"人体"一节，读得热泪盈眶，被杀伤的许多文学细胞纷纷复活了，隐隐的，有一个叫作灵感的东西，从远山翻过来，朝我奔跑，越来越近，一旦我们相遇拥抱的时候，我就该伏在稿纸上了。

美酒似的《不朽》刚读到微醉处，又遭到了敲门声的袭击。滨海市作协秘书长和我的部队作家朋友庞克来了，他们提出要和省作协联合搞"北方文学基金会"的事，并说已拉到五十万元的赞助基金，也请妥北京的著名老作家当会长。他们来要商量的是，请北方几省的作协主席当副会长。我莫名其妙问，好几个省联合搞的文学基金会，由你们市作协牵头，这顺吗？

庞克说，你管他顺不顺干啥，弄来钱就是好事。基金和基金会主席单位，我们都操作好了，就差副主席单位了！

我说，建立基金会得民政部门批准，不是有钱就随便成立的。

庞克带来的基金会秘书长说，这我们也批下来了。

哪儿批的？我不相信地问。

我们滨海市民政局批的，他说。

你们市民政局就能批好几个省联办的基金会？

柳主席呀，都什么年代了，你想问题思路还这么因循守旧？只要有钱，在哪儿都能批！

名不正你就是批来了，也办不顺。

什么顺不顺的，对文学事业有好处就办呗。

我说几个省和一个市混一起，又以你们市亮牌子，这很不顺啊。

你还没跟书记和主席商量，怎么就说很不顺，是不是你这儿很不顺啊？

当然是我这儿不顺，就算不考虑肩膀头齐不齐这一说，我们是出书记还是出主席作这个副会长啊，不像你们市里，作协连处级都不够，根本没书记一说，我们是正厅级作协，党政各有一个一把手，都是正厅，你放谁呀？

他摸了摸自己的长头发嘶嚷了一声说，个破作协，还弄个书记，说道真多!

庞克说,这是文学业务方面的事,你就把主席名给报上得了。

我说庞克啊,要是退后一年我也会像你这么说,现在可不能这么说了。

长头发秘书长说,那怎么办,我们直接找书记或主席?

我说岂有此理,你们市作协的副主席都没照面,你秘书长直接找我们书记主席,太隔锅台上炕了吧?

他又捋了捋自己的长头发说,那我就等听你信儿了!

铁树一听这事,马上就火了,真他妈岂有此理,不理他!

我说他们等听信儿呢!

铁树说,那就告诉他们,等换届以后再说吧!

68. 编辑部的风波(1)

《北方作家》是本老杂志,新中国建立前就创刊了。所以编辑部的人嘴上都挂一句口头禅,先有《北方作家》,后有作家协会。而且,历届作协主席都当过这本机关刊物的主编。因而现任主编钟声高,才能是作协党组成员。钟主编手下人最多,在机关就比较显眼。在满机关都在议论换届怎么换的时候,有天,《北方作家》的女编辑作家鲁星儿进我屋来,丝毫没客套,直呼我名说,柳直啊,我从朋友角度给你透露点信息,我们钟主编这人越来越不像话了,编辑部全体都对他意见极大。

我想了想说,全体都意见极大?

鲁星儿说,可不全体咋的,要不我怎么来给你透信儿呢!

我说,老钟挺忠厚一个人,怎么可能全体意见极大?要开作代会了,还是安定团结为好。

鲁星儿说,柳直你现在是主要领导,我才跟你说的,真要出事!

我仍没太当回事说,钟主编有点木讷,你们千万别刺激他弄什么事啦。

鲁星儿说，不是谁刺激他，是他老刺激大家，你和他接触少，不了解他。

鲁星儿说这话的第二天，铁树到办公室来问我，这两天听到什么信儿没有？我以为他问的是作代会，所以说没啥新消息。他疑惑地看看我说，那《北方作家》有人怎么和你说了？

我这才明白他指的是老钟的事，便说，昨天是有人跟我说了几句钟主编，我叫他们少没事找事。

铁树说，你这么说就对了，他们又在想歪道。

又一天，我忽然接到一个名气不小的作家电话，他自荐要调到《北方作家》去当主编！

我一怔，这个时候有人出来自荐当主编，是不是与编辑部的人想让老钟下台相呼应啊。鲁星儿又到我屋来了，她什么也没啰嗦，扔下一封信就走了。

不是写给我个人的信，也不是写给具体谁的，而是什么体例也不合乎的一份呼吁材料，标题是"强烈要求罢免钟声高同志《北方作家》主编职务的联名请示书"。说是请示书，也没有名头也没有称谓，标题下面就开篇直陈道：

> 钟声高同志担任《北方作家》主编八年来，致使一度辉煌的该刊每况愈下，刊物质量下降，编辑人心涣散，经济形势危急。目前，正常工作受到严重干扰和破坏，以至难以维持局面。我们曾多次对钟声高同志进行过请求、劝说、建议和批评，但他对同志们的苦口婆心充耳不闻，置之不理，仍然一意孤行。现在钟声高同志走得太远了，我们对他已完全失去信心。我们认为，他没有能力也没有资格再继续担任该刊主编职务了。鉴于此种情况，我们强烈要求有关部门免除钟声高同志主编职务，并调离该刊。

1993年8月8日

接下去是一大串签名，几乎全编辑部在职的和离退休的干部都签了，打头的就是鲁星儿。我得到的是复印件，看来党组成员都发到了。我一连看了三遍。从写法到签名，尤其落款的日期，使我想到"文化大革命"。落款时间是"文化大革命"中毛主席第一次接见红卫兵的日子，那时这类传单屡见不鲜，几乎雪片一般，到处飞扬，而且措词比这激烈百倍。面对这么一份材料我心情十分复杂，但已不惊慌失措了。复杂的是，老钟究竟是个怎样的人我不清楚。直接印象倒没什么不好，但怎么编辑部都签了名呢？复杂的另一个原因是，盛委表示过《北方作家》问题很多，并且认为问题的根源在钟声高。而铁树却不认为钟声高有问题，说钟声高是老实人，有人整钟声高是想整他铁树。现在大家已联名公开呼吁罢免钟声高了，钟声高到底怎么样呢？我不惊慌失措的原因是，我并不是鲁星儿认为的主要领导。这么大的事，该书记和主席商定。但我可以猜到，铁树会十分恼怒，盛委会很高兴。我心里憋得慌，只好找求实去聊。求实说，钟声高这两年给大家印象是不务主编正业，自己在外跑私人买卖，致使刊物连连编发有问题的稿子，等等。但铁树和老钟不错，有人就说老钟是铁树的四太监之一，不少人对老钟的气愤确实是跟铁树连带着的。

69. 编辑部的风波（2）

《北方作家》编辑们要求罢免主编那几天，中国文学出了一部《废都》。我从《文学报》上读到的记者评价说，这是一部现代《金瓶梅》，而作者本人则想象此书应该像《红楼梦》那样引人读。没等找到《废都》来读，却收到日本北海道和我同岁那位作家东村·岩的来信，说他写了一篇关于我的印象记，发在《北海道新闻》上。同时他又说了对中国作家的羡慕。他说去过好多个国家，没见一个像中国的作家协会这样有实力的。《废都》的炒作和日本作家的羡慕，混合着使我产生复杂情绪。我们的作协在外国作家羡慕得眼红的条件下在做什么哪！我想给日本北海道朋友写封回信，便在办公桌前铺开了纸。

《北方作家》编辑部开着门，热热闹闹的声音传到我屋来。他们似乎在等候党组这边有什么反应。

盛委忽然打电话说，编辑部早就有许多意见了，因为铁树有意让钟声高体面下台才拖至今日，人家群众等不了啦。盛委又说，要不是铁树对我有戒心，我可以主持会研究一下这个事，现在就不好先发表什么意见了。他建议我说，是不是开党组会研究一下？

我说，那我问问铁树，建议他召集党组会研究一下？

盛委说，你看着办吧！

我就看着办了。电话顺利打到铁树家，他在睡梦中被妻子叫醒。他说，联名信的事，不是全体都签名吧？听听没签名的人的意见再说吧！

我说，这事不知老钟知不知道，差不多全体联名要求罢免他了，党组也没个态度，老钟还怎么工作？

铁树说，该怎么工作就怎么工作。其实老钟自己也不想干了，考虑找不到人儿才动员他继续干的。

我说，你不说他还想干吗？

铁树说，那是你刚来时，现在情况不同了。但你想想，现在能研究任免的事吗？该研究的也不是他一个人，不都他妈等换届吗？换届换届，不知他妈都想换谁？！

他发了很大一通牢骚，直到气消得差不多了，加我也没个配合的反应，他才放了电话。

回家我又吃不下饭了。妻子端着饭碗说，对这事儿你别太热心了。我一蹾饭碗说，我热什么心，躲都躲不过去，这不是盛委打电话追我吗？

但妻子的话还是起了作用。不管了，我也不是主要领导，要开你盛委直接跟铁树说去。我就又开始找《废都》读，我得了解中国文学现状。

听说我找《废都》，鲁星儿马上把一本新买的《废都》送来了。我说，你听谁说我要看这本书？她说，这两天都说你要看这本书，作协哪个领导的事大家都知道。我又问，这书怎么样？她说，怎么样，你自己看看吧，一两句话说不好。我说，像《金瓶梅》呢还是像《红楼梦》？她说，都不像。

我说，谢谢你借给我书！她说，一本书借什么呀，送给你的。然后欲走不走说，我们交你的联名信，党组有什么想法啊？

她刚这么一说，好几个参加签名的编辑都进来了，都是写作名气不小的作家编辑，他们专门来问党组有什么想法的。我说党组没开会，就说不上党组有什么想法。他们又问我个人有什么想法，我说我不可能一点想法没有，但这得党组会研究时谈，不能随便乱说。他们说，我们的信已交给党组一星期了，党组怎么还不开会？我说这你们得问党组领导，党组书记是盛委，副书记是铁树。

编辑们从我屋离去不一会儿，便也从他们自己的办公室离去了，一大排屋子立时变得十分冷落。这冷落迅速扩散到我屋里，整栋楼都刻骨铭心地冷落起来。我在这难以忍受的冷落中翻开了《废都》。

一下子就读进去了。不能不说书里透出当代某些文人的无望和颓废情绪，但也不能不说无情地批判了当今社会的腐败现象。读了百多页，我便在书中写下这么几句话：是才子写的书，是写才子佳人的书，是真书，是不尽如人意的书，是一本有贡献有缺陷的书，是一本旧手法写新事的书。读后感觉一言难尽。

写下这几句话想继续读下去，来了一个乡下老人打听《北方作家》在哪，因满楼没人，才一路摸到我屋。他自报是《北方作家》的函授学员，我不禁细打量他一番，以为有六十七八岁了。他说才五十五岁，是为补齐一期函授教材来的。我为他找到那期教材，他千恩万谢说他已念三届函授了，本想还念第四届。我安慰他说自己写就是了，不一定总念那个函授。他说念这个书并不是为了成才，而是求一种精神寄托。

这个可怜的老文学青年一离去，正好下起了大雨。风雨声把十分冷落的楼里变得阴森凄凉了。我凄楚地想，可怜的文学爱好者们啊！

我慢慢钻进《废都》里，躲雨，取暖，避凄凉。

没看两页，听凄凉的楼道里有脚步声，接着，被淋湿的一男一女找到我屋。女的我认识，是一个农村业余作者，想当作家走火入魔了，长久在外游荡。她整个人干瘦干瘦，像天天吃不上饭饿的，还像总熬夜写作累的，但并没发表几篇东西。另一个男人，我不认得，便先和瘦得可怜的女作者打招呼，问她来干什么。她说想找《北方作家》钟主编开个采访介绍信。我问她采访什么，她说先到上海萧红墓看看，然后再到黑龙江省呼兰县萧红故居看看。我问谁给你出路费，她说要饭也要去。我说你连饭都吃不上，忙看什么萧红墓哇？她说当作家就当萧红这样的，别的小作家不当。忽然发现我手里拿的是《废都》，又补充说当贾平凹这样的也行。

我看她真是走火入魔得可以了，暂且不再理她，又和那个也瘦得令人同情、眼神有点神经质的小伙子打招呼。万没想到这男的也是走火入魔的文学爱好者，本市一个宾馆的烧锅炉工。他说自己有个宏大创作计划，打算写一部超过《红楼梦》的传世之作。但宾馆老板不给时间，所以他跑作家协会来反映情况，叫帮忙给请假，或调他到作协来也行。我不得不又重新打量他们一番，一问，他俩竟是刚在走廊碰见的，彼此不仅不认识，到现在还没说过一句话呢。我忽然悲哀地联想，如果这两个人结合成一家的话，他们的日子会怎样过呢？

外面的冷雨由急骤变得慢声细语了。谁会想到，清冷凄凉的作家协会有一间屋子充满了令人费解的，认真的，但热烈不起来的关于文学的讨论呢。

第八章

70.《废都》之后是《奉城》

忽然接出版社编辑老吴电话,他是长篇小说《奉城》责编。老吴说,《奉城》作者北良不是你朋友吗?他刚摸到中国作协内部消息,茅盾文学奖初评班子已经搭定。希望省作协马上配合出版社做做工作,《奉城》获奖很有希望!

我问怎么个很有希望法,老吴说,《奉城》发行量很大,是咱们省发行数字最惊人的一部长篇,而且目前媒体宣传攻势很猛,中央电视台近期黄金时段天天有《奉城》的广告,先印的四万册书眼瞅就要卖光。

我问他,不是印40万册吗,你怎么说四万册?

老吴大笑说,柳直你真是个大书呆子啊,现在的事哪有太真的?40万册是糊弄读者的,中国的读者多数是盲从,媒体一说好,再加上假印数一糊弄,大伙就抢着买。最近我正张罗加印呢!

我说,不是得按印数上税吗,你40万册的税钱怎么办?

老吴又大笑,这不是小菜一碟嘛,私下一通融,就说印刷厂印错了,让校对承担个责任不就完了吗?

我说,茅盾奖评委可不看你印数,那都是明眼人。

老吴说，所以省作协得赶紧出面配合一下呀！

我说，弄虚作假我可没法配合！

老吴说，不用你弄虚作假。现在媒体的广告语是"《废都》之后是《奉城》"，读者和评家都是冲这话看《奉城》的，作协马上出面组织个《奉城》研讨会，也按这说法发表些评论文章，评委那里就起作用。

我说，研讨会可以开，原来就有打算，但按"《废都》之后是《奉城》"的口径开不行。

老吴说，按什么口径你也堵不了与会者的嘴，到时候听人家说就是了，关键是你得赶紧组织开！

我想，《废都》争议相当大，尤其官方人士都持否定意见，《奉城》也不是没有争议。早就该开的研讨会，盛委没病时就催过要开。盛委和北良关系不错，但作品研讨的事该铁树管，铁树总说开却拖着一直不开，如果不是盛委催，也许已经开了。现在若请示铁树，很难说是什么结果。

正拿不定主意，我接到北良本人电话了。他开门见山问我说，茅盾奖快开评了，你小子咋还不张罗给《奉城》开研讨会呀，怕我评上丢下你啊？

我说，现在我哪有闲心跟你说笑话，你自己具体有什么想法快说吧！

北良说，这不明摆着吗，评完再开就等于给死孩子开追悼会了。我知道你有难唱曲儿，我就自己点名请人吧，出版社出面操办，你安排省作协出几张嘴，连说好话带吃我的好嚼裹儿！

我说，你自己能张罗到钱就好办，别请盛委和铁树，其他人都好说！

他点名请的人有省作协将要参加茅盾奖初读的评论家，有《文坛纵横》编辑部的名编辑，有省社科院文学研究所的头儿，有文艺出版社的大编辑，有省报文艺部的大刷子记者，有和他关系最好的老作家，还有军区著名作家佳槐和江雪等。省委宣传部文艺处的人没有请，北良说，一旦文艺处的人先说不好，封了媒体的嘴就砸了。

研讨会就在出版社小会议室开的，人不多，但都事先有了准备，有发表文章任务的大多写了稿子。最后算一下，研讨时间和吃饭时间几乎相等，各用了半天。会后的饭吃得相当有质量，海参、鲍鱼、活蛇肉、活鳖血、骆驼蹄儿、鹿鞭、田鸡、鲜虾、活蟹就不在话下了。酒是清一色的茅台，十个人一共喝了五瓶，走时每人又拿了一个装有纪念品的袋子，里面是件高档衬衣。

只两三天工夫，责编老吴又打电话说，《奉城》研讨会纪要，省报已经发出来啦，国家级大报也快发了。作协这边给没给报茅盾奖呢？

我说，报了。

我找来省报一看，果然纪要已发出，大、小标题是这样的：

《废都》之后是《奉城》——《奉城》可读性比《废都》好，《废都》严肃性不如《奉城》强，《奉城》更有望获大奖……

71. 与编辑部有关的故事（1）

与编辑部关系最大的事，目前是钟声高主编怎么办。不仅编辑部，全作协都密切关注着。铁树先还拖着不研究，可后来实在躲不过去了。所以铁树召集我和求实开了个工作碰头会。我说，《北方作家》联名信的事，咱们不及早拿出个办法，损失会越来越大。

铁树说，老钟本人也不想干了。

我说，既然这样就研究一下，不能任免的话，先指定一个负责人。

铁树说，他妈的，这帮人不就是看我一时下不去，想先把所谓我的人一个一个推下去吗？原来的内务部主任是我提的，换成辛主任了，求实是我提起来的，书记处书记也被免了，钟声高是我调来的，不推下去能甘心吗？

我说，也不能全这么看，免钟声高的信这不是他们编辑部联名的吗？

铁树说，表面是群众联名，实质是有人暗中鼓捣。谁他妈愿鼓捣就鼓捣吧，我不管了。我找省委副书记谈话了，他说并没有明确不让我干的意思，可宣传部又不明确我主持日常工作。

说到这儿，铁树停了一会儿，然后对我说，柳直要不你干怎么样？

我听得出他是在试探我是否有干的想法，还想试探我是否拥护他干。我连忙说，我可没一点儿这个兴趣！但我也不可能说让他挺起腰杆干的话。

他便说，谁干也难办，四个大包袱，债务，逐年增加的老干部队伍，精简和分流人员的安置，将来生存的经费开支问题……

对此，我和求实都没附和什么。铁树又大口吸烟大口喝茶，说，柳直你和求实找宣传部谈谈，让他们先明确一下谁主持作协工作，然后再研究《北方作家》主编谁干！

他实际是想让我俩出面，为他请求主持工作权。我想到盛委也提过让我找宣传部领导谈谈，两位领导都有这话，去谈就不犯毛病了。我当面答应铁树说去，但心里很明白，去也不能极力谈什么明确意见，因为目前我没有十分强烈的明确意见，就是盼换届。

也许是达到了此次碰头的目的，也许不是，铁树这时脸上迅速堆满了倦意，马上眼像涂了强力胶水，睁不开了。他不得不躺在沙发上，睡过去了一样。以往出现这种情况，他总是当场解开裤带自己打针，现在不打了，大概怕有人再传说他在扎杜冷丁。我向求实递了个眼神儿，我们悄悄退了出去。我俩商量什么时候去宣传部。

求实说，盛委刚来时领我去过一回部里，很难找到主要领导，人家不欢迎我们去找。你还是先电话沟通一下再定为好。

我听从了求实的意见，先给宣传部常务副部长打电话。副部长说，你们要来谈什么呀？

我说是两个头儿要我们谈的，但他俩意思不一样，盛委让谈《北方作家》全体联名告主编的事，铁树让谈明确谁主持工作的事，两人想法相反啊！

常务部长说，你怎么想啊？

我说，我这是没办法了向部领导请求指示呀！

常务副部长说，耐心等吧，现在没法明确谁主持工作，你还得多费心维持一段。《北方作家》一再出问题了，钟主编精神状态也不比铁树强，全体都反对他，该撤了！

我说，撤了钟主编一时没有合适人选啊。

常务副部长说，想办法呗！

我说，我怎么给他们俩回话呢？

常务副部长说，你就说电话联系过了，说部里叫你们等省委意见。最近省委领导准备找铁树谈话。

就这样一个简单意思，我怎么落实啊。撤钟声高主编谁去撤？我只好怀着无人可说的心事熬时间。

像有个地下组织密切注视着似的，我的情绪马上就被人察觉了。中午，鲁星儿电话里跟我说开了：

柳直我告诉你，《北方作家》联名信的事，有些情况你不知道。全编辑部二十来人，就老钟本人和副主编老尚还有一个编辑没签。你知道他们咋回事吗？老钟不用说了，他拿编辑部的钱给铁树小姘买房子，还给铁树开一份看稿劳务工资，铁树有些不好办的零花钱，老钟那里是报销点之一。反过来，老钟找小姘，铁树也给他打掩护，其实也是铁树找了个陪绑的。没签名那个编辑，就是他们一伙的，这你不就明白了嘛。没签名的副主编老尚，目前也有和铁树和钟声高同样的毛病。老尚找铁树谈，铁树连找小姘方面的事都推心置腹和他谈，他能不听铁树的吗？听铁树的他能签这个名吗？这你就明白了！还有，我得提醒你一下，铁树手下的人也在写匿名信告盛委，说盛委到作协也有不正当男女关系。他们纯粹是想把水搅浑，所以我先给你打打预防针！还有哇，省委几个铁树能说上话的领导，最近都调走了。还有一个最新情况，今下午《北方作家》编辑部要开会，请铁树当面答复

326

对联名信的态度。铁树可能会拉上你，你别和他搅和到一块儿！

放下电话我就不想在办公室待了。这时《北方作家》没签名的副主编老尚神不知鬼不觉溜进我屋。坐了一会儿他说，人活着真不易呀，不知怎么腰就扭了，也不知怎么还长了一肚皮红点子，痒死人了。说着掀起衣服让我看肚皮，果真一大片鲜红的血点子。他拍了拍雪白的女人似的肚皮说，柳直同志啊，我这个年纪了身体不好，心里真不是个滋味，弄得一天心烦意乱举棋不定，所以签名的事我没参加。

老尚把手从肚皮上抽出来，随之也站起来了，说，柳直同志，你兼一下《北方作家》主编算了！

我说，我怎么兼得了哇？

他马上说，是呀，现在谁去也是倒霉时候，你刚来时就过去还可扭转一下，现在空了，谁接手谁倒霉。不过事在人为，有能力，慢慢扭转，也不是一点希望没有！

老尚这话，虽然模棱两可，我觉着似乎是铁树授意的，而鲁星儿话的意思，似乎来自盛委。所以我都没明确表态。一下午，编辑部也没抓到铁树的影儿，几个领头的只好找到我说，柳直我们知道你是好人，我们不是冲着你去的。你告诉铁树，全体编辑都说了，党组再不理睬钟声高的问题，从下期就开始罢编了！

我说，你们不能搞过激行动，你们罢编的话，就是你们有问题了！

他们说，我们这不找党组吗，也找不着哇！

我说，接着找呗，白天找不着晚上还找不着？今天找不着明天还找不着？

第二天铁树主动来找我说，《北方作家》副主编老方找他了，他同老方谈了这样的想法：钟声高脱离主编岗位，去办公司，编辑部的工作由两个副主编共同负责，老方多考虑一些，有大事需要开会老方出面召集。关于党组谁分管，铁树说，如果你有兴趣你就管一下，没兴趣就我管，总得有人管一管！

我说，我不熟悉情况，现在管不了。

铁树说，这好管，你不感兴趣我就管一下得了，管到换届。

我思谋一下，觉得不妥，赶紧说，要不就不明确分工，按工作程序该向谁请示就向谁请示！

铁树也赶紧说，那不行！

我说，那……这是重大事，得正式开党组会，其他党组成员也得参加，事先还得和钟声高谈谈。

铁树说，我同他谈了，他同意。我有急事，你跟求实说一下吧。

我说，我跟求实说可以，但这事还得跟盛委报告一下。

铁树说，那也行，你给他打电话吧。

我说，得你打。

铁树无奈说，好吧，我打。

铁树打过电话后又找到我说，给部领导和老盛都打了电话，意见有分歧，需马上开党组会，认真研究一下！

72. 与编辑部有关的故事（2）

由党组副书记铁树突然召集的党组会，议题就是关于《北方作家》主编的事。主编钟声高本人也以党组成员身份参加了，求实也参加了。

尽管人不全，我也比往常认真，因为毕竟比三个人的碰头会多了一个人，叫党组会了。

我是第一次和钟声高参与研究同一件事，而且是直接关于他的事。他年龄最大身材最高，但在与会人中却显得最为窝囊，说话不亮堂也不甚清楚，坐的位置和姿势都给人没威胁但也没主见的感觉。毕竟他是这个会受审的角色，我不免可怜他，那么大一个坨儿，却猫儿似的一声不响。

相比之下铁树显得的确高钟声高一大筹。铁树身材最矮，但眼睛最大最亮。正式开会前铁树一直若无其事地扯东道西，谈笑风生，十足的举重若轻的大将风度。一宣布开会立时显出威严说，今天党组会专题研究老钟当不当主编的事。请示了宣传部，部长们说没什么意见，让我和盛委沟通一下，结果盛委和上次我们碰头的意见不一致，他说要一步到位，即，要免就马上下免令，并同时下新主编任命令。大家看看怎么办好！

铁树突然把这情况摆出来，而且让当事人一同参加讨论，显然是阻止别人表示同意盛委的意见，他量我没这个勇气和魄力。这使我陡生不快，事先不通知我开会，会前也不告知我有关情况，这不是突然袭击吗？

好一会儿没人吭声。铁树点上一支烟，又想扔给每人一支，但只老钟会吸，抽出的一支烟便飞到老钟手里。

铁树赶紧又说，盛委同志说要一步到位，我说那当然好啰，现在不是找不出合适人选嘛，老盛又说社会招聘。这不扯吗？我还是这个意见，你们看怎么样。一、老钟这个主编目前也不好当了，他本人也不愿当了，我也同他谈了，就不再当了。他任主编已经八年，用样板戏的话唱出来就是"八年啦"！不用说，成绩是有目共睹的，失误也有，但绝不像联名信写的那样！《北方作家》和整个作协目前状况，一步到位确实办不到。前几天我同柳直、求实商量过，先由两位副主编共同负责，老方牵头。二、党组明确谁分工管一下，管到换届。看看是维持这个意见还是怎么的？

他话音落下有一会儿了，没人吭声。他索性说，那么老钟你自己先谈谈吧！

老钟像一头体力不济，刚够自己喘气而无力拉车的老牛，嘴里发出低沉的声音，却看不出眼珠转动，脸色也看不出变化。他说，党组怎么定是党组的事，主编我是不干了。今天算是正式申请，办个图书发行公司，大约得三个月能办下来。

他像爬了一段坡，歇歇气又说，我自认为到《北方作家》八年成绩不小，解决了刊物和二十多人的自收自支，没给作协增添一分经济负担，目前还可维持一段收支平衡。

他没说还拿出不少钱解决作协的困难，比如拿一笔钱给赵明丽买房之类，这也就是铁树所说的老钟这人可交吧。他歇过一气说，至于发生了联名信事件，是有人搞串连，有野心。如果他们只是向党组和上级机关提出要求，我认为没什么，但他们像"文化大革命"撒传单似的，这是侵犯名誉权的犯法行为，我要求党组解决，并保留申诉权。

钟声高话的内容很重大，但说出来有气无力的样子，大大减轻了应有的分量，丝毫没引起谁的震动，加上一脸可怜的倦容和病态，只能让求实和我产生一点同情心而已。看看他和铁树，都是一脸病容，对如此重大的羞辱竟无力说出稍大点的反击声来，看来他俩都无力回天了，只是想让求实和我这两位第三者帮忙寻一条别太惨的退路而已。

我确实对老钟产生了同情，但我又不能违背丑话说在当面的原则。我用没有一丝幸灾乐祸的无奈语调说，老钟是获过大奖的著名作家，不当主编待遇也不变，反而是个解脱。一个作家不写作，才是大不幸，何况老钟还能办实体，等于作家去体验生活了。他当主编八年，功过是非我不想谈，但我同意他那句自我评价，成绩不小。今后不管他干什么工作，我个人会给予支持的。至于下步这个主编谁干，我原则上同意一步到位。但现状，一步到位有困难，那么我认为就该明确副主编老方主持工作，党组不明确谁分管。这有几方面好处，一是责任明确，使主持人肩上有压力，有责任心，便于积极主动抓好工作。若两人共同负责，再弄个党组一人分管，容易互相推诿，出了问题责任无法追究。二是便于安全过渡到新主编产生那一天。至于新主编谁合适，我不知道，但我坚持从编辑部内部出。

大概因盛委不在场的缘故，求实两句话说得比我精彩，也比以往果断：我同意老钟下！编辑部成绩主要是老钟的，过失也主要是他的！

求实第三句我就不认为比我有水平了。他说：我同意一步到位，但没到位之前我同意按铁树的意见办，党组需要有个人分管一下。按理这个人该是柳直，但目前情况，他也管不了，若实际点，还得由铁树管。

这是铁树最盼望而盛委最反对的话，也是编辑部最不愿意出现的结果，如果我不反对，马上就会变成事实了，那我会遭到许多人明的或暗中谴责，所以我马上发表了反对意见。铁树立刻从中调和说，其实柳直求实你俩意见不矛盾，牵头和主持工作一样的，都是到位前的过渡。党组谁分管也是一样的。

我说，那不一样！若真一样的话，也是明确主持工作比牵头好！

求实说，分工铁树管，大事他能定，别人定不了。

我说，大事都得党组集体定。小事，铁树不分管不也得请示他吗？这次联名信的事，找我，我不还得报告他吗？他不出面召集会我能召集得了吗？

铁树说，你柳直说的是正常情况下，现在情况不是不正常吗？正常的话还一步到位了呢，不是到不了吗？盛委说招聘，还说可以向社会招聘，能行吗？

我被他激到悬崖边上了，立即不能再后退说，怎么不行？这真还是个好招！社会招聘一时不大好办，编辑部内部招聘完全可以。就现有这几头蒜，谁敢当众拍胸脯说我干，能说出指标拿出办法，不管他原来职务高低，都是好样的，就可以考虑扶持他干。背后捅捅鼓鼓拉拉扯扯私下无耻要官，真让他当了又假装推辞，干不好就说是党组非让干不可，这种虚伪小人，跟敢拍胸脯竞聘者不能同日而语！

我这话也把铁树和求实激到悬崖边上了，铁树说，好吧，那就竞聘！求实竟来了灵感，当时就说出了竞聘方案。我趁热打铁说，这方案符合中央和省委精神，上边早就这么提倡了，只是我们没执行是了。不少单位都是这么办的，我们这么试试根本就不是什么新鲜事，摸着石头过河试一试嘛！

于是议题便转入具体竞聘方案，后来初步统一出如下几点：一、先从《北方作家》内部聘，可以毛遂自荐，并把自荐和民意测验相结合。二、内部竞聘不出来，再扩展到全作协。三、印制标准选票，把范围之内符合自然条件的人名全部印上，正副主编一次性产生。四、把形成的这几点意见通知给没到会的其他党组成员，包括盛委。

一直像旁观者的老钟忽然补充说，选票上一定标明，用画挑或打×表示，千万不能用写名字表示！

我一下被老钟说笑了，铁树也笑了。我想，这个老钟啊，都被推下台了，还在关注新主编的选票画挑和打×，跟阿Q临上刑场了还关心死刑判决书的圈画得圆不圆性质一样啊！我只是一笑就止住了，正式表示了同意老钟的意见，又提出定个具体实施时间。铁树说，先不要明确时间，到时选个适当日子就行了。

后来证明，没明确具体实施时间，就等于这个事可以无限期地拖下去不办！为此我不得不承认自己太幼稚无知了。

73. 蓝楼梦

又是午睡时梦见盛委描绘的那栋作家大楼啦！

作家大楼不仅已经完工，而且挂出了白底红字光芒四射的巨大牌子。竖挂的庞然大牌，字竟然是托尔斯泰和鲁迅先生还有雨果三人合题的。省名四个字是托尔斯泰用鸡毛笔和俄文写的，作家二字是鲁迅先生用狼毫笔和汉语写的，协会二字是雨果用钢笔和英语写的，正好谁的名字是几个字，谁就题了几个字。

楼的形状有些朦胧，但非常高大，像建在云端，但颜色的主调是盛委说的那种蓝色，不过一些部位又显露着中国江南的白墙黑瓦色。大楼里的人们既像在开庆祝会，又像在开我的新作《日币上的作家头像》研讨会……

醒来见是躺在租用的军队招待所里，不免心下怅惘。昨天听说转业前部队分给我那套新房，基本已经完工，正抓紧干收尾细活。见不到新单位办公大楼的影儿，看看老单位分给的住房也好消除一丝怅惘，下午我便特意到新房处去转了转。

正转着，碰见房子分在我楼上的老陈了。老陈一边不满地叨咕说，真她妈能磨洋工啊，到现在还不完活。然后就羡慕开我了：老柳，听说作协办公楼快起来了？

我只好打掉牙往肚子咽，含糊说，快了！

老陈说，柳直你转业真转对了！

一肚子酸甜苦辣忽然被老陈的话勾动，但我还是说，转业也挺受锻炼的！

这样说时，盛委带病骂房子的话又在耳边响起，我马上回办公室打电话找基建办罗墨水。

74. 罗墨水

罗墨水老头忽然跑我屋说，柳直同志，盛委不是指示作协就两件大事吗，一件换届，一件造屋。换届没我的事，可我告诉你，造屋的事有新进展了！

他罗老头几乎天天说基建有进展，所以他怎么说我都不信了。今天他见我仍是不信的神色，便板了脸说，柳直同志，我说的可是实话，耽误了你要负责的！

我只好听他汇报了一下，果然有点新情况，不由得表扬了他几句。他马上说，盛委同志最关心的就是这，我得赶快向他汇报一下！

我说，这是好事，他听了会高兴的，但千万不要和他提别的，他生不得一点气了！

罗墨水说，我马上就去。

我说，那你快去吧。

罗墨水立刻板起脸质问我说，我怎么去？！

我心中刚减去那点不快，忽然又反扑回来了，也冷了脸说，你怎么去也要我管？

老罗头说，我可是党组盛委同志请来的，可是名誉主席朱简老儿亲自推荐的，快七十岁的人啦，叫我走去？

我说，你们基建办不是有车吗，你们自己出次车也要我派？

老罗头说，柳直同志你年纪轻轻可你是领导，你要车司机痛快就出，我岁数大可我不是领导啊，我应该坐车但司机们不愿拉我呀！

我一肚子连环火又不能冲这么个老人发，拿起电话找辛主任。辛主任说，我管不了车呀，我到哪都是骑自行车，司机老爷们只听管车的李清波副主任指挥！

我又找李清波，他说基建办不是有车吗？我说有车找你干啥？你先派台车送罗老儿一趟！

李清波说，一台车专门保障盛委，这几天连影都抓不着，另一台车保障铁树，就一口油了，只够晚上送铁树回家。

我说我不管，任务交给你了，你想办法。

李清波叫罗墨水在门口等着，不一会儿铁树那位小赵坐铁树车要走，罗墨水以为是派给他的车，便也坐进去。司机说不是送你的！罗墨水说，那我老头搭个车还不行吗？司机说，那你上来吧。罗墨水这才得以上车。可是车开到大院门口就停下了，司机叫他下去。他说，把我捎到公共汽车站还不行吗？司机说有急事，不往车站那边走。罗墨水只好下车。他刚把车门一关，车鸣一声开走了，正好是他要去的公共汽车站方向。气得罗墨水跺着脚直骂司机和铁树。

罗墨水老头说去盛委家汇报两三天后，盛委从家里打电话给我，发很大火说，咱们跟人家联建那块地皮，已经进驻施工队了，材料也进了，是不是人家转手和别家联建啦？！

我说这情况老罗头不是去你那儿汇报了吗？

盛委急眼了，气急败坏说，这半个月我根本没见他影！这还有好了吗？找省委省委没人管事，作协的人一屁两谎。建办公楼，建他妈了个蛋吧！

我不想听他再骂，也没法跟他说什么，也没表示一点自责，而是窝着火说，我马上找他们向你汇报！

我撂了电话就找辛主任和罗墨水，家里办公室都找遍了，谁也不知他俩哪儿去了。从辛主任儿子那儿得知他去北京了。他自己去的还是和罗墨水去的,以及什么时候回来,一概不知,打长途问罗墨水家里也不知道。铁树是上班管事的最高领导,问他也不知道。我气得发了狠想,他们不是谁也不打招呼吗,差旅费报销,党组可是明确由我签字的。我认认真真跟财会人员打了招呼,没我的签字差旅报销单一律不生效!

两天后,辛主任办公室门开了。我先到他哪儿,故意不问他哪儿去了,只说联建工地已进人的事。他说已经知道了,我说你知道了领导们知不知哇?他说我这不也是刚知道吗?我说你知道了,往下想怎么办啊?

辛主任一梗脖子,嘴么唧唧说,操,往下怎么办?反正按盛委指示是没法办,他非要八百万元在市中心盖七千平方米房子,我是盖不出来!我说那就这么挺着?他说省里这不也挺着吗,该换届了也换不成!

我不再理他,在他仍低头摆弄扑克牌以为我还看着他的时候离去了。上了二楼,老远看罗墨水那屋也开着,知是他和辛主任一块走一块回。我故意踏着响步走到和他对门的办公室,开门的声音也很响亮,进了屋就关了门。罗墨水默默坚持了一个多小时,见我仍没过去和他打个招呼,实在坐不住了,终于过到我屋,搭讪说,这两天没看到你啊,挺忙吧?

我冷冷说,也没看到你呀!

他说,辛主任没跟你说吗?

我说,问他了,他说不知你上哪儿了。

他说,辛主任可能忘了,我去了趟北京,走时匆忙没来得及和你打招呼!

我说,去北京干什么?

他哈哈哈哈干笑了一阵,说,如果明确你干我就向你负责,我们是朋友,你如果还用盛委的方法干我也不干了!

我说,罗老,你要是为我干就算了,我个人不需要谁为我干。建办公楼是为作家协会干,你说作为我的朋友才干,那我就没法干了,

335

你也不用干了，因为你一会儿说这个是特务，一会儿说那个是国民党，把他们当敌人，反而说和我是朋友，那我和你说的那些敌人是什么关系？我和你就是工作关系，如果没这份工作，我俩什么关系也没有。你现在老以朋友的关系向我要补助，要坐小车的待遇，我一概解决不了，我只能按规定办，一级抓一级，咱们俩是上下级关系，而且不是直接的上下级，中间还隔着你的基建办领导辛主任！也不是我调你来的，你这么大岁数了，谁让你干这干那，出了事我概不负责！

他见我说得严厉了，没敢再扯别的，而是又毫无内容地干笑了一大阵子，最后才小声耳语说，联建地皮人家已经重新设计了，三万平方米，多家联建，谁拿钱给谁房子，看钱给房子，就看咱们有多少钱了！

说话间罗墨水见我在捶腿，便殷勤地回他屋拿来一个场效应磁疗器，也没征得我同意，就接通了电源要给我理疗。我拉拉着脸说不用，他像什么没听见就把那玩意缠我腿上了。腿这么一缠，人也让他缠住了，不一会儿他又回屋拿来去北京的报销单据让我签字。

我说，罗老啊，你退休前就在内务部工作多年了，你知道，差旅报销得先让部门领导签字，完了才是我签！

罗墨水说，基建办你直接管，你直接签也好使！

我说，我直接签也得我知道干什么去了才能签啊！

罗墨水说，我不说去了趟北京嘛！

我说，你那是回来以后说的，再说到现在你也没说去干什么！

罗墨水说，我跟辛主任说了，他知道！

我说，那你让他先签了再拿给我。

罗墨水实在赖不过去，只好到楼下找辛主任。

好长时间罗墨水没上来，后来会计拿着他的报销单上来了，上面只有辛主任的签字，问我给不给报。我说，不跟你们交代了吗，没我的签字不报。会计说那你签个字吧，我严肃说，他报销让他自己找我！

罗墨水只好自己来找我，我说，你再让辛主任在出差事由那栏写明白，干什么去了。他又拿上来时，我看辛主任只签了公干二字，我又退给他说，得写具体什么公干！

他又跑了一趟，回来说辛主任不肯签具体公干事项。我说，你们是跟美国联合搞核试验哪，连作协领导都保密！

罗墨水急眼说，柳直同志你这是干什么呀，折腾我个老同志楼上楼下跑？

我说，罗老同志，我这是履行职责干工作，我不知道你上哪儿去了，也不知你干什么去了，就给你签字，我失职啊！

他看来硬的不行，忽然又干笑两声，然后堆了一脸的笑说，柳直主席，我向你告个饶还不行吗？

我说，罗老你告什么饶哇，我到底不知你干什么去了呀？

他哀求说，我跟你实说了吧，我是跑我父亲一百周年诞辰的事儿去了！

我说，你自己去的还是和辛主任一起去的？

他说，我俩一起去的，你可别说我说的啊！

我说，我不管别的，没打招呼私自外出，到我这肯定不签字。既然你说了实话，可以原谅你这回，但必须让辛主任签个具体公干事由。说谎由他说，我不说！

罗墨水到底又跑了一趟，拿上来时倒是有了基建引资四个字，但是罗墨水自己写的。我说，罗老，这四个字得辛主任写，你写不行。

罗墨水说，辛主任让我自己写的！

我说，必须他辛主任写，我问他他说不知道，不知道凭什么签同意报销？

罗墨水说，要不你跟他说吧，我说不动他了！

我让罗墨水重新换了一张报销单，我拿到辛主任屋让他签了基建引资四字，他却不肯签名了。我说你不签名没问题，有你这四个字就够了，财会那里有你的名章。我真拿到财会那儿盖了辛主任的名章，然后才拿到楼上交给罗墨水。交他时我问，罗老哇，跑你父亲诞辰的事，辛主任跟去干什么呀？

337

罗墨水说,你别跟他说是我说的啊,他是跑一项自己的买卖,让我拿我父亲的事给他打马虎眼!

我说,他怎么没报车票呢?

罗墨水说,他不让我和他一块报。

我说,那好,除非他不报车票,谁愿走不请假可以,报销没门!

罗墨水大概还是和辛主任说了我不给签字的事,不然辛主任为什么一直没找我呢。问了会计,也说辛主任没在作协报销,并说他好多次私事外出都没在作协报销。后来罗墨水告密说,辛主任是在别的账上报的,作协的六十万元房租里有十万是小金库账,在房主单位立着。我对钱的事一听就头疼,反正党组只明确我管差旅经费,现在我只能管住自己这块地不长毒草就不错了。但是,靠辛主任和罗墨水跑基建,我是彻底不抱希望了!

有天乔小岚往家打电话问我,罗墨水要找盛委汇报事,他汇报什么事啊?老盛癌症也不管事了!?

我说,我昨天狠狠批评了他,是不是想告我的状?

乔小岚说,那你可别让他添乱来了,老盛一听单位那些破事又该生气发火了!

我说,我没叫他去,问你你就说盛委不在,不让他去就是了!

我一进办公室,罗墨水就在门口迎住我说,柳直同志我跟你说个事。我装没听见拐到辛主任办公室去了,他也狗皮膏药一样贴着我过去了。进屋还没等我和辛主任说话,罗墨水忙不迭跟我说,盛委让我过他那儿一趟,一会儿车不得给他送工资嘛,我给捎去得了。

我说,这事我不管,建房的事找我可以!

他干笑两声打了一阵呼噜语,说,盛委叫我去可能就说房子的事,我赶紧去说说得了!

我说,说房子的事咱们得碰碰情况啊,不碰情况怎么说?再说也得辛主任或我去说呀!

辛主任说,一点进展没有说什么说?

罗墨水说,怎么没进展,施工单位不都进驻了吗,要多少房子主要看能弄到多少钱,得跟他汇报一下。

我说,汇报这事由辛主任去。

辛主任说,我不去,我受不了盛委一见面就撸人那份罪!

我说,那就都不用去了。

罗墨水见软硬都不成功,又哀求说,我还有点私事,我父亲一百周年诞辰的事,想请盛委出出面!

我说,这事我不管,你也用不着向盛委同志汇报!

他绕了这么大弯子才露出实话,说,我就是想求你们派车送我出去办个事儿,我这么大岁数啦!

我说,派车的事我也不管。

我上楼,罗墨水又跟到楼上,从来没有的严肃说,柳直同志,我以作家协会老同志身份,严肃给你提个意见,你要注意工作方法。我和辛主任都是老同志了,你应该体谅我们!

我比他更严肃说,罗老,您的话应该反过来说,我什么时候不体谅你们了?我从来说事情都是到你们屋去说,连电话都不用,也从没让你们到我屋来汇报。可是你们呢?已成了我向你们汇报工作了。你应该跟辛主任说说,他应替我想想,应该向我汇报工作。你问问他向我汇报过一次工作没有?你们多次外出瞒着我,回来还欺骗我,谁应该注意?尊重老人,这我做到了,但老人应不应该尊重领导?

75. 重阳节

我刚整治了罗墨水老头,重阳节就到了。这是老干部们最重视的节日,所以,老干部处问我重阳节聚餐参不参加时,我满口答应一定参加。

我治一下罗墨水,并不是想给老干部们颜色看。作协的离退休老干部,大部分是知名作家和知名编辑,以前虽没多少直接交往,但通过读作品和稿件来往，有些是有了神交的，所以我不可能不尊重他们。但他们也有糊涂的地方，比如因为不信任铁树，就把铁树非常看不起的罗墨水推荐给盛委，这颇有点凡是敌人反对的我们就要拥护的意思。

老干部重阳节会餐，就在平时就餐的食堂。内容是每年如此的三项事：一是饭前玩会麻将、扑克或象棋；二是照相，除集体合个影外，每人还拍一张单人照，和一张领导给他敬酒的双人照；三是饭后或饭吃到接近尾声时，向领导提出自己平时不好解决的问题，比如不合乎规定的医药费和私事出远门的路费宿费报销的事。喝了酒，又是当面、当众掏出来了，也站起来恭恭敬敬递给你了，你好意思说不行吗？一般就当场掏笔签了，图个大团圆相安无事。现在差旅费归我签字了，又给罗墨水来那么一家伙，不知会不会出现令我尴尬的场面。所以我提前过到老干部活动室那边去接他们。

老干部活动室也就是一间大房子，放了一张麻将桌，一张扑克桌和一张棋桌。我到的时候只麻将桌围了一圈实际操作的人，铁树和曾在理事会上当面骂过他的一个老作家都在麻将桌上忙活着。看来铁树现在也十分重视老干部们。他和几个老同志言来语去说着麻坛上的俏皮话，外人根本想象不到他们曾经发生过大会上激烈指责的事。老干部处傅处长也在桌上。这时上桌的必是高手，围观的必是有瘾者。我不感兴趣，就凑到围坐嗑瓜子吃糖果那一桌旁。正找不到有趣话题的老同志们，见我来了，气氛稍显出热烈。其中我陪工作组去过他家的老资格小说家肖老，用手杖敲了几下水泥地，又活泼地点了点头，算是代表大家对我的欢迎。待我坐下，他说，别看你年轻，你可是我们的父母官啊，你能来和我们老家伙一块过节，我们高兴啊。我现在向你咨询几个问题，不是质问，你一定别认为是质问，质问的话不该质问你，该质问那位。他把下颏向铁树扬了扬，然后收回来接着对我说，机关电话费每月一万多元，是不是这样？

我说，四舍五入的话够一万元了，实际是上个月将近九千元。

肖老的手杖在水泥地上顿了几下说，这就是一万元了嘛。怎么管的嘛，什么正事不干，花上万元电话费，要这样的领导有什么用嘛！

我说，正常办公有五千元足够了，现在是私人做买卖的，跟国外亲属聊天的，长途电话随便打，能不近万元吗？

肖老说，你掌权啊，你可以制裁啊！

我说，可不是我掌财权，我只具体掌管差旅费报销。不是自夸，这个权我掌得还不错，罗墨水罗老，私自去了一趟北京，我卡了他四五次，最后认真批评了他一顿，他又作了自我批评，才勉强给他报了，在职的就是批评加不报啦！

肖老说，你这种精神值得表扬，但光这不够哇，你还要舍得一身剐，敢把皇帝拉下马。皇帝胡作非为铺张浪费你也敢管，我就站起来给你鞠躬！他说着将下颏朝铁树扬了扬。

我开着玩笑说，我是党员，在共产党的天下，我只能反贪官不反皇帝呀！

肖老也玩笑说，我也是党员，我就连皇帝一块反！

我说，我不能和你肖老比，肖老是皇帝的二大爷呀，你反皇帝，皇帝也不敢动你一根毫毛！

肖老幽默地摸了摸自己的白胡子，说，我的毫毛被动过好多次了，怎么越动越结实了呢！

我说，所以就没人敢再动嘛！

肖老说，我这个人说话不严肃，现在开始严肃说了，柳直同志你说作家协会算不算机关？

我说，是官办的群团机关。

肖老说，国家的文件能不能管得着作协？

我说，国家的文件全国的什么单位管不着哇？

肖老说，那么我们作协为什么不执行？

我说，肖老您指哪个文件我们没执行？

肖老说，我不是说你没执行，是他们没执行！他又往铁树那里扬了扬下颏继续说，国家不准在上班时间打麻将，我们机关为什么打得那么欢哪？

我说，今天这不是陪你们过老人节嘛。

肖老说，我们天天过老人节呀？就今天过老人节，可是人家天天打，那是陪谁呀？

我说，听说国家体委马上要把打麻将正式列为体育比赛项目了，天天打麻将是不是算天天锻炼身体呀？我笑笑说，我这是扯淡，不说了！

肖老笑了说，其实我也说不好，所以才跟领导讨论嘛，领导不说了，咱们讨论别的问题算了。柳直同志你说说，作协机关不按国家文件办事情，取消行不行啊？

我说，取消不行，别的国家也有作协，只不过人家的是民办咱们的是官办。

肖老说，咱们也不官办行不行啊？

我说，恐怕不行吧？

肖老说，怎么不行啊？

我说，取消以后，我们这样的可以再找别的工作，你们老干部谁管哪？工资、医疗费，再具体点说，今天的重阳节谁给你们过呀？

肖老说，休息的另说，就是没休息还不干活的大小官们！

我笑了说，这话我没权说，你们说去吧。

其他一些处级的老干部插嘴说，肖老这话不对，不能取消！

这时老干部处长老傅带头从麻将桌上站起来说，到点了，各位老爷子，现在咱们都到楼下去，开始第一项活动，照相！

老干部处的工作人员开始往下搀扶几位最老的，七十岁以下的便自觉自己先走了。

自然是给在场资历最老的肖老先照了。肖老让把凳子搬到院门口那棵老杨树下说，今年我和这个老家伙合个影，看我脸皱纹多，还是他老杨树皱纹多！看我胡子白还是老杨树皮肤白！

大家七嘴八舌说，肖老胡子比杨树白，皱纹可是一点没有哇，等等。肖老姿势摆差不多了，相机快门快按了，他忽然说，等等，等等，给我找把剪子来，我把这些老杂毛剪掉。人家这棵杨树是女的，我太老了不般配！

大家一阵哄笑说，肖老照订婚像哪！

肖老一本正经说，杨树是我老婆，你们忘了我老婆姓杨，"文化大革命"她死那年，还在这棵杨树下留过影呢。

大家没敢再嬉笑别的，怕把气氛弄压抑了，就招呼老干部处的小伙子，快点找剪子给肖老清理胡子。给肖老剪胡子的时候，老干部处长往下招呼，夏老准备，夏老是抗日英雄，肖老照完夏老照！

肖老又开玩笑说，抗日英雄没照呢，我这个不是英雄的先照上了，岂有此理！

大家又笑。肖老抗战前就到日本留学了，抗战爆发才回国参加抗战的，"文化大革命"中批斗过他的汉奸问题。他死倔，造反派拽着他的胡子让他低头，差不多把他胡子一根一根拽光了，最后还是硬按弯腰的。此时在大家的笑声中，他又开玩笑道，好了好了，剩这两三根胡子留着吧，不然有人再让我弯腰时没啥可拽的了！他说时把眼光特意往铁树身上扫了扫。

肖老照完了，傅处长忙往凳子前推夏老，夏老说我才不坐着呢，人家肖老既和日本人交过朋友又打过日本人，功劳大呀，我没资格坐凳子！我就站那棵小榆树前照！

肖老说，夏清波夫人小于，小他近二十岁，他可不在小榆树前照咋的，小于是少女嘛！

夏老不幽默，斗嘴功夫不行，他赶紧比肖老更损说，我这是老驴吃嫩草，行了吧，照！

没等相机按下快门，傅处长喊，老作家新党员江老准备上！

八十五岁的老作家江舟把拐杖挂起来，在小他十五岁的老伴搀扶下，颤巍巍往起站时，有几位八十岁以上的老作家向傅处长发出不满的声音，有的故意做怪动作，有的直接就说抗战的党员还没照完呢，抗战的先上！这时晚到的抗战时期老诗人流火恰巧到了，喊抗战的先上那位八十岁以下的作家便往前推流火，流火也没客气便当仁不让走到江舟前面，江舟和他老伴便也一声不响往后等。这在老干部心里有个不成文的说法，江舟是伪满洲国的文人，抗战时期曾作为日伪统治区官方派出的代表，参加过蒋介石南京政府召开的作家代表大会。虽然他后来也参加了抗日救亡工作，但与一开始就奔向延安的流火等一伙革命作家比，被说成汉奸就是很自然的事了。所以，他一直等到八十岁以上的老党员作家们照完，才在傅处长的呼叫下坐到镜头前。

都照完了，肖老招呼说，咱们老家伙们合个影吧，明年重阳节不知能不能过上了呢！

于是合影。老同志们站好了，肖老忽然说，柳直同志你也陪我们老家伙照一下嘛，别以为我们老棺材瓢子不值得一陪！

我说，和你们合影，就等于和我省的文学史合影，只能想到我配不配！

说完我就站到他们后边去了，可是铁树还孤零零站在远处，我都感觉尴尬了，便说，领导得陪照啊，领导不陪今年的重阳照片分量不够哇，铁树！

铁树自我解嘲说，不召自见不乱了朝纲吗，小的不敢！

肖老说，也来嘛！

铁树才和我一样站到他们后面。

相机在笑一笑笑一笑的鼓动声中一连咔嚓了三下，重阳节的第一个节目演完了！

第二个节目开始前，大家在酒桌前静听老干部处长念了名誉主席朱简老从医院写来的信。朱简老在医院陪老伴儿住院治病，妻子手术不能来，朱老也就不能独自来，所以郑重地写了封信：各位老同志，你们好！我在医院护理老伴儿不能脱身，没能和大家共度重阳，很遗憾，望同志们少喝酒，保重身体，多议议老干部工作。祝大家重阳愉快！

大家对朱简老的信鼓了一阵掌。这信是昨天上午我和铁树到医院看他带回来的。昨天，朱简老坐在老伴病床边，两人正手拉手在读书，我们一进屋两人才不好意思忽然松开的。我们要离开医院时，护士长悄悄叫住我们说，你们是朱老单位的领导，你们得做做他们思想工作。他俩不遵守医院的规定啊！我吓了一跳想，这两位老人能不遵守医院的什么规定呢？原来医院规定不能男女同室住，而护士好几次告状说他俩不仅同室而且熄灯后总是偷偷钻到一被窝儿，有次还吓了小护士一大跳。对此我只哼哈应付两声拉倒了。现在作协的两位领导，个个和妻子打得凶多吉少，要是能像朱老夫妇这样倒好了！

喝了酒后，老干部们更加返老还童，有几位竟议论起作协当年的四大美女来。今天到会的就有两位，但都已白发苍苍了。肖老说，她俩还是美女嘛，白毛美女！

两位白毛美女则笑着说，肖老您夫人不也算四大美女之一吗？

肖老说，她算也只能是黄泉路上的，没法跟你们同日而语了！

这时有人大声说，又来了一位大美女，四大美女都全了！

应着这句话，作协最活跃的女同志老董来了。据说她六十岁已过了半年，可不知怎么弄的，现在她还没到六十。她一落座便吵吵嚷嚷道，我今天就算加入老干部行列了，我昨天过的六十岁生日，你们"老协"今天就算增加了新生力量，欢迎我吧，我一下由最老变成最年轻了！

肖老说，小董你这个人干事不按规矩，你没办退位手续到我们堆里混什么？

老董说，给你们祝寿哇！

肖老说，你以为你是四大美女之一，就空手来祝寿？哪有空手祝寿的？

老董说，肖老你老脑筋了，现在是市场经济，三陪服务都是有高报酬的。我六十岁这么大个美女来陪酒陪照陪说话，得多少钱哪，怎么能算空手？！

肖老知道这个在职干部眼里的老董老干部眼里的小董是不喝酒的，就抓住她的话说，斟酒来，请董美女连饮三杯为我们祝寿！

老董连忙站起来耍赖说，你们都知道我不会喝酒，我用汽水代三杯！

肖老说，你自己说来三陪的，你不喝酒就得回去拿祝寿礼物去。

老董说，你们在家一待啥也不知道了，没听说只要感情有，喝啥都是酒吗？

345

肖老说，在我们老家伙这儿只有酒是酒，别的一概不能代替。

老董说，咱们说的可是明白，我是陪酒，我喝三杯你也得喝三杯，你能喝三杯吗？

肖老朗声说道，你没听说根据长征诗改成的喝酒歌吗，我给朗诵一下你听听——革命不怕喝酒难，万杯千盏只等闲，五瓶六瓶一个样，啤酒白酒不算完，更喜干白如饮雪，三箱过后尽开颜！小董同志你敢陪吗，三箱过后才尽开颜！

老董连连告饶说，我的妈呀，三箱，算了算了，我光陪照陪说话得了，不陪酒了！

打酒官司的时候盛委到了，他在我们这桌又加了把椅子坐下。肖老说，盛委同志你在家养病跟我们混什么重阳节呀？

盛委说，我都六十二三的人了，不叫我到作协来的话，本来就已是重阳节这伙里的，别的圈里不欢迎咱们，就得喝重阳酒啦！

老董说，盛委同志你晚到这么长时间，是不得罚三杯呀？！

盛委喝酒最冲，一般情况下不告饶，他毫不在乎说，我要不患了癌症，三杯能罚住吗，得了这个破病就减到三杯吧！

他真的要连喝三杯，被我拦住说，我替喝两杯，你喝一杯就行了，癌症不像别的！

盛委准许我替了两杯，他不过瘾地一口喝干了自己的一杯。

肖老说，有美女陪喝和没有美女陪是不一样，今年重阳节小董你有功劳，让盛委同志都抢酒喝了！

老董说，盛委夫人小乔比我年轻漂亮百倍，我陪只能减了他的酒兴。

盛委说，两回事，在家受管制，在外尽兴。

肖老说，那今天就尽兴一次，没关系的，喝醉了我给小乔打电话，就说我灌的。

盛委叹口气，没等大家注意抬手干了一杯，接着自己又满了一杯端起来。我知道他又带病和乔小岚吵架了，他俩这几天又没在一起住。

铁树看我们这桌如此热闹他那桌却明显冷清，就起身过来敬酒。

他一过来，盛委就把杯放下了。铁树看了盛委一眼，这明显是在老人们面前做个姿态。他十分恭谦而仍不失幽默地说，各位大人在上，小的多有不周，敬请多多包涵，小的干了！铁树鞠了一躬，刚要干杯，肖老插了一句玩笑道，平身！

铁树说，谢大人赐平身！然后干了，归位。

酒都快喝完了，罗墨水才领老伴一块到。各桌都没了位子，他站到我跟前干笑起来。我喊工作人员再在别桌加两把椅子。没待加好，嘴黑的关老说罗墨水，你怎么带老伴来呀，你老伴也不是作协老干部，我们老伴可都没好意思来呀！

关老这是句玩笑话，罗墨水却急眼了，说，差旅费卡我，过节吃饭也卡我，不是我自己要来混饭吃的，是党组是盛委同志是朱简老请我来盖办公楼的，既然不欢迎我就告退！

他真要领老伴走，傅处长拉住他，赶紧安顿了位置，又敬他和老伴一杯酒才算平息。

席间只肖老叫我签了一次报销单据，其他没出现什么尴尬事情，我心里暗自高兴，不仅多喝了几杯，加上忙于给各位老人夹菜，自己没顾得上吃几口，散席后就吐了。

吐过从厕所出来碰到盛委，他叫住我说，招呼几个人来，陪我这个病号玩会儿麻将，一个要滚开作协的人了，玩把麻将不应该有谁说三道四吧？我转一大圈没人愿意参加，最后找了三个和盛委对心思的，我吓唬他们说是盛委亲自点的名，去不去自己照量着办。他们才不得不去。我吐了一口恶浊的酒气，急忙头重脚轻逃回家，脱鞋时，醉眼蒙眬在穿衣镜前一照，自己也像老干部了。

76. 与编辑部有关的故事（3）

从信报箱拿出的信里，有一封虽贴了邮票通过邮局寄的，但却是作协的信封。我预感到又有什么情况，回办公室拆开一看，是作协机

347

关三十多名在职的和离退休老干部,向省委告铁树的联名信,寄给我的是一份复印件。作协那些著名老作家,绝大多数都签了名,现职干部里也有好几位。所告内容大多我都有所风闻了,不过信中把那些事整理归类成政治、经济、生活作风三大方面问题,加以剖析。看完我连忙锁进抽屉,心跳加快了,一堆问号在脑子里冲撞着。除寄省委还寄什么人了呢?谁寄的呢?谁挑的头儿呢?给我也寄一封是什么意思呢?盛委事先知不知道呢?铁树本人现在知不知道呢?

不一会儿铁树到我办公室来了,劈头就问,有件事你知不知道?!

我想是联名信的事他也知道了,刚张口要说刚才知道,他却按捺不住先于我说,《北方作家》这帮混蛋,擅自把钟声高主编名字从刊物拿下去了,你知不知道?

他的厉声质问使我把已到嘴边的联名信又咽回肚里。听铁树的口气,似乎是编辑部向我报告之后将钟声高从刊物上除名的。我踏实了心态,说,不知道!

他从手提包拿出最新的《北方作家》往桌上一摔说,他们想推我下台的心也太切了?!

我拿过杂志一看,钟声高的名字果然没了,副主编前面多了"执行"二字。我一是没想到会发生这件事,二是确实不知发生了这件事,三呢,看到这个事实后也没产生铁树那么大的火气,我只觉得拿掉主编名不向党组报告一下不对,但他们会不会向盛委报告了呢?盛委会不会虽然没作正面答复但说了我不管这是你们自己的事呢?当初盛委就坚持一步到位,要直接下了钟声高免职令的。

铁树说,他们瞎他妈弄,你去把副主编找我这儿来谈谈!

我想到刚才的上告信铁树可能还不知道,只知道钟声高被除名,而盛委可能知道这两个情况,故意缓和语气说,我们是不是得有个明确意见再找他谈啊?

铁树说,意见很明确,叫他下期恢复!

我用最缓和的语气提醒说,是不是慎重点为好?老钟脱离主编岗位外界都知道了,现在刊物除了他的名很快也要知道,下期再恢复他名，外面会不会觉得咱们作协办事秃噜反账的？

铁树怒说，那你说咋办？

我说，他们不请示就拿掉老钟名不对，正式批评一下，但也别恢复名字了，恢复名字秃噜反账，就势给老钟下个明确职务得了。

铁树急了，说，你老说秃噜反账秃噜反账，谁秃噜反账？是他们秃噜反账！我们没下免职令，老钟只是脱离主编岗位，不是免去主编职务！

我说不出话来，不是没话可说，是觉得说了反而更糟。铁树起身回自己屋了，丢下一句话说，得罪人的事都得我他妈去做！

他这话一激，我索性起身把副主编叫来了。铁树点上烟，质问副主编说，你们把主编名字拿掉请示谁了？

副主编呼一声站起来，反问铁树：那还请示什么，不是你和柳直亲自到编辑部去宣布的吗？

铁树怒说，宣布说让你拿名了吗？拿名不得有免职命令吗？

副主编大怒说，那好，你们下期再放上吧，但我不干了，我辞职！

铁树哪里想象得到，他大势已去，四面楚歌了，所以仍倒驴不倒架吼说，你他妈爱辞不辞！

77.《白鹿原》与换届人选

鲁星儿又拿给我一本《白鹿原》说，《废都》和《白鹿原》是目前全国最引人注目的两本新作，但叫好声和叫骂声都很高，咱们《北方作家》得表个什么态度呢？

以往她从没以请示的口吻来问过我什么，我感到她还想谈点别的。她实际职务是评论栏目的正高级编辑。这两本书我都刚刚读过，每本都受到震动，确实是中国文坛两本评论家们无法躲开的书。有关报纸的评论已看到一些，杂志周期慢，还没见到反应。我说，《白鹿原》更公认些，可以多发表好评文章，《废都》争议较大，两种文章都发一发为好。

鲁星儿没像以往非和我说点不同意见。她由衷表示了一番对两部力作的赞叹，话题很快转到眼前说，看看我们省，我们的主席带头干什么呢，自己不创作，也不抓创作，吸毒，搞小姘，打麻将，真忙！

我没同她谈铁树，我避免她同我说告铁树联名信的事，而是认真说起《白鹿原》来。我说，这是蘸心血写的史诗啊，闭门谢客五年整，呕心沥血十年书，实在让咱脸红啊！

鲁星儿说，你写篇文章吧，《北方作家》评论版下期发！

我说，一个作家，自己不写作品，评人家的也脸红啊！

鲁星儿说，可也是，你转业牺牲了多少时间，可谁理解你啊！

我建议他请铁树写一篇，我确实认为铁树评别人作品的笔力很厉害。

鲁星儿气愤说，你让我请他？这可能吗？他马上就要下台了，你还对他抱有幻想！现在是需要你树立形象的时候，你却总挺不起腰杆。你不能辜负盛委同志对你的期望！

我听她的话有些来头，没同她认真。她把手里的《白鹿原》送给我，说，等你的文章啦！

很快，宣传部又把我叫了去。部长明确交代：换届主席人选，省委已决定不再提名铁树，主要是反对他的人太多，连他的朋友都说他不好再干了。目前困难的是，替代他的人选仍不好定，但已定出一个兼的方案。对此，部长也征求了我的意见，我说谁兼我都配合，但不能把作协兼并没了。对作协目前工作，部长说，明确盛委主持不妥，明确铁树主持也不妥，明确我主持还是不妥。这是最后过渡阶段，你自己心里有数就行了，不得外传。我想，我还不知道的时候就在传了，哪里轮得上我传啊？！

第九章

78. 买个鱼缸

我忽然羡慕起鱼来，于是买了个鱼缸，并且放在办公室阳光可以照到的窗台上。

我想养两条鱼。每天能看看鱼在水里游，多好啊。但鱼缸放了两天我又拿走了。我想，人家鱼活好好的，干吗买奴隶似的圈进小小玻璃缸里，让它只能看见光明，而连一米的前途也没有啊！

79. 铁树出国

这个时候，铁树的一举一动，在作协都有人关注了。可他出国走好几天了，格外关注他的人们才发觉，连我也是他走后两天才知道的。但他走前我知道。几天前，夜里一场冷雨使路面结了薄冰，早晨上班我才忽然感到，又一个冬天开始了。那么冷的一天，铁树却先于我和求实到了办公室，这是从来没有过的事，我以为是反腐倡廉的学习激励的。一到班，他就把我和求实叫过去。他坐桌前，左手将烟放到嘴边吸着，右手食指在窗玻璃凝出的水汽层上写了两遍西班牙字样，随后往上面吐去一个非常地道的烟圈儿，仿佛那烟圈是架浪漫的飞碟，缓缓在西班牙着陆了。

他说他马上要出国，时间是两个月。这我以前就听他说过，因要开作代会推了两次才拖下来的。能出国开开眼界是作家们不小的心愿，谁能出去一趟都是不小的喜事，尤其能在国外住两个月，那是天大的喜事啊。铁树能第三次出国，我只是羡慕，甚至觉得，一换届可能他就不是主席了，趁换届前出去一趟是应该的，别的想法一丝一毫也没有。当然，我是盼着以后哪天能轮上我的。铁树对我说，你先别忙，再干一年半载的，跟全国作协熟了，再出面沟通沟通就差不多了。今天找你俩，是交代一下这两个月的工作。

我和求实都掏出本子想记，铁树说不用记了，都在纸上写着。他递给我一张稿纸，是用信的形式写的工作交代。

柳直、求实、钟声高：

应西班牙某基金会邀请，我前往访问、写作，在西时间为11月15日——1月14日。根据那里的工作和身体、兴趣情况，有可能提前回国，但至迟不过明年一月中旬。

行前有几项工作要交代一下：

一、在我出访期间，委托柳直同志代理我的职权，主持作协日常工作。涉及重大事项，请示盛委同志。

二、作代会的报告（草稿）留下，以备使用。此草稿我看过，不很成形，还要修改充实。

三、建房问题，请盛委参加，建房小组开个会，敲定一下下步方针。

四、明年的预算，按以前定的原则办。

五、发展会员工作在明年一月份进行，会员入会时间按今年算。

六、今年老干部医疗费至今没划拨，要抓紧落实。不然，我们什么事也做不成了。

七、反腐败工作上下都在抓紧，我们光有一个原则还不够，最近中央已经制定了具体实施办法，请按省委的部署认真办，但要注意作协这样的专业群团特点。

八、纪念毛主席一百周年诞辰，要安排活动。

铁树　于赴西班牙前日

可以说这是铁树最认真向我交代的一次工作，看似隆重，但也看出对我的不信任。比如把钟声高名字也列上，等于重要事开会也得请他参加，而他能按铁树意图办。钟声高已经不管事好久了，铁树仅仅是为了制约我而仍写上的。

我很快接到鲁星儿电话。她又是老态度，开门见山就指问我说，柳直你知不知道铁树出国啦？

我受不了她无知又自信的态度，好像她已是封定的一贯正确，而我则是汉奸类的人物。我也以质问的口气问她，你说我怎么能不知道他出国？

鲁星儿没想到我比她口气还冲，愣了一会儿才说，你怎么就一定知道他出国了？你是他亲密战友啊？

我说，亲密战友我不敢攀，但我是他的下级，他走得向我交代工作！

她说，那省委宣传部知不知道他走？

我说，应该知道！

她说，你没报告吗？

我说，他出国我报告什么？应该他自己报告！

她说，你想想，他能报告吗？

我说，你想想，他为什么能不报告？

她说，柳直你有点天真，他要报告，宣传部能让他走吗？

我说，鲁星儿你也有点天真，宣传部为什么不让他走？

她说，现在全国正开展反腐败斗争，他是个腐败分子，他是趁机逃避啊！

我说，假设他是腐败分子，他逃了今天还能逃了明后天吗？

她说，你怎么说假设他是腐败分子呢，他就是腐败分子嘛，他看自己问题要揭晓了，能不走吗？

我说，省委没说他是腐败分子！

她说，他那么多埋汰事儿，还不是腐败分子啊？省委马上要查他了！

我说，省委什么时候查他我不知道，反正现在没说他是腐败分子。

她说，反正你是领导，现在作协正义的人们期望你能主持正义。不管他向没向省委报告，你应该报告，而且在他走前就该报告！

我说，有事我应该向宣传部请示，但不应该我替铁树向宣传部报告他出国。

她说，他要没报告呢？

我说，那是他不对！

她说，反正我提醒你，你别书生气十足，他要逃跑不回来有你的责任。

我说，他逃什么跑哇？即使他扔了老婆孩子，还有赵明丽呢？再说他跑了图什么啊？

她说，不管怎么说，现在是你主持工作，全党全国最重要的事是反腐败，你就应该趁铁树不在的大好时机，认真反他的腐败！

我说，我反不了，要反得省委来反。

她说，省委发了文件就等于叫你反了！

我说，省委文件明确以自查自纠为主，不搞群众运动。

她说，铁树他能自查自纠吗？他有那个觉悟吗？告诉你个秘密吧，群众已经联名揭发他了！

我说，那就等着上级处理呗。

她说，你怎么能等呢？你怎么这么右呢？

我说，左了也不行！

她说，你认为大家是左？

我说，我不知道大家是左是右，但我不认为我右，也认为我不应该左!

她说,我不跟你犟了,反正你应该认清形势,你不能当保皇派!

我说,现在不是"文化大革命",中央再三强调稳定。

她说,你就是求稳怕乱胆小怕事。

我说,你使用的都是什么时候的词啊?

她说,大家本来都对你印象不错,你别让大家失望啊!

80. 盛委病危

盛委病情发展的每一块里程碑,都和铁树的重要行动紧密相连。比如,他第一次病倒,是同铁树拍了桌子被骂什么东西之后;他病情恶化暴发癌症,是铁树主持主席团会却没让他说话就散会之后。盛委这次病危,肯定与铁树出国的刺激有关。他虽说向省委讨到了说法,但却病魔缠身,一换届就将撤离作协,而铁树仍将是作协的人,并且还可以潇潇洒洒地出国。所以铁树出国只两天,盛委心脏病就发作了。待我和求实一同赶到医院,盛委刚从昏迷中抢救过来,脸黄得蜡似的没一点儿活人色了。他被心电测试仪、氧气袋和输液吊瓶等的七八条管线牵连着,眼皮和嘴唇只能微微动一动,半个字也吐不出来。见到我时细微的眼缝里还可看出一丝光亮,见到求实时却闭了眼,而且心电图立刻急剧变化起来。我知道他非常不满求实,认为他一直是铁树暗中可以替交党费的心腹,所以乔小岚悄悄把我俩都拉出病房说,现在老盛还糊涂着,看也是白看,都回去吧。求实不知原委,虔诚地坚持到天亮才离去。

天刚亮,鲁星儿等几个最恨铁树的人就赶来看盛委了,不知谁给的信儿。而和铁树亲近的人一个也没来,我电话找了好几遍,内务部辛主任和李清波副主任都不知哪儿去了,他们大概是听到信儿就躲了。

盛委癌症之外又犯了心脏病,我心上也便多了块铁似的。别人可以不沉重，我不能不沉重啊。我的心肌也沉闷地发疼起来，晚上一手揉捏着疼处，一手提了东西和妻子去看盛委。盛委鼻孔的胶皮管子已经拔掉，胳膊上输液的管子还在，连着心电仪的那些线路也还在身上。乔小岚就抓着他的手坐床前和盛委说话，她身边的床头柜上放一个散发着香气的花篮。乔小岚真不容易，几次和盛委打到分居的份上了，盛委一病重，她又来护理，少有她这么贤惠的。她过分憔悴的脸色和无光的眼睛，说明她内心也太缺乏营养了。见我和妻子同时出现，她脸和眼忽然都有了光彩，那光彩可以让人觉出不是内里分泌出来的，而是外面照耀上去的。她起身拉住我妻子手说，老盛一病就让你们都跟着受累！

我放下东西时，妻子看着盛委床头生机勃勃的花篮说我，你就知道买吃的，看这花儿有多赏心悦目！

乔小岚说，花不能当饭吃啊，实在人谁送花？这是女作家鲁星儿送的，吃完早饭就送来了，老盛可真拿它当饭吃啦。

盛委欠欠身子让我们坐，乔小岚拿出新鲜的荔枝让我们吃。面对一脸憔悴见了我们才露出一点光彩的乔小岚，和一身电线病入膏肓还盛气凌人的盛委，还有鲁星儿送的花篮，我心里哪还吃得下荔枝。此时什么妥当的话题都找不到，又不能什么话也不说，我竟说了句非常不该说的话：你安心养病吧，我一定尽力把机关抓好！

不想盛委脸色又不好了，说，人家弄成的乱摊子，自己都扔下不管，跑国外去逍遥了，你替谁补天哪？我一再跟你说，别失火烧了房子，其他什么也不要管，就管好盖房子的事行了。可你们都不听。

我说房子的事一直没放松，但靠现在这两人空手套白狼是不行了，我在积极跑财政立项。接着我又说出新的想法：立上项恐怕不放弃原来的计划也不行，一是我们没条件建七千平方米房子，二是我们用不了七千平方米房子，政府批准的四千五百平方米能盖上就足够了。

盛委的心电图立即发生波动，他面露怒色说，一万平方米我也用不上一平方米，我是替你着想，你才四十多岁，还得在作协干二十来年！

我马上无言以对。他已病入膏肓，确实不知能有几日活头了，在现实与主观愿望差距巨大情况下，他仍死抱七千平方米的空手套白狼计划不放，我着实不是感动而是失望了，失望他不切实际的理想化。

乔小岚好言劝盛委说，人家柳直来看你，你连声谢谢都没说，张嘴就批评人家！柳直你吃荔枝，不听他的。

妻子缓和说，盛老师说得对呀，老柳他没当过领导，抓不住重点，让谁说也是房子事儿大。他抓不住大事就该挨批评！

乔小岚说，什么该不该呀，老盛当官当惯了，离了批评人就不会说话！

我装出笑容说，房子确实是大事，其他都是扯淡。作家们抓不抓不照样写作吗？哪个作家是作协抓出来的？的确房子是关键，作家们有了好活动环境，就会多出好作品。

盛委这才不气了，说，吃荔枝吧，我这人就是到处讨人嫌，在文化厅退休多好哇，偏偏到作协来捡乱摊子，我这不自作自受吗？

我说，你给作协张罗盖房子，作协的人不会忘记你的。

盛委说，我这是发洋贱哪，人家自己能盖房子，我来显摆什么呀！

我说，你现在等于把房子盖一半了，政府批了面积，钱一到手就等于房子盖起来了，有钱买房子不也一样嘛。

盛委马上又不高兴说，你刚有点进步就又退回去了，买房子你那点钱连四千平方米也买不到！

我没了一点再谈的心情，应付着说了两句自己不懂大局的话，又没话找话说了说床头的花篮、输液的瓶子、心电仪等等，便找借口离开了。乔小岚送我们到楼下时，非常认真请求说，别让作协的人来看他了，尤其挑拨他和铁树干仗那帮人，千万别让他们来了。

可是鲁星儿还是往医院跑。她从医院回来又给我打电话，这次她没有开门见山劈头一句就对我进行指责，而是先问吃没吃饭，又问身体怎样，然后话题才转成指责：你处理问题应该从大局着眼。比如，反腐败你不敢抓，盖房子你不愿抓，这哪行？你想用买房代替建房那也不行，不光是盛委不同意，大家也不能答应。你想想，盖房子一直是盛委分工抓，你如果只买那么几平方米对付过去了，那不给铁树提供攻击盛委的口实吗？

我说，鲁星儿你听谁说我要买几平方米房子对付过去？

鲁星儿毫不遮掩说，盛委呀，我刚去看他回来，这都是他亲口说的！

我说，乔小岚几次跟我提出，希望作协的人别去跟盛委说单位的事了，肺癌晚期加心脏病，生一点气就会出生命危险的！

鲁星儿说，每次都是他主动问我情况，你想想，他越什么不知道不越着急生气吗？

81. 请到女省长

盛委病危中嘱咐的话，我如果不重视，他知道了肯定要气炸肺的。我无论如何不能再在建房问题上让他生气了。所以我按省委宣传部要求召开的纪念毛主席一百周年诞辰座谈会，必须得先向他说明与建房有直接关系。我只好先到医院，把在省里开会如何见到主管文教的女副省长，如何请她给作协建房拨款的事说话，如何请她到作协看看办公条件以便督促省财政快点拨款，如何为请她才安排的纪念毛主席一百周年诞辰座谈会。盛委这才没说什么。

没料到大家仍这么愿意开会。通知九点，九点前几乎到齐了，连在医院陪老伴治病的名誉主席朱简老儿也准时到了。不大的会议室显得更加小。三四十人围着会议桌坐了两圈，还有没位置的，又在四角插了些凳子。作协开这种座谈会是没法明确座位的，基本是抗战以前参加革命的和厅局级以上级别的，坐里圈儿，解放战争时期的和处级的坐外圈儿。当然也有不理这个无形规矩的，比如青年作家夏旭，他就坐里圈了，他连我主持会的都没挤上里圈视而不见。女省长虽然坐了里圈，但也是个偏位，可她一点不在乎，主动和身边的人打招呼握手。坐我前面的老诗人流火，回身指着女省长问我，那——那个女——女作者是哪单位的？不待我回答，挨他在里圈而坐的夏旭开玩笑说，她是谁你老人家都不认识啊,太闭塞了!流火认真说,老……老了,真是越来越闭……闭塞了,那……那么她是……是谁呢?夏旭开他玩笑说,她是全省写文件散文最著名的女作家!流火一脸惊奇问,文……文件散……散文?夏旭说,对,文件散文!流火问,什……什么叫文……文件散文?夏旭说,流火老连文件散文都没听说?她是省政府的副省长,您说她是不是全省写文件最著名的女作者?流火恍然大悟说,那是!那是!

女省长探身主动和流火握手,我向她介绍流火说这是抗战诗人。女省长说,我上中学时就读过老人家的诗,谢谢您老人家!流火老儿说,那……那都是老……掉牙的玩意了!女省长说,老传统还是要继承和发扬的,这方面就得靠您这样的老前辈了。流火老连忙指指他对面的朱简老说,朱……老……老,靠他,靠他!朱简老连忙欠身说,我们不行了,还是靠夏旭他们年轻人。女省长和夏旭握了握手,看看表对我说,已过二十分钟了,开吧!

我在流火老身后那排座儿站起来宣布开会,女省长大概从没见过主持会的坐后排,便要把她的座儿让给我。她这一让,朱简老和头排坐的几个老同志也站起来让。我看把谁挤到后边都不好,便在流火老身边的空隙向前挤了挤,就算是前排了。我作开场白说,感谢毛主席他老人家,是他的一百周年诞辰,使我们老、中、青三代作家和省长同志聚到一起开会。我看看女省长又看看朱简老说,我不懂这种座谈会的规矩,不知道该请省长先讲还是请朱简老先讲!

朱老说,省长先讲,省长是领导。

女省长说,朱老先讲,我上学时就读朱老的作品了,朱老是前辈。

朱老费劲儿地站起来声明说,一定省长先讲,省长是领导!

我看看女省长,她笑了笑说,你们文人的会没一定之规,一个小会就可以提拔几个,降职几个,还能调动几个。我是开玩笑,不过你们开会确实经常报错级别说差单位。按你们的规矩来,既然朱老说我是领导,那么就听我的,请朱老先讲,我听大家讲完最后讲,免得下车伊始就哇啦哇啦乱讲!

359

我见她语气很是诚恳，便让朱老先讲了。朱老又是从他参加延安文艺座谈会亲耳聆听毛主席讲话说起，这我已听过几次了，甚至连语调节奏和许多句子都没什么变化，但他思路是清晰的，主题是集中的。一轮到流火老时一下就乱套了。流火老开口就离了题说，我……认为应该砍………砍掉作家协会，要……要这么大个协……协会干什么？文……"文化大革命"也应该彻底否定！文……"文化大革命"一……一下子就把我们统统打……打倒统统撵……撵到乡下劳改去了！作协那么一大帮人，好……好几台车，都……都干什么了？我是一次车……车也不要，我出……出门都是走，但……但老同志们的车是应……应该保障的！都……都保障谁了？作协砍掉留……留一个会计发发工资就行了！

陪老干部一块来的老干部处长忙插话说，流火老，您开会怎么来的？流火老说，不是你……你带车接的吗？老干部处长说，喔，你不是走来的啊，那么砍掉作协谁接你参加会呢？流火说，你老干部处……处管呗，现在不是你……你管吗？老干部处长说，现在我管，砍掉作协的话，我不是也没了吗？流火说，你没……没不了，作协砍了不砍老……老干部……部处！老干部处长说，就算我老干部处直接归省里管，那会计放哪儿？流火说，会计放……放内……内务部呗！老干部处长说，作协已经砍了，还哪有内务部？流火说，放哪……哪儿的内务部……部都行，比——比如文联的。

流火说的砍掉作协不是不要作协，而是把作协合并到文联去，含义是只要把铁树的位置砍没就行。老干部处长还想说什么，被我制止了。流火继续说，文……"文化大革命"不彻底否定不行，现在不……不少人就……就是靠文……"文化大革命"上来的，现在还在那里掌……掌权。文艺为……为工农兵服务是对……对的，我在农村劳……改那段时间才……才是真正的深入生活了，那家伙深……深入得狠啊！现……现在不搞文……"文化大革命"了，年轻作者们出……出了点小名还深……深入生活吗？不……不深入了！

老干部处长忍不住又插了一句，流火老您到底是赞成彻底否定

"文革"，还是不赞成彻底否定？流火老说，当……当然是彻底否定！

有好几个人笑了，流火老还这么无主题地往下说，说到四十多分钟还没停。我趁他咳嗽时赶紧点文艺理论家冯老发言。冯老儿是全省文学圈里理论方面最有见地的老同志，我点他是想集中一下会议主题。果然，冯老开门见山一语中的说：我认为，最好的纪念是学习，而最好的学习是继承和发展！

会场顿时由议论和哄笑变得刚拉过防空警报似的静下来。冯老话虽不幽默，也不生动，但重点突出，条理鲜明，有新意。他说，我们新中国是高举毛泽东思想的旗帜走过来的，不举下去没法交代。但毛主席晚年确实也犯了错误，是谁纠正了他的错误，继承和发展了毛泽东思想呢，无疑是邓小平同志。所以不举邓小平理论的旗帜，毛泽东思想的旗帜也就举不下去了。那么，邓小平理论这面旗，怎么继承和发展了毛泽东思想呢？在文艺方面，邓小平同志提出的为人民服务和为社会主义服务的"二为方向"，就是对毛泽东文艺思想的继承和发展。提法上看似只变了两个名词，但它比毛主席提出的为工农兵服务和为无产阶级政治服务，更科学更丰富了，更符合社会主义新时期的文艺规律。文学界纪念毛主席，就是要把继承毛泽东思想同高举邓小平理论旗帜结合起来，提倡深入社会主义市场经济新形势下的广阔生活，为加强社会主义精神文明多出精品力作，而不能把精力集中在个人恩怨上。

冯老发言后，接下来的老、中、青作家都说得简明扼要了。限制了时间，反而大家发言积极性更高，快到一点了，还都抢着说。我看女省长已看了两遍表，不得不宣布请她讲话。女省长官话只讲了几句，主要讲了一定帮助作协解决车子问题和房子问题，对此，全场当即报以热烈掌声。她还讲了老中青作家要团结，还祝愿了老作家健康。我接着她的话只作了四句总结：祝毛泽东思想和邓小平理论的旗帜高高飘扬！祝老作家身体健康！祝年轻作家天天向上！祝省长同志工作顺利！

我把祝省长工作顺利这句说在最后，说得最重，就是祝她帮作协建房这项工作顺利,这意思她和大家都听明白了,因此也博得了掌声。

会后我留女省长和大家一同吃饭,女省长说,吃什么饭哪,都一点半了,我还有会,你快照顾好老同志们,别出事儿比陪我吃饭重要!

直到饭后散去,什么事没出,使得我心情又少有的好了一回,所以晚上便又和妻子浪漫了一回。正放肆浪漫的时候,电话铃突然轰隆一阵响,我和妻子像正在山谷里大摇大摆行走的日本鬼子突然遭了伏击似的,吓了一大跳。一个我不熟悉的二流业余作家自来熟说,柳直你官僚化得挺快呀,毛主席纪念会怎么没请我参加呀?我的成就比参加会的不少人都大,我看报纸点的名了。你来得晚,不了解我,铁树了解我,是他调我到作协的,让我来促促专业作家,怎么能把我落下呢!我只哼哈听他说了一气,一点热情也没表示。放了电话,我浪漫起的高潮早已轰然退去,退得再怎么努力也涨不回来了。

82. 陪女道士吃饭

傍晚,我下班刚走到楼门口,内务部副主任李清波截住我说,给盛委治病的女道士刚好回招待所,过会儿还有位男道长也要到了,吃饭时你陪一下吧,给书记治病的,有领导陪一下好。我出于好奇心,便留下了。我曾在湖北遇见过一个武当山男道士,领个年轻貌美的外国女信徒,身背现代相机,到哪乘飞机,除了一身道士装束,其他和常人没什么两样,我就揣度他们都修炼什么。现在又来了能治病的道女道男,不免更加揣度,他们到底会和常人有什么不同。

女道士自己说是黑龙江人,道名武朦胧。我就是黑龙江人,我知道那儿不是得道成仙的地方,所以没法相信眼前这位武朦胧真的有奇功异能。她一身浅黄色紧身紧袖紧腿衣裤,梳云髻,装束是很像道士了,但披了一件旧黄军大衣,就显得有点滑稽。脸是患肝病那样的蜡黄，眼虽不像活泼人那样灵动，但不时可以让人捕捉到凡人的光亮。因有了对家乡人的不屑，所以我就有点居高临下地任意向她发问。我首先问她旧军大衣是哪儿来的，她说是当过市委书记的父亲留给她的。对此我没去相信，也没去怀疑，倒是因此觉得她像个女人了。我说，你父亲是市委书记，怎么会把你培养成道士呢？她说，父亲早已不在，也就管不了我变成什么人了。我让她谈谈做常人和成了道士后的不同感受，她说以前的她是女人，现在已经类似中性人了，与女人接触时稍偏男性，与男性接触时便稍偏女性。我想，这不过说明她由于断缺了性生活，而特别敏感地喜欢异性的变态心理而已，我已感觉出她愿意和我说话，这也因为我是异性，我便故意和她多说。我看看她脸色，说她有病，她说肺结核前不久已经好了。我看了看她的手相，她很在意问我看出了什么。我说她是个有情的人，她问我指的什么情，我说是七情六欲的情。她竟直言不讳承认说，她最近还产生和前夫复婚的想法，但没成功。还说她师傅给她介绍了一个法国男人，他们正谈着，准备三年后结婚。这证实了我的想法，我的家乡出不了真正有奇功异能的佛人道人，我便问她师傅是男是女，多大年纪，现在哪里。她说是六十多岁的男人，在北京一个人类生命工程研究会里，她本人也是这个研究会的会员。盛委之所以能请到她来治病，就是由省人类生命工程研究会介绍的，一会儿要到的马道长也是这个大研究会的，并且也是省研究会请来的。

女道士手里托着一只小龟，不时地抚弄着。这龟是从盛委准备杀了大补的三只龟里选留下来的，她要用自己挽救的这个生灵为盛委吸毒，她说这龟一定会卖力。她把那龟当灵物，走时带在手上，平时放在床上或盆里、抽屉里，吃饭时带到饭桌上甚至菜盘里，不时与之对些神秘兮兮的话。有一段比较长的对话，我让她用人话给翻译出来，竟然是，龟让她明年七月带它到漓江去，迎接另一只从越南过来的龟，它们可以一块为盛委吸毒。我想，她是不是现在就开始铺垫，让盛委出经费，明年带她去桂林？我就引诱她说说自己的其他爱好，果然她爱云游四方，曾去过西藏、九寨沟、张家界、乌鲁木齐等地，果然没去过桂林。她还说漓江那只越南过来的龟是雄龟,她手里这只是雌龟,必须是有感情的雌雄一对儿灵物合力为盛委吸毒,才能吸得彻底。为了眼前就能取得较好效果,她暂用一块取自承德避暑山庄的小圆石,替代未来那只越南龟。她顺手把承德圆石从衣兜掏出来,样子的确有点像龟。她把那小石龟放到活龟对面,又说些神秘兮兮的话。我从心里不相信她的话,但我分明感到话里含有一股对我的热情,那是隐藏着压抑着连她自己都不一定觉察尤其不会承认的热情。她的这种热情,和她的脸色,给我的感觉都是一种明显的病态。我便把其他感觉收藏起来,单把她的病态说给她,并说好像是肝病。她说我身上有一种很了不起的悟性,如果能参与她们的人类生命工程研究会,准能取得高层次的成就。我违心说我愿意参与,也相信她们的生命工程学说,但不能脱离目前的工作岗位。她深入看了我的面色,说我心脏有病,这跟我太认真纠缠身边琐事有直接关系。她这说法比较准确,使我有兴趣和她进一步交流起来。我说她早晚要成婚,她说我早晚要成大名。我说她将来可能还俗,她说我将来会退出官场。她问我根据什么看出可能还俗,我说从手相、面相和我的感觉。我问她根据什么说我会退出官场,她说也是从面相和感觉,不同的是还从眼神,说我情太重,善心也太重,而且感觉我全靠个人努力挣扎才取得成就,没有相帮的人,尤其没有大人物相帮,并且身边算计我的小人不少。她问我这些话对不对,我没置可否。

  李清波只把党组几个人的年龄、职务、家庭主要成员以及本人的自然状况说了说,她竟然说出一堆让我吃惊的话来。她说我周围叽叽喳喳的小人不少,但我不会有厄运,上边没有根儿,但前途有望,四五年后会有大变化。说我有能力但放不开,要想进取就得放开自己。还说我自小家穷命苦,没得到父母多少帮助,命中缺水,需蛇仙相帮。她说盛委,病三个月内就能好,并且还可以工作,但目前身边有两个克星,一是铁树,二是妻子乔小岚。他说铁树思想境界不高,只是个省级文痞,他目前就有厄运,已陷入一种劫难不能自拔。他的敌人很多,仕途不会再有发展了,半年之内便会有明显结果。说到乔小岚时，武朦胧忽然想到一句诗：泪云愁雨洒梨花。她说这就是乔小岚命运的写照，梨花的梨就是离婚的离。

她这些话我是认真听了，但想了想没有信。她说对了一些实情，我想大概跟她已同盛委和李清波接触了几天有关，她可能从他们嘴里摸到了一些情况。李清波却极力称道她神，说白天陪她到公园照相时，听她说了一些话就感到很神，还特意和她在一棵清朝嘉庆年间的松树下合了影。李清波说为了作家协会的吉祥，也要给我和武朦胧合个影。我们俩谁都没说好也没说不好，李清波让我俩往近点坐坐，就照了。照时武朦胧特别把手里拿着那块承德避暑山庄的石头举到我俩中间，我问这说明什么，她说可以帮助我抵挡身边小人的叽叽喳喳。我一时兴起，竟开玩笑说，也表示海枯石烂心不变！女道士没生气反而笑了。

李清波又看了一遍表说，都八点了，马道长大概没赶上车，边吃边等吧！我们三个便先开饭了，武朦胧道士把那只活乌龟也带到饭桌上，说是它也饿了，需和我们一同进餐。那乌龟在盘子间爬来爬去，有几次都爬进盘子的菜里去了，她说不要管它，它既是在自己吃呢，又是在给菜消毒。

朦胧道士不喝酒，她用可口可乐和我们碰杯说，酒伤身子，我们修身给别人治病的人，喝酒会影响功力，但可口可乐既不伤身又与酒同样提神。

她果然喝了酒似的兴奋，在李清波提议下和我们行起酒令来了。她这方面很有灵气，对起联句儿不比我和李清波差多少，大概她上学时语文课成绩不错。有一阵她高兴得说话和举止都跟生活中的女人一样可爱了，给她倒酒竟也不推辞。她抓了李清波的手看看相脉，又抓过我的手看看，说，二位都是有情有义的人啊！

李清波说，无情无义怎么能当作家呢，我们柳主席是著名作家，他作品最大特点是以情动人。朦胧女道士眼光也有些蒙眬了说，不知作家先生肯赠一本作品不？我没有新出的书，也不想拿以前的小书让她见笑，便扭转了话题，戏说道，你手上带功，赐几个字吧，可以给我们带来好运!

朦胧道士随手将自己用的白布餐巾在桌上铺平,拿了我衣兜的钢笔,问了我的属相后在餐巾上写了个大大的牛字,又在牛身边画了一条河,并属了她的名和时间,赠给我说,你命中缺水,这个帕子会帮你走好运!

我收了她的餐巾帕子,她也让我在我的餐巾帕上写句话赠他。我乘酒兴写了"人间烟火养仙人,仙人撩人间烟火"。她连说真是大手笔,大手笔,珍喜地收入衣兜。李清波也将手边的餐巾帕让武朦胧写了字,但她已无别的帕让李清波赠字,只好请李清波在我写句的帕子上签了个名。如果不是马道长这时到了,我们大概会把那饭吃得更有趣。可是这时,那个五十多岁道号龟氏真人的马道长出现了,他还带着一位满脸人间烟火气完全可以称为少女的徒弟。马道长的少女徒弟连衣着都没有像武朦胧那样装饰一下,完全一副底层人家女孩的样子,很可能是刚收下不久。马道长和人间烟火气很足的少女徒弟落座后,饭桌上的欢乐气氛怎么也恢复不起来了,主要是武朦胧情绪变得冷了,原因似乎与那少女徒弟有关。那少女徒弟就像一个没见过世面的乡下女孩初到城里当酒店服务员似的,紧着做些给我们倒酒之类的服务工作。武朦胧说,出家人不沾酒边,你给倒什么酒?

少女徒弟看看武朦胧又看看马道长,没敢吭声。马道长看看女徒弟又看看武朦胧,分别给了她们一个笑脸,然后冲我说,让二位领导等这么晚,不安,不安,我以茶代酒敬二位一杯,祝二位一帆风顺!

我对自己家乡出来的土道长,很是存疑。我怎么也看不出他们何以能治好盛委的病,尴尬的气氛加他们都不喝酒,饭局很快结束。第二天他们真的带上盛委,到北方的几座名山采气治病去了。他们在几处名山转了近一个月,回来后盛委情绪的确格外地好,李清波等一些人就传说,盛委的病的确如女道士预言那样,好了,等到七月份再到漓江转转,与从越南过来的灵龟接接头就绝对彻底治愈。武朦胧走前让乔小岚转给我一张她专为我画的手指画，画面是一头牛在水边饮水，说是带功画的，让我挂于书房，经常面对它做做气功，说她会通过字画，把在四方采到的气也传给我。

83. 铁树回国

有天上午，内务部副主任李清波向我诉苦说，给老干部用的车已经修好了，却问谁谁不管，到底叫谁开呀？我说，这事儿等等再定，我定不了。李清波说，年终总结的大事你都管了，小事怎么定不了？

我说，年终总结是例行公事，调换司机属于人事工作，得铁树回来再说。李清波说，铁树已回来两天了！

我不由心生暗火，你铁树也太拿豆包不当干粮了，回来两天都不让我知道一点信儿!？便说，他回没回来我不知道！又暗想，你铁树什么时候到办公室来，我就什么时候向你汇报工作，绝不主动到家或上医院去找你。

快到中午时忽然听铁树在走廊与人说话，我也没主动出去同他打招呼。等了一会儿他也没到我屋来，待到求实叫我吃饭，我才起身。求实说，铁树回来了，见了吗？我说没见着呢。

路过铁树屋时，求实特意推开门，把我引进去。我这才开口说，回来了？他说，回来了。我说，挺顺当？他说，挺顺当。我说，我们吃饭去了！他说，你们吃去吧。

吃完饭见他屋门还关着，我没有敲，到自己屋躺下睡午觉了。不一会儿就听他屋有人说话，说话声停止后，又听他到求实屋去了。不一会儿求实屋便响起一群人的说话声，细一听，都是有可能向铁树打小报告那些人，但其中还有不可能向他打小报告的外务部主任范大华。我想，大概是上班时间到了，便过去当几个人面直言道，铁树你啥时有空，我汇报一下这段工作！他说一会儿吧。我一秒没停便回到自己屋。

367

过有半小时，铁树到我屋来说，在你这儿？我说，到你屋吧！我便叫了求实到铁树屋。我冷静地把所有工作的事一一汇报了，尤其那些容易被铁树亲近的人乱传的事，更说得直截了当些。最后我说，这段工作都是我和求实商量办的，没向任何人请示，有错都是我的。我又特意补了一句，我觉得没啥大错。

铁树听后只说啥时他要召集个会，把下步工作安排一下，对我汇报的工作没给以任何评价，这让我多少感到他的不满。我想，我这么积极主动干，你还对我不满的话，那你就不满好了，我绝不作什么自我批评了。

这时《北方作家》的牵头负责人老尚推门而入。他满脸通红，嘴角带着黏沫，裤口的拉锁也开着，一看就是刚从酒桌下来。他一喝多了酒就这模样。他没头没脑进屋就冲铁树发火说，我就知道，你一回来就得给搅黄！

铁树也火了，可能他早就有火了，经老尚的酒火一点马上爆发道，你他妈什么事我都不知道，我搅黄你什么？

老尚仍没头没脑说，我们不办公司怎么活？我们《北方作家》的事作协什么也不管，你叫我怎么牵头儿负这个责？

铁树说，你他妈办什么公司我根本不知道，我出国这段儿委托柳直代行我的职权，他刚跟我说完这件事，我还什么话没说，我搅你什么黄？老尚仍说，我知道，你非搅黄不可。谁也不管我们刊物，我怎么办？

老尚酒后这么突然一搅和，会让铁树错觉，似乎我事先说了什么话，我便很生气地将老尚推走。铁树说，操他妈的，你怎么办我怎么知道？你他妈少搞点阴谋诡计就好办了！

可是铁树刚骂完老尚，赶忙又把老尚找回来，他肯定是怕老尚到处去乱骂他。老尚还是那两句说不明道不白的话反复从沾满黏沫的嘴边往外扔着，他都是直接冲铁树扔去的。他越这样冲铁树去，越没道理，也越容易让铁树怀疑我主持工作这期间说了什么坏话。我当场说老尚，其实是给铁树听：我是批评过你几次，但那还不该批评吗，你打了个报告就再没回音了，还有纪念毛主席一百周年诞辰，你们刊物连一点反应都没有……

老尚便回头顶我说，你说话我不愿意听，干点事就挑毛病！

我说，有毛病就得挑，不是也表扬过你吗？前几天年终总结大会不是我宣读你是先进工作者吗？光行表扬你不行批评你，有这道理吗？

铁树见矛盾转到我头上了，就冲老尚说，行了行了，你走吧，回去好好想想怎么办。

老尚走后我向铁树解释同意《北方作家》出租房子办公司的想法，铁树说，我也不是故意和他们过不去，钱多少倒在其次，关键是作协内部这帮玩意，不定谁捅出去，财政厅知道就是个事，财政拿钱给咱们租这么多房子，咱们用不了租出去挣钱，明年不得压缩你的租房钱吗？还有他们找的人也是无赖，我认识，协议是签了几万块钱，但肯定到不了位！

我说这些我也都想到了，对外不说租房说是自己办公司，协议上签的是上打租，不交钱不给钥匙。铁树说，但愿我这是瞎操心。

离开铁树屋后，一股强烈的失望情绪紧紧缠住我，又病了似的。第二天在家似睡非睡躺了一天。第三天还想不上班。

我在家把《白鹿原》又读了一遍，一股深重的沧桑之感把我笼罩住了。但我心底却无力掀起波澜，整个的我又一次变老了许多。有几个人来电话跟我套近乎，但目的都是想利用我为他们说好话，我懒得听。罗墨水老头也来电话，说有基建方面的事汇报，问我几点能到办公室。我说几点也到不了，这几天不上班了。他干笑了一阵说，你可倒好，领导出国看不着，你起早贪黑地干，领导回来了，你还不来了，哪有你这么傻的！我不耐烦说，你到底有什么事要说？罗老头仿佛一点也听不出我的厌烦，仍哈哈着说，你上班再说吧！我说，我病了，不上班了！

铁树破天荒往家打电话问我病情。他说，听说你病了？重不重啊？我说重倒不重，就是浑身无力，特别懒得动弹。

要是不重，就开个会吧。铁树像是商量，其实绝对是在下命令：把积压的事都了结一下。

我有气无力说，那就了结吧，什么时候？

铁树说，马上吧？！

我说，好，那就马上！

84. 盛委病故

铁树回国前那些天，盛委身体及所有情况都出奇地好，单位也比较太平，我就忘乎所以把一直想同盛委恳谈一次的念头实践了。

那天盛委自己在家，他所有状态看去比谁都好，我便怀着对气功神奇效果的敬意，借递上他要的一本书之机开口了。

我说，盛老师，你也向铁树道个歉吧，半句就行，他都向你致歉意了。那点矛盾一化解，你还在作协干吧！

他十分意外怔了好一会儿，忽然所有状态都变糟了，像当年患精神病的我父亲突然犯病那样，眼光变得蓝森森冲我说，我有错儿？让我向他道歉？

我立时慌了，忙解释说，你是书记，班长，你应该团结他！

他突然一拍桌子，吼道，书记怎么的？书记低作家一等是吧？他是你崇拜对象，可不是我的！向他道歉，可耻！有这想法的人我都替他可耻！

我更慌了，进一步解释说，盛老师，我真是出于敬重和信任，才跟您说这话的！

他说，我有权利替自己可耻，我有眼无珠……

我害怕了，比在犯病的父亲面前还害怕，战战兢兢说，盛老师，我是想……人无完人……毛主席还……

不等我说完整这句话，他低了声调却更硬了语气说，我哪能是完人。现在只有你一个完人了，你让谁都说好，哪能不是完人？完人同

370

志，咱们免谈了吧！

似乎好长时间的颤抖才把我的语调忽然抖硬了，我没再使用盛老师这个词，而是说，盛书记，我衷心祝你身体健康！

他阴沉沉说，我现在很健康，从来没这么健康过！

我没再说出什么，默默把给他带来的营养品和书留下，走了。我哪里会想到啊，竟是我这几句恳谈要了盛书记的命！！！

就在铁树回国召集党组会那天，刚宣布开会，盛委妻子乔小岚电话找我说，柳直，这回老盛不行了，正在医院做人工呼吸呢！

我急忙跑回刚宣布开会的铁树那屋，结巴着说，医院来电话，盛委不行了！

铁树问我，谁打的电话？

我说，乔小岚亲口说的，已经咽气儿了！

铁树说，真他妈神了，今天的会就是通报新党组书记马上到任的消息，后天省委就送他来上班了。盛委不愿见我可以，新书记他也不想见啦？

我正色打断他说，人都不行了，我们得马上去医院！

铁树马上说，走，党组同志都去！

党组四人赶到盛委病房时，医护人员还在抢救，但心电图表明已停止了呼吸。乔小岚见我们到了，忙附在盛委耳边大喊，老盛啊，你睁睁眼，铁树他们来看你啦！

乔小岚连喊三四声，心脏已经停止跳动的盛委竟然睁开了眼睛。铁树连忙弯下腰，向盛委眼前凑去，并伸出双手说，老盛，党组同志来看你！

盛委死盯着铁树看了一会儿，却并没吭一声，手也没有向铁树的方向动一下，连想努力动一动的表情都没出现，铁树尴尬地把手收了回来。盛委却把眼光移向了我，嘴吃力地张着，慢慢吐出些断断续续的字来：不……不道歉……转……告……姚……曙光同志，作家……大厦……七……千……平方米……自己……盖……不能改……

乔小岚对他说，新书记来了，房子怎么盖人家自有主张！

盛委没再说出半个字来，眼光直直地盯着铁树不动了，直到几分钟后眼睛彻底失去了光泽，心脏彻底停止了跳动，那僵死了的眼睛也没闭上。

我想盛委的猝死一定与我的恳谈有关，因而难过极了，等铁树离去后只剩我一个人时，我跟乔小岚说，盛老师在天之灵都会生我的气！

乔小岚说，我知道你和他谈话的事了，你没错儿。老盛的话你别太当真，他是个可恨的理想主义者，啥事都想得美而又美，可都实现不了！包括家里的事，他都想得比天高，可哪件事儿也没干成。家你看见了，省委省政府正厅级干部，哪有他住这么损的？他这一辈子，屡屡受挫失意，到作协来，他是憋着一口气，真想做成一件大事，然后退休，结果又是这么惨。别看他是单位一把手，在兄弟姐妹中排行是老疙瘩，从小全家围他转，哄他，惯他，把他惯成了犟眼子。没和他结婚时听他讲话那个潇洒啊，我一点不觉得他老。所以他老伴去世别人给提媒，我痛快儿就同意了。哪承想这样啊！

歇口气乔小岚又说，老盛受挫一辈子，真够可怜的，我所以和你说他这些缺点，是让你别有太大压力。他自己都不在了，你还拿他无法实现的话当真，能有好吗？

见我不吭声了，她才说，老盛说的姚曙光，就是作协新党组书记，这个人比老盛脾气好。

我心底轰然一震，姚曙光?！盛委说的姚曙光就是新任党组书记?！

85. 茶花开了的深夜

盛委咽气那天，我一直忙到半夜才回家。妻子回老家给她母亲过生日，儿子也跟去了，只我自己躺在怎么感觉也不是床的床上。黑暗使放床的卧室变得无比空旷，我是胡乱用方便面填了肚子后躺进无边的空旷的。想到乔小岚以及女道士说盛委的话，无论如何就是睡不着了。盛委那双死不瞑目的眼珠似乎移进我的眼窝，我两眼不安地在黑暗的空旷中转来转去，不仅睡不着，而且有些恐怖。我索性起身将灯打开，让雪亮的日光灯下那株仙女般玉立的茶花，帮我驱赶恐惧。那茶花满树花蕾，有好几百朵，活泼泼长在茁壮的枝头，已绽开了一朵，让我想到向盛委遗体告别时将要佩戴的白花。我眼前不由得出现了幻景：漫无边际的雪野到处开放了茶花，像雪原上熊熊燃烧着白色火焰。那年对越自卫反击作战，我在云南边疆的山坡上，见过漫山遍野茶花的火焰，那是红色的火焰在苍绿中燃烧，火焰四周就是满山坡的烈士坟墓。而此时我屋中绽开的一朵茶花，却是白色的！

我又闭了灯。黑暗中满眼都是白如洁雪的花瓣慢慢伸展的动态，如电影特写镜头一般真切。尤其让我惊奇的是，花开的咝咝微响声里，忽然舞动出一条柔媚无比婀娜万态的白蛇仙女。她修长的身子朦朦胧胧，飘飘的长发也是白色的。她随着微风，手捧茶花向我靠近，快要接近时，她又款款躲开了。她总是这么若即若离地围绕着我。她对我说，你命中缺水，需要蛇仙相帮，我是蛇仙，我要把全身心献给你。她一点一点向我贴近，等到就要接触我时又躲开了。几番贴近和躲开，使我浑身律动，身上慢慢开起了茶花，先是胸脯上开出两朵，接着两只耳朵也变成两朵，更奇特的是，全身每个关键部位都开出一朵。附体于茶花的白蛇仙子不再躲闪了，慢慢向我靠近。当我就要接近她时，她忽然说，本来我已帮盛委治好了病，但他是没福的人，超脱不了眼前的纠葛，他自己的心性注定要与病魔为伴。既如此，我索性帮他了却凡尘，到天堂和他原配老伴团聚去了。是我让他摆脱病魔而上了黄泉路的，他彻底解脱了，也是让你也摆脱沉重的精神负担。你需要寻找有水的地方，多多轻松自己，少寻苦痛！

白蛇仙子说过这些话，便俯身轻轻吻我胸口，我急忙又开了灯。我站在茶花前想着女道士朦胧的话，眼前忽然出现梦见过的雪女蛇。难道是女道士在远方为我发功了？难道她属蛇？她说我需蛇仙相帮！我无法再安睡下去，站到书房她给我画的那张指画前看了一会儿，又给茶花浇了一遍水，然后凝视花瓣上的水珠出神。记忆和想象这两只小鸟，从我心中飞向远方，它们似乎在帮我寻找谁是梦中那位蛇仙。一只鸟儿最先飞向我初恋的同学杨烨，但只是一掠而过，她即使是蛇仙也不可能帮我什么了，她二十岁就冻死在爬往战场的冰雪路上！另一只鸟儿飞向远方的女战友。记得她好像1953年出生，该属蛇吧？她的确帮过我了，那是多大的帮助啊！小姚也帮助过我了，但小姚属什么呢？我忽然想给小姚打个电话，问问她属什么，电话抓起来又放下了。我想到女战友虚拟的电话小屋，我该开一次电话屋的门啦！长途电话一拨就通了，可是响了好长时间没人接。

我想象了好一阵电话屋，仍睡不着，就继续端详茶花。那花像是活力的源泉，看一眼就有一股活力注入身体，使我不得安宁。我在茶花前做起了各种运动，下蹲、弯腰、踢腿扩胸，最后做起了俯卧撑，直到通身大汗淋漓。我想洗个澡，竟然停水了。我用毛巾擦了几下，黏乎乎的十分难受，不由得想起女道士说我命中缺水的话，便儿戏似的产生一个决心，今晚一定用水把通身臭汗洗净，也把从盛委病房沾染的死人气冲掉。我想起楼下那家写着昼夜服务的洗浴中心。我从窗子往外看了看，昼夜服务的幌灯依然刺眼地亮着，并且还有人刚刚离去，我便下了楼。已经有十七八年没到街上的浴池洗澡了。先前总是在部队的浴池洗，后来自己家卫生间有了浴盆，就连部队的浴池也不去了。

所谓洗浴中心，不过就是规模很小的一家洗浴场所，比先前的浴池规模还要小。到处都挂洗浴中心的牌子，光我家周围就挂了十来块，就像闹不清盛委和铁树谁是一把手似的，闹不清到底哪个是真正的洗浴中心。我这样想着，走进离我最近的"千百度"洗浴中心时，特意摸了摸衣兜，因广告灯上明确写着"洗浴按摩，全套四十，拒收小费"。我兜里一百多元呢，便踏实地走了进去。

不大的厅堂里，三个青春少女和一个小伙子在玩扑克。我一进门，小伙子便殷勤地迎上来，帮我摘帽脱鞋，说，大哥洗澡哇？我说洗澡。那三个青春女孩也一齐站起来，微笑着对我说，欢迎先生到来，愿意为您服务，然后又文静地坐下。屋里温暖如春，她们都穿着薄薄的夏日服装，有一个甚至穿着白纱连衣裙。我真的没有想到，眼皮底下极普通的浴室竟这般干净，屋里还带有浓厚的让男人兴奋的文化气息。十八九岁的小伙子把我引进更衣室，殷勤地告诉我如何使用桑拿和淋浴。我说刚出过一身透汗，不桑拿了，他马上给我调好温水，我淋浴完了，他又给我搓澡儿。因为他得到了搓澡钱，心情好，便边搓边告诉我，穿白纱连衣裙那位女孩文雅温柔，还幽默，按摩得最好，穿粉衣裤那位热情直爽，力气大手劲重，穿蓝色牛仔装那位爱笑，好要小费。他还告诉我，如果客人不挑拣，就由她们三个商量定，谁当天活儿做得最少就让给谁做。我问，不按摩不行吗？他说哪有不按摩的啊，倒是有不洗澡光按摩的，而且按不按摩都四十元。我已被小罗欢请客按过一回了，感觉极解疲劳，便说那就也按摩吧，他说那你就挑白纱裙。我说当面挑人，那不是对她们不尊重吗？他说你不挑就会是最差的一个给你按。我说，那你替我说吧！

搓澡小伙子替我说过，白裙子笑对我说，能为先生服务很幸福！我拘谨地随她进了按摩室。放有三张按摩床的小屋，温温暖暖的，墙上有两个青春女子的大幅彩照，一侧一张，都带着十分撩人的微笑，很妩媚那个的微笑很像这位白裙子。白裙子调皮地望我一眼说，先生好像挺喜欢上面这人的嘛！我说有点像她，同时也看清了她的脸十分白净，而且眼是蒙眬而迷离的，似乎像我梦见过的雪女蛇那双眼睛。她妩媚一笑说，先生好眼力啊！

我不免暗暗惊奇，自己家门前什么时候变得今非昔比的呢。白裙子又说，请问先生需要哪种按摩？我说没经验不懂。她说按摩种类不少，但她只会普通按摩和推油（揉）两种。我不知何为推油（揉），只经历过一次普通按摩，所以说就普通按摩吧。白裙子甜蜜地一笑，说她的普通按摩水平也极普通，倒是推油（揉）水平最好。我以为她把揉说成了油音，当地居民许多都这么发音，所以我也用相同发音说，那就发挥你的最高水平吧。她更加甜蜜地一笑说，一看先生就不是普通人，就该推油（揉）嘛！然后她就用眼睛热烈地等我开始。等了一会儿见我没反应，她又说，先生开始吧！我为我的无知而忽然红了脸，说真的不知该怎样进行。她更加欢喜说，像先生这样有了白发还会脸红的人实在太少了，先生真个贾宝玉哥哥一样可爱。我竟被这小我许多岁的少女说得不知所措，又说了句真的不知怎么进行。她说，先生真是个可爱的宝哥哥，那我就充当林妹妹了，宝哥哥一定喜欢听林妹妹话的！我说该怎么办请你指导！她说推油（揉）得趴到按摩床上！我就笨拙地趴到了按摩床上。她却开心地笑了，笑停后说，宝哥哥啊，我真的爱上你了，看来你是真没推过呀！推油（揉）得把衣服脱掉！不待我彻底弄懂她的意思，她动手来抬我的胳膊，只三两下，就把宽松而没有纽扣的短袖浴衫给拿掉了。她甜蜜而夸张地哇了一声说，先生好健美呀！

　　我的身体，还从没得到包括妻子在内的任何女人这般动情夸赞，不由得受了感染，也自我感觉健美起来！被她鼓捣了一阵之后，才感觉有柔软的双手在我背上轻轻抚摸。脖子、双臂和背上的每一处都被她抚摸遍了，那敏锐的感觉如浴春风。那春风浴拂的虽只是皮肤，但浑身的骨节都被暖透了。忽而，那温柔的微风，变成似乎带了水的凉风，便问她怎么回事。她说，推油推油嘛，这是涂了一种高级润肤油，不舒服吗？我恍然大悟，她说的推油，就是油，而不是方言发油音的"揉"。她便一边和我聊天，一边继续往下边推油。推到臀部时，她轻轻往下拉我的浴裤说，看宝哥哥害羞的，这儿都羞红了。我想起上中学时第一次让女护士打针，也是这样趴着不肯把裤子往下拉，那时脸羞得比这会儿热十倍。我刚闪过这念头，浴裤已被拉到下面去了。为了稳定情绪，不致像当年打针那样拘谨，我故作镇定反问她哪年生的。她甜笑说，宝哥哥咴，不懂现在不兴问女人岁数吗？我说那是外国，她说中国现在已和外国一样了，不兴问的！我忽然就轻松起来说，那么问问林妹妹属什么生肖总该可以吧，这可是中国的风俗！她善解人意地一笑说，宝哥哥非要知道的话，就告诉你，我只告诉你，别人是没这个待遇的。我说，你到底属什么啊？她竟然说属蛇。我不由一惊说，是不是属白蛇啊？她说，那你可就不是宝哥哥而是许仙哥哥啦！我不禁失声啊了一下，我是想到朦胧女道士说我需蛇仙相帮的话和我梦见过的雪女蛇了。白裙子说宝哥哥不愿意当许仙就算了，何必这样大惊小怪的？我用别的话把内心的惊奇遮掩过去了。她立即说，不知许仙哥哥肯不肯把生肖说给白蛇娘子听听。我说属牛的话刚一出口，她又哇了一声说，好健美的一头牛大哥吆！此时我似乎又进入了梦境，幻想她莫不就是能帮我的蛇仙子？！不由得问了她叫什么名字，她说自己长得小，大家都叫她"不点儿"。我还想问她姓什么，忽然感到，背上有温暖的柔软在轻轻移动，那温暖的柔软，是有重量的，但又是极轻的，像充了比重极大的暖气气球在背上慢慢地滚，从肩头一直滚到脚跟儿，浴裤也一同跟着退到脚跟儿了。

这时她说，背侧推完了，该推胸侧了，请许仙先生翻个身吧！我刚要翻，忽然想到全身的衣服已被褪尽，便没有翻。她说，许仙先生又宝哥哥了不是？林妹妹比你小许多岁都没觉怎么，看你羞的，腿都红了！我说，别人也都这样吗？她又开心地笑了一气说，看来你真是没见过世面，推油都是这样！

在白裙子少女温柔的教导下，我小学生似的闭了眼，笨拙地将身子翻了过来，我不好意思被一个少女一览无余，眼就紧闭着。两只温暖而有重量的气球又开始从我胸腔往下摩擦滑滚，那舒服无比的感觉，让我按捺不住好奇心，想，她这是用什么在给我按摩啊？因为仰躺着了，使我能够从眼缝中瞧一瞧。这一瞧不要紧，我浑身的血轰然澎湃起来。原来，这个美丽的少女裸着全身在用她的双乳给我按摩呢。她躬身九十度，用双臂支撑着乳玉色的裸体，在轻轻晃动，披肩黑发与乳玉色的双臂，平行地垂摆着，我一生中头回见过裸体少女，而且她用乳房为我推摩，那般专注和卖力，她这是怎样价值的劳动啊！？

小不点儿又甜笑着问我，宝哥哥舒服吗？我赶紧将眼缝眯紧说舒服。她却说，舒服什么，你好像在特意发功对抗我呢！

我不解说，真的很舒服。她说，一点儿看不出来，我倒觉得你像电影里坚强的共产党员，好厉害呀！

我仍不解问她为什么，她说你看你的小二哥哥，睡着了似的，连理都不理我，躲得几乎看不见了！说时她已将温暖的双乳移到她说的小二哥哥上面，轻轻地慢慢地揉动。我浑身血流更加剧烈，但神经也更加紧张。她似乎有点累，停歇了一小会儿说，宝哥哥真是好厉害的共产党，我没看见一个像你这么坚强的男子汉。别的男人，都是没等我按摩呢，大大的二哥就激动地站立起来，向我敬礼，我都弯不下腰去按摩了。她的胸故意压了压说，是不是小二哥病了。

我忽然被她说得轻松了，也有了知觉。她特别高兴说，原来宝哥哥也不是真共产党啊！

我完全放松了，同她开玩笑说，方才它听说你叫小不点儿，就也装成小不点儿啦！

小不点儿用嘴亲了我一下，说，小二哥也是个伪君子呢！她将身子又躬下来，继续往下进行，她说这叫胸推。

我已放松得不用闭眼了，鼓着勇气欣赏她那美妙无比的裸体。我的全身，包括那张笨拙的嘴，都无法安静了，我说，谢谢你，小不点儿妹妹！

她甜甜地笑说，宝哥哥为什么要谢我呢？

我有点发颤说，谢谢小不点儿妹妹的劳动。

她直起身来，妩媚至极说，我愿意为宝哥哥劳动。

我连声说着谢谢你谢谢小不点儿！

她说你喜欢我吗？

我说不出话来，只是点头。

她说，我也很喜欢宝哥哥你，宝哥哥和那些粗鲁男人不一样，将来我找丈夫就找宝哥哥你这样的！

她开始以更大的热情为我推摩。她面朝我，跪骑在我的一条腿上，而全身的重量却由自己的腿支撑着，让我感觉，她像个温柔的气球人，十分吻合地贴在我的腿上，不重，却感到有股股暖流通到全身。她骑着推完一条腿，又骑着推另一条腿，然后又将我的双腿一同骑上。这回，她无法用自己的腿支撑全身重量了，坐在我的腿上，俯下身子，继续胸推。她的鼻尖触到我的鼻尖了，她嘴里呼出的香甜气流，扑着我的眼、鼻子和嘴。她说，宝哥哥舒服吗？我说，小不点妹妹，谢谢你，永远谢谢你！说时身子不由自主微微抖了起来，并且想到了女战友、小姚还有妻子。小不点儿说，你现在一定是舒服得难受了，你想要怎样，我都可以的！

我激动得已说不出话来，她又问我一声宝哥哥怎么啦？我什么也说不出来，她于是把我抱紧了。她柔若无骨细腻无比的身子便完全与我融为了一体。我欢乐得呻吟起来，再次说，谢谢你啊，小不点儿妹妹！

她优美无比让人仿佛上了天堂似的扭动了一阵儿，忽然直起身子说，宝哥哥，咱们还没讲价钱呢！

当时我没听懂她话的意思，我已无法听懂了，我激动着说，你给我的是无价之宝啊小不点儿妹妹！她在我流泪的呻吟声中忽然坐起来，一字一顿说，我们还没讲价钱呢？！

我忽然意识到价钱二字的真实含义了，惊疑地说，不是写着全套四十元吗？！她已完全变了个人，说，那是指普通按摩，全市都一个价，推油按摩一百元，办事再加一百五十元，你等于是推油以后办事了，一共是二百五十元！

我心被突然刀捅了似的，明白了，我遇到妻子说的有毒的美女蛇了！我想同她辩解，但看她失去温柔的双眼，已十分冰冷，不禁害怕起来，说，小不点儿妹妹，我真不知道你说这些规矩，我身边只有一百多元钱！

她果断而冰冷地说，打电话叫你老婆来送！

我恳求说，小不点儿妹妹，我真的不是耍赖，如果相信我，我回住处去取！

她盯了我几眼说，看你不像说谎的人，你若真喜欢我，明晚再来

379

找我推油，顺便儿把钱带来就行！

我说，我还是把手表先押这儿，半小时后保证回来送钱。她点了头。我有点千恩万谢了，仓皇逃回家中，唯恐有人追来似的锁了门，一头扑到确实是床但感觉并不像床的无边空旷中，刚洗浴过的身子又是一身冷汗。我哪还有丝毫心情去送钱赎表啊！小不点儿雪白苗条的裸体在我眼前白蛇一般扭动着。我既不敢正眼瞧那朵怒放的茶花，也更加无法入睡了。

为了尽快摆脱这条美女蛇的纠缠，我不得不再次打开远方女战友的电话小屋。这次她在家。她异常惊喜说正似睡非睡中梦见我们在电话小屋坐着，小屋外面正下着绵绵细雨。我此时心中正没有丝毫诗意，便实实在在说给她打过一次电话了，没人接。她说一个人无聊，出去看电影了。说完她问我，为什么这么晚想到给我打电话，是出差在外吗？

我说，妻子回老家了，我刚从医院回来，我们单位书记刚刚咽气，自己在家有点害怕！我省略掉洗浴中心的事。

女战友说，我知道你是因为作协党组书记的信任而转业的，但党组书记并不是为你着想而选择了你的，你不必太痛苦，一定替自己着想点，要节哀！

我说，我现在不是悲痛，是恐惧。转业一年多了，工作一事无成，既没法怨死人，也没法怨别人，都怨我自己，白头发也不想染了，让你看着都扫兴！

女战友忽然十分激动说，柳直你不能这么说，在我眼里，你是英雄！我时常想念你，真的，你的白发对我已起不到破坏作用了。有时梦里，我就是吻着你的白发而激动不已的！现在我就是看着你的白发和你说话呢，和那次在我家一样激动！

我说，上次看到我的白发你为什么忽然不激动了呢？

女战友说，那次太突然，没思想准备。回家后不久，就又开始和先前一样想你了，我才相信，我是真的爱你！

我说，但我没有你认为的那么好！

女战友说，你敢转业，你敢面对那么尖锐的矛盾，坚持自己的立场，还敢批评你的领导，你的领导都撂挑子了，你还能坚持上班，维持住局面，并且干成好几件事，很了不起了！你所在的是作家协会，你能请出省委书记给作家颁奖，你能忍辱抓办公楼筹建，这都是大事！你比在部队时有了多大的业绩啊！你还敢白发不染地面对所有人，包括我，这都多么了不起啊！你应该自信，应该乐观地坚持下去。你就从你们书记的追悼会做起！你要知道，你只要乐观自信，你的白发在我眼里就是诗啊！我会和你妻子一起，做你的两根精神支柱，永远为你激动！我现在就是吻着你的白发在说话呢！你不要痛苦，不要麻木，有我想着你呢！

我被她这番话说得涌出热泪，说，谢谢你，我一定不会让你失望！

她说昨天刚为我写好一首诗，本来想专门开一次电话屋读给我的，于是当即读起来：

月

我的月光将一世的情拢成一枚胆
在可履的高度
云折于晚秋
水绝响于霜降
一方电话小屋中我与你
仿佛把所有的物融为一体
我的月光穿透历史的岩层
与生命同在
我的诗从满月的清辉中穿过
这些跳动的精灵
附丽了我凄婉的爱情
你是一世永不苍老的信仰啊
从秋野的丰硕到果实的律动
你所有的一切放弃了虚妄的高度

使人类的邪恶倏忽同一现的和平与宁静

深入我月清的灵魂

我醉了的心便在你切割光阴的星子间醉倒

我的月光铺设在山的大顶上

把宁静的金色的祥和的爱情传播给暗夜里有限的生灵

月啊

今世我被你的博大而苦渡

来生我将丰盈与你永度良辰

卑琐的我哪里配得到她这般真诚与高尚的诗啊，但我却在此时得到了。我羞愧而激动得哭起来了，热血奔流，几乎泣不成声。我们从遥远的两地，聚合在湖边细雨中的电话小屋，融合成了一体，比在她家那次还刻骨铭心。此时我已真正确认，女战友就是能帮我的无毒的雪女蛇……

天刚亮，我又忍不住给远在老家的妻子打通了电话，告诉她盛委去世了。她在遥远的家乡那边说，柳直你千万保重自己啊，先替我安慰一下乔小岚……

86. 丧事

新任党组书记姚曙光，万没想到，自己上任第一项工作，竟是为前任书记办丧事。如果不是赶上中央丧事改革的文件刚刚下发，新书记不至于一夜之间双眼布满了血丝。中央文件规定，不管哪级领导，丧事一律从简，不许开追悼会，必要的话，可以举行简单的遗体告别仪式。至于何为必要，如何从简，一概不得而知，具体到盛委身上更加不得而知。省医院按新规定也实行了新举措，连花圈也由原来一次性用完烧掉变为租用，这些细节变动倒大大方便了治丧单位。问题是作家协会的所有人员，都在关注盛委的丧事如何办，其实是在关注新任党组书记对作协现实矛盾的态度。身材不如盛委高大，声音不如盛委洪亮，举止也不如盛委自信，但办事却比盛委谨慎而沉着的姚曙光，格外虚心地征求铁树和我的意见，还亲自专门开了一次处级干部会。他问到我时，我说，尽量按中央精神办呗，什么情况也不能违背中央精神！他问到铁树时，铁树则说，我可不敢谈什么从简不从简，现在已有传言说我在喝喜酒了。非要我说意见，我只能说不叫追悼会就行，规模大小顺其自然！

姚曙光到底是在省政府重要部门工作过的人，他沉着地充分发扬了民主之后，便果断地行使了集中的权力。结果，这个遗体告别仪式，规模大得空前，大到省委书记和省长都到场了。光省里几大班子领导和离退休省级老领导就到了二十几人，厅局级的已经上百。宣传系统的，尤其文艺界大小人士到得极多。我想不透，一个原来的文化厅厅长，后来的作协党组书记，死后怎么还会有这么大的凝聚力。以往用于开追悼会，现在用于遗体告别的灵堂大厅和休息厅都站满了人，厅外的院子人也满了，大小车辆在院外停了一大片。花圈和挽幛绕灵堂几圈之后，又沿长长的走廊延伸到休息大厅。挽幛形形色色大大小小，有单位或团体署名的，也有不少是个人署名的，哪条都得挂。而灵堂以前只有摆放花圈的地方，并没有挂许多挽幛的设施。盛委文化艺术界的名人朋友太多，所以就收到太多的文化名人的亲笔挽幛，不仅得挂，还有收藏价值。但有的明显带着火药味，比如，"先行者为正义斗邪恶铮铮硬骨虽死犹生，后来人宜将盛勇追穷寇不可苟且求存"。联中的"宜将盛勇"中的盛字绝不会是笔误。这幅挽幛挂在长廊里，不知什么时候也不知谁挂的，头天晚上因联幛太多，我和姚曙光都没发现。告别仪式快开始时一帮人围着议论，被铁树发现了。铁树非常不满，问我和姚曙光，这种人身攻击的大字报为什么也挂。我俩向他解释确实是没发现，这时哀乐已经响起，向遗体告别仪式已经开始，已没法撤了。

先是省级新老领导一一向盛委遗体鞠躬告别，然后是厅局级领导。当姚曙光和铁树两位作协的正职领导并排往盛委遗体前一站,还没等躬身,忽然传出一声高于哀乐的怒吼:你铁树没资格往这个队伍里站,你滚出去,滚远点!

女作家鲁星儿跑上前怒目逼视着铁树,又吼,你如果不愿滚,你就给盛委同志跪下请罪!

缓缓移动着的人圈,忽然停止移动,但哀乐还低沉地回旋着。姚曙光仍很镇定,迅速回头冲他身后的我说,你赶快劝住鲁星儿,只有你能劝住她!

看来新书记到任前,对作协情况已了如指掌,连我有可能劝住鲁星儿他都知道。于是我在众目睽睽之下硬了头皮站到鲁星儿面前。鲁星儿忽然更加愤怒,她单独突出的右手食指几乎点到铁树鼻尖了,怒斥道,腐败分子铁树,盛委是你气死的,你只能向盛委请罪,没有资格送别!

铁树既没鞠成躬,也没还口,也没太过愤怒,他紧闭着嘴,不看鲁星儿一眼,也不看大家一眼,就那么闭眼站着。他与官场的正规官员们比,可以说是不稳重,或者说是不合格,但与政治上幼稚的女作家比,他还是显得非常老练。不仅如此,昨天夜里,我在太平间帮乔小岚刚擦好盛委的尸体,铁树也去了。他和我一起动手给盛委穿衣服,那举动连乔小岚都受了感动说,这事儿哪能让你动手呢,老盛身子太脏!铁树说,命都没了,还说什么脏不脏的。他一直忙到给盛委穿妥衣服,又非要亲手和我一同抬了担架将盛委安放好。对此他是出于怎样的动机我不得而知,但起码在乔小岚那里取得了某些谅解。乔小岚当我俩面哭着说,老盛到作协没干成一件事,却给我留下一帮仇人。我和老盛没离成婚,现在成了两个死鬼的老婆,我命咋这么苦哇?!

想到这些,我正色冲鲁星儿说,你是一个女作家!(我把女字说得特别重)盛委不会赞成你这种举动!

我这话似乎是盛委本人当场说出来的,鲁星儿马上把手指从铁树的鼻子前收回来,但她却没有闭嘴,仍理直气壮说,盛委同志的在天之灵,不会同意他在这儿假惺惺骗人!

铁树也不还口,也不离开,从容地从衣兜摸出一支烟,又摸出打火机,并且打着了。

鲁星儿呼地一口气将铁树刚打着的火苗吹灭说,你毒瘾犯了咋的?不许你在盛委同志灵前吸毒!

我想动手拉走鲁星儿,但一时又没敢伸手,她是女人啊。

这时赵明丽从作协那堆人里跑上前来,她什么也没说,拉着铁树就要离开。鲁星儿一时愣住了。铁树没动,又摁着了打火机,并把手中的烟叼在嘴上。这时从人圈外又钻过一个人来,一把夺了铁树叼在嘴上的烟。是铁树的妻子栾丽惠!她抬手把烟甩到赵明丽脸上,同时骂了一句,你个婊子,太不要脸啦!

姚曙光万没料到会出现这样一幕,只好亲自出马了。他迅速站到赵明丽和栾丽惠面前加以制止。赵明丽马上要拉铁树一同走,栾丽惠不让拉。栾丽惠哭喊说,这两个不要脸的,他们合伙把盛书记气死了,又公开在死人面前气新书记!新书记你不能让他们这样下去啊,你得给我做主啊!

这场面一时谁都惊呆了,连鲁星儿也无所措手足了。

姚曙光瞅我一眼忽然朝她们一挥胳膊说,我代表盛委书记和现任党组,号召你们,谁也不许扰乱会场!

此时姚曙光喊出的这句话,在我听来简直振聋发聩了。高哇!妙啊!他代表的是两个党组书记!他使用了"号召"和"扰乱"两个非同寻常的动词,在我看来这不就是乱世英雄居高临下吗?这是在我不知所措时诞生的杰作,当时我真有五体投地之心。

就在她们下意识响应生死两个书记的号召,但还没来得及行动之间,乔小岚突然从死者亲人那一排站出来,给栾丽惠、赵明丽和鲁星儿一人鞠了个九十度大躬,说,鲁小妹,栾大姐,小赵,谢谢你们来给盛委送行!老盛人都死了,咱们别再让他在天之灵不得安宁啦!咱们是女同志,别像男人那样小心眼!

乔小岚面前的三个女人立刻缓和了脸色。听了这话还静不下来的

385

女人，还是女人吗？乔小岚忽然跪下说，老盛清明节给他前妻上坟，我陪着一起去磕过头。我不欠他妻子什么，但我给他妻子磕了头，图的是我和老盛能过好日子。怨老盛自己心窄，他和谁都生气发火，和谁都不肯认错，结果他把自己气死了！我求求大姐小妹，咱们别再互相斗气了，一起给老盛鞠个躬，送他走吧！

这时，更让我没想到的是，匆匆从老家赶回来的我妻子，也在四个女人面前出现了。她说，乔姐说得对，咱们不能给男人帮倒忙啦，我陪你们给盛书记鞠个躬！

这一刻，我忽然觉得妻子从没有过的可爱，她不仅贤惠，而且成长为英雄了。她为我陡增了多少信心啊！

姚曙光乘势叫过我和铁树。我们仨共同把四个女人拉成一排。然后我们仨也在四个女人前面站成一排，我们一同站在盛委遗体前。

盛委的遗容，经过化妆显着一脸粉红，眼睛是经人工捏合闭上的，闭得不严，还可看出一丝儿缝儿隙。脸瘦得起了棱角，他眼眶、额头、颧骨和腮，都棱角分明着，显得比活着时还有原则性似的。闭得过紧的嘴，通过尖锐的下颌与盖在他身上的党旗边线连在一起，使我感觉，盛委仍在丝毫不可通融地死守着自己的原则和理想。他身下，是过于茂密，过于严肃，但生气不足的鲜花。我们七个和盛委关系最直接的男人和女人，一起三鞠躬。我看不见其他六人鞠躬时的表情和姿态，但我是极认真鞠的，鞠身角度肯定有九十度无疑。鞠躬时我甚至揣摩，盛委对自己被捏合后还没闭严的眼缝里看见的一幕，会是怎样的心情呢？盛委生气的时候太多高兴的时候实在是太少了。一个人自己心情长久不好，又不努力改正，对别人就是伤害吧？同时我又疚痛地想，不该同癌症患者恳谈明知不可能的事啊！是我为了自己的道德完善，而提前杀死了一个还可以在自己理想天地活一阵子的人！

我们怀着深深的歉疚刚鞠了一躬，一直没停的哀乐声中爆发出一阵掌声，这掌声延续到第三躬鞠完。然后我和姚曙光引领四位女人退下。后边的人们才得以继续按顺序向盛委遗体告别。

佳槐、江雪等部队几位作家，还有住外市的北良等一些作家，也来向盛委遗体告别了。他俩目睹了方才惊心动魄的一幕，所以临走时佳槐一脸的同情说，柳直啊，实在不行就再回部队吧！江雪则一脸的不屑说，柳直你就官儿迷吧，非等什么时候也向你遗体告别了，你才能死心！北良却以别样口气说，柳直你也不用听他们瞎说，兴许你收获最大呢！

这时铁树也凑过来和我们一块走。他一加入，我们一时没话了。尴尬了一会儿，佳槐问铁树说，最近写什么呢？

铁树喔了一声说，还写什么呢，你问柳直他这一年写什么呢？

87. 赤裸裸相见

盛委丧事过后那天下午。我浑身都被需要洗澡的感觉包裹着，下班前，便匆匆钻进作协所在大院的浴池冲洗开了。哗哗地放了热水，闭上眼，直冲洗到没了肮脏的感觉，才将眼疲倦地睁开。在这以前的几年里，我已经不为谁的丧事痛苦了，这不痛苦不是故意铁石了心肠。父亲的尸体我亲手埋过，母亲的新坟我亲身卧过，他们死时一个不到六十岁，一个不到五十岁。还有不到三十和不到三岁而分别死去的大妹妹小弟弟，还有三十多岁死于车祸的二弟，这些患难与共的亲人之死，已让我眼泪逐渐流干。还有那些同事、战友，以及也不是同事也不是战友只是身居高位追悼会必须有足够人数的领导们的丧事，便渐渐让我无动于衷了。不管死了谁，第二天太阳照常升起，地球照样旋转。于是我开始由衷地感谢自己参加到的每一次丧事：别人已经死了，你还活着，你还有什么想不开的?!

我坐到池子里想再闭眼透泡一会儿。待我在池水里坐定，又要闭上眼时，忽然发现，身边露在水面那张脸是铁树的，他闭了不知多长时间的双眼，这时正好睁开了。他也来洗澡!

铁树一脸浓重的倦色，与透过池水看得清清楚楚的肚皮上那两条长毛毛虫似的刀口联系起来，显得非常病弱。我们同被一池热水浸泡，心也贴得近了似的，铁树看了几眼我还没有一点伤疤的肚皮，感慨说，羡慕啊，劳驾你老兄帮我搓搓背吧?!

他这一声无限感慨的求助，对我产生很重的分量，他这是头一次以弱者的姿态同我说话，无疑也是向我表示友好。我没有理由不满口答应着并叫他手撑池沿躬下身去，但我的心情却复杂如脚下浑浊的澡水。我一下下用力在他背上搓着，一根根粗壮的泥卷落水时几乎溅出了浪花。铁树显然很久没搓背了！我搓得极其认真，连他不好意思让别人搓的地方也不马虎。搓完，他直起身时，双手在胸前抚摸了几下，像掏了一阵心窝子似的说，一眨眼两届啦！十年哪！我都收获了什么呀？除了两条刀口，再就是一帮仇人！

显然，铁树闭眼坐热水里透泡时，一直在思索这些话。我受了感染，报以善意说，盛委不是更惨？楼也没见影儿，届也没换成，命也没了！

铁树更加感慨说，那他怨谁呀？反正怨不着我！我算看透了，作家千万别他妈当官啊！当官千万别他妈到作协来当啊！当官千万别他妈惹女人骚啊！

他说得简直比他的病弱身子还要赤裸诚恳，让我感动，但我又不能违心完全表示赞同。我也诚恳说，盛委并没惹女人什么事啊？

铁树说，他六十多了，找个四十多的，还不是惹事？

我说，他的悲剧不在老婆！

铁树说，那就在他不该到作协来当这个破官儿！

我说，作家自己当不了管自己的官儿，又不让别的官儿到作协来管，我们的楼谁盖呀？

铁树说，靠我们作家盖不起来，靠老盛那样的官儿也盖不起来！

我说，我们总得有栋自己的楼哇，不叫盛委同志说的楼，我哪能转业啊?!

铁树说，反正我是盖不了啦，再说，人家也没让咱盖的意思了！

我一时没能找出恰当的话来回答他。他又说，柳直，你老兄千万别弄到我这一步啊！说罢他非要反过来给我搓。

我不忍心劳动他这么个病弱的人，但又不好拒绝他痛发感慨时表示的这点诚恳，便躬下身来，老老实实由他搓去。

铁树无力的手在我背上刚搓几下，还没见一个泥卷儿落水，姚曙光书记也赤条条进来了。还没有一点思想准备，他就完全闯入我倒控着的视界里，被我一览无余。我这样一览无余地看铁树，还不太难为情，而赤裸裸看还很生疏的党组书记，全身从里到外都很不自在，那感觉很像中学时第一次和老师同池洗澡。

新书记身材远不如盛委阳刚，但却远比铁树，比我，都健康，是那种肚皮没积下多余的脂肪，胳膊腿上却隆起肌肉块的健美体形。显然，他不是随心所欲凡事任意无度那种干部。他很快于弥漫的水汽中发现了我和铁树，这不能不说明他很敏感。他忙拉铁树坐下休息，而执意换成他亲自为我搓了。我一再辞谢，他硬是不肯罢手。他搓得比铁树有劲儿，搓法也比铁树讲究，像是常给家人或朋友搓似的，搓得一点儿不做作。我不由得想到前两天自己被小不点的裸身推油，身上似乎又分泌出一些肮脏来。我想象那肮脏正随着姚曙光搓下的泥卷儿顺下水道急忙流走，才慢慢又感觉舒服了。这是此生唯一给我搓过澡的高级干部，而且就是我的顶头上司！搓完了，他又毫不做作地对我说，你也有点瘦啊，需要注意休息，注意营养啦！

姚曙光这话把我心里某个部位很重地触摸了一下，我心里暗说，就算他是装的，我也认了。他能屈尊认真为下属去装，不错了，如果真能装住，就是好样的！于是我对他说，就冲你书记这一句话，我也得拼死配合你工作！

姚曙光说，干吗非要说拼死啊？我们应该好好拼活才是！

铁树说，此话有理，我举双手十二分赞成。我这熊身体，不拼死都快完蛋了，拼拼活或许能再对付几年！

姚曙光说，又不是开党组会表决，举什么双手单手的！

我说，就等于开党组会啦，内容是研究如何搓澡拼活问题，该轮到我发言啦！

我便要换手给姚曙光搓,他坚持不肯,非要给我搓完。我俩认真争执的时候,铁树抑制不住忽然打开了哈欠,说,你俩慢慢搓吧,我他妈不争气,又头晕,得到外面抽根烟去了!

铁树出去后,姚曙光还是坚持给我搓完,才让我给他搓。边搓他边同我闲聊:柳直同志你说,我们这个届该怎么着手换呢?

我想了想问,主席是你吧?

他说,怎么会是我?我不是作家!

我说,那么还是铁树?

他说,省委没这么说。

我说,没定主席怎么换届?

他说,我想应该是你!

我说,我想不可能是我。

他说,会是你的!

我说,会是有举足轻重的人物极力推荐的人,或是没有举足轻重的人物极力反对的人。我都不是。

他说,你不愿意当主席?

我说,不是不愿意当,是现在我还不具备这个能力,所以还没这个心情。

他说,你还想让铁树当?

我说,我已没心情想谁当了!

他说,你比我先到作协两年,是不是厌倦了?

我说,没心情想谁当主席并不等于厌倦。

他说,那么是后悔了?!

我叹了一声说,后悔有什么用啊?

我又把叹声变得坚定了说,不是后悔,是看到了曙光!

我把他的名字曙光二字说得十分清晰,又加重语气把我日夜作着的,盛委说的那个蓝色的作家大楼梦说出来:届换不了,先抓紧盖楼吧,有了楼,才好安心写作呀!

我的话连同被姚曙光搓下的细小泥卷儿轻松地脱离身体,落入池水。泥卷儿因为太细小，落水时没能像铁树的那样激起波浪，话却被热水滋润得活灵活现，并随着向天窗口蒸腾的雾气，扩散到晴朗的天空中去了。我的整个身心则像刚刚走过几百里沼泽之后，忽然躺进一眼大温泉里，浓重的疲倦正被天然的热水慢慢泡淡……

     1996年8月1日星期四起稿于沈阳听雪书屋
    2002年6月16日星期六初稿于沈阳听雪书屋
    2003年8月9日星期六二稿于沈阳听雪书屋
  2003年12月23日圣诞夜三稿于沈阳听雪书屋
  2004年4月12日星期一四稿于沈阳听雪书屋
    2005年1月1日星期六定稿于沈阳听雪书屋

跋

我不止一次想过，死前一定写部《忏悔录》，把生前说过的谎话、做过的丑事交代给亲友和世人。有回散步我偶尔进过一次教堂。"人人都有过错，人人都需要忏悔！"美丽女牧师代表上帝所唱的歌，更加深了我这想法。但现在写的，却是——《不悔录》——写我四十岁那年，短暂而漫长，有了许多谎言和背叛的生活。我坚信，我的谎言和背叛，是忠诚的，那是对人生的忠诚，就如我的《绿色青春期》，反思二十岁时的忠诚有多么虚伪一样。我自信，我的《不悔录》，不是为了卖钱，而是为了忘却的纪念，以及理想的滋生。我还自信，这本书不会浪费读者比金钱贵重百倍的时间。

刘兆林
2005年3月5日惊蛰

刘兆林论
——诠释他创作心理的特质与作品艺术的成就
彭定安

从"不幸文学院"里走出来的作家：
他的创作心理的形成与特质

读刘兆林的作品，每每想起泰纳对作家的论述，感到他的情况是比较贴切地符合泰纳之所论的。泰纳说："在贝壳底下有一个动物，在文件后面有一个人。"而他认为人的状况有三个来源：种族、环境和时代。我把"种族"扩展为种族、民族、家族和个人气质。刘兆林出生在北国边城小镇一个命运不济、父母不和的教师家庭；他的故乡是一个蜷缩在苦寒、封闭、落后地区的，处于文化边缘的小镇。这一切就足以透露刘兆林之为作家的特征了。但最重要的、具有决定性意义的是：不幸。

海明威说过，作家最好的训练，是"不幸的童年"。刘兆林的童年，远不只是一般的不幸，而是非常的、特殊的不幸。而且，青少年时期以至长大成人以后，仍然遭受巨大不幸；而且，这不幸是笼罩整个家庭的。他的家庭的不幸，令人想起托尔斯泰《安娜·卡列尼娜》开篇第一句所说的："幸福的家庭都是一样的，不幸的家庭各有各的不幸。"刘兆林是共和国的同龄人。然而在祖国走向繁荣富强的途程中，他的家庭，却由于个人的（他父亲的职业，特别是性格）、家庭的、社会的种种原因，而迭遭不幸，并且是累发的、出奇的、少见的不幸。这一点，言之令人痛心；然而"祸兮福所倚"，"艰难困苦玉汝以成"，在巨大不幸面前，当人没有被击倒，而是抗击奋战时，他就被成全了。事情在刘兆林身上，正是如此。不幸在使刘兆林成为作家、成为一位有特色的作家这一点上，起到了决定性的作用。这正是"蚌病成珠"。请听他本人的诉说："不幸是一所最好的文学院"（《高窗听雪·我喜欢的几句格言》）。"想想我的文学之初，最应该感谢的就是苦难和不幸了。"（《刘兆林小说精品集·短篇卷·自序》）

"我个人的经历不怎么幸运。十多岁埋葬过弟弟，二十几岁埋葬过妹妹，不到三十岁埋葬了母亲，三十多岁又埋葬了父亲，而父母双双患有最讨厌的精神分裂症。"（《高窗听雪·写早了的自传》）这里，叙述得很平静，但在这"平静"背后隐存着大量的令人揪心的悲惨事实；在这"平静"底下，蕴涵着巨大的人生悲痛、深沉的精神创伤和永远不能抚平的心灵刻痕。比如，关于弟弟妹妹的死，他有过稍微细一点的叙述，那就足以令人哀痛慨叹："我亲眼见过活泼如一只小狗般可爱的小弟弟头天晚上还在炕上咿咿呀呀地爬，第二天早晨却死了，死得比二加三等于五都简单，因感冒发烧得了肺炎一口黏痰憋断了气；我还见过我二十二岁的大妹妹早晨还像头憨厚老实的牛一样担水做饭洗衣服，没等笨拙的乡亲们学会一段……忠字舞，……她就死了，死的也不复杂，顶多相当于十一除以二等于五点五吧，爆发性中毒胃肠炎，胃肠绞痛在地上乱滚一通呼吸就停止了"（《绿色青春期·写在前面》）。这样突然的、不正常的、不幸的、过早的夭折，是不同于一般的死亡、一般的不幸的。而且，刘兆林家庭的所有不幸和不幸的死亡，都和贫穷相连。那些不幸的死亡和家庭的酸楚，都是贫穷造成的。还有，更不幸的是，雪上加霜似的，他的父母都患有可怕的精神分裂症；父亲犯病时的那种狂躁凶暴，给过他多少折磨；母亲发病时那样冷漠无知寡情，使他失去几许母爱！？生活—不幸—死亡，就是这样与他伴行，和他的生命、成长、"心路历程"相连。他就是这样走进世界的;他就是这样"睁眼看世界的"。这会在他的心灵上留下什么样的刻痕;在他的面前展开什么样的世界呢?这在他所经历的作为作家都会有的"人生三觉醒"中,普泛地、深沉地留下了具有独特性的刻痕印记。促成他的"人生觉醒"的最早的因素,显然是贫穷与死亡。那是一只可爱的小狗被严酷的父亲烦它嗷叫而扔在门外,在严寒中活活冻死了;那是活泼泼的小弟弟患感冒没钱治,竟一夜之间夭折了;两个小生命的惨死,使幼小刘兆林的心头蒙上了一层迷茫的悲凉之雾,透过这雾,他朦胧地感受到世界——人生的苦难。而当他十八岁参军时,因为父亲被怀疑有所谓历史问题差点遭淘汰,直到他写血书、苦哀求、保证"划清界限",才得入伍。这使他在心理上、思想上,一下子长大了,"我简直变了一个人,觉得天地翻了个过"(《父亲祭》),他觉醒了,对世界——人生有了烙上深深烙印具有他个人特色的,然而是初步的看法。总括起来,就是中国传统人生哲学所言:"人生实难,大道多歧"。刘兆林以自己混着血泪的生活经历,多次用朴实的话语来表述他对这个中华文化精义之一的体验:"我总觉得人活着都很不易。"(《违约公布的日记·自序》)在不幸中浸泡的人,渴望理解、同情、温暖和爱。这就是他发自心灵深处的期盼。他的文学觉醒,就是在这种人生觉醒的过程中和基础上,形成和发展的。苦难用文学的汁液来冲淡,哀伤用文学的柔曲来抚慰,痛苦用文学的渠道来宣泄。他在"文学家园中得到被理解,被呼唤,被宣泄,被抚慰的关爱"(同上)。最初他是从偷看父亲不让看的闲书小说开始,以后,又从流落当地的落魄诗人那儿受到文学的诱惑,而生长在与他的故乡巴彦只一河之隔原来就是一个县的呼兰城的女作家萧红的英名,更是他文学上的心灵领路人。"故乡出生的女作家无意中就作为一颗文学种子悄然落入我心田。"(同上)对文学的爱好,不仅有一种情感寄托和心理宣泄的"消极性"的作用;而且具有一种启迪情思、冥想、想象、直觉能力与艺术感受力的积极效应。这里,人生觉醒与文学觉醒,浑然一体,互为表里,显示出向文学的倾斜,并闪射文学的色彩和光泽。这成为他的创作心理形成的基础,也是他今后从事创作的心理基础。他的性觉醒，除了人的天性的普遍表现之外，更表现出时代—社会的特点。他在六十年代末年方十八时参军，在封闭的时代、在部队这个封闭的环境里度过青春期，生理的现象，透过社会—环境的禁锢与压抑扭曲地折射出来，表现出诺思洛普·弗莱所说的"性的焦虑与时代的焦虑相伴而行"（《诺思洛普·弗莱文论选集》，第9页）。这一点，他在《绿色青春期》中有细致而有趣的描写。这使性的觉醒这种生理现象具有了时代—社会内涵。至此，在具有文学向性和文学形态的人生三觉醒的基础上，刘兆林作为一个"预备作家"的创作心理就形成了，具有雏形了。

在这样的时代、这样的环境、这样的家庭和这样的教养与文化熏陶下，形成的一个"预备作家"的创作心理，具有怎样的特殊质地呢？这种创作心理对于他日后的创作成就具有什么样的优势和作用呢？

人的个性心理特征，是他的生活环境与经历、环绕他发生的生活—家族—家庭事件，经过内化以后的外在表现；他的由"社会关系的总和"所决定的人性本质，决定着他的气质、素质与性格。刘兆林的"环境—经历—事件—社会关系总和"系列，决定了他的个性心理特征是一个"内"字，即内在、内向、内化、内秀、内思、内视、内省。对命运的多舛不满不平而内心抗争，意欲改变并付诸行动。他严格地内视以至反省自己内心深处的"那层封闭他人保护自己的小家子气硬壳"，和"心灵深处的卑微小人之念"。这种"预备作家"的"生活学"和心理构造，决定了他对生活素材、人物形象、故事情节等的选取视点和处理方式，以及艺术形态的设计。其特点正是"内"——内化、内向、内视、内思、内秀。这成为他的已有作品的思想—艺术特征，也是他的作品吸引人的艺术素质之所在。他的小说作品中常常出现内省式的人物或人物的内省；他的散文常常直接写出自己的内省。他笔下的人物，"英雄"典型总是内省式的和具有内秀的美德。关于"卑微""胆小""牛性"，他都直率地作过自我解剖；他甚至坦诚地表白："卑微不光明不道德需忏悔的念头和行为都有……死前一定写篇《忏悔录》"(《高窗听雪·写早了的自传》);他把自己比作牛,"常常把自己牛化一番"、"见牛思齐"。他说:"牛实在值得我为之一化。它活着拉车犁地,肯出力气少怨言,吃的能将就,住的能对付,唯独干活时不含糊",直到它死,肉、皮、骨头、牛黄,都有用处(《高窗听雪·牛化自己》)。这一段牛的颂歌,表现了他的人生标的、道德标准和价值观念。这一切都寄托幻化于他的小说人物的形象和精神上。这就是他的作品的特色和艺术素质,也是其魅力的源泉。

刘兆林具有明显的悲剧意识。他多次表述他对"美丽出自痛苦"这一命题的赞赏和认同。他说他的不幸的身世,使他喜爱悲剧。因此,他的作品的明显的艺术品性即悲剧性或具有悲剧氛围。他的代表作,无论是短篇、中篇,还是长篇,都是"悲剧式"。尤其中篇《父亲祭》,更是悲凉之雾遍被全篇;而其成功之因和动人之处,就在于此。钱钟书在《诗可以怨》中,详细论证了"悲为美"的美学命题,他指出:"痛苦比快乐更能产生诗歌,好诗主要是不愉快、烦恼或'穷愁'的表现和发泄。"当然,作家并不是"想悲即悲",而是必须有了悲剧性的身世经历,又经过自己的内化,特别是心理汁液的"酶化",更形成具有悲剧意识的创作心理,才能获得悲剧美的文学成果。刘兆林"感谢"不幸培养了他,不是无因的。

我在拙著《创作心理学》中,曾详细论述了作家的记忆类型和功能,特别强调了情绪记忆和形象记忆的重要。刘兆林的创作心理中这两种记忆正是强项,这帮助他取得创作上的成果。由于他的不幸和遭际中,有不少深深刺痛心灵、震撼灵魂的暴死夭亡,当时的情绪是难以忘怀的,其刻痕是永难抚平和消失的,它便成为创作心理的基础因素。而这些情绪都是和同样难忘的场景(形象—场面和人)分不开的。情绪记忆同时就是场景—形象记忆,两者混为一体。他的关于可爱小狗被冻惨死、亲爱弟弟和妹妹的暴死夭亡,以及和父亲一起在苦寒凄迷风雪中为弟弟送葬,更在风雪荒野雪埋小遗体……还有父亲一次次发病的狂暴凶狠和自己的艰难处境,母亲犯病时令人揪心的冷漠，这些场景—形象，其时、其景、其情，都留下了心理刻痕。这些场景—形象和情绪，都栩栩如生地出现在他的作品中，并成为感人的断片。

每一位作家的创作心理中都有他的特殊经历所凝结锻冶而成的特殊的情结。这是他们创作的艺术原点和奥秘所在。刘兆林的特殊生活经历也形成了他的特殊的情结；它们也同样寄寓于他的作品中，发挥了艺术原点的作用；而且，给我们诠释他的作品以深层的依据。这一点，我们在下一节里将给予详细的探讨，这里且从略。不过要指出的是，刘兆林有一个与几乎所有作家都共同具有的基本情结，这就是"作家—创作情结"。即不仅阅读文学作品是他们的思想—情感—心理的寄托、依傍、舒泄的渠道，而且文学创作活动更是他们这一切的重要渠道。创作是他们的"心理症结"和"存在方式"。

刘兆林的这样一种创作心理的构造，决定了他的创作模式。它更倾向于心理、心灵的探索、描写和舒泄，愿意写人物心灵的历史，而把社会生活推居二线；他并不着力于社会事件的广泛的铺陈和展开，而是注意他的主人公的心灵的遭遇、挫折和发展。他把事件作为他的情感、心意、感想、认知的"对应物"来处理。这就是他所说的"按着我的人生体验来表达我的思想情怀"（《违约公布的日记·自序》），也是他所说的写"人心的变化"，写"人生的心电图"。（《高窗听雪·自序》）这里，他是遵从出自自己的创作心理，而做出的选择，他没有违拗自己的心，去追求新颖、新奇、时髦，去模仿别人。他的选择和决定是正确的，因此他取得了创作的成功。

艺术世界（1）：情结、原型与母题

在这里，我想做的，就是夏尔·博杜安所说的"探索作者和作品的沉思者心目中艺术与个人情结或原始情结的关系"。容格认为，情结构成心理生活中个人的和私人的一面；而原型的基质则是集体无意识。"原型"是一种与生俱来的心理形式,是心理结构的普遍模式,它是一切欢乐和悲哀、行为和憧憬、想象和情感的原始根柢。而情结和原型又促成和决定一位作家的作品的母题。我们从刘兆林的作品中,以及从他的创作自述、自传性散文中,可以比别的作家更明显地看出他的创作心理中的情结、原型和作品母题。

刘兆林的主要情结,除了我在前面指出的作家一般都具有的"作家—创作情结"之外,还有重要的情结是:"不幸","父亲","母亲","情侣"。这种抽象的表述,不能说明问题,必须钩稽诠释,加以具体化、个体化、私人化,赋以人生的、生活的、家庭的、社会的内涵,才能言之成理和说服人。

1. 所谓"不幸情结",是不幸的童年、不幸的婚姻家庭、不幸的死亡和不幸人生的凝聚与抽象。关于这一点,我们在前面已经说明它的属于刘兆林的人生—家庭的内涵。刘兆林的主要特点是,这种不幸的遭际,出现得早,方面多,持续时间长,对他的折磨重。而且,这一切不幸,在家庭原因外,更有社会的重要因素,如教师工资低、父亲"文化大革命"时受莫须有"历史问题"和派性的迫害,等等;社会因素通过家庭因素来表现,两者结合在一起。这种"早期、多种、持续、综合"的不幸所造成的心灵摧折、情感迫压、思想影响,在心灵上的刻痕,是极为深刻的,难于抚平忘怀的。这就不能不成为他的创作的原动力、创作动机激活的引爆点和作品的艺术原点。这种不幸的"事件"、"场景"、记忆和感情、感受、感应,都会要直接、原样、原汁原味地,或者间接地出现或折射于作品中;或者在虚构的故事中得到反射式的舒泄。

由于这种情结的作用,"不幸—不幸的婚恋、家庭与人生和死亡",就成为刘兆林小说中重要的和首先的原型。他在这个容格所说的空洞的、纯形式的、心理结构的普遍模式,也是"领悟的典型模式"中,注进了自己个人的、私人的、家庭的、环境的、社会的与时代的内涵,注进了自己对世界与人生的特殊体验。这种体验就是前面说到的他对人生的一种深沉慨叹和哲理领悟:"人生实难——'人活着都很不易'。"他的小说很多是，特别那些成功的、优秀的作品更是几乎篇篇都是写"不易地活着的人们的不幸的人生"。长篇小说《绿色青春期》的主角"我"，活得极为不易，它再现复述了刘兆林的"红卫兵—新兵—低级军官"的成长过程和心路历程。这里有参军的苦斗，与父亲"划清界限"的痛苦，与杨烨的曲折无望的恋情，父亲疯病发作后对自己身心的折磨；有指导员同农村妇女"花棉袄"的不合法的爱情以及指导员的突然被揭露和突然自杀；更有杨烨的一片忠心与深情的"参军情结"未能如愿几经波折终至自杀的悲剧。在这部作品中，刘兆林倾注了他的从幼年到壮年的全部不幸经历，以及由此产生的情感、思想、理念与意象，他的情怀、他的情结、他的人生体验，都在其中。它们是真实的、真切的、生动的，带着生活的原生态状貌，有一种直抒胸臆的奔腾恣肆之态，有一种从艺术原点中闪射而出的感人的艺术力量。其中许多场面，都是他的情感记忆和情绪记忆的直白的表露。

中篇《父亲祭》中，写了不幸的家庭、不幸的父亲和儿子、不幸的父子关系、众多的不幸的死亡（弟弟、妹妹、父亲和小狗），也还隐含着父母均受其害的不幸的婚姻。短篇《一江黑水向东流》中连长之子疆江的突然的、不幸的死亡；《黑土地》中的意外的然而是合情合理的爱情，却以"黑土地"的意外的死亡，不幸的结束，如此等等。刘兆林说："所以我的作品里常常出现死、痛苦及不幸人的善良、友爱与奋斗"（《高窗听雪·写早了的自传》）。这种"常常出现的不幸及其他"，是他的心境使然、情感使然、情结使然；他胸中拥有这个"原型"，它在刘兆林创作时跳跃而出，直觉、灵感、形象、意象这些"文学粒子"都活跃起来了，这就是他的创作的运作模式与成功之途。

2. 我这里所说的刘兆林的"父亲情结"，并不是"俄狄浦斯情结"。对于刘兆林来说，在"父亲"这个"抽象模式"中，应该是装进一个夏尔·博杜安所说的"暴父素材"，他说过，父亲的脾气怪，说话总是命令式，严峻不可亲。在《父亲祭》中，那个不顾儿子心理的虐杀小狗的事件，突出地表现了父子冲突，特别是心理冲突。父亲发病时的持刀砍杀的凶狠和詈语秽言的咒骂，更显出了病狂中的暴戾。然而，父亲对儿女又有深刻亲情的偶尔闪射。这是一位矛盾的父亲、一种矛盾的父子关系。这不能不在刘兆林的心中留下一个难解的情结。而这也就成为"蚌病"造成的"艺术之珠"！《父亲祭》《爸爸啊，爸爸》的成功和《绿色青春期》有关父亲的情节的动人，都有这"父亲情结—暴父素材"的一份功劳。

这样，"父亲—暴父"形象便在刘兆林的长、中、短篇小说中反复出现，足可构成一个原型。这个"父亲原型"在刘兆林的作品中具有独特的内涵与魅力。它充满了父子之间爱与恨交织的复杂的矛盾冲突。父亲的内心具有对人生、对生活、对事业、对领袖、对家庭和儿女的深沉的爱，但多面而一再地受挫，于是思想感情转向内心，如鲁迅所言："抉心自食……创痛酷烈"，心的热烈，竟表现为冷漠、严峻、残狠以至疯狂。但在特定条件下，偶一闪现的爱，真挚深沉，令人刻骨铭心。他在严冬荒野对小儿子的僵硬尸体对口输气以图救活的挚爱而绝望的行动，为生病的大儿子去荒野冻地挖甜秆拣豆粒、炒甜豆，都是十分感人的，他在疯病中一时清醒时的一句"要考理工科"的叮嘱，又含着多少人生的苦辛。一个极为矛盾复杂的"父亲形象"，由刘兆林创造出来，被赋予了独特的个人性、私人性内涵，成为黑格尔所说的"这一个"。老作家马加称赞《父亲祭》写父亲"写绝了"，是有道理的。刘兆林自己说："这是不幸赐给的。"诚哉斯言；但同时也应该说，在创作上、在艺术上，是"情结"赐给的，是"原型"赐给的。

3. "情侣"情结。"情侣—情人"情结和原型，是普及世界的传统"情结"和"原型妇女"中的形象—意象之一。就像一则德国谚语说的："每一个男人身上都有他自己的夏娃。"不过，刘兆林的这一"情侣—情人"情结，不像前面两个情结那么明显突出浓烈，而是比较隐在、简化和单纯，不妨称为"次情结"或"准情结"、"次原型"或"准原型"。这可能与刘兆林未曾很好发掘与发挥有关。

在刘兆林的不少作品中，写到男女恋情，其中的女性，有一种共同品性气质，综合言之，就是比较通情达理、坚强而又温顺柔情、内向而又不乏开通的贤惠淑女。当然，在不同的作品中，又有不同的突出方面。《绿色青春期》中的杨烨、《啊，索伦河谷的枪声》中的小学教师、《船的陆地》中的李秀玉、《黑土地》中的"小洋伞"、《向北，向北》中的"女兵"、《我啊，我》中的宫丽莎等等，这一女性系列中的每一个，都是不仅以柔情，而且总是以性格的力量，给男性以帮助（当然也有例外，如《因为无雪》中的习久珍、《三角形太阳》中的夏日，《妻子请来的客人》中的钟秋娅等）。这大概总体上可以视为刘兆林心目中的"夏娃"形象，是他的"情侣—情人"原型的内涵。他不必在实际生活中求其所有，但在创作上却可以幻化出之。上述女性系列形象，都是比较真实而可爱的。

也许这不会是过分的武断：在刘兆林的"情侣原型"的品质内涵中，渗透了他母亲的优秀品质和形象的成分。这种成分就是一种内在的、不事声张的诚挚的爱心和善良、贤淑的心性。刘兆林曾说："我人生哲学中最牢固的部分多来自母亲。她才是我最重要也最长久的导师。"（《高窗听雪·寄给母亲的花》）母亲的品质与形象的成分，就成为他对女性的理想和形象的"模式内涵"。而且，在原型理论中，本来就包含"妇女原型"中的"母亲原型"。

4. 此外，在刘兆林的作品中，还有三个有意味的原型："故乡／军营（第二故乡）"；"新兵／老兵"和"雪"。

刘兆林对故乡的风雪、苦寒、荒凉和封闭的印象，是极为深刻的，这种自然环境的严峻同严峻的生活、不幸的家世混合融汇在一起，成为一种"自然—人文—社会"的混交文化丛，作为一种刻骨铭心的刻痕、创伤和意象，进入他的文化—心理结构之中。同时也就成为他的创作心理中的情结之一；"故乡"形象也就作为他的作品中的原型而存在。许多作家都有他的个人色彩和内涵的"故乡"原型。鲁迅有他的"鲁镇"，托尔斯泰有他的"雅斯纳雅·波良纳"，福克纳有他的"约克纳帕塔法县—杰弗生镇"，萧红有她的"呼兰城"，"北国荒寒边镇"则是刘兆林的"故乡"原型。他的不少小说以这个北国边寨小镇为背景；或者写到它。他的第一部长篇《绿色青春期》的开篇，关于这个小镇的出奇酷寒景象的描写、刻画和"倾诉"，读了令人触目惊心，审美效应亦佳。也特别使人联想起萧红在《呼兰河传》开篇写到的，呼兰城天冻地裂的情景。它们有异曲同工之妙。当然，刘兆林之所写，并非简捷的仿制；而是有他自己的环境实际、生活经历、情感体验，并且写到了他所特有的生活依据、社会状况，特别是政治背景与文化语境（如"长征"归来的红卫兵、解放军连队、游街的"牛鬼蛇神"，以及裸体的因失恋致疯的少女拥抱解放军团长等），这都是《呼兰河传》所没有而属刘兆林的特色的。

刘兆林还有第二个故乡，他写得更多，这就是"军营—连队"。刘兆林所写的"军营"，大都不是中、高级指挥机关，也不是野战军的大部队或军师旅团，而是"连队—班"。他实写的多是班排、班长、战士。他也写过团长（《绿色青春期》）和将军（《黑土地》），而且形象真实生动可爱，具有中国军队指挥员的气质与气概，可以说是成功之笔，但这都着笔不多，写意式，虽然成功，但不是主要的。他的主要篇章与成功是在写连队、写兵。这原因在于，不仅他说过"成为公民后的全部经历都是穿着军鞋走过的，我的每个脚印都带有军鞋底儿那特制的花纹啊"。因此"军营"是他的第二故乡，而且，他的最早的军旅生涯是从列兵开始、在连队度过的；所以这第二故乡就更落实在"连队"。因为他的整个青春期在连队度过，而且，身体上、生理上、心理上、思想情感上，都备受锻炼与煎熬，整个物质世界与精神世界，都"乾坤转变"，所以留下的印痕最深，记忆最丰富，这也就成为一个情结与原型了；也就以"故乡—心灵的家园"的形象和"基地"出现在作品中了。

在这个"故乡—连队"的原型中，活跃着"新兵／老兵"的一对身影。在实际生活中，老兵是新兵的指导者，而在艺术上他则是新兵的陪衬。新兵在连队里完成了自己的"心理史""思想史""精神发展史"。"新兵／老兵"构成了"连队"里互相渗透的文化载体。刘兆林小说中的人物，多数可以归入这种创造心目中的人物典型的形象载体。这种新兵的内向、内在、内思、内省、内秀性格，寄托着刘兆林的自我，他可以像福楼拜说"包法利夫人就是我"、郭沫若说"蔡文姬就是我"一样，说"'新兵'就是我"。

"雪"——北国的狂风暴雪，这是刘兆林心中的一个情结，它同刘兆林的生活经历，特别是"不幸"的记忆，紧紧相连。刘兆林在多篇成功的作品中，写到雪、雪景，"雪"成为情节的构成，成为一个"人物"，成为一种圣洁的象征。而且，大凡着笔之处，都写得精彩。

我们在论述了刘兆林创作心理中的"情结"和"原型"之后，就可以水到渠成地推定，也可以从他的作品总体中确定，他的作品中的几个基本"母题"了。它们是："不幸的婚恋、家庭"；"死亡—丧葬"和"'新兵'成长史—心史"。在这些基本母题下，他写军旅生涯、社会事件、人生故事，构筑他的故事框架、情节网络和叙事范型；也寄寓、涵盖，渗透了他的人生体验、思想感情、理想信念，以至他的艺术追求和审美理想，在这些母题下，他也歌颂英雄人物、描写英雄行为；也写美好的爱情、人的高尚品德，刘兆林曾经说过他对"不好的小说缺什么"的看法，他说："缺少诗意。缺少对人的生存和疾苦的真诚关怀。缺少哲学意义上的主题和力量。缺少作者自己灵魂的颤动。缺少理想。"（《高窗听雪·关于小说的随笔》）这些"缺少"的反面就是他的追求。而在他的小说的几个基本母题中，正寄托着他的这些艺术追求和审美理想。

艺术世界（2）：叙述范型与"意义"世界

刘兆林的"军旅文学"，不是一般地写部队生活、写战争，写战斗故事、战略战术；他更多地是写训练、垦荒、边防连队和"新兵成长"。他所说的"个人情怀""人的变化"和"人生心电图"，都被纳入这一叙事框架中。这是他表现"外部世界"的一个"小世界"。他以他所写的"人和人的命运变迁"之涟漪，具体而微地反映了"时代—

社会—历史—政治"之波涛。如果按韦勒克的分法,我在前面探讨的是刘兆林作品的"内部规律",那么,在这里探讨的就是"外部规律"了。而以接受美学的命题言之,我同时还求索刘兆林作品的本文"含义",并进行罗兰·巴特所说的"读者的工作",去创获一种意义。

决定作家创作成败的第一关键问题,是他的叙事范型的选择,是否符合自己的创作心理和所处理的素材,达到两者的契合状态。刘兆林在叙事范型上的首选策略是"全知作者视角",甚至常常是取"自我叙述"的第一人称叙述者视角来讲故事。他的长、中、短篇小说不少是,尤其成功的、获奖的作品,则大都是取这一叙事范型。这与刘兆林的小说大都带有自传性或自传成分很大有关,同他的创作立意常常在写自我人生体验、抒发自身情怀有关。不过,刘兆林的"我"只是一个人称——叙事视角,而不是他的"自我"化身。其中蕴涵着一个"大我"——"社会的人"。而且,这个"我"的叙述,有两个层次。第一层次——第一叙述系统,是关于"我"的故事,而在第二层次——第二叙述系统,则可以解读到与这个故事相关联的社会—时代—政治的内涵。从《绿色青春期》中我们看到:疯狂的"军装崇拜";狭隘的阶级论、唯成分论的肆虐;社会贫困、秩序混乱、人性遭戕害;父子情断、父"罪"女当、爱情陨灭;纯真青年的政治热情与崇高理想,遭受动乱现实与政治欺骗的摧残;社会、政治原因导致父亲的疯狂、儿子的"背叛";指导员的自杀、杨烨的自杀;"新兵—战士"的一颗稚嫩纯正的心,在这种现实中受戕、受洗、改塑、净化与提升。社会—时代的风貌,通过这"第二叙述系统"显露出来,这成为生动的历史画幅、社会档案和社会心态史。作品的社会、思想和艺术价值,也在此处呈现。

《父亲祭》这篇至情美文,叙述的是家庭父子之间的爱恨恩怨,但在"第二叙述系统",则揭示了深刻的社会—时代—历史内涵。父亲的暴躁、怪僻、冷峻,是由于"怨偶式"婚姻和低收入多子女造成的贫困,更由于社会、政治的原因——莫须有的"历史问题"罪名、"文化大革命"期间的批斗和派性的迫压,如此等等,终于导致精神分裂。他有理想、信仰、抱负，有一颗信赖和忠于伟大领袖的心，但却被判为"黑心"。这是导致精神分裂的主要的、客观的、社会的原因，这样，一个个人的、家庭的悲剧，便反映了政治的、社会的、时代的、历史的内容。作品的意义也就由此显现。

短篇小说《我啊，我》《爸爸啊，爸爸》和《我家属》，可以说构成了自述自传性"私小说"系列，虽然每篇中的"我"的身份、职务、地位不同，但"我"的思想性格、内心独白是一致的。这里只说《我啊，我》。这也是一篇"心电图记录"，写出了一位内向的、相对保守封闭（或者说是具有在开放时期，正在转换的传统心态）的军人，在开放开通女性和新型社交生活面前的纯真而动荡、惶遽而变换的心态，从"私人性事件"中反映了社会风气、社会心态、人际关系的新变化、新面貌。

当然，刘兆林还有写得成功的非第一人称叙事视角的作品，如《啊，索伦河谷的枪声》《雪国热闹镇》《黑土地》等等。《啊，索伦河谷的枪声》写一个从上级机关下派的新任连指导员，来到连队，面对从老连长到老兵和各种"病兵"（思想病）的各种调皮、抵制、考验，如何化解矛盾冲突，建设连队。在这个故事中，反映了新的连队、新的时代、新的人物的新风貌。这也反映了刘兆林随着时代—社会的前进变迁，也使自己作品的内涵风貌随之前进变迁，那种"'新兵'眼中的连队—社会的风情与变迁"，转换成《啊，索伦河谷的枪声》《雪国热闹镇》《向北，向北》中的新面貌、新风情；并从这里以"军人—连队"的视角反映了整个社会的前进变迁。如果我们将刘兆林的小说系列纳入"'故乡／边镇'—'第二故乡／连队'—人物心态变迁轨迹—自身情怀发展'心电图'"这样一个"军旅生涯—社会风情"的叙事框架中，就更可看出它们的社会档案—历史文献—心态史的文学的、文学社会学的和文化人类学的意义与价值了。

还必须指出的是，刘兆林在他的作品中，总是反映了人的心灵美。一种来自生活的、真实的质朴的美。《绿色青春期》中的团长、《啊，索伦河谷的枪声》中的老连长王自委和老兵刘明天、《黑土地》

中的"黑土地"等，以及一系列"父亲"的形象，都具有这种心灵美。还有"女性系列"，众多的女性，不同的出身不同的教养，处于不同的时代、社会和自然环境下，面对不同的问题和人生选择，也带有各自的缺点，但她们都有一颗美丽的灵魂明亮的心。刘兆林用自己的笔和心，描写了她们的真实形象，同时寄寓了自己的审美理想和情怀。

刘兆林现在离开了"故乡——北国边镇"，也离开了"军营——连队"，但它们仍在他心中，仍是他的创作心理中的宝贵的积淀和创作之源。近十年中，他又有了"地方——社会"的生活积累，如何在这种"文化的混合和混合的文化"的基础上，利用原有的生活积淀和艺术原点，发挥新的积蓄之所长，写出新的生活、新的社会——时代、新的人物、新的作品呢？这是我们对刘兆林的新的期待和祝福。

1998年2月初稿

机关文化和文化机关各色人等

——长篇小说《不悔录》创作谈

刘兆林

经历对一个人来说，也是很重要的文化。说一个人有没有文化和有什么文化，跟他的经历有很大关系。我在机关待的时间较长，尤以文化机关为最。而我的文化机关经历里，又分军营文化机关和地方文化机关两种。虽有军、地两种之分，但它们有共同处，既都是机关，又都属于狭义的文化机关，并同文人直接相关，甚至连这种机关的官员，也带有较强的文人气味儿。这种文化机关与其他机关虽然也有不同，但与企业事业及生产经营等实体单位比较，还是鲜明地显示着机关意义的相同与相近来。这种鲜明的相同和相近，就是我所说的机关文化特点。我不想说机关文化特点究竟怎样了，反正我这部断断续续零零碎碎历时八年写就的《不悔录》，其重要成分，是属于机关文化的，而且人物都是文化机关的知识分子，和与之密切相关的各色人等，主要角色则是那些既管着文人，自身文人气质又很强烈的官员们。对这些人，也如对我自身一样，我是怀着哀其不幸、忧其不争、盼其优变的良好愿望去写的，也是我自己强烈要写的，而不是谁强要我写的，不写出来我就寝食难安。

凡已形成文化的东西，都像巨大的一锅老汤，想变一变它的味儿，添进一碗两碗新水是无济于事的，只能一瓢一瓢日积月累地添换，而且添换进去的水必须高度清新，才能慢慢改变老汤的味道。这种味道改变的不易，有点类似我国的体制改革，非常地难，并且难在人的素质改变上，尤其改革者自身综合素质的优变。谁能使之改变一点点，就应算他有大大的政绩了。所以我真的很期盼所有机关，尤其是文化机关，能变得真正有点先进文化的意思，变成最文明的机关，即健康和谐的知识分子的精神家园。不论何种文化，它的先进性都应体现在是否有利于人的和谐生存与发展上，只要它不能使共处的人们和谐地生存与发展，那就不能算是先进的，就该往先进方向改变。

在军营文化机关时，我是专业作家，而到作家协会这种文学机关后，我反倒是业余作家了。这样一来，我的做什么和怎么做，以及写什么和怎么写，都不自由了。这些年，抽零零碎碎的空儿，写了五六十万字的散文随笔，小说很少能静下心来写。但当专业作家时，我又是写小说的，所以，当我积累下越来越多的机关生活体验，并产生强烈的表达欲望，而散文又帮不了这个忙后，我便又手痒得很，极想摸摸能帮我这个忙的长篇小说了。于是我就天长日久地与小说幽会，终于有了这本《不悔录》。这是我的"人生三部曲"第二部，主人公和第一部（《绿色青春期》）是一个人。不过第一部描写的是，主人公——"文化大革命"热潮中一个狂热的红卫兵穿上了绿军装——那一年间的心路历程。而《不悔录》描写的则是，主人公——到了不惑之年却在改革开放热潮中脱掉军装复转为老百姓——这一年间的心路历程。这是我特别珍重的一部小说，不管写得怎样，我都不后悔。因我自信，我表达的都是真感受，而且都是怀着诚实和善意，尽量从文化意义上来表达的，所以，我就特别感激出版社对这部作品的理解与重视。

青年那阵儿我主要写短篇，写得最苦的时候，《小说选刊》把我被好几家退稿后才得以发表的《雪国热闹镇》选载了，并推荐获了全国优秀短篇小说奖，那是我没想到的。后来迈上写中篇的台阶了，又在《小说选刊》改刊增选中篇小说的第一期，选载了我的《啊，索伦河谷的枪声》，并且也经他们推荐获得全国优秀中篇小说奖，那也是我没想到的。这次的《不悔录》一出版，又被刚从《小说选刊》分户独立出来的《长篇小说选刊》双月刊第一期转载，并让我写创作谈，更是我没想到的。所以选刊的高叶梅和王素蓉通知我写创作谈时，我还不敢相信是真的。这不能不让我由衷感叹《小说选刊》的选风之正：不看人下菜碟，不看谁当红走俏便捧谁臭脚，只看作品是否有价值。这实在让付出太多心血又不善炒作的弱者感动！

有人让写创作谈，这是最令我高兴的事了。当作协的头，若抽不出一点时间带头写写作品，也没人让你写写创作谈，那实在是作协机关的悲哀。《不悔录》很大程度就是在这种悲哀情绪驱使下写出来的，目的是希望所有同类机关都别再有这种意义的悲哀。我还有不少不吐不快的人生体验要写，那将是三部曲的下一部，可能名叫《忏悔录》。

最后我再说一句离题较远的话：若真拿写作当回事了，那就没有白干的事了。你干了什么，就有了别人没有的什么；你有了别人没有的什么，就可以写出别人写不出的什么；因此你就不必像农贸市场的小商小贩那样，急小功近小利，行市缺什么就忙三火四倒腾什么；而应像个农夫，把功夫下在种出稀有的好庄稼上。我立志学农夫！

2005年11月6日星期天草于沈阳听雪书屋

图书在版编目（CIP）数据

不悔录 / 刘兆林著 . -- 北京：作家出版社，2023.11
ISBN 978-7-5212-2527-3

Ⅰ. ①不… Ⅱ. ①刘… Ⅲ. ①长篇小说 – 中国 – 当代 Ⅳ. ①I247.5

中国国家版本馆CIP数据核字（2023）第184597号

不悔录

作　　者：	刘兆林
责任编辑：	桑良勇
装帧设计：	孙惟静
出版发行：	作家出版社有限公司
社　　址：	北京农展馆南里10号　　邮　编：100125
电话传真：	86-10-65067186（发行中心及邮购部）
	86-10-65004079（总编室）
E-mail:zuojia@zuojia.net.cn	
http://www.zuojiachubanshe.com	
印　　刷：	三河市北燕印装有限公司
成品尺寸：	152×230
字　　数：	374千
印　　张：	26.25
版　　次：	2023年11月第1版
印　　次：	2023年11月第1次印刷
ISBN 978-7-5212-2527-3	
定　　价：	50.00元

作家版图书，版权所有，侵权必究。
作家版图书，印装错误可随时退换。